In het hart

Bezoek onze internetsite www.awbruna.nl
voor informatie over al onze boeken en softwareproducten.

David Baldacci

In het hart

A.W. Bruna Uitgevers B.V., Utrecht

Oorspronkelijke titel
Wish you well
© 2000 by Columbus Rose, Ltd.
Published by arrangement with Lennart Sane Agency AB.
Vertaling
Rie Neehus
© 2001 A.W. Bruna Uitgevers B.V., Utrecht

ISBN 90 229 8520 2
NUGI 331

Tweede druk, februari 2001

Voor mijn moeder, die mij inspireerde tot deze roman

•1•

De lucht was vochtig, de ophanden zijnde regen werd aangekondigd door zware, grijze wolken en het blauw van de hemel trok snel weg. De vierdeurs Lincoln Zephyr uit 1936 reed in een behoorlijk maar niet gejaagd tempo over de kronkelige weg. In de auto hing de uitnodigende geur van warm zuurdesembrood, gebraden kip en perzikkaneeltaart, afkomstig uit de picknickmand die zo verleidelijk tussen de twee kinderen op de achterbank stond.

Louisa Mae Cardinal, twaalf jaar oud, lang en slungelig, met haar dat de kleur had van door de zon bespikkeld stro en met blauwe ogen, werd gewoon Lou genoemd. Het was een knap meisje, dat bijna zeker een mooie vrouw zou worden. Maar Lou verzette zich heftig tegen feestjes, vlechten en jurken met strookjes. Ze won altijd. Zo was ze nu eenmaal.

Het schrift lag opengeslagen op haar schoot en Lou vulde de onbeschreven bladzijden met aantekeningen over zaken die ze belangrijk vond, zoals een visser zijn net vult. Aan haar tevreden gezicht te zien haalde ze bij elke trek een vette buit boven water. Zoals altijd was het meisje heel intens bezig met haar geschrijf. Lou had die aanleg eerlijk gekregen, van haar vader, die er nog veel meer in opging dan zijn dochter.

Aan de andere kant van de picknickmand zat Lou's broertje, Oz. De naam was een afkorting van zijn doopnaam: Oscar. Hij was zeven jaar en klein voor zijn leeftijd, maar zijn grote voeten beloofden dat hij lang zou worden. Hij beschikte niet over de ranke ledematen en de atletische bouw van zijn zus. Het ontbrak Oz ook aan het zelfvertrouwen dat zo vanzelfsprekend in Lou's ogen brandde. Toch hield hij zijn versleten speelgoedbeer omklemd met de vaste greep van een worstelaar en gedroeg hij zich op een manier die de harten van anderen verwarmde. Iemand die kennis had gemaakt met Oz Cardinal raakte er al snel van overtuigd dat het een jongetje was met een hart, zo groot en ruim als God kon toedelen aan een nederige sterveling.

Jack Cardinal zat achter het stuur. Hij scheen zich niet bewust van de naderende storm en evenmin van de overige inzittenden van de auto. Zijn slanke vingers trommelden op het stuur. Zijn vingertoppen waren eeltig als gevolg van het jarenlange hameren op de schrijfmachinetoetsen en de middelvinger van zijn rechterhand vertoonde een diepe groef op de plek waar de pen ertegen drukte. Eretekenen, zei hij vaak.

Als schrijver bedacht Jack levendige landschappen, dichtbevolkt met eigenaardige types die met elke bladzijde die je omsloeg, echter leken dan je familie. Lezers huilden dikwijls wanneer de auteur met één haal van zijn pen een geliefde persoon liet sterven, maar de pure schoonheid van de taal overschaduwde nimmer de onverhulde kracht van het verhaal, want de thema's van Jack Cardinals verhalen waren werkelijk indringend. Daarna kwam er echter altijd weer een bijzonder fraai geformuleerde regel die de lezer liet glimlachen of misschien zelfs hardop lachen, wanneer hem duidelijk werd dat een beetje humor vaak het doeltreffendste werktuig was om een serieus moment tot hem te laten doordringen.

Jack Cardinals schrijverstalent had hem veel kritiek opgeleverd en heel weinig geld. De Lincoln Zephyr was niet van hem, want luxeartikelen als auto's, of die nu buitensporig waren of eenvoudig, leken voorgoed buiten zijn bereik. Voor dit speciale uitstapje had hij de auto geleend van een vriend, tevens bewonderaar van zijn werk. De vrouw die naast Jack Cardinal zat was beslist niet met hem getrouwd om zijn geld.

Meestal kon Amanda Cardinal de grillen van haar mans spitse geest wel verdragen. Ook op dit moment was aan haar gezicht te zien dat ze zich opgewekt overgaf aan Jacks verbeeldingskracht, die hem altijd in staat stelde aan de vervelende details van het dagelijks leven te ontsnappen. Maar later, wanneer de deken was uitgespreid en het eten voor de picknick was uitgedeeld, zou ze haar man losrukken uit zijn literaire dromen. Toch was Amanda tijdens de rit van vandaag bezorgd. Ze hadden behoefte aan dit familie-uitstapje, en dat niet alleen om de frisse lucht en het lekkere eten. Deze verrassend warme winterdag was in veel opzichten een godsgeschenk. Ze keek naar de dreigende lucht.

Ga weg, storm, ga nu alsjeblieft weg.

Om haar gespannen zenuwen tot rust te brengen draaide Amanda zich om. Glimlachend keek ze naar Oz. Het was moeilijk om niet opgewekt te zijn wanneer je naar de kleine jongen keek, hoewel hij een kind was dat snel bang werd. Amanda had haar zoontje dikwijls in haar armen gewiegd wanneer hij een nachtmerrie had. Gelukkig maakten zijn angstige kreten altijd plaats voor een lachje wanneer het eindelijk tot hem doordrong dat ze er was. Op die momenten wilde ze hem altijd in haar armen houden, hem beschermen.

Oz leek sprekend op zijn moeder, terwijl Lou de geslaagde combinatie had van Amanda's hoge voorhoofd en de scherpe neus en strakke kaaklijn van haar vader. Het was een fraai geheel. Toch zou Lou, als het haar gevraagd werd, zeggen dat ze uitsluitend op haar vader leek. Dit betekende niet dat ze geen respect had voor haar moeder, maar het gaf aan dat Lou zich in de eerste plaats altijd zou zien als Jack Cardinals dochter.

Amanda keek weer naar haar man. 'Weer een verhaal?' vroeg ze, met haar vingers langs zijn onderarm strelend.

Jacks gedachten rukten zich langzaam los uit zijn nieuwste fantasie. Hij keek haar aan met een lachje om zijn volle lippen die, volgens Amanda, afgezien van de opmerkelijke glans in zijn grijze ogen, het aantrekkelijkste fysieke aspect van haar echtgenoot vormden.

'Neem even pauze, ik werk aan een verhaal,' zei Jack.

'Als gevangene van je eigen motto,' antwoordde Amanda zacht, waarna ze ophield zijn arm te strelen.

Toen haar man weer met zijn gedachten bij zijn verhaal was, keek Amanda naar Lou, die met haar eigen verhaal worstelde. De moeder zag mogelijkheden voor veel geluk en ook, dat was onvermijdelijk, teleurstellingen voor haar dochter. Ze kon Lou's leven niet voor haar leiden en Amanda wist dat ze zou meemaken dat haar meisje van tijd tot tijd viel. Toch zou Amanda haar nooit een hand toesteken, omdat Lou nu eenmaal een kind was dat die hand nooit zou willen pakken. Maar mocht haar dochter ooit haar moeders hand zoeken, dan zou ze er voor haar zijn. Het was een situatie vol voetangels en klemmen en toch scheen het de enige manier waarop moeder en kind met elkaar konden omgaan.

'Schiet je verhaal al op, Lou?'

Met haar hoofd gebogen en haar hand bewegend met de vloeiende bewegingen van jeugdig vakmanschap, zei Lou: 'Ja, hoor.' Amanda begreep de boodschap die achter de woorden schuilging: schrijven was iets wat niet met niet-schrijvers kon worden besproken. Amanda legde zich er even goedgehumeurd bij neer als bij de meeste grillen van haar wispelturige dochter. Zelfs een moeder heeft echter af en toe behoefte aan een zacht kussen om haar hoofd op neer te vlijen, dus Amanda stak haar hand uit en woelde ermee door het blonde haar van haar zoontje. Jongetjes waren lang niet zo gecompliceerd en terwijl ze soms doodmoe werd van Lou, voelde ze zich verfrist door Oz.

'Hoe gaat het, Oz?' vroeg Amanda.

Haar zoontje reageerde door een kraaiend geluid uit te stoten dat tegen de binnenwanden van de auto leek te weerkaatsen, zodat zelfs de dromerige Jack erdoor werd opgeschrikt.

'Juf zegt dat ik de beste haan ben die ze ooit heeft gehoord,' zei Oz. Hij kraaide nog een keer en wapperde met zijn armen. Amanda begon te lachen en zelfs Jack draaide zich om en lachte tegen zijn zoon. Lou keek uit de hoogte naar haar broertje, maar daarna gaf ze Oz een vriendelijk klopje op zijn hand. 'Dat ben je ook, Oz. Je doet het veel beter dan ik toen ik zo oud was als jij,' zei ze.

Amanda lachte om Lou's opmerking en zei toen: 'Jack, je komt toch kijken naar Oz' toneelstuk van school?'

Lou zei: 'Mam, je weet toch dat hij bezig is met een verhaal. Hij heeft geen tijd om te komen kijken hoe Oz voor haan speelt.'

'Ik zal het proberen, Amanda, ik zal het deze keer echt proberen,' zei Jack. Amanda wist echter dat de twijfel in zijn stem een nieuwe teleurstelling voor Oz aankondigde. En voor haar.

Ze keek door de voorruit. Haar gedachten stonden overduidelijk op haar gezicht te lezen. Een huwelijk met Jack Cardinal: 'Ik zal het proberen.'

Oz' enthousiasme werd er niet minder om. 'De volgende keer mag ik de paashaas zijn. Jij komt toch, hè, mam?'

Amanda keek hem aan met een brede glimlach die werd weerspiegeld in haar ogen.

'Je weet dat mam het niet zou willen missen,' zei ze, en ze aaide hem nog een keer teder over zijn hoofd.

Mam zou het wel missen. Ze zouden het allemaal missen.

•2•

Amanda keek uit het raampje. Haar gebeden waren verhoord; de storm was overgetrokken na weinig meer te hebben veroorzaakt dan irritante buitjes en zo nu en dan een windvlaag, die zo zwak was dat de bomen van het park hun kale takken nauwelijks bewogen. Ze hadden zich allemaal de longen uit het lijf gelopen door over de lange, kronkelige grasveldjes te rennen, helemaal tot het eind. Er moest gezegd worden dat Jack zich er net als de anderen volledig aan had overgegeven. Als een kind was hij naast Lou de grindpaden af geheld, met Oz uitbundig lachend op zijn rug. Hij had zelfs zo hard gelopen dat zijn instappers van zijn voeten vlogen. Hij liet ze door de kinderen ophalen, waarna ze tijdens een geanimeerde stoeipartij probeerden hem de schoenen weer aan te trekken. Later hing hij tot vreugde van de hele familie ondersteboven aan de schommel. Het was precies wat het gezin Cardinal nodig had.

Toen de dag ten einde liep hadden de kinderen zich doodmoe naast hun ouders op de grond laten vallen. Ze hadden allemaal een dutje gedaan, een wirwar van ledematen die alle kanten uit staken, zware ademhaling en het tevreden gezucht van vermoeide, tevreden mensen die een poosje rust nemen. Amanda had het gevoel dat ze daar de rest van haar leven wel zou willen blijven liggen, alsof ze alles had gedaan wat de wereld redelijkerwijs van haar kon verwachten.

Op de terugweg naar de stad, naar een heel klein maar dierbaar huis dat niet veel langer meer van hen zou zijn, begon Amanda zich steeds minder op haar gemak te voelen. Ze was niet bepaald op ruzie uit, maar ze wist ook dat die soms onvermijdelijk was als het om iets belangrijks ging. Ze keek om naar de achterbank. Oz lag te slapen; Lou's gezicht was naar het raampje gekeerd; ook zij leek te zijn ingedommeld. Omdat Amanda haar man zelden voor zichzelf had, besloot ze dat dit het moment was.

Zachtjes zei ze tegen Jack: 'We moeten nu echt over Californië praten.'

Haar man kneep zijn ogen half dicht, hoewel de zon niet meer scheen; om precies te zijn was het al bijna volslagen donker om hen heen. 'De filmstudio heeft al een aantal opdrachten voor me liggen,' zei hij.

Ze hoorde dat hij het verklaarde zonder een spoortje enthousiasme. Hierdoor aangemoedigd drong ze aan: 'Je bent een schrijver die een prijs heeft gewonnen. Je werk wordt al op scholen gebruikt. Je wordt de meest getalenteerde verhalenverteller van je generatie genoemd.'

Hij leek achterdochtig te worden bij al die loftuitingen. 'Nou, en?'

'Waarom zou je naar Californië gaan om je door hen te laten vertellen wat je moet schrijven?'

De glans in zijn ogen verdween. 'Ik heb geen keus.'

Amanda greep hem bij zijn schouder. 'Jack, je hebt wel een keus. Je kunt toch niet denken dat alles volmaakt zal worden wanneer je voor de film gaat schrijven, want dat is niet zo!'

Bij het horen van haar moeders luide stem draaide Lou langzaam haar hoofd om. Ze staarde naar haar ouders.

'Bedankt voor je vertrouwen,' zei Jack. 'Daar ben ik erg blij mee. Vooral nu. Je weet dat dit niet gemakkelijk voor me is.'

'Zo bedoelde ik het niet. Als je alleen maar zou willen nadenken over...'

Plotseling schoot Lou naar voren, haar ene arm schuurde langs de schouder van haar vader terwijl haar moeder terugdeinsde. Lou lachte wel, maar het was duidelijk geforceerd. 'Ik denk dat het geweldig zal zijn in Californië, pap.'

Jack grinnikte en gaf Lou een klopje op haar hand. Amanda merkte dat Lou zich vastklampte aan dit voorzichtige optimisme. Ze wist dat Jack niet besefte hoe groot de grip was die hij op zijn dochtertje had; hoe alles wat ze deed werd afgewogen om te zien of ze hem er wel een plezier mee deed. Dat maakte Amanda bang.

'Jack, Californië is niet de oplossing. Dat is gewoon niet waar. Dat moet je toch begrijpen,' zei Amanda. 'Je zult daar niet gelukkig zijn.'

Er verscheen een gekwelde uitdrukking op zijn gezicht. 'Ik heb er genoeg van om geweldige kritieken te krijgen, en prijzen om in de kast te zetten, en toch niet genoeg geld te verdienen om mijn gezin te onderhouden. Mijn héle gezin.' Hij wierp een snelle blik op Lou en Amanda zag een emotie op zijn gezicht die ze uitlegde als schaamte. Ze wilde tegen hem aan leunen en haar armen om hem heen slaan, tegen hem zeggen dat hij de geweldigste man was die ze ooit gekend had. Maar dat had ze hem al eerder gezegd en toch gingen ze nog steeds naar Californië.

'Ik kan weer gaan lesgeven. Dan krijg jij de vrijheid om te schrijven. Lang nadat we er niet meer zijn zullen de mensen nog steeds Jack Cardinal lezen.'

'Ik ga liever ergens heen waar ik gewaardeerd word nu ik nog leef.'

'Je wórdt gewaardeerd. Of tellen wij niet mee?'

Jack keek verrast, een schrijver, verraden door zijn eigen woorden. 'Amanda, dat meende ik niet. Het spijt me.'

Lou pakte haar schrift. 'Pap, ik heb dat verhaal afgemaakt waar ik je over heb verteld.'

Jacks blik bleef op Amanda rusten. 'Lou, je moeder en ik zijn aan het praten.'

Amanda had hier weken over nagedacht, vanaf het moment dat hij haar had verteld over zijn plannen voor een nieuw leven, waarin hij filmscripts zou schrijven onder de zon en de palmbomen van Californië, voor aanzienlijke geldbedragen. Ze had het gevoel dat hij zijn talent zou verknoeien door de visie van anderen onder woorden te brengen, dat hij de verhalen die in hemzelf opkwamen zou vervangen door de verhalen die de meeste dollars zouden opleveren.

'Waarom verhuizen we niet naar Virginia?' zei ze. Daarna hield ze haar adem in.

Jacks vingers omklemden het stuur nog steviger. Er waren geen andere auto's op de weg, geen andere lichten dan die van de Zephyr. De hemel was een lange strook verraderlijke mist, geen sterren die hen konden leiden. Ze hadden op een vlakke, blauwe oceaan kunnen drijven, dat zou precies hetzelfde zijn. Je gedachten konden gemakkelijk in de war gebracht worden door zo'n samenzwering van hemel en aarde.

'Wat is er in Virginia?' Er klonk achterdocht in zijn stem door.

Met toenemende frustratie greep Amanda zijn arm vast. 'Je grootmoeder! De boerderij in de bergen. De plaats van handeling voor al die mooie boeken. Je leven lang heb je erover geschreven, maar je bent nooit teruggegaan. De kinderen hebben Louisa zelfs nog nooit gezien. Mijn god, ík heb Louisa nog nooit ontmoet. Geloof je niet dat het eindelijk tijd wordt?'

Oz werd nu ook wakker van zijn moeders luide stem. Lou legde haar hand op zijn magere borst om haar kalmte op hem over te brengen. Het was iets wat ze automatisch deed, want Amanda was niet de enige die Oz beschermde.

Jack tuurde strak voor zich uit, kennelijk geïrriteerd door de wending die het gesprek nam. 'Als alles volgens plan verloopt kan ze bij ons komen wonen. Dan kunnen we voor haar zorgen. Op haar leeftijd kan Louisa niet daar blijven.' Grimmig liet hij erop volgen: 'Het leven is er veel te zwaar.'

Amanda schudde haar hoofd. 'Louisa zal nooit uit de bergen weggaan. Ik ken haar alleen uit jouw brieven en uit jouw verhalen, maar dát weet ik wel.'

'Nou, je kunt niet altijd in het verleden leven. En wij gaan naar Californië. Daar zullen we gelukkig worden.'

'Jack, dat geloof je toch niet echt. Dat kán niet!'

Lou leunde weer naar voren. Ze was een en al ellebogen, hals en knieën; slanke ledematen die leken te groeien terwijl haar ouders toekeken.

'Pap, wil je mijn verhaal niet horen?'

Amanda legde een hand op Lou's arm terwijl ze tegelijkertijd naar de angstige Oz keek en probeerde geruststellend tegen hem te lachen, hoewel ze zich verre van gerust voelde. Het was blijkbaar niet het goede moment voor dit gesprek. 'Lou, wacht even, schatje. Jack, we hebben het er later nog wel over. Niet waar de kinderen bij zijn.' Opeens werd ze erg bang voor alles waar dit toe zou kunnen leiden.

'Hoe bedoel je, dat ik het niet echt kan geloven?' zei Jack.

'Jack, niet nu.'

'Jij bent erover begonnen, dan moet je het míj niet kwalijk nemen als ik het gesprek wil afmaken.'

'Jack, alsjeblieft...'

'Nú, Amanda!'

Zo had ze hem nog nooit gehoord en in plaats van er banger door te worden, werd ze nog bozer. 'Je brengt nu al veel te weinig tijd met de kinderen door. Je bent altijd op reis, lezingen houden, bijeenkomsten bijwonen. Iedereen wil altijd een stuk van Jack Cardinal, ook al willen ze je niet betalen voor dat voorrecht. Denk je werkelijk dat het in Californië beter zal gaan? Dan zien Lou en Oz je helemaal niet meer.'

Jacks ogen, wangen en lippen vormden een verdedigingsmuur. Toen hij eindelijk iets zei, was zijn stem doordrongen van een krachtige combinatie van zijn eigen spanning en de bedoeling om die spanning ook bij haar op te wekken. 'Wil je daarmee zeggen dat ik mijn kinderen verwaarloos?'

Amanda doorzag de tactiek, maar ergens bezweek ze ervoor. Rustig zei ze: 'Misschien niet opzettelijk, maar je wordt zo in beslag genomen door het schrijven...'

Lou duikelde bijna over de rugleuning op de voorbank. 'Hij verwaarloost ons niet. Je weet niet wat je zegt. Je hebt het mis! Je hebt het mis!'

Jacks woede werd nu op Lou gericht. 'Ik wil niet dat je zo tegen je moeder spreekt. Doe dat nooit meer!'

Amanda keek snel naar Lou, maar nog terwijl ze probeerde een paar verzoenende woorden te bedenken, was haar dochter haar te snel af. 'Pap, dit is echt het beste verhaal dat ik ooit geschreven heb. Ik zweer het. Zal ik je vertellen hoe het begint?'

Jack Cardinal had echter, misschien wel voor het eerst van zijn leven, geen belangstelling voor een verhaal. Hij draaide zich om en keek zijn dochter recht aan. Onder zijn priemende blik veranderde haar gezichtsuitdrukking, sneller dan Amanda kon ademhalen, van hoop in diepe teleurstelling.

'Lou, ik zei: niet nu!'

Langzaam draaide Jack zich weer om. Hij en Amanda zagen het gevaarte op hetzelfde moment en het bloed trok weg uit hun gezicht. Een man stond over de kofferbak van zijn geparkeerde auto gebukt. Ze waren zo dicht bij hem dat Amanda de vierkante bobbel van de portefeuille in zijn achterzak kon zien. Hij zou niet eens tijd hebben om zich om te draaien, om de dood op zich te zien afkomen met een snelheid van 80 kilometer per uur.

'O, mijn god!' riep Jack. Hij rukte het stuur hard naar links. De Zephyr reageerde onverwacht snel en miste de auto, zodat de zorgeloze man in leven bleef. Maar de Zephyr was van de weg geraakt, op hellend terrein beland en recht vooruit stonden bomen. Jack rukte het stuur naar rechts.

Amanda gilde en ze probeerde haar kinderen te beschermen terwijl de auto ongecontroleerd schokte. Ze begreep dat zelfs de zware Zephyr niet in balans zou blijven.

Jacks ogen werden in paniek zo groot als schoteltjes; hij kreeg geen adem meer. Toen de auto op de gladde weg slipte en vervolgens aan de andere kant in de berm belandde, dook Amanda achterin. Ze sloot haar kinderen in haar armen, hield hen dicht bij elkaar met haar lichaam tussen hen en alles wat hard en gevaarlijk was aan de auto. Jack stuurde de andere kant op, maar de auto was uit balans en de remmen werkten niet. De Zephyr miste rakelings een groepje bomen, maar deed toen waar Amanda aldoor bang voor was geweest: hij sloeg om.

Toen de wagen op zijn kop in de modder terechtkwam, vloog het linkerportier open en Jack Cardinal werd naar buiten geslingerd. De auto rolde nog een keer om en schampte, als in slowmotion, langs een boom. Glasscherven regenden op Amanda en de kinderen neer. Het geluid van scheurend metaal, vermengd met hun kreten, was afschuwelijk en werd gevolgd door de verschroeiende stank van wegstromende benzine en opstijgende rook. Bij elke rollende beweging en de daaropvolgende klap drukte Amanda Lou en Oz tegen de zitting van de bank met een kracht die niet alleen van haarzelf afkomstig was. Ze ving elke klap voor haar kinderen op.

Het staal van de Zephyr voerde een angstaanjagend gevecht met de samengepakte modder, maar ten slotte overwon de aarde en werden het dak en de rechterzijkant van de auto ingedeukt. Een scherp stuk metaal trof Amanda tegen haar achterhoofd, zodat het bloed eruit spoot. Terwijl ze in elkaar zakte kwam de auto na een laatste rol ondersteboven tot stilstand, met de voorkant in de richting vanwaar ze waren gekomen.

Oz stak zijn handen uit naar zijn moeder, onbegrip was de enige barrière tussen de jongen en een mogelijk fatale paniekaanval.

Met jeugdige behendigheid rukte Lou zich los uit het vernielde binnenste van de auto, waarvan de koplampen wonderbaarlijk genoeg nog werkten. Koortsachtig begon ze in de verwarring van licht en donker naar haar vader te zoeken. Ze hoorde naderende voetstappen en ze begon een dankgebed te zeggen omdat hij het had overleefd.

Al snel bewogen haar lippen niet meer. Bij het schijnsel van de lampen zag ze het lichaam op de grond uitgestrekt liggen, met de nek in zo'n vreemde hoek dat hij onmogelijk nog kon leven. Toen bonsde iemand met zijn hand op de auto en de man die ze bijna hadden aangereden, zei iets. Lou wilde niet naar hem luisteren; doordat hij zo onverantwoordelijk had gehandeld was haar familie uiteengerukt. Lou draaide zich om en keek naar haar moeder.

Ook Amanda Cardinal had haar man zien liggen, scherp afgetekend in het onbarmhartige licht. Eén onmogelijk lang moment wisselden moeder en dochter een blik, waarin van één kant alles duidelijk werd. Verraad, woede, haat... Amanda las al die vreselijke dingen van het gezicht van haar dochter af. Die gevoelens bedekten Amanda als een betonnen plaat op een graf; ze waren vele malen sterker dan alle nachtmerries die ze ooit had gehad. Toen Lou de andere kant op keek, bleef een verpletterde moeder achter. Terwijl Amanda haar ogen sloot was het enige wat ze nog kon horen de stem van Lou die schreeuwde dat haar vader bij haar terug moest komen. Dat haar vader haar niet in de steek mocht laten. Daarna wist Amanda Cardinal niets meer.

•3•

Het sonore gebeier van de kerkklok bracht een kalme vroomheid met zich mee. De klanken vielen als gestadige regen neer op de bomen die begonnen uit te lopen en op het gras dat uit zijn winterslaap ontwaakte. Rookwolkjes uit de schoorstenen van het groepje huizen ontmoetten elkaar in de heldere lucht. Naar het zuiden waren de torenhoge spitsen en de formidabele minaretten van New York zichtbaar. Deze monumenten voor miljoenen dollars en duizenden vermoeide ruggen leken onbeduidend af te steken tegen de kroon van blauwe lucht.

De enorme stenen kerk leek een houvast, een gebouw dat door niets uit zijn evenwicht kon worden gebracht, ongeacht de omvang van het probleem dat zijn deuren naderde. De opeenstapeling van steenblokken en de toren schenen iets troostends uit te stralen als men er alleen maar in de buurt kwam. Binnen de dikke muren klonk naast het luiden van de klokken nog een geluid.

Een heilig gezang.

De vloeiende akkoorden van *Amazing Grace* stroomden door de paden en beroerden de portretten van mannen met witte boorden die een groot deel van hun leven hadden gewijd aan het luisteren naar zondige biechtelingen en die grimmig reeksen weesgegroetjes hadden uitgedeeld als balsem voor de geest. Daarna splitste de golf van gezang zich om beelden van Jezus, hetzij stervend, hetzij wederopstaand, om ten slotte te eindigen in een wijwaterbekken vlak achter de hoofdingang. Gedempt zonlicht viel in regenbogen door de schitterende kleuren van de glas-in-loodramen aan weerszijden van de gangen vol Christusfiguren en zondaren. Kinderen riepen altijd ooo en aah bij het zien van die kleurenpracht, voor ze met tegenzin aan de mis deelnamen. Ongetwijfeld geloofden ze dat in kerken altijd mooie regenbogen werden gemaakt.

Door de dubbele, eikenhouten deuren heen steeg de koorzang op tot de torenspits, de kleine organist hamerde met een verrassende energie voor iemand die zo oud en verschrompeld was en *Amazing Grace* schalde nog verder omhoog. De priester stond bij het altaar, zijn lange armen omhooggeheven, smekend om hemelse wijsheid en troost. Hij sprak een gebed uit waarin hoop doorklonk, ook al moest hij zich verzetten tegen de vloedgolf van verdriet die hem overspoelde. Hij had zeker behoefte aan goddelijke steun, want het was nooit gemakkelijk om een tragedie goed te praten door te verklaren dat het Gods wil was.

De kist stond voor het altaar. Het glanzende mahoniehout was bedekt met boeketten tere bruidssluier, een groot bloemstuk met rozen en een paar opvallende irissen, maar toch hield dat stevige blok mahonie je aandacht vast, alsof er vijf vingers tegen je keel werden gedrukt. Jack en Amanda Cardinal waren in deze kerk getrouwd. Sindsdien waren ze er niet meer geweest en geen van de aanwezigen van vandaag had kunnen denken dat het echtpaar er, nauwelijks veertien jaar later, zou terugkeren voor een uitvaartmis.

Lou en Oz zaten in de voorste bank van de stampvolle kerk. Oz hield zijn beer tegen zijn borst geklemd, hij had zijn ogen neergeslagen en zijn tranen vielen op het gladde hout tussen magere beentjes die niet tot de vloer reikten. Een blauw gezangboek lag ongeopend naast hem; op dit moment was de jongen niet tot zingen in staat.

Lou had haar arm om Oz' schouders geslagen, maar ze hield haar ogen geen moment van de kist af gewend. Het deed er niet toe dat het deksel dicht was. Het schild van prachtige bloemen hielp haar niet het beeld te verjagen van het lichaam dat erin lag. Vandaag was een van de weinige keren in haar leven dat ze ervoor had gekozen een jurk aan te trekken; het gehate uniform dat ze moest dragen om tegemoet te komen aan de eisen van de katholieke school die zij en haar broertje bezochten telde niet mee. Haar vader had haar altijd graag in een jurk gezien, zo had hij haar zelfs een keer getekend voor een kinderboek dat hij van plan was te schrijven maar waar hij nooit aan toe gekomen was. Ze plukte aan haar witte kousjes die onbehaaglijk tot haar knokige knieën reikten. Een paar nieuwe, zwarte schoenen knelde om haar lange, smalle voeten, voeten die ze stevig op de grond had geplant.

Lou had niet meegezongen met *Amazing Grace*. Ze had geluisterd naar de priester en hem horen zeggen dat de dood slechts het begin was, dat dit naar Gods ondoorgrondelijke wegen een moment was om zich te verheugen, niet om te rouwen, en daarna had ze niet meer geluisterd. Lou bad zelfs niet voor de verloren ziel van haar vader. Ze wist dat Jack Cardinal een goede man was, een geweldig schrijver en verhalenverteller. Ze wist dat men hem erg zou missen. Ze had geen koor, geen priester, geen god nodig om haar dat te vertellen.

Het gezang hield op en de priester vervolgde zijn eentonige preek. Lou ving het gesprek op van de twee mannen die achter haar zaten. Haar vader was een schaamteloze luistervink geweest, altijd op zoek naar de authentieke klank van gesprekken, en zijn dochter deelde die nieuwsgierigheid. Nu had ze des temeer reden om het te doen.

'En, is er nog een briljant idee bij je opgekomen?' fluisterde de oudste van de twee zijn jongere metgezel toe.

'Ideeën? We zijn executeurs van een nalatenschap die niets voorstelt,' was de geïrriteerde reactie van de ander.

De oudste man schudde zijn hoofd en hij begon nog zachter te spreken, zodat Lou zich moest inspannen om hem te kunnen verstaan.

'Niets? Jack heeft twee kinderen en een vrouw achtergelaten.'

De jongste man keek opzij en siste vervolgens zachtjes: 'Een vrouw? Zeg maar gerust twee wezen.'

Het was niet duidelijk of Oz het had gehoord, maar hij hief zijn hoofd op en legde een hand op de arm van de vrouw die naast hem zat. Amanda zat in een rolstoel. Aan haar andere kant zat een forse verpleegster, haar armen over haar omvangrijke boezem gekruist. De dood van een onbekende man deed haar kennelijk niet veel.

Om Amanda's hoofd was een dik verband gewikkeld; haar roodbruine haar was kortgeknipt. Ze hield haar ogen gesloten. Om precies te zijn: ze had ze sinds het ongeluk niet meer geopend. De artsen hadden tegen Lou en Oz gezegd dat de fysieke verwondingen van hun moeder grotendeels hersteld waren. Het enige probleem was dat haar ziel was gevlucht.

Later, toen ze de kerk uit waren, nam de lijkauto Lou's vader mee. Ze keek niet eens. Met haar verstand had ze al afscheid genomen. Met haar hart zou ze dat nooit kunnen. Ze trok Oz met zich mee tussen de rijen sombere pakken en zwarte jurken door. Lou had schoon genoeg van al die bedroefde gezichten, van vochtige ogen die haar droge ogen zochten om hun medeleven te betuigen, monden die salvo's afvuurden bij het collectieve, afschuwelijke verlies dat de literaire wereld had geleden. Nou, hún vader lag niet dood in die kist. Dit was háár verlies, en dat van haar broer. Ze was doodmoe van de mensen die zich verontschuldigden voor een tragedie die ze in de verste verte niet konden begrijpen. 'Het is zo erg,' fluisterden ze. 'Zo triest. Een groot man. Een knappe man. Geveld in zijn beste jaren. Zoveel verhalen die niet verteld zijn.'

'U hoeft het niet erg te vinden,' had Lou van het begin af aan teruggezegd. 'Hebt u niet naar de priester geluisterd? Dit is een moment om ons te verheugen. De dood is goed. Waarom zingt u niet met me mee?'

De mensen hadden haar aangestaard, nerveus geglimlacht en waren vervolgens doorgelopen om 'zich te verheugen' met iemand anders die hen beter begreep.

Daarna moesten ze aan het graf staan, waar de priester ongetwijfeld nog meer inspirerende woorden zou zeggen, de kinderen zou zegenen, zijn gewijde zand zou strooien. En vervolgens zou er 2 meter gewoon zand worden gestort om dit verschrikkelijke, eigenaardige spektakel af te sluiten. De dood heeft recht op zijn ritueel omdat de maatschappij zegt dat het zo hoort. Lou was niet van plan om zich ernaartoe te spoeden. Ze had iets belangrijkers te doen.

Dezelfde twee mannen stonden op het met gras begroeide parkeerterrein. Los van de kerkelijke beperkingen bespraken ze op normale toon de toekomst van wat er nog restte van het gezin Cardinal.

'Lieve god, ik wilde dat Jack ons niet tot executeurs-testamentair had benoemd,' zei de oudere man, terwijl hij een pakje sigaretten uit zijn borstzak haalde. Hij stak een sigaret op en kneep het vlammetje van de lucifer met duim en wijsvinger uit. 'Ik had gedacht dat ik allang dood zou zijn tegen de tijd dat Jack ertussenuit kneep.'

De jongere man keek naar zijn gepoetste schoenen en zei: 'We kunnen hen toch zo niet achterlaten, bij vreemden. De kinderen hebben iemand nodig.'

De ander blies een wolkje rook uit en staarde de lijkauto na. Erboven leek een zwerm merels een onsamenhangend eskader te vormen, een informeel afscheid voor Jack Cardinal. Hij tikte de as af. 'Kinderen horen bij hun familie. Deze twee hebben toevallig niemand meer.'

'Neemt u me niet kwalijk.'

Toen ze zich omdraaiden zagen ze dat Lou en Oz hen aanstaarden.

'We hebben nog wél familie,' zei Lou. 'Onze overgrootmoeder, Louisa Mae Cardinal. Ze woont in Virginia. Daar is mijn vader opgegroeid.'

De jongste man keek hoopvol, alsof de last van de wereld, of althans die van twee kinderen, misschien toch nog van zijn schouders zou vallen. De oudste man keek echter achterdochtig.

'Je overgrootmoeder? Leeft die nog?' vroeg hij.

'Mijn ouders hadden er juist over gesproken om naar Virginia te verhuizen en bij haar te gaan wonen, vlak voor het ongeluk.'

'Denk je dat ze jullie in huis zal willen nemen?' vroeg de jongste man gretig.

'Ja, dat wil ze,' was Lou's onmiddellijk gegeven antwoord, hoewel ze er eerlijk gezegd geen flauw idee van had of de vrouw het zou doen.

'Ons allemaal?' Die vraag kwam van Oz.

Lou wist dat haar broertje aan hun moeder in haar rolstoel dacht. Vastberaden zei ze tegen de beide mannen: 'Ons allemaal.'

•4•

Terwijl Lou uit het raam van de trein staarde drong het tot haar door dat ze nooit echt veel om New York had gegeven. Het was waar dat ze er in haar kinderjaren heel wat leerzame zaken had opgestoken en haar dagen had gevuld met uitstapjes naar musea, dierentuinen en theaters. Ze had hoog boven de wereld gestaan in de observatiepost op het Empire State Building, gelachen en gehuild om de capriolen van de stadsbewoners die gevangenzaten in vreugde of verdriet, toneeltjes van emotionele intimiteit gadegeslagen, en ze was getuige geweest van hartstochtelijke uitbarstingen van publieke verontwaardiging. Sommige van die tochtjes had ze gemaakt met haar vader, die zo dikwijls tegen haar had gezegd dat de keuze om schrijver te worden niet slechts het kiezen van een beroep was, maar eerder het kiezen voor een levensstijl. Hij had zorgvuldig uitgelegd dat een schrijver zich bezighield met alle aspecten van het leven, zowel in zijn verheffende glorie als in zijn ingewikkelde zwakheid. Lou was op de hoogte geraakt van de resultaten van dergelijke observaties, geboeid door de overpeinzingen van de bekendste auteurs van die tijd, die ze had gelezen in de beslotenheid van het bescheiden driekamerappartement van de Cardinals in Brooklyn.

Hun moeder had haar en Oz meegenomen naar alle wijken van de stad om hen geleidelijk aan kennis te laten maken met de diverse economische en sociale lagen van de stadsbevolking, want Amanda Cardinal was een goed opgeleide vrouw met een intense nieuwsgierigheid naar dergelijke zaken. De kinderen hadden een degelijke opvoeding genoten, waardoor Lou zowel respect als belangstelling had gekregen voor haar medemensen.

Ondanks dat alles was ze nooit erg enthousiast geworden over de stad. Waar ze nu naartoe ging, dáár wilde ze alles van weten. Ondanks het feit dat Jack Cardinal het grootste deel van zijn leven in New York had gewoond, waar hij werd omringd door een enorme hoeveelheid stof tot schrijven die andere schrijvers door de jaren heen aanzien en financieel succes had opgeleverd, had hij ervoor gekozen al zijn boeken te situeren op de plek waar de trein zijn gezin nu naartoe bracht: de bergen van Virginia die hoog oprezen in de teen van de topografische laars van de staat. Omdat haar geliefde vader zijn levenswerk aan die plek had gewijd, had het Lou weinig moeite gekost te beslissen daar nu naartoe te gaan.

Ze schoof opzij zodat Oz ook naar buiten kon kijken. Als hoop en vrees ooit tot één emotie konden worden samengebracht en door een gezicht konden worden uitgedrukt, dan was dat nu het geval bij de kleine jongen. Bij elke ademtocht leek het of Oz Cardinal óf zo hard in lachen zou kunnen uitbarsten dat zijn ribben er pijn van deden, óf zou kunnen flauwvallen van pure angst. De afgelopen paar uur waren er echter slechts tranen geweest.

'Van hieruit lijkt het kleiner,' merkte hij op, met een knikje naar de snel kleiner wordende stad met zijn kunstlicht en betonnen huizenblokken.

Lou knikte instemmend. 'Wacht maar tot je de bergen van Virginia ziet, die zijn pas groot. En dat blijven ze, van welke kant je ze ook bekijkt.'

'Hoe weet je dat? Je hebt die bergen nooit gezien.'

'Natuurlijk wel. In boeken.'

'Lijken ze op papier echt zo groot?'

Als Lou niet beter had geweten had ze misschien gedacht dat Oz brutaal probeerde te zijn, maar ze wist dat haar broer geen greintje kwaadaardigheid bezat.

'Geloof me nu maar, Oz, ze zijn groot. En ik heb er ook over gelezen in paps boeken.'

'Je hebt niet alle boeken van pap gelezen. Hij zei dat je er niet oud genoeg voor was.'

'Nou, ik heb er één gelezen. En hij heeft me stukken voorgelezen uit alle andere.'

'Heb je die vrouw gesproken?'

'Wie? Louisa Mae? Nee, maar de mensen die haar geschreven hebben zeiden dat ze graag wilde dat we kwamen.'

Oz dacht er even over na. 'Dat is goed, denk ik.'

24

'Ja.'

'Lijkt ze op pap?'

Dat was een lastige vraag voor zijn zus. 'Ik geloof niet dat ik ooit een foto van haar heb gezien.'

Het was duidelijk dat dit antwoord Oz niet beviel. 'Denk je dat ze misschien gemeen is en er eng uitziet? Als dat zo is, kunnen we dan terug naar huis?'

'Virginia is nu ons thuis, Oz.' Lou lachte tegen hem. 'Ze ziet er vast niet eng uit. En ze is ook niet gemeen. Als dat zo was zou ze nooit goedgevonden hebben dat we bij haar in huis kwamen.'

'Heksen doen dat toch soms, Lou? Weet je nog van Hans en Grietje? Ze lokken je in de val. Omdat ze je willen opeten. Dat doen ze allemaal. Ik weet het; ik lees ook boeken.'

'Zolang ik bij je ben zal geen heks je kwaad doen.' Ze pakte hem bij zijn arm om hem te laten merken hoe sterk ze was en eindelijk ontspande hij zich, waarna hij naar de andere inzittenden van hun slaapcoupé keek.

Deze reis was geheel gefinancierd door de vrienden van Jack en Amanda Cardinal, die gezamenlijk kosten noch moeite hadden gespaard om de kinderen comfortabel op weg te sturen naar hun nieuwe leven. Dit hield in dat er een verpleegster met hen meereisde, die in Virginia nog geruime tijd bij hen zou blijven om voor Amanda te zorgen.

Helaas scheen deze verpleegster zich te hebben voorgenomen om, behalve toezicht te houden op de gezondheid van de moeder, ook op te treden als strenge oppasser van onhandelbare kinderen. Het was dan ook begrijpelijk dat zij en Lou niet bepaald goed met elkaar overweg konden. Lou en Oz keken toe terwijl de lange, magere vrouw zich met haar patiënte bezighield.

'Kunnen we een poosje bij haar blijven?' vroeg Oz ten slotte met een zacht stemmetje. Voor hem was de verpleegster deels een draak, deels een boosaardige figuur uit een sprookje, en ze maakte hem doodsbang. Hij had het gevoel dat de hand van de vrouw elk moment kon veranderen in een mes en dat hij het enige doelwit van dat wapen zou zijn. Het idee dat hun overgrootmoeder een heks zou kunnen zijn was hem niet alleen ingegeven door het sombere verhaal van Hans en Grietje. Oz koesterde geen enkele hoop dat de verpleegster gunstig op zijn verzoek zou reageren, maar tot zijn verbazing deed ze het wel.

Nadat ze de deur van de coupé achter zich had dichtgeschoven keek Oz Lou aan. 'Misschien is ze nog zo kwaad niet.'

'Oz, ze is weggegaan om een sigaret te roken.'

'Hoe weet je dat ze rookt?'

'Als ik de nicotinevlekken op haar vingers niet had gezien, zou het feit dat ze naar tabak ruikt al voldoende zijn geweest.'

Oz ging naast zijn moeder zitten, die in het onderste bed lag, met haar armen over haar middel gevouwen. Haar ogen waren gesloten en ze ademde vluchtig, maar ze leefde tenminste nog.

'Wij zijn het, mam, ik en Lou.'

Lou keek wanhopig. 'Oz, ze hoort je niet.'

'Ja, ze hoort me wel!' Er lag een scherpe klank in de woorden van de jongen. Lou schrok ervan, hoewel ze aan al zijn stemmingen gewend was. Ze sloeg haar armen over elkaar en wendde haar blik af. Toen ze weer naar haar broer keek had deze een klein doosje uit zijn koffer gehaald. Hij maakte het open. Aan de halsketting die hij eruit haalde hing een kleine steen van kwarts.

'Oz, toe nou,' zei ze smekend, 'hou daarmee op.'

Hij luisterde niet naar haar maar hield de ketting boven zijn moeder. Amanda kon eten en drinken, hoewel ze om voor haar kinderen onbegrijpelijke redenen haar ledematen niet kon bewegen, niet kon spreken, en haar ogen nooit opendeed. Oz had hier veel moeite mee maar tegelijkertijd putte hij er hoop uit. Hij veronderstelde dat er een kleinigheid mis moest zijn, zoals een steentje in een schoen, of een prop in een buis. Het enige wat hij moest doen, was dit obstakel wegnemen, dan zou zijn moeder weer bij hen zijn.

'Oz, wat ben je toch dom. Niet doen.'

Hij sloeg zijn ogen neer. 'Het probleem met jou is dat je nergens in gelooft, Lou.'

'En jouw probleem is dat je overal in gelooft.'

Oz liet de ketting langzaam boven zijn moeder heen en weer slingeren. Hij sloot zijn ogen en begon woorden te prevelen die niet goed te verstaan waren, misschien ook niet door hem.

Lou bleef er geïrriteerd naar kijken, maar ten slotte kon ze zijn dwaze gedoe niet meer verdragen. 'Als iemand je zo bezig ziet zou hij zeggen dat je gek was. Zal ik je eens wat zeggen? Dat ben je ook!'

Oz hield op met zijn geprevel en keek haar nijdig aan. 'Nou heb je het verpest. Het moet absoluut stil zijn, anders kan ze niet genezen.'

'Genezen? Hoezo, genezen? Waar heb je het over?'

'Wil je dat mam zo blijft?'

'Nou, als dat gebeurt is het haar eigen schuld,' beet Lou hem toe. 'Als zij geen ruzie had gemaakt met pap zou dit allemaal niet gebeurd zijn.'

Oz was verbijsterd door haar woorden. Lou leek zelf verbaasd omdat ze zoiets had kunnen zeggen. Maar omdat ze nu eenmaal koppig was, was ze niet van plan om er een woord van terug te nemen, nu ze het had uitgesproken.

Op dat moment keken ze geen van beiden naar Amanda. Als ze het hadden gedaan, hadden ze iets kunnen zien, niet meer dan een trilling van de oogleden, die aangaf dat Amanda op de een of andere manier haar dochter had gehoord, om vervolgens nog dieper weg te zakken in de afgrond die haar al zo in zijn greep had.

Hoewel de meeste reizigers het niet merkten, begon de trein geleidelijk naar links over te hellen toen de rails van de stad afbogen, op weg naar het zuiden. Terwijl dit gebeurde was Amanda's ene arm van haar buik gegleden en bungelde nu over de rand van het bed.

Een ogenblik bleef Oz verbijsterd staan kijken. Het was duidelijk dat de jongen geloofde dat hij zojuist getuige was geweest van een wonder van bijbelse afmetingen, als een weggeslingerde steen die een reus had geveld. Hij schreeuwde: 'Mam! Mam!' In zijn opwinding duwde hij Lou bijna tegen de grond. 'Lou, zag je dat?'

Lou kon geen woord uitbrengen. Ze had niet gedacht dat haar moeder ooit nog eens zoiets zou kunnen doen. Ze begon juist het woord 'mam' uit te spreken toen de coupédeur opengeschoven werd en de verpleegster de ruimte vulde als een witte aardverschuiving. Haar grove gezicht stond ontstemd. Slierten sigarettenrook kronkelden boven haar hoofd alsof ze op het punt stond spontaan te ontbranden. Als Oz niet zo op zijn moeder gefixeerd was geweest, was hij waarschijnlijk uit het raam gesprongen bij het zien van de vrouw.

'Wat is hier aan de hand?' Wankelend deed ze een stap naar voren toen de trein opnieuw begon te schommelen alvorens als een pijl uit een boog door New Jersey te denderen.

Oz liet de ketting vallen en wees naar zijn moeder alsof hij een jachthond was die geprezen wilde worden voor het ophalen van de buit. 'Ze bewoog. Mam heeft haar arm bewogen. We hebben het allebei gezien, nietwaar, Lou?'

Lou kon echter niets anders doen dan van haar moeder naar Oz staren en weer terug. Het leek wel of iemand een stok in haar keel had geduwd; ze kon geen woord uitbrengen.

De zuster onderzocht Amanda. Daarna stond haar gezicht zo mogelijk nog zuurder; kennelijk vond ze het onvergeeflijk dat ze bij haar rookpauze gestoord was. Ze legde Amanda's arm weer terug op haar buik en bedekte haar met het laken.

'De trein ging door een bocht. Dat is alles.' Toen ze zich bukte om het laken in te stoppen zag ze de ketting op de vloer liggen als bezwarend bewijsstuk van Oz' plan om het herstel van zijn moeder te bespoedigen.

'Wat is dit?' vroeg ze op boze toon, terwijl ze zich bukte om bewijsstuk A in haar zaak tegen de kleine jongen op te rapen.

'Ik heb het alleen maar gebruikt om mam te helpen. Het is een soort...' Oz keek nerveus naar zijn zus, 'een soort magie.'

'Wat een onzin.'

'Ik wil het graag terug hebben.'

'Je moeder ligt in coma,' zei de vrouw op een koude, pedante toon die bedoeld was om iedereen die onzeker was, en kwetsbaar, schrik aan te jagen. Oz was een gemakkelijk doelwit. 'Er bestaat weinig hoop dat ze ooit nog bij bewustzijn komt. En dat zal zeker niet gebeuren vanwege een ketting, jongeman.'

'Geef hem alstublieft terug,' zei Oz, zijn handen stijf gevouwen alsof hij bad.

'Ik heb je al gezegd...' Ze werd onderbroken door een tikje op haar schouder. Toen ze zich omdraaide zag ze Lou vlak voor zich staan. Het meisje leek de afgelopen paar seconden verscheidene centimeters te zijn gegroeid. De manier waarop ze haar hoofd in haar nek gooide leek agressief. 'Geef hem terug!'

Het gezicht van de verpleegster werd rood bij deze brutaliteit. 'Ik neem geen orders aan van een kind.'

Bliksemsnel deed Lou een uitval naar de ketting, maar de zuster was onverwacht sterk en ze slaagde erin hem in haar zak te stoppen, ondanks Lou's tegenwerking.

'Hier is jullie moeder niet mee geholpen,' snauwde de verpleegster, bij elk woord de lucht van haar Lucky Strikes uitblazend. 'En nu gaan jullie zitten en houden jullie mond!'

Oz keek naar zijn moeder. Op zijn gezicht stond het verdriet te lezen omdat hij zijn kostbare ketting was kwijtgeraakt vanwege een bocht in de rails.

Lou en Oz gingen bij het raam zitten. De eerstvolgende kilometers bleven ze zwijgend naar de ondergaande zon kijken. Toen Oz onrustig heen en weer begon te schuiven, vroeg Lou wat eraan scheelde.

'Ik vind het naar om pap daar helemaal alleen achter te laten.'

'Oz, hij is niet alleen.'

'Hij lag toch helemaal alleen in die kist. Nu wordt het donker. Misschien is hij bang. Het is niet goed, Lou.'

'Hij is niet in die kist, hij is bij God. Ze zitten nu daarboven te praten, en ze kijken op ons neer.'

Oz keek naar de hemel. Hij tilde zijn hand op om te zwaaien, maar hij keek er onzeker bij.

'Je kunt best naar hem wuiven, Oz. Hij is daarboven.'

'Zweer je het?'

'Ik zweer het. Zwaai maar gerust.'

Oz wuifde en daarna brak een van de zeldzame lachjes op zijn gezicht door.

'Wat is er?' vroeg zijn zus.

'Ik weet het niet, het voelde gewoon goed. Denk je dat hij teruggezwaaid heeft?'

'Natuurlijk. God ook. Je weet hoe pap is, die zit vast verhalen te vertellen. Waarschijnlijk zijn ze al goede vrienden geworden.' Lou zwaaide ook, en toen haar vingers langs het koele glas streken wenste ze heel even dat ze ervan overtuigd was dat het waar was wat ze had gezegd. Het voelde goed.

Sinds de dood van hun vader was de winter bijna onmerkbaar overgegaan in de lente. Met de dag miste ze hem meer, de enorme leegte in haar groeide bij elke ademhaling. Ze wilde dat haar vader veilig en gezond was. Bij hen. Maar het zou nooit meer zo zijn. Haar vader was echt weg. Het was een ongelooflijk verdrietig gevoel. Ze keek naar de lucht.

Hallo, pap. Vergeet me alsjeblieft nooit, want ik zal jou nooit vergeten. Haar lippen vormden de woorden geluidloos, zodat Oz ze niet kon horen. Toen ze uitgesproken was, was ze het liefst zelf in tranen uitgebarsten, maar dat kon ze niet doen waar Oz bij was. Als zij begon te huilen was de kans groot dat Oz ook zou beginnen en dat hij de rest van zijn leven zou blijven huilen.

'Hoe is het om dood te zijn, Lou?' Oz tuurde de donkere nacht in terwijl hij de vraag stelde.

Na een poosje zei ze: 'Nou, ik geloof dat het ergens betekent dat je niets meer voelt. Maar op een andere manier voel je alles. Alleen maar goede dingen. Als je een fatsoenlijk leven hebt geleid. Als dat niet zo is, nou, je weet wel.'

'De duivel?' vroeg Oz met een verschrikt gezicht.

'Daar hoef jij je niet druk om te maken, Oz. En pap ook niet.'

Met tussenpozen wierp Oz een blik op Amanda. 'Gaat mam dood?'

'We gaan allemaal een keer dood.' Lou wilde het niet verbloemen, zelfs niet tegenover Oz, maar ze drukte hem stevig tegen zich aan. 'Laten we het maar nemen zoals het komt.'

Lou staarde uit het raam terwijl ze haar broertje tegen zich aan hield. Ze wist al dat niets blijvend was.

•5•

Het was heel vroeg in de ochtend. De vogels waren nog maar net wakker en klapperden met hun vleugels. Een kille mist steeg op van de warme grond en de zon was niet meer dan een vurige streep aan de oostelijke hemel. Ze waren een keer gestopt, in Richmond, waar van locomotief werd verwisseld, daarna was de trein de glooiende aarde van de Shenandoahvallei in gereden, waar de grond vruchtbaar was en een gematigd klimaat heerste zodat er letterlijk alles kon worden verbouwd. Nu werd het terrein veel steiler.

Lou had weinig geslapen omdat ze het bovenste bed deelde met Oz, die zelfs in zijn beste momenten 's nachts erg onrustig was. In een slingerende trein op weg naar een nieuwe, angstaanjagende wereld, was haar broertje in zijn slaap als een woesteling tekeergegaan. Haar armen en benen zaten onder de blauwe plekken van zijn onbewuste, wilde bewegingen, hoewel ze hem stevig had vastgehouden; haar oren deden pijn van zijn droevige kreten, ondanks de troostende woordjes die ze hem had toegefluisterd. Ten slotte was Lou het bed uit geklommen en op blote voeten over de koude vloer in het donker naar het raam gestrompeld, waar ze de gordijntjes opzij had geschoven en beloond werd met de aanblik van haar eerste echte berg in Virginia.

Jack Cardinal had zijn dochter ooit verteld dat men geloofde dat er in feite twee bergketens waren in de Appalachen. De eerste was miljoenen jaren geleden gevormd toen de zee zich terugtrok en de aarde kromp, en was zo hoog geworden als de huidige Rocky Mountains. Later waren die bergen als gevolg van het beuken van het woelige water geërodeerd tot hoogvlakten. Daarna was de wereld opnieuw in beweging gekomen, had Lou's vader uitgelegd, en opnieuw waren de rotsen hoog opgerezen, hoewel lang niet zo hoog als de eerste keer, en hadden ze de huidige Appalachen gevormd, die als dreigende handen tussen delen van Virginia en West-Virginia stonden en zich uitstrekten van Canada tot Alabama.

De Appalachen hadden verhinderd dat de bevolking verder west-waarts trok, had Jack zijn altijd nieuwsgierige Lou geleerd, en de Amerikaanse koloniën lang genoeg bijeen laten blijven om hun onaf-hankelijkheid van een Engelse monarch te behouden. Later hadden de delfstoffen die in de bergen werden aangetroffen ervoor gezorgd dat de landstreek een van de grootste industriegebieden van de wereld werd. Niettemin, had haar vader er met een berustend lachje aan toegevoegd, had de mens de bergen nooit de eer gegeven die ze toekwam voor al die rijkdommen.

Lou wist dat Jack Cardinal van de bergen van Virginia had gehouden en dat hij grote eerbied koesterde voor die hoge rotsen. Hij had vaak tegen haar gezegd dat er iets magisch was aan dit uitgestrekte, hoge terrein, omdat hij geloofde dat er onverklaarbare krachten huisden. Ze had zich dikwijls afgevraagd waarom een mengsel van aarde en steen ondanks zijn hoogte zo'n diepe indruk op haar vader kon maken. Nu begon ze voor het eerst te begrijpen hoe het mogelijk was, want Lou had nog nooit zoiets gezien.

De heuvels die Lou aanvankelijk had gezien, bedekt met groepjes bomen en stapels leisteen, waren niet meer dan kleine afstammelin-gen; achter deze 'kinderen' kon ze de omtrekken zien van de grote ouders: de bergen. Ze leken onbegrensd door hemel of aarde. Zo groot en breed waren de bergen, dat ze onnatuurlijk leken, ofschoon ze rechtstreeks uit de aardkorst waren geboren. Daar ergens woonde een vrouw naar wie Lou vernoemd was, maar die ze nooit had ont-moet. Die gedachte behelsde zowel troost als paniek. Eén angstig ogenblik had Lou het gevoel dat ze met deze ratelende trein recht-streeks in een ander zonnestelsel waren terechtgekomen. Toen kwam Oz naast haar staan en hoewel hij niet bepaald iemand was die anderen vertrouwen inboezemde, voelde Lou zich gerustgesteld door de aanwezigheid van de kleine jongen.

'Ik denk dat we in de buurt komen,' zei ze, terwijl ze zijn schouder-tjes masseerde om de spanning van weer een nacht vol nachtmerries weg te nemen. Zij en haar moeder waren er bedreven in geworden. Amanda had tegen haar dochter gezegd dat Oz de ergste nachtmer-ries had die ze ooit had gezien. Ze moesten hem er echter niet om beklagen en er evenmin licht overheen stappen, had ze Lou geleerd. Het enige wat ze konden doen was er te zijn voor het kind en te proberen de mentale en fysieke ongemakken zo veel mogelijk te beperken.

Het zou Lou's persoonlijke opdracht genoemd kunnen worden: gij zult geen andere plicht hebben dan te zorgen voor uw broeder Oz. Ze was vast van plan om zich vóór alles aan dat gebod te houden.

De jongen richtte zijn aandacht op het landschap. 'Waar is het? Waar gaan we naartoe?'

Ze wees uit het raam. 'Daar ergens.'

'Rijdt de trein tot vlak bij het huis?'

Lou lachte bij die opmerking. 'Nee. Iemand wacht op ons op het station.'

De trein dook een tunnel in die door de flank van een van de heuvels was geboord, zodat ze in diepe duisternis werden gehuld. Even later kwamen ze de tunnel uit en toen begon de klim. De helling was zo steil dat Lou en Oz angstig naar buiten keken. Voor hen uit lag een spoorbrug. De trein minderde vaart en reed voorzichtig de brug op, als iemand die aan de oever voorzichtig een voet in het koude water steekt. Lou en Oz keken omlaag, maar er was zo weinig licht dat ze de grond niet konden zien. Het leek alsof ze in de lucht hingen, zwevend op de rug van een vele tonnen wegende, ijzeren vogel. Toen was de trein opeens weer op vaste grond en begon aan de volgende klim. De snelheid werd opgevoerd en Oz haalde diep adem, onderbroken door een geeuw – misschien om zijn angst te verbergen, dacht Lou.

'Ik vind het hier leuk,' verklaarde Oz plotseling, en hij drukte zijn beer tegen het raam. 'Kijk maar naar buiten,' zei hij tegen zijn speelgoedbeest dat, voorzover Lou wist, nooit een naam had gehad. Daarna stak Oz nerveus zijn duim in zijn mond. Hij had ijverig geprobeerd op te houden met duimzuigen, maar met alles wat er om hem heen gebeurde vond hij het op dit moment heel moeilijk.

'Het komt toch wel goed, Lou?' zei hij fluisterend.

Ze trok haar broertje op schoot en kietelde hem met haar kin in zijn nek tot hij begon te wiebelen.

'Het komt allemaal goed.' Lou slaagde erin te geloven dat het waar was.

•6•

Het station van Rainwater Ridge was niet meer dan een veredelde, houten loods met één enkel, gebarsten raam vol spinnenwebben, en een deuropening maar geen deur om die af te sluiten. Een kleine stap scheidde deze ruïne van spijkers en planken van de rails. De windvlagen die door de openingen tussen rotsen en bomen kwamen gieren waren sterk. Aan de gezichten van de paar mensen die er rondhingen was, evenals aan de kromgegroeide bomen, de brute kracht van de wind te zien.

Lou en Oz keken toe hoe hun moeder in een ouderwetse ziekenauto werd geladen. Toen de verpleegster in het vehikel klom keek ze nog even nijdig naar de kinderen die aan haar toezicht waren toevertrouwd; de confrontatie van de vorige dag zat haar blijkbaar nog steeds dwars.

Nadat de deuren van de ambulance gesloten waren, haalde Lou de ketting met de kwartssteen uit haar mantelzak en gaf hem aan Oz.

'Ik ben haar coupé binnengeslopen voor ze opstond. Hij zat nog steeds in haar zak.'

Oz lachte. Hij stak het kostbare kleinood in zijn zak en daarna ging hij op zijn tenen staan om zijn zus een kus op haar wang te geven. De twee kinderen bleven geduldig bij hun bagage staan om op Louisa Mae Cardinal te wachten.

Hun huid was ruw geboend en elke haar op hun hoofd was vlijtig geborsteld. Lou had extra veel tijd aan Oz besteed. Ze hadden hun allerbeste kleren aan, waaronder het luide gebons van hun hart bijna zichtbaar was. Ze stonden er ongeveer een minuut toen ze iemand achter zich voelden.

De neger was een jonge man en, in overeenstemming met het landschap, grof gebouwd. Hij was lang en breedgeschouderd, met armen als hammen, een stevig, gespierd middel en lange benen, waarvan het ene ter hoogte van de knie vreemd opzij stak. Zijn huid had een donkere roestkleur, die prettig was om te zien. Hij keek naar zijn voeten, zodat Lou's blik er als vanzelf naartoe getrokken werd. Zijn oude werkschoenen waren zo groot dat een pasgeboren baby erin zou kunnen slapen en dan zou er nog ruimte overblijven, zag het meisje. Zijn tuinbroek was even afgedragen als de schoenen, maar schoon, althans zo schoon als iets hier met al dat stof en de wind kon zijn. Lou stak haar hand uit, maar hij nam die niet aan.

Met één indrukwekkende beweging nam hij al hun koffers op en maakte vervolgens een hoofdbeweging in de richting van de weg. Lou vatte die op als 'hallo', 'ga mee', en 'misschien zal ik jullie later vertellen hoe ik heet', dat alles in één veelzeggend gebaar. Hij hinkte weg, het eigenaardige been sleepte achter hem aan. Lou en Oz keken elkaar aan en draafden hem achterna, Oz omklemde zijn beer en Lou's hand. Ongetwijfeld zou de jongen het liefst de trein achter zich aan gesleept hebben als dat mogelijk was geweest, om zo nodig snel te kunnen ontsnappen.

De lange vierdeurs Hudson sedan had de kleur van piccalilly. De auto was oud, maar schoon vanbinnen. De grote, zichtbare radiator zag eruit als een grafzerk en beide voorspatborden ontbraken, evenals het glas van de achterruit. Lou en Oz stapten achter in en de man reed weg, vaardig de lange pook manipulerend zonder de versnellingen te laten knarsen.

Na de treurige staat waarin het station verkeerde had Lou geen hoge verwachtingen van de beschaving in deze contreien. Nadat ze zo'n twintig minuten hadden gereden kwamen ze echter bij een stadje van redelijke afmetingen, hoewel de schamele verzameling gebouwen in New York nauwelijks één armzalige straat zou hebben gevuld.

Een bord kondigde aan dat ze de stad Dickens in Virginia binnenreden. De hoofdstraat had een dubbele rijbaan en was geasfalteerd. Aan weerszijden stonden goed onderhouden houten en stenen gebouwen. Een van de gebouwen bestond zelfs uit vijf verdiepingen; het uithangbord vermeldde dat het een hotel was waar men tegen een redelijke prijs een kamer kon krijgen. Er stonden veel auto's, voornamelijk brede Fords en Chryslers, en zware vrachtauto's van diverse merken, die allemaal bedekt waren met modder. Alle voertuigen stonden schuin voor de gebouwen geparkeerd.

Er waren winkels en restaurants; in een pakhuis waarvan de deuren openstonden zagen ze hoog opgestapelde dozen Domino-suiker en Quick-luiers, Post Toasties en Quaker Oats. Daarnaast was een auto-dealer gevestigd met glanzende auto's in de etalage en aangrenzend een Esso-benzinestation met twee pompen, waar een man in uniform met een brede glimlach de tank van een gedeukte La Salle volgooide, waarachter een stoffige tweedeurs Nash al stond te wachten. Voor een van de cafés hing een frisdrankautomaat en tegen de muur van een ijzerwinkel was een reclamebord voor Eveready-batterijen aangebracht. Telefoon- en elektriciteitspalen van populierenhout, vanwaar zwarte kabels naar elk van de gebouwen kronkelden, stonden langs een kant van de straat. Weer een andere winkel kondigde de verkoop aan van piano's en orgels tegen goede prijzen bij contante betaling. Op een hoek was een bioscoop, ertegenover een wasserij. Aan weerszijden van de straat stonden gaslantaarns als grote, brandende lucifers.

De trottoirs waren vol mensen, variërend van goedgeklede vrouwen met modieuze kapsels waarop bescheiden hoeden prijkten, tot gebogen, groezelige mannen die volgens Lou waarschijnlijk hier werkten in de kolenmijnen waarover ze had gelezen.

Het laatste behoorlijke gebouw dat ze onder het rijden zagen, was tevens het grootste, opgetrokken uit rode baksteen met een fraaie zuilengang, gesteund door twee aan twee staande Griekse zuilen. Het had een steil oplopend dak van gehamerd, zwartgeschilderd blik, met een stenen klokkentoren als een hoge hoed erbovenop. Aan de voorgevel wapperden de vlaggen van Virginia en Amerika in het zachte briesje. De elegante rode baksteen rustte echter op een fundering van lelijk, brokkelig beton. De eigenaardige combinatie kwam op Lou over als een mooie broek boven smerige schoenen. De boven de zuilen uitgehouwen woorden zeiden eenvoudig: GERECHTSHOF. Daarna lieten ze het slordige Dickens achter zich.

Verbaasd leunde Lou achterover. De verhalen van haar vader hadden gewag gemaakt van de woeste bergen en het primitieve leven dat men er leidde, waar jagers bij kampvuurtjes van notenhouten stokjes hurkten om hun buit te roosteren en hun bittere koffie te drinken; waar boeren vóór zonsopgang opstonden en op hun land werkten tot ze erbij neervielen; waar mijnwerkers in de aarde dolven, hun longen vullend met zwart stof dat uiteindelijk hun dood zou betekenen; en waar houthakkers maagdelijke wouden velden met bijl en zaag. Een scherp verstand, een grondige kennis van het land en een sterke rug waren hier van het grootste belang. Gevaar loerde op de steile hellingen en in de lemen velden; de magistrale, hoge rotsen heersten over mens en dier en bepaalden nauwkeurig de grenzen van hun ambities en hun levens. Een stad als Dickens, met zijn geplaveide straten, hotel, Coca-Cola-reclame en piano's tegen een goede prijs bij contante betaling had het recht niet om hier te zijn. Toch besefte Lou opeens dat de periode waarover haar vader had geschreven al meer dan twintig jaar achter hen lag.

Ze zuchtte. Alles, zelfs de bergen en de mensen die er woonden, was blijkbaar veranderd. Lou nam aan dat haar overgrootmoeder nu waarschijnlijk in een heel gewone buurt woonde met heel gewone buren. Misschien had ze een kat en ging ze elke zaterdag naar de kapper, in een kapsalon die rook naar chemicaliën en sigarettenrook. Lou en Oz zouden limonade drinken op de veranda en zondags naar de kerk gaan en naar de mensen wuiven die in hun auto's langsreden. Het leven zou niet zo heel veel verschillen van dat in New York. Hoewel daar absoluut niets verkeerds aan was, was het niet de dichte, adembenemende wildernis die Lou had verwacht te zullen aantreffen. Het was niet het leven waaraan haar vader had deelgenomen en waarover hij vervolgens had geschreven. Lou was hevig teleurgesteld.

De auto reed kilometers lang tussen bomen, oprijzende rotsen en glooiende dalen door en toen zag Lou weer een bord. Deze stad heette Tremont. Hier zou het wel zijn, dacht ze. Tremont leek ruwweg eenderde van de afmetingen van Dickens. Een stuk of vijftien auto's stonden schuin geparkeerd voor winkels die er precies zo uitzagen als die in de grotere stad; er was geen hoog gebouw, geen gerechtshof en de asfaltweg had plaatsgemaakt voor macadam en steenslag. Nu zag ze ook af en toe iemand op een paard, maar toen hadden ze Tremont alweer achter zich gelaten en de weg steeg nog steeds. Lou veronderstelde dat haar overgrootmoeder aan de rand van Tremont woonde.

De volgende plaats die ze passeerden had geen naambord en het schaarse aantal huizen en de paar mensen die ze zagen leken ook niet voldoende om het oord recht te geven op een naam. Ze reden nu over een zandweg en de Hudson slingerde van de ene kant naar de andere over het schuivende zand. Lou zag een klein postkantoortje en daarnaast een scheefhangende stapel planken zonder uithangbord, met een trap waarvan de treden vermolmd waren. Ten slotte was er een flinke winkel waar van alles verkocht werd, met de naam McKenzies op de muur; kisten met suiker, meel, zout en peper stonden hoog opgestapeld buiten. In een van de etalages van McKenzies hingen tuinbroeken, paardentuigen en een petroleumlamp. Dat was ongeveer alles wat er te zien viel in die naamloze halteplaats langs de slechte weg.

Terwijl ze verder reden over de zachte aarde passeerden ze zwijgende mannen met diepliggende ogen, hun gezichten deels bedekt door vlassige baardjes; ze droegen vuile tuinbroeken, slappe vilthoeden en lompe schoenen en ze reisden te voet, op een ezel of op een paard. Een vrouw met holle ogen, een slap gezicht en knokige ledematen, gekleed in een geruite blouse en een rok van zelfgesponnen wol die om haar middel met spelden bijeen werd gehouden, hobbelde voorbij in een kleine huifkar die werd voortgetrokken door een span muilezels. Achter in de wagen zat een aantal kinderen op jutezakken met zaden, die groter waren dan zijzelf. Evenwijdig aan de weg liep hier een spoorlijn, een lange kolentrein stond stil onder een watertoren om een grote hoeveelheid water in te nemen, de stoom wolkte bij elke gulzige slok uit de locomotief op. Op een andere berg in de verte zag Lou een kolenbunker op houten palen. Een andere kolentrein reed onder dit bouwsel door als een colonne gehoorzame mieren.

Daarna reden ze over een grote brug. Op een blikken bord stond te lezen dat dit de McCloud was, een rivier die 10 meter beneden hen stroomde. In de weerspiegeling van de opkomende zon leek het water roze, als een kilometers lange, kronkelende tong. De bergtoppen waren zachtblauw, de mistslierten er vlak onder vormden een doorschijnend kleed.

Nu er blijkbaar geen stadjes meer kwamen, vond Lou dat het tijd werd om kennis te maken met de man voorin.

'Hoe heet u?' vroeg ze. Ze had veel negers gekend, voornamelijk schrijvers, dichters, musici en toneelspelers, allemaal vrienden van haar ouders. Er waren echter ook anderen geweest. Tijdens de tochtjes door de stad met haar moeder had Lou zwarte mensen gezien die vuilnis ophaalden, taxi's aanhielden, met koffers sjouwden, achter andermans kinderen aan holden, straten veegden, ramen lapten, schoenen poetsten, eten kookten en de was deden, en voor dat alles de beledigingen en de fooien van hun blanke clïentèle in ontvangst namen.

De man die de auto bestuurde was anders, omdat hij blijkbaar niet van praten hield. In New York was Lou bevriend geraakt met een aardige, oudere man die een eenvoudig baantje had in het stadion van de Yankees, waar zij en haar vader soms heimelijk naartoe gingen om een wedstrijd te zien. Deze oude man, slechts een tintje donkerder dan de pinda's die hij verkocht, had haar verteld dat kleurlingen je de hele dag de oren van het hoofd praatten, behalve op zondag, wanneer ze God en de vrouwen aan de beurt lieten komen.

Deze forse man reed maar door; zijn blik dwaalde niet eens af naar het achteruitkijkspiegeltje toen Lou tegen hem sprak. Als er iets was wat Lou niet kon verdragen van haar medemensen, was het gebrek aan nieuwsgierigheid.

'Mijn ouders hebben me Louisa Mae Cardinal genoemd, naar mijn overgrootmoeder. Maar ik word Lou genoemd, gewoon Lou. Mijn vader is John Jacob Cardinal. Hij is een heel beroemde schrijver. U hebt vast wel eens van hem gehoord.'

De jongeman bromde niets terug en hij verroerde geen vin. De weg vóór hem boeide hem kennelijk zo dat een stukje familiegeschiedenis van de Cardinals daar niet tegenop kon.

Om deel te nemen aan de poging tot conversatie van zijn zus, zei Oz: 'Hij is dood, maar onze moeder niet.'

Deze tactloze opmerking ontlokte Lou een boze blik en Oz keek snel weer naar buiten om demonstratief het landschap te bewonderen.

Met een ruk schoten ze naar voren toen de Hudson abrupt stopte.

De jongen die langs de weg stond was iets ouder dan Lou, maar ongeveer even groot. Zijn rode haar stak alle kanten uit, maar liet zijn flaporen vrij. Hij had een gevlekt hemd aan en een smerige tuinbroek, waar zijn magere enkels onderuit staken. Hoewel het niet warm was, liep hij op blote voeten. Hij had een lange, zelfgemaakte vishengel bij zich en een gehavende kist met visgerei, die ooit blauw geweest moest zijn. Naast hem stond een zwart met bruin gevlekt scharminkel van een hond, met zijn slappe roze tong uit zijn bek. De jongen stak zijn hengel en de kist door het open achterraam van de

Hudson en klom vervolgens voorin alsof hij de eigenaar was. De hond volgde zijn ontspannen voorbeeld.

'Goeiedag, Hell No,' zei de nieuwkomer op vriendschappelijke toon tegen de chauffeur, die erop reageerde met een nauwelijks merkbaar knikje.

Lou en Oz keken elkaar verwonderd aan bij deze wel heel vreemde begroeting.

Als een duveltje uit een doosje stak de jongen zijn hoofd over de rugleuning om naar hen te staren. Hij had een enorme hoeveelheid sproeten op zijn magere wangen, een kleine neus met nog meer sproeten, en nu hij niet meer in de zon stond leek zijn haar nog roder. Zijn ogen hadden de kleur van groene erwten en in combinatie met het haar leek het volgens Lou op kerstcadeaupapier.

'Krijg nou wat, jullie zijn zeker familie van miss Louisa?' zei hij traag maar vriendelijk. Zijn lachje had iets ondeugends.

Lou knikte langzaam. 'Ik ben Lou. Dit is mijn broertje Oz,' zei ze zo beleefd mogelijk, om te laten zien dat ze niet zenuwachtig was.

Zo snel als de grijns van een handelsreiziger gaf de jongen hun een hand. Zijn vingers waren sterk, de kenmerken van het landschap waren tot diep in de poriën gedrongen. Als hij al nagels had, was dat moeilijk te zeggen onder deze aanzienlijke verzameling vuil. Lou en Oz bleven tegen wil en dank naar die vingers kijken.

Het moest hem zijn opgevallen, want hij zei: 'Ben wormen wezen zoeken toen het nog donker was. Kaars in de ene hand, blikje in de andere. Smerig werk, en zo is het.' Hij zei het op nonchalante toon, alsof ze al jaren naast elkaar onder een schroeiende zon op hun knieën hadden gelegen, in afwachting van een schamele vangst.

Oz keek naar zijn eigen hand en zag dat de handdruk zijn zanderige sporen erop had achtergelaten. Hij lachte omdat het erop leek dat ze zojuist een ritueel tussen bloedbroeders hadden volvoerd. Een broer! Dat was iets waar Oz opgewonden over kon raken.

De roodharige jongen grinnikte vriendschappelijk, waarbij te zien was dat de meeste van zijn tanden zaten waar ze hoorden te zitten, hoewel ze lang niet allemaal recht of wit waren.

'Ik heet Jimmy Skinner,' zei hij, als bescheiden introductie, 'maar ze noemen me Diamond, omdat mijn vader zegt dat mijn kop zo hard is als diamant. En deze hond heet Jeb.'

Bij het horen van zijn naam stak Jeb zijn pluizige kop over de rugleuning en Diamond trok hem speels aan beide oren. Daarna keek hij naar Oz.

'Een gekke naam voor een mens. Oz.'

Oz keek zorgelijk bij de taxerende blik van zijn bloedbroeder. Konden ze nu geen vrienden zijn?

Lou antwoordde voor hem. 'Eigenlijk heet hij Oscar. Zoals Oscar Wilde. Oz is een bijnaam, die komt van de *Wizard of Oz*.'

Met zijn ogen naar het plafond van de Hudson gericht dacht Diamond over deze feiten na. Hij leek zijn geheugen te raadplegen.

'Nooit gehoord van Wildes, hier in de buurt.' Hij zweeg even, dacht opnieuw ernstig na, de rimpels in zijn voorhoofd werden dieper. 'De Wizard van wat, precies?'

Lou kon haar verbazing niet verbergen. 'Het boek? De film? Judy Garland?'

'De Munchkins? En de Laffe Leeuw?' voegde Oz eraan toe.

'Ben nooit naar de film geweest.' Diamond wierp een vluchtige blik op Oz' beer en er verscheen een misprijzende uitdrukking op zijn gezicht. 'Ben je daar niet een beetje te oud voor, jochie?'

Dat deed de deur dicht voor Oz. Bedroefd veegde hij zijn hand af aan de zitting, waarmee hij de plechtige eed tussen hem en Diamond verbrak.

Lou leunde zo ver naar voren dat ze Diamonds adem kon ruiken. 'Dat gaat jou toch zeker niets aan?'

Terneergeslagen zakte Diamond op zijn stoel terug, waarna hij Jeb achteloos zand en wormslijm van zijn vingers liet likken. Hij keek alsof Lou naar hem gespuugd had met haar woorden.

De ambulance reed langzaam ver voor hen uit.

'Het spijt me dat jullie moeder ziek is,' zei Diamond, in een poging hun de vredespijp toe te steken.

'Ze wordt weer beter,' zei Oz, altijd toeschietelijker dan Lou wanneer het hun moeder betrof.

Lou staarde met over elkaar geslagen armen uit het raam.

'Hell No,' zei Diamond, 'zet mij maar af bij de brug. Als ik een goede vangst heb, breng ik die voor het avondeten. Zeg je dat tegen miss Louisa?'

Lou zag dat Hell No zijn zware kin vooruitstak, wat blijkbaar een luid, opgewekt 'Oké, Diamond,' betekende.

De jongen hing weer over de stoelleuning. 'Hé, houden jullie van lekkere, in reuzel gebakken vis als avondeten?' Zijn gezicht stond hoopvol, zijn bedoeling was ongetwijfeld goed, maar Lou had op het moment geen zin om met iemand bevriend te raken.

'Ja, dat vinden we wel lekker, Diamond. Misschien kunnen we daarna naar de film gaan in dit paardenstadje.'

Zodra Lou het gezegd had, had ze er spijt van. Niet alleen vanwege de teleurgestelde uitdrukking op Diamonds gezicht; het kwam ook doordat ze daarmee de plek waar haar vader was opgegroeid, had verloochend. Ze betrapte zich erop dat ze naar de hemel keek, wachtend op grimmige bliksemflitsen, of misschien een plotselinge regenbui, als vallende tranen.

'Jullie komen zeker uit een grote stad?' zei Diamond.

Lou wendde haar blik af van de hemel. 'Uit de grootste die er is. New York,' zei ze.

'Nou, dat kun je de mensen hier maar beter niet vertellen.'

Oz keek zijn ex-bloedbroeder met open mond aan. 'Waarom niet?'

'Stop hier maar, Hell No. Vooruit, Jeb.'

Hell No bracht de auto tot stilstand. Recht voor hen lag de brug, de miezerigste die Lou ooit had gezien. Een kleine 7 meter verwrongen, houten planken waren op geteerde bielzen gelegd, met aan elke kant een verroeste, metalen leuning die moest voorkomen dat iemand 2 meter omlaag stortte in iets wat meer op een geul vol platte stenen leek dan op water. Zelfmoord door van de brug te springen leek hier geen realistische mogelijkheid. Afgaand op het ondiepe water koesterde Lou niet veel hoop op een avondeten met gebakken vis. Zo'n maaltijd leek haar toch al niet buitengewoon aanlokkelijk.

Terwijl Diamond zijn visspullen achter uit de Hudson haalde leunde Lou, die een beetje spijt had van wat ze had gezegd maar nog veel meer nieuwsgierig was, over de bank heen. Door het open achterraam fluisterde ze hem toe: 'Waarom noem je hem Hell No?'

De niet-verwachte aandacht die ze hem bewees bracht Diamond weer in een goede stemming en hij lachte tegen haar. 'Omdat hij zo heet,' zei hij vriendelijk. 'Hij woont bij miss Louisa.'

'Hoe komt hij aan die naam?'

Diamond keek naar de stoel waarop de chauffeur zat en deed alsof hij iets in zijn viskist zocht. Zachtjes zei hij: 'Zijn vader verscheen in deze buurt toen Hell No nog maar een baby was. Hij legde hem op de weg neer. Iemand zei tegen hem: "Kom je terug om dat kind op te halen?" En hij zei: "Hell no." Nou, Hell No heeft van zijn leven niemand kwaad gedaan. Er zijn niet veel mensen die dat kunnen zeggen. Zeker geen rijkelui.'

Diamond pakte zijn viskist en legde de hengel over zijn schouder. Fluitend liep hij naar de brug. Hell No reed de Hudson eroverheen, het bouwsel kreunde en kermde bij elke omwenteling van de wielen. Diamond zwaaide en Oz wuifde terug met zijn vuile hand, hopend dat hij misschien toch langdurig bevriend zou raken met Jimmy 'Diamond' Skinner, de roodharige vissersjongen uit de bergen.

Lou keek alleen maar naar de bestuurdersstoel. Naar een man die Hell No werd genoemd.

•7•

Het hoogteverschil was zeker 1.000 meter, misschien nog wel meer. De Appalachen mochten dan gering van afmeting zijn in vergelijking met de opschepperige Rockies, maar voor de kinderen Cardinal waren ze hoog genoeg.

Nadat ze de kleine brug en Diamond achter zich hadden gelaten, begon de 96-pk-motor van de Hudson te gieren en schakelde Hell No terug naar een lagere versnelling. Het was begrijpelijk dat de auto protesteerde, want de hobbelige weg klom nu in een hoek van bijna 45 graden en kronkelde zich om de berg als een ratelslang. Het zou een tweebaansweg moeten zijn, maar in werkelijkheid was het niet meer dan een enkele, brede strook. Langs de kant van de weg lagen gevallen rotsblokken, als massieve tranen, afkomstig van het gezicht van de berg.

Oz wierp één blik op deze potentiële weg naar de hemel en daarna gaf hij er de voorkeur aan niet meer te kijken. Lou staarde voor zich uit, hun klim naar de hemel scheen haar niet te hinderen.

Toen kwam opeens een verroeste tractor om de bocht op hen af stuiven; er ontbraken veel onderdelen en de rest werd bij elkaar gehouden door roestig ijzerdraad. Het voertuig op zich was al bijna te groot voor de smalle weg, laat staan met een logge tegenligger als de Hudson. Kinderen hingen en bungelden overal aan het enorme gevaarte, zodat het een rijdend gymnastiektoestel leek. Een jongetje van Lou's leeftijd hing met behulp van zijn tien vingers en gods genade aan de tractor, en hij lachte! De andere kinderen, een meisje van een jaar of tien en een jongen die even oud leek als Oz, klampten zich met angstige gezichten vast aan alles wat hun houvast kon bieden.

De man die het voertuig bestuurde was zo mogelijk nog angstaanjagender dan de aanblik van een op hol geslagen machine die met armen en benen om zich heen slaande kinderen gegijzeld hield. Op zijn hoofd stond een vilthoed, doortrokken van het zweet van jaren. Zijn verwarde baard was ruig, zijn gezicht donkerbruin verbrand en zwaar gerimpeld door de onbarmhartige zon. Hij leek klein, maar zijn lichaam was fors en gespierd. Zijn kleren en die van de kinderen waren nauwelijks meer dan vodden.

De tractor kwam bijna in botsing met de Hudson. Oz sloeg zijn handen voor zijn ogen, te bang om zelfs maar te proberen te gillen. Lou slaakte wel een kreet toen de tractor recht op hen af kwam.

Hell No slaagde erin, rustig en ervaren, op de een of andere manier de auto opzij te sturen. Hij stopte om het voertuig veilig te laten passeren. Ze waren zo dicht bij elkaar dat eenderde van de banden van de Hudson op niets anders grip had dan de kille berglucht. Losgeraakte stenen en zand rolden van de weg en werden onmiddellijk door een windvlaag meegevoerd. Even was Lou ervan overtuigd dat ze over de rand zouden storten en ze greep Oz zo stevig mogelijk vast, alsof dat enig verschil zou maken.

Terwijl de tractor langsdenderde keek de man hen nijdig aan, voor zijn blik op Hell No bleef rusten en hij schreeuwde: 'Stomme nik...'
De rest ging gelukkig verloren in het geraas van de tractor en het luide gelach van de jongen die eraan hing. Lou keek naar Hell No, die bij het hele gebeuren geen spier vertrok. Dit gebeurde niet voor de eerste keer, dacht ze, de bijna-fatale botsing en de afschuwelijke scheldpartij.

Het rollende circus verdween als een hagelbui in juli. Hell No reed door.

Toen haar zenuwen weer tot bedaren waren gekomen zag Lou in de diepte met kolen beladen vrachtauto's over de ene rijbaan van een weg rijden, terwijl lege auto's in tegenovergestelde richting met grote snelheid als bijen bergopwaarts zoemden om een nieuwe vracht te halen. De berghellingen rondom waren op tal van plaatsen opengespleten, zodat de ruwe rotsen te zien waren; de laag aarde die ze had bedekt en ook de bomen waren verdwenen. Lou zag karretjes met kolen die uit de wonden in de bergen kwamen aanrijden als druppels zwartgeworden bloed, waarna de kolen in de laadbakken van de vrachtauto's werden gestort.

'Ik heet Eugene.'

46

Lou en Oz keken verbaasd naar voren. De jongeman keek naar hen in de achteruitkijkspiegel.

'Ik heet Eugene,' zei hij nog een keer. 'Diamond is iets vergeten. Maar hij is een goede jongen. Mijn vriend.'

'Hallo, Eugene,' zei Oz. Daarna zei Lou ook hallo.

'Ik zie niet veel mensen. Woorden vinden niet gemakkelijk voor me. Spijt me.'

'Het geeft niet, Eugene,' zei Lou. 'Het is moeilijk om vreemden te leren kennen.'

'Miss Louisa en ik echt blij dat jullie gekomen zijn. Ze is goede vrouw. Mocht bij haar komen wonen toen ik geen huis had. Jullie hebben geluk dat ze familie van jullie is.'

'Nou, dat is fijn, want we hebben de laatste tijd niet veel geluk gehad,' zei Lou.

'Ze praat veel over jullie. En jullie papa en mama. Ze zal voor jullie mama zorgen. Miss Louisa maakt zieke mensen beter.'

Oz keek met hernieuwde hoop naar Lou, maar ze schudde haar hoofd.

Ze reden nog meer kilometers en toen stuurde Eugene de auto een weggetje in dat niet veel meer was dan twee sporen in het zand, bedekt met kortgeleden opgekomen gras. Langs de kanten groeide dicht, wild struikgewas. Nu ze blijkbaar vlak bij de plaats van bestemming waren, wisselden Lou en Oz een blik. Opwinding, zenuwachtigheid, paniek en hoop vochten om een plaats op hun gezichten.

De zandweg boog af naar het noorden en liep vervolgens omlaag. Hier spreidde het land zich uit in een breed dal van eenvoudige schoonheid. Groene weiden werden omgeven door uitgestrekte bossen van alle mogelijke bomen die maar in de staat wilden groeien. Naast de weilanden lagen in vakjes verdeelde akkers die uitliepen in kralen met verweerde omheiningen, begroeid met wilde klimrozen. Aan het eind van de kralen stond een grote, twee verdiepingen hoge, houten schuur met een puntdak dat geheel uit lukraak over elkaar gespijkerde cederhouten planken bestond. De schuur had aan weerszijden dubbele deuren, met daarboven luiken voor het hooi. Recht boven de deuren stak een plank uit waaraan de hooivork bungelde. Drie koeien lagen op het gras in een omheind weiland en in een andere, kleinere kraal graasde een grijs met bruin gespikkeld paard.

47

In weer een ander gedeelte telde Lou een stuk of zes geschoren schapen en daarachter was een plek waar enorme varkens in de modder
lagen te rollen, als spelende reuzenbaby's. Twee muilezels waren
voor een grote kar gespannen die bij de schuur stond; de zon schit-
terde op de met blik beslagen houten wielen. Naast de schuur stond
een boerenhuis van bescheiden afmetingen.

Er waren nog meer gebouwen en schuurtjes, groot en klein, overal
verspreid, de meeste van hout. Een gebouwtje dat onder een groep
esdoorns stond leek te zijn opgetrokken uit houtblokken die met
modder op elkaar waren geplakt, het leek half in de grond begraven
te zijn. De bewerkte akkers, die aan het verste eind opkrulden als
haarlokken, liepen van de schuren in het middelpunt weg als spaken
van een wiel. Achter dit alles rezen de Appalachen hoog op; vergeleken bij de bergen leek dit toch vrij grote boerenbedrijf op kinder-
speelgoed.

Eindelijk was Lou aangekomen op de plek waar haar vader het
grootste deel van zijn leven over had geschreven zonder er ooit naar
te zijn teruggekeerd. Ze haalde een paar maal snel adem en ging
rechtop zitten toen ze naar het huis reden waar Louisa Mae Cardinal, de vrouw die had geholpen hun vader groot te brengen, op hen
wachtte.

•8•

In de boerderij sprak de verpleegster met de vrouw over Amanda's toestand en andere belangrijke zaken. De vrouw luisterde aandachtig en stelde scherpe vragen.

'We kunnen het meteen ook wel over míjn voorwaarden hebben,' zei de verpleegster ten slotte. 'Ik ben allergisch voor dieren en pollen en u moet ervoor zorgen dat hun aanwezigheid hier tot het minimum beperkt wordt. Onder geen enkele omstandigheid mogen dieren in het huis verblijven. Ik moet ook een bepaald dieet volgen, daar zal ik u een lijst van geven. Tevens wil ik de vrije hand hebben wat het toezicht op de kinderen betreft. Ik weet dat het mijn formele verplichtingen te buiten gaat, maar die twee hebben duidelijk een straffe hand nodig en ik ben van plan daarvoor te zorgen. In het bijzonder het meisje, dat is een lastpost. Ik ben ervan overtuigd dat u mijn openhartigheid op prijs zult stellen. Nu kunt u me mijn kamer wijzen.'

Louisa Mae Cardinal zei tegen de verpleegster: 'Ik stel het op prijs dat u meegekomen bent, maar we hebben geen kamer voor u.'

De lange verpleegster stond zo rechtop als mogelijk was, maar ze was nog steeds kleiner dan Louisa Mae Cardinal. 'Pardon?' zei ze verontwaardigd.

'Zegt u maar tegen Sam dat hij u terug moet brengen naar het station. Daar komt een trein langs die naar het noorden gaat. Een goede plek voor een wandeling terwijl u moet wachten.'

'Er is me opgedragen hiernaartoe te gaan en voor mijn patiënte te zorgen.'

'Amanda is bij mij in goede handen.'

'U bent niet gediplomeerd.'

'Sam en Hank moeten nu weg, lieve kind.'

'Ik moet hierover met iemand bellen.' Het gezicht van de verpleegster was zo rood geworden dat het erop begon te lijken dat zíj de patiënte zou kunnen worden.

'De dichtstbijzijnde telefoon is onder aan de berg, in Tremont. Maar al belt u met de president van de Verenigde Staten, dit is nog steeds míjn huis.' Louisa Mae pakte de vrouw zo stevig bij haar elleboog, dat ze met haar ogen begon te knipperen. 'En we hoeven Amanda hier niet mee lastig te vallen.' Ze loodste de zuster de kamer uit en deed de deur achter hen dicht.

'Verwacht u nu echt van me dat ik geloof dat u geen telefoon hebt?' zei de verpleegster.

'Ik heb ook geen elektriciteit, maar ik versta u heel goed. Nogmaals bedankt, en een goede reis terug.' Ze drukte de verpleegster drie verfrommelde dollarbiljetten in de hand. 'Ik wilde dat het meer was, lieve kind, maar het is al het eierengeld dat ik heb.'

De verpleegster keek even naar het geld, voor ze zei: 'Ik blijf tot ik er gerust op ben dat mijn patiënte...'

Louisa Mae pakte haar opnieuw bij haar elleboog en leidde haar naar de voordeur. 'De meeste mensen hier hebben regels voor als er iemand op verboden terrein komt. Er wordt een waarschuwings-schot afgevuurd, vlak langs het hoofd. Om de aandacht te trekken. Het volgende schot wordt veel persoonlijker. Nou, ik ben te oud om een waarschuwingsschot af te vuren en ik heb ook nooit zout in mijn geweer gebruikt. Duidelijker kan ik het niet zeggen.'

Toen de Hudson stilhield stond de ambulance nog steeds voor de boerderij, die een grote, koele veranda had waarvan de schaduw lan-ger werd naarmate de zon hoger klom. Lou en Oz stapten uit en bekeken hun nieuwe huis. Het was kleiner dan het uit de verte had geleken. Het viel Lou op dat er verscheidene aanbouwtjes waren, opzij en aan de achterkant, allemaal op een afgebrokkelde basis van steen, met los opgestapelde rotsblokken die een trap vormden van de grond naar de veranda. Het dak had geen spanten, maar leek te bestaan uit zwart asfaltpapier. Een houten leuning liep langs de hier en daar doorzakkende veranda. De schoorsteen was gemaakt van handgevormde steentjes waar de metselspecie op sommige plaatsen langs was gelekt. Het hout moest nodig geschilderd worden, er zaten heel wat bladders op en op de plekken waar het vocht was bin-nengedrongen waren de planken kromgetrokken.

Lou accepteerde het voor wat het was: een oud huis dat verscheidene malen verbouwd was en dat op een plaats stond waar de elementen vrij spel hadden. Maar het gras van het voorerf was keurig gemaaid, de stoep, de ramen en de vloer van de veranda waren schoon en ze merkte op dat er lentebloemen in glazen potten en houten kuipen op de vensterbanken en langs de rand van de veranda stonden. Een klimroos kroop omhoog tegen de steunpalen, een meidoornstruik schermde een deel van de veranda af en een kamperfoelie die op uitkomen stond groeide tegen een van de muren. Op de veranda was een ruwe werkbank neergezet waar gereedschap op verspreid lag en daarnaast stond een houten stoel.

Bruine kippen begonnen hen tokkend voor de voeten te lopen en even later kwamen er een paar vals uitziende ganzen aanrennen, zodat de kippen er krijsend vandoor gingen. Daarna kwam een haan op gele poten aanstampen om de ganzen te verjagen. Hij hield zijn kop scheef naar Lou en Oz, kraaide een keer en stampte weer terug naar waar hij vandaan was gekomen. De merrie begroette hen hinnikend vanuit de kraal, waar de twee muilezels in het niets stonden te staren. Hun vacht was roetzwart, hun oren en snuit leken niet met elkaar in evenwicht. Oz deed een stap in hun richting om ze beter te kunnen bekijken, maar deinsde terug toen een van de ezels een geluid maakte dat hij nog nooit had gehoord maar dat erg bedreigend klonk.

De aandacht van Lou en Oz verplaatste zich naar de voordeur toen die met meer geweld dan nodig was werd opengegooid. Hun moeders verpleegster kwam naar buiten gestormd. Op hoge benen liep ze langs de kinderen, haar lange armen en benen bewogen driftig en ze straalde kille woede uit.

'Dit hou je toch niet voor mogelijk,' jammerde ze tegen de Appalachen. Zonder nog een woord te zeggen of een lelijk gezicht te trekken, zonder met haar armen te zwaaien of met haar benen te schoppen, klom ze in de ziekenauto. Ze sloot de deuren met twee zachte dreunen toen metaal op metaal bonsde en daarna blies de brigade vrijwilligers verlegen de aftocht.

Stomverbaasd draaiden Lou en Oz zich om naar het huis om het antwoord hierop te vinden. Toen zagen ze de vrouw.

In de deuropening stond Louisa Mae Cardinal. Ze was heel lang en hoewel ze ook heel mager was, leek ze sterk genoeg om een beer te wurgen en vastberaden genoeg om het daadwerkelijk te doen. Haar gezicht was verweerd, de rimpels leken erin geëtst als houtnerven. Hoewel ze bijna tachtig jaar was, waren haar wangen nog stevig. De kaak was ook sterk, hoewel haar mond een beetje omlaag trok. Haar zilveren haar werd met een eenvoudig lintje in de hals bijeengehouden, vanwaar het tot op haar middel hing.

Het stelde Lou gerust dat ze geen jurk droeg, maar een slobberige spijkerbroek, zo verbleekt dat hij bijna wit was, en een donkerblauw overhemd dat op verscheidene plaatsen was versteld. Haar voeten staken in oude werkschoenen. Ze had iets van een majestueus standbeeld, maar ze had een opvallend paar lichtbruine ogen waaraan blijkbaar niets ontging.

Onverschrokken liep Lou naar haar toe, terwijl Oz zijn best deed zich achter de rug van zijn zus te verschuilen. 'Ik ben Louisa Mae Cardinal. Dit is mijn broer, Oscar.' Lou's stem trilde maar ze bleef vastberaden staan, op slechts enkele centimeters afstand van haar naamgenote en deze nabijheid onthulde een opmerkelijk feit: hun profiel was bijna identiek. Ze leken een tweeling die door drie generaties werd gescheiden.

Louisa zei niets. Haar ogen volgden de ambulance.

Lou zag het en zei: 'Was het niet de bedoeling dat die vrouw hier bleef om te helpen onze moeder te verzorgen? Ze is er niet best aan toe en we moeten ervoor zorgen dat ze het goed heeft.'

Haar overgrootmoeder richtte haar aandacht op de Hudson.

'Eugene,' zei Louisa Mae met een stem die nauwelijks nasaal klonk maar waarin toch een onmiskenbaar zuidelijk accent doorklonk, 'breng de koffers naar binnen, jongen.' Pas daarna keek ze naar Lou en hoewel het een strenge blik was, leek er toch iets achter de ogen te schemeren wat Lou het gevoel gaf dat ze welkom waren. 'We zullen goed voor je moeder zorgen.'

Louisa Mae draaide zich om en liep het huis in. Eugene volgde met hun koffers. Oz concentreerde zich volledig op zijn beer en zijn duim. Hij knipperde snel met zijn grote, blauwe ogen, het bekende teken dat zijn zenuwen koortsachtig werkten. Het leek erop dat hij op dat moment het liefst helemaal naar New York terug zou willen lopen. Dat zou hij misschien ook gedaan hebben, als hij had geweten in welke richting New York lag.

•9•

De slaapkamer die voor Lou bestemd was, was Spartaans en tevens de enige kamer op de eerste verdieping, die bereikt werd via een trap aan de achterkant. Het enige, grote raam zag uit op het erf. De schuine muren en het lage plafond waren bedekt met pagina's van oude kranten en tijdschriften die ertegenaan waren geplakt bij wijze van behang. De meeste waren vergeeld en sommige waren losgeraakt omdat de lijm was verdroogd. Er stonden een eenvoudig houten bed en een vurenhouten kast die op verscheidene plaatsen licht beschadigd was. Een kleine, ruwhouten schrijftafel was voor het raam geplaatst, waar het ochtendlicht erop kon vallen. Er was niets opvallends aan het bureautje, maar toch trok het Lou's aandacht alsof het van goud was en versierd met diamanten.

De initialen van haar vader waren nog duidelijk zichtbaar. JJC, John Jacob Cardinal. Dit moest de tafel zijn waaraan hij was begonnen met schrijven. Ze stelde zich haar vader voor als kleine jongen, zoals hij met opeengeknepen lippen en nauwkeurig werkende handen zijn initialen in het hout kerfde, om daarna te beginnen met zijn carrière als verhalenverteller. Toen ze de ingekraste letters aanraakte kreeg ze het gevoel dat ze zojuist haar hand op die van haar vader had gelegd. Om de een of andere reden had ze de indruk dat haar grootmoeder haar met opzet deze kamer had gegeven.

Haar vader had weinig gesproken over zijn leven hier. Toen Lou hem naar haar naamgenote had gevraagd, was het antwoord van Jack Cardinal echter uitvoerig geweest. 'Er heeft nooit een betere vrouw op deze aarde rondgelopen.' Daarna wilde hij wel iets vertellen over zijn leven in de bergen, maar niet veel. Kennelijk bewaarde hij de intiemste details voor zijn boeken, waarvan Lou er één had mogen lezen. De rest moest wachten tot ze volwassen was, had haar vader tegen haar gezegd. Zo was ze blijven zitten met een heleboel onbe-antwoorde vragen.

Ze opende haar koffer en haalde er een kleine foto in een houten lijst uit. Haar moeder glimlachte breed en hoewel het een zwartwitfoto was, wist Lou dat er van de amberkleurige ogen van Amanda een bij-na hypnotische kracht uitging. Lou had altijd van die kleur gehou-den. Soms had ze zelfs gehoopt dat het blauw van haar eigen ogen op een ochtend verdwenen zou zijn en vervangen door deze menge-ling van bruin en goud. De foto was genomen op haar moeders ver-jaardag. Kleuter Lou stond voor Amanda en de moeder had beide armen om haar kind geslagen. Op de foto bleef de lach van hen bei-den tot in alle eeuwigheid bewaard. Vaak wenste Lou dat ze zich iets van die dag kon herinneren.

Oz kwam de kamer binnen en Lou stopte de foto terug in haar koffer. Zoals gewoonlijk keek haar broertje bezorgd.

'Mag ik in jouw kamer blijven?' vroeg hij.

'Wat mankeert er aan de jouwe?'

'Die is naast die van haar.'

'Van wie, van Louisa?' Oz gaf heel plechtig een bevestigend ant-woord, alsof hij getuigde voor de rechtbank. 'Nou, wat is daar mis mee?'

'Ze maakt me bang,' zei hij. 'Echt waar, Lou.'

'We mochten bij haar komen wonen.'

'En ik ben blij dat jullie gekomen zijn.' Louisa stond in de deurope-ning. 'Sorry dat ik wat kortaf was. Ik dacht na over jullie moeder.' Ze keek Lou aan. 'En over wat ze nodig heeft.'

'Het geeft niet,' zei Oz, die dicht bij Lou was gaan staan. 'Ik denk dat u mijn zus een beetje bang gemaakt hebt, maar nu gaat het weer met haar.'

Lou nam het gezicht van de vrouw aandachtig op om te zien of ze trekken van haar vader terugzag. Ze besloot dat het niet zo was.

'We hadden niemand anders,' zei Lou.

'Jullie hebben mij altijd nog,' antwoordde Louisa Mae. Ze kwam wat dichterbij en opeens zag Lou toch iets van haar vader. Ook begreep ze nu waarom de mond van de vrouw een beetje omlaag hing. Ze had nog maar een paar tanden, allemaal vergeeld en donker. 'Het spijt me dat ik niet bij de begrafenis kon zijn. Nieuws komt hier maar langzaam binnen, als het al komt.' Even keek ze naar de grond, alsof ze werd bevangen door iets wat Lou niet kon zien. 'Jij bent Oz. En jij bent Lou.' Louisa wees naar hen terwijl ze hun namen uitsprak.

Lou zei: 'Ik denk dat de mensen die onze reis hebben geregeld, u dat al hadden verteld.'

'Ik wist het al lang daarvoor. Noemen jullie mij maar Louisa. Elke dag zijn er karweitjes te doen. We maken of verbouwen zo ongeveer alles wat we nodig hebben. Ontbijt is om vijf uur. Avondeten bij zonsondergang.'

'Vijf uur 's morgens!' riep Oz uit.

'Hoe moet het met school?' vroeg Lou.

'Die heet Big Spruce. Niet meer dan een paar kilometer hiervandaan. De eerste dag brengt Eugene jullie erheen met de kar en daarna moeten jullie lopen. Of het paard nemen. Ik kan de ezels niet missen, want die moeten hier werken. Maar met het paard zal het best gaan.'

Oz verbleekte. 'We kunnen niet paardrijden.'

'Dat komt wel. Paarden en ezels zijn hier de beste manier om je te verplaatsen, op twee goede voeten na dan.'

'En de auto dan?' vroeg Lou.

Louisa schudde haar hoofd. 'Die is niet praktisch. Kost geld dat we beslist niet hebben. Eugene weet hoe hij werkt en hij heeft er een schuurtje voor gebouwd. Af en toe start hij de motor, omdat hij zegt dat het moet om hem te kunnen gebruiken wanneer het nodig is. Ik zou die verdraaide auto niet eens gehad hebben als William en Jane Giles, die verderop langs de weg woonden, hem niet aan ons hadden gegeven toen ze gingen verhuizen. Ik kan hem niet besturen en ben ook niet van plan om het te leren.'

'Is Big Spruce dezelfde school als waar mijn vader naartoe ging?' vroeg Lou.

'Ja, alleen staat het schoolgebouw waar hij les had er nu niet meer. Het was zowat even oud als ik en het is ingestort. Maar jullie hebben dezelfde onderwijzeres. Veranderingen komen hier langzaam, net als het nieuws. Hebben jullie honger?'

'We hebben in de trein gegeten,' zei Lou, niet in staat haar ogen van het gezicht van haar overgrootmoeder af te houden.

'Mooi. Je moeder is al op haar eigen plekje. Gaan jullie maar naar haar toe.'

Lou zei: 'Ik wil graag hier blijven en een beetje rondkijken.'
Louisa hield de deur voor hen open. Haar stem was vriendelijk, maar vastberaden. 'Eerst naar je moeder.'

Het was een prettige kamer, er was goed licht en het raam stond open. Zelfgemaakte gordijnen, opkrullend door het vocht en gebleekt door de zon, wapperden zachtjes in het briesje. Lou begreep dat er blijkbaar pogingen waren gedaan om deze kamer op een ziekenkamer te laten lijken. Een deel van het meubilair scheen te zijn gerepareerd, de vloer was pas geschrobd, de geur van verf was nog aanwezig. In een hoek stond een oude schommelstoel met een dikke deken erop.

Aan de muren hingen ouderwetse foto's van mannen, vrouwen en kinderen, allemaal gekleed in wat waarschijnlijk hun mooiste kleren waren: overhemden met gesteven, witte boorden en bolhoeden voor de mannen; lange rokken en mutsen voor de vrouwen; kanten ruches voor de jonge meisjes; pakken en smalle stropdassen voor de jongens. Lou bekeek de foto's. De uitdrukkingen op de gezichten doorliepen het hele gamma van streng tot vriendelijk. De kinderen waren het levendigst, de volwassen vrouwen leken achterdochtig, alsof ze dachten dat hun leven op het spel stond in plaats van dat er alleen maar een foto van hen werd genomen.

Amanda lag in een bed van geel populierenhout. Haar hoofd rustte op een stapel dikke, donzen kussens en haar ogen waren gesloten. De matras, waar een gestreept tijk omheen zat, was eveneens gevuld met veren, bobbelig maar toch zacht. Ze was toegedekt met een quilt. Voor het bed lag een vaal kleedje, zodat haar blote voeten 's morgens vroeg niet de koude vloer hoefden te raken. Lou wist dat haar moeder dat niet nodig zou hebben. Kledingstukken hingen aan houten haken langs de muren. In een van de hoeken stond een oude toilettafel waarop een beschilderde porseleinen waskom en een bijbehorende kan waren geplaatst. Doelloos liep Lou de kamer rond, ze keek en raakte dingen aan. Ze zag dat het raamkozijn een beetje kromgetrokken was. De ruitjes waren wazig, alsof de mist op de een of andere manier in het glas was doorgedrongen.

Oz ging naast zijn moeder zitten. Hij bukte zich over haar heen om haar te kussen.

'Hallo, mam.'

'Ze kan je niet horen,' mompelde Lou bij zichzelf, terwijl ze ophield met rondlopen en uit het raam keek. De lucht die ze inademde was zuiverder dan ze ooit had geroken; de wind bracht een mengelmoes mee van bomen en bloemen, rook van een houtvuur, grasklokjes en alle mogelijke dieren.

'Het is mooi, hier in...' Oz keek naar Lou.

'Virginia,' antwoordde zijn zus zonder om te kijken.

'Virginia,' herhaalde Oz. Daarna haalde hij de ketting tevoorschijn.

Vanuit de deuropening volgde Louisa het gesprek.

Lou draaide zich om en zag wat hij deed. 'Oz, die stomme ketting helpt niet.'

'Waarom heb je hem dan voor me teruggepakt?' zei hij kwaad.

Dat bracht Lou tot zwijgen, want ze had er geen pasklaar antwoord op. Oz draaide zich om en begon zijn ritueel met Amanda. Maar met elke slingering van het stuk kwarts, met elke zachtjes door Oz opgezegde spreuk, wist Lou dat hij slechts probeerde een ijsberg te laten smelten met één enkele lucifer. Omdat ze er niets mee te maken wilde hebben, holde ze langs haar overgrootmoeder de kamer uit en de gang in.

Louisa liep de kamer in en ging naast Oz zitten. 'Waar is dat voor, Oz?' vroeg ze, naar het sieraad wijzend.

Oz nam de ketting in zijn hand en bestudeerde die langdurig, alsof hij op een horloge keek om te zien hoe laat het was. 'Een vriend heeft me erover verteld. Het kan mam misschien helpen. Lou gelooft er niet in.' Even zweeg hij. 'Ik weet niet of ik het wel geloof.'

Louisa streek hem over zijn haar. 'Sommige mensen zeggen dat wanneer je gelooft dat iemand beter wordt, je de strijd al half hebt gewonnen. Ik ben het met hen eens.'

Gelukkig werden bij Oz een paar seconden van wanhoop meestal gevolgd door hernieuwde hoop. Hij schoof de ketting onder de matras. 'Misschien stroomt er op deze manier kracht uit. Ze wordt toch weer beter?'

Louisa staarde naar de kleine jongen en vervolgens naar zijn moeder, die daar zo doodstil lag. Met haar hand raakte ze Oz' wang aan, heel oude huid tegen jonge huid, en de aanraking scheen beiden een prettig gevoel te geven. 'Je moet altijd blijven geloven, Oz. Nooit ophouden te geloven.'

•10•

De schappen in de keuken waren van oud vurenhout met kwastgaten, evenals de vloerplanken, die kraakten bij elke stap. Zware, zwarte, ijzeren pannen hingen aan de muur. Oz veegde de vloer met een korte bezem, terwijl Lou houtblokken in de ijzeren buik schoof van het fornuis, dat van een postorderbedrijf afkomstig leek te zijn en een hele wand van het kleine vertrek in beslag nam. Het licht van de ondergaande zon viel door het raam en ook door elke kier in de wanden, en dat waren er heel wat. Aan een haak in het plafond hing een oude petroleumlamp. In een van de hoeken stond een etenskast met gedeukte, metalen deuren; er lag een streng uien bovenop en ernaast stond een glazen kan met lampolie.

Lou bekeek elk blok noten- of eikenhout met het gevoel dat ze elk facet van haar vorige leven terugzag, alvorens het in het vuur te gooien, zwijgend afscheid nemend terwijl de vlammen het opaten. Het was donker in de keuken en de geur van vocht en verbrand hout waren beide even doordringend. Lou staarde naar de haard. Die was groot en ze nam aan dat haar overgrootmoeder daar het eten had bereid, vóór het postorderfornuis was gekomen. De stenen mantel reikte tot het plafond en op tal van plaatsen waren ijzeren spijkers in het cement gedreven. Er hing gereedschap aan, en ketels en andere vreemde voorwerpen die Lou niet kon thuisbrengen maar die er veelgebruikt uitzagen. In het midden van de stenen muur rustte een lang geweer op twee grote haken.

De klop op de deur maakte beide kinderen aan het schrikken. Wie verwachtte er bezoekers, zo hoog boven zeeniveau? Lou deed de deur open en Diamond Skinner keek haar breed grijnzend aan. Hij stak haar een tros baarzen toe alsof hij haar de kronen van dode koningen aanbood. De trouwe Jeb stond naast hem, zijn snuit bewoog heen en weer terwijl hij de heerlijke vislucht opsnoof.

Louisa kwam met grote stappen aanlopen, haar voorhoofd glinsterde van het zweet en haar in handschoenen gestoken handen waren met vette aarde bedekt, evenals haar schoenen. Ze trok de handschoenen uit en bette haar gezicht met een oude lap die ze uit haar zak haalde. Haar lange haar ging schuil onder een doek, waar hier en daar zilveren plukjes onderuit piekten.

'Nou, Diamond, ik geloof dat dat het beste zooitje baars is dat ik ooit heb gezien, jongen.' Ze aaide Jeb over zijn kop. 'Hoe gaat het, meneer Jeb? Heb jij Diamond geholpen om al die vis te vangen?'

Diamond grijnsde zo breed dat Lou bijna al zijn tanden kon tellen. 'Ja. Heeft Hell No...'

Louisa stak haar vinger op en verbeterde beleefd maar nadrukkelijk: 'Eugene.'

Diamond keek naar de grond, alsof hij zich schaamde voor die blunder. 'Ja, miss Louisa. Het spijt me. Heeft Eugene tegen u gezegd...'

'Dat jij voor ons avondmaal zou zorgen? Ja. En jij blijft eten, omdat je het gevangen hebt. Dan kun je kennismaken met Lou en Oz. Ik weet zeker dat jullie goede vrienden zullen worden.'

'We hebben elkaar al ontmoet,' zei Lou stijfjes.

Louisa keek van het meisje naar Diamond. 'Mooi zo. Diamond en jij zijn bijna even oud. En het is goed voor Oz dat er een andere jongen in de buurt is.'

'Hij heeft mij toch,' zei Lou kortaf.

'Ja, dat is zo,' zei Louisa instemmend. 'En, Diamond, blijf je eten?'

Hij dacht er even over na. 'Ik heb geen afspraken meer vandaag, dus, ja, ik kom er graag bij zitten.' Diamond keek naar Lou. Daarna veegde hij over zijn vuile gezicht en probeerde hij een van de vele pieken haar glad te strijken. Lou had zich echter omgedraaid, zodat ze zijn goede bedoelingen niet opmerkte.

De tafel werd gedekt met glazen borden en kopjes. Louisa vertelde dat ze die jarenlang had gespaard bij pakken Crystal Winter-havermout. De borden waren groen, roze, blauw, geel en rood. Hoe vrolijk ze er ook uitzagen, niemand lette echt op de borden. Er klonk gerammel van blikken vorken en messen toen ze allemaal op het eten aanvielen. Nadat Louisa had gebeden voor het eten sloegen Lou en Oz een kruisje. Diamond en Eugene keken verbaasd, maar ze zeiden niets. Jeb lag in een hoek, verbazend tevreden met zijn deel. Eugene zat aan een kant van de tafel zorgvuldig zijn voedsel te kauwen. Oz at zijn hele bord zo snel leeg dat Lou ernstig overwoog om te controleren of zijn vork niet in zijn keel was verdwenen. Louisa gaf Oz het laatste stukje gebakken vis, de rest van de gekookte groenten en nog een stuk in vet gebakken maïsbrood, dat volgens Lou beter smaakte dan een ijsje.

Louisa had niets op haar bord gelegd.

'U hebt geen vis genomen, Louisa,' zei Oz, schuldig naar zijn tweede portie kijkend. 'Hebt u geen honger?'

'Het is een maaltijd op zich om te zien hoe een jongen zoveel eet dat hij een volwassen man wordt. Ik heb gegeten onder het koken, lieverd. Dat doe ik altijd.'

Eugene keek Louisa vragend aan toen ze dit zei en wijdde zich daarna weer aan zijn maaltijd.

Diamond bleef van Lou naar Oz kijken en terug. Hij scheen graag bevriend met hen te willen raken, maar leek niet zeker te weten hoe hij het moest aanpakken.

'Kunt u me een paar van de plaatsen laten zien waar mijn vader altijd kwam toen hij hier woonde?' vroeg Lou aan Louisa. 'Dingen die hij graag deed? Ziet u, ik schrijf ook.'

'Dat weet ik,' zei haar overgrootmoeder, en Lou keek haar verrast aan. Louisa zette haar glas water neer en keek naar Lou's gezicht. 'Je vader wilde graag vertellen over dit land. Maar voor hij dat deed, deed hij iets heel slims.' Ze zweeg terwijl Lou hierover nadacht.

'Wat deed hij dan?' vroeg het meisje ten slotte.

'Hij leerde het land te begrijpen.'

'Het land... te begrijpen?'

'Dat bevat een massa geheimen, en niet alleen goede. De dingen hier kunnen je veel pijn doen als je niet voorzichtig bent. Het weer is zo grillig, het kan je hart breken en tegelijkertijd je rug. Het land helpt niemand die niet zijn best doet om het te begrijpen.' Bij die woorden keek ze naar Eugene. 'God weet dat Eugene wel wat hulp kan gebruiken. Deze boerderij zou niet kunnen bestaan zonder zijn sterke rug.' Eugene slikte een stuk vis door en spoelde het weg met een grote slok water, dat hij rechtstreeks uit een emmer in zijn glas had gegoten. Lou keek naar hem en ze zag zijn mond trillen. Dat legde ze uit als een brede glimlach.

'Het is waar,' vervolgde Louisa, 'dat het een zegen is dat jij en Oz hier zijn gekomen. Sommige mensen zouden kunnen zeggen dat ik jullie uit de narigheid help, maar dat is niet waar. Jullie helpen mij veel meer dan ik jullie kan helpen. Daarvoor ben ik jullie dankbaar.'

'Natuurlijk,' zei Oz dapper. 'Dat willen we graag doen.'

'U zei dat er karweitjes waren,' zei Lou.

Louisa keek naar Eugene. 'Het is beter om het te laten zien, dan om het te vertellen. Morgenochtend beginnen we daarmee.'

Diamond kon zich niet langer inhouden.

'Johnny Bookers pa zei dat een paar kerels bij zijn huis zijn komen kijken.'

'Wat voor kerels?' vroeg Louisa scherp.

'Weet ik niet. Maar ze hebben dingen gevraagd over de kolenmijnen.'

'Hou je oren goed open, Diamond.' Louisa keek naar Lou en Oz. 'En jullie ook. God heeft ons op deze aarde gezet en Hij zal ons wegnemen wanneer Hij vindt dat het moet. In die tussentijd moeten familieleden voor elkaar zorgen.'

Oz lachte en zei dat hij zijn oren zo dicht bij de grond zou houden dat ze vol zand zouden raken. Op Lou na moest iedereen erom lachen. Het meisje keek Louisa alleen maar aan, zonder iets te zeggen.

De tafel werd afgeruimd en terwijl Louisa de borden schoonschraapte zwengelde Lou hard aan de handpomp boven de gootsteen, zoals Louisa het haar had voorgedaan. Er kwam slechts een dun straaltje water uit. Geen waterleiding, had haar overgrootmoeder gezegd. Louisa had ook uitgelegd hoe de wc, die zich buiten bevond, werkte en ze had hun de rolletjes toiletpapier gewezen die in de voorraadkast werden bewaard. Ze had gezegd dat ze, als ze 's avonds van de wc gebruik wilden maken, een lantaarn nodig zouden hebben en ze had Lou laten zien hoe ze die moest aansteken. Er stond bovendien een po onder hun bed, als ze zo dringend moesten dat ze het hokje buiten niet konden halen. Louisa had er tevens bij gezegd dat het legen van de po uitsluitend de verantwoordelijkheid was van degene die hem gebruikte. Lou vroeg zich af hoe de verlegen Oz, die heel vaak midden in de nacht naar de wc moest, met deze faciliteiten overweg zou kunnen. Ze verwachtte dat ze heel wat avonden buiten voor het huisje zou staan terwijl hij het gebruikte, en dat was een vermoeiende gedachte.

Meteen na het eten waren Oz en Diamond met Jeb naar buiten gegaan. Lou zag nu dat Eugene was teruggekomen om het geweer van het rek boven de stookplaats te pakken. Hij laadde het wapen en verdween weer naar buiten.

Lou vroeg Louisa: 'Waar gaat hij met dat geweer naartoe?'

Louisa was druk bezig de borden schoon te maken met een verharde maïskolf. 'Het vee bewaken. Nu we de koeien en de varkens buiten hebben gebracht, komt ouwe Mo weer opdagen.'

'Ouwe Mo?'

'Bergleeuw. Ouwe Mo is bijna net zo oud als ik, maar die verdraaide kat is nog steeds lastig. Niet voor mensen. Hij laat de merrie en de ezels ook met rust, zeker de ezels, Hit en Sam. Kom nooit te dicht bij een ezel, Lou. Dat zijn de taaiste schepsels die God ooit gemaakt heeft en die verdraaide beesten blijven tot het eind van hun dagen wrokkig. Ze vergeten geen enkele klap met de zweep, of een prik van een hoefnagel. Sommige mensen zeggen dat ezels bijna net zo slim zijn als mensen. Misschien zijn ze daarom wel zo gemeen.' Ze lachte. 'Maar Mo zit achter de schapen, de varkens en de koeien aan. Dus die moeten we beschermen. Als Eugene het geweer afschiet verjaagt hij ouwe Mo.'

'Diamond heeft me verteld dat Eugenes vader hem hier heeft achtergelaten.'

Louisa keek haar streng aan. 'Dat is gelogen! Tom Randall was een goede man.'

'Wat is er dan met hem gebeurd?' drong Lou aan toen duidelijk werd dat Louisa er niet verder op wilde ingaan.

Louisa wachtte tot ze een bord schoon had en het kon wegzetten om te drogen. 'Eugenes moeder is jong gestorven. Tom heeft de baby hier bij zijn zus gelaten en is naar Bristol in Tenessee gegaan om werk te zoeken. Hij was mijnwerker, maar er kwamen heel wat mensen hier om ook in de mijnen te werken en negers werden altijd het eerst ontslagen. Hij werd gedood bij een ongeluk, vóór hij Eugene kon laten overkomen. Toen Eugenes tante doodging heb ik hem bij me in huis genomen. Dat andere verhaal is niets dan leugens van mensen met haat in hun hart.'

'Weet Eugene het?'

'Natuurlijk weet hij het! Ik heb het hem verteld toen hij oud genoeg was.'

'Waarom vertelt u de mensen dan niet de waarheid?'

'De mensen willen niet luisteren, het heeft geen zin om te proberen hun iets te vertellen.' Ze wierp Lou een snelle blik toe. 'Begrijp je me?'

Lou knikte, maar ze was er niet van overtuigd dat ze het echt begreep.

Lou ging naar buiten, waar ze Diamond en Oz bij het hek zag staan waarachter het paard graasde. Toen Diamond Lou zag aankomen haalde hij een doosje tabak en een vloeitje uit zijn zak om een sigaretje te draaien. Hij likte het dicht, streek een lucifer tegen het hek af en stak de sigaret op.

Oz en Lou stonden er met open mond naar te kijken en Lou riep: 'Daar ben je nog veel te jong voor.'

Achteloos wuifde Diamond haar protest weg, met een tevreden lachje op zijn gezicht. 'Nee hoor, ik ben volwassen. Ik ben een man.'

'Je bent anders niet veel ouder dan ik, Diamond.'

'Hier is het anders, dat zul je wel merken.'

'Waar wonen jij en je familie?' vroeg Lou.

'Een eindje verderop langs de weg, voor je ergens komt.'

Diamond haalde een versleten honkbal uit zijn zak en gooide die weg. Jeb rende achter de bal aan en bracht hem terug.

'Een man heeft me die bal gegeven omdat ik hem de toekomst heb voorspeld.'

'Wat was zijn toekomst?' vroeg Lou.

'Dat hij een jongen die Diamond heette, zijn oude bal zou geven.'

'Het wordt al laat,' zei Lou. 'Maken je ouders zich niet ongerust?'

Diamond drukte de zelfgemaakte sigaret uit tegen zijn tuinbroek en stak hem achter zijn oor, waarna hij een paar maal met zijn arm rondzwaaide om opnieuw te gooien. 'Nee, dat zei ik toch, ik ben volwassen. Ik hoef niks te doen wat ik niet wil.'

Lou wees naar iets wat aan Diamonds tuinbroek bungelde. 'Wat is dat?'

Diamond keek ernaar en grinnikte. 'Linkerachterpoot van een kerkhofkonijn. Behalve een kalfshart is dat de beste talisman die er bestaat.

Jemig, leren ze jullie niks in de stad?'

'Een kerkhofkonijn?' zei Oz.

'Jawel. Gevangen en doodgemaakt op het kerkhof, in het holst van de nacht.' Hij maakte het pootje van zijn riem los en gaf het aan Oz. 'Hier, jongen, ik kan voor mezelf een andere krijgen wanneer ik wil.' Oz hield het eerbiedig vast. 'Goh, dank je wel, Diamond.' Hij keek Jeb na, die weer achter de bal aan rende. 'Jeb is een prima hond. Hij brengt die bal elke keer weer terug.'

Toen Jeb met de bal terugkwam en die voor Diamonds voeten neerlegde, raapte deze hem op en gooide hem naar Oz. 'Er is in de stad denk ik niet veel om mee te gooien, maar probeer het maar eens, jongen.'

Oz staarde naar de bal alsof hij er nog nooit een had vastgehouden. Daarna keek hij opzij naar Lou.

'Toe maar, Oz. Je kunt het,' zei ze.

Oz slingerde met zijn arm en gooide de bal weg. Zijn arm knalde als een zweep en de bal sprong uit zijn kleine hand als een losgelaten vogel die hoger en hoger steeg. Jeb rende erachteraan, maar hij kon hem niet inhalen. Verbluft kon Oz niet meer doen dan blijven kijken naar wat hij had gedaan. Lou deed hetzelfde.

De sigaret viel achter het oor van de verbaasde Diamond vandaan. 'Goeie god, waar heb je zo leren gooien?'

Oz kon niets anders doen dan de verrukte glimlach tonen van een jongen die pas beseft dat hij misschien over atletische gaven beschikt. Daarna holde hij achter de bal aan. Lou en Diamond bleven een poosje zwijgend staan, tot de bal weer kwam aanzeilen. In de vallende duisternis konden ze Oz nog niet zien, maar ze hoorden hem en Jeb aankomen, zes opgewonden benen die naar hen toe renden.

'Wat kun je hier nog meer voor leuke dingen doen, Diamond?' vroeg Lou.

'Meestal ga ik vissen. Hé, heb je wel eens gezwommen in een grindgat?'

'Er zijn geen grindgaten in New York. Wat is er nog meer?'

'Nou...' even zweeg hij dramatisch '... er is natuurlijk de spookput.'

'Een spookput?' riep Oz uit, die zich weer bij hen had gevoegd met Jeb op de hielen.

'Waar?' vroeg Lou.

'Ga maar mee.'

Kapitein Diamond en zijn groep infanterie liepen achter de bomen langs, vanwaar ze op open terrein kwamen, begroeid met lang gras dat zo netjes en regelmatig groeide dat het op gekamd haar leek. De wind was kil, maar ze waren veel te opgewonden om zich iets van dat kleine ongemak aan te trekken.

'Waar is het?' vroeg Lou, die naast Diamond was gaan lopen.

'Ssst! We komen er dicht bij, dus we moeten nu heel stil zijn. Het spookt hier.'

Ze bleven doorlopen. Opeens riep Diamond: 'Ga op de grond liggen!' Ze lieten zich vallen alsof ze met een strakgespannen touw aan elkaar vastzaten. Met trillende stem zei Oz: 'Wat is er, Diamond?'

Diamond probeerde niet te lachen. 'Ik dacht dat ik iets hoorde. Je kunt niet voorzichtig genoeg zijn als het ergens spookt.' Ze stonden alle drie weer op.

'Wat doen jullie hier?'

De man kwam achter een groepje notenbomen tevoorschijn, met een buks in zijn rechterhand. Bij het maanlicht kon Lou de glans van een paar boosaardige ogen zien die hen streng aanstaarden. Het drietal bleef doodstil staan terwijl de man naderbij kwam. Lou herkende hem als de idioot van de tractor die zo roekeloos de berg af was gevlogen. Vlak voor hen bleef hij staan en hij spuwde vlak naast hun voeten.

'Jullie hebben hier niks te maken,' zei de man. Hij hief de buks op en liet de loop op zijn linkeronderarm rusten, zodat die op hen was gericht. Zijn wijsvinger hield hij aan de trekker.

Diamond deed een stap naar voren. 'We doen niks, George Davis, alleen een beetje rondlopen en dat is niet bij de wet verboden.'

'Hou je grote mond, Diamond Skinner, anders krijg je een mep.' De man keek naar de sidderende Oz, die terugdeinsde en de arm van zijn zus vastpakte.

'Jullie zijn de kinderen die Louisa in huis heeft genomen. Met die zieke moeder. Zo is het toch?' Hij spuwde nog een keer.

Diamond zei: 'Dat gaat je niks aan, dus laat ze met rust.'

Davis ging dichter bij Oz staan. 'Bergleeuw in de buurt, jongen,' zei hij zacht, op plagende toon. 'Wil je dat hij je te pakken krijgt?' Terwijl hij het zei deed Davis alsof hij Oz wilde aanvallen. De jongen liet zich op de grond vallen en dook weg in het hoge gras. Davis lachte kakelend om de doodsbange jongen.

Lou ging tussen haar broer en de man in staan. 'Blijf van ons af!'

'Verdomme, snotneus,' zei Davis. 'Wil jij een man vertellen wat hij moet doen?' Daarna keek hij Diamond aan. 'Je bent op mijn land, jongen.'

'Dit is jouw land niet,' zei Diamond. Zijn handen waren tot vuisten gebald en hij keek strak naar de buks. 'Het is van niemand.'

'Wou je zeggen dat ik een leugenaar ben!' snauwde Davis hem met luide stem toe.

Toen klonk het gebrul, dat hoger en hoger opsteeg tot Lou geloofde dat de bomen zouden omvallen door de kracht ervan, of dat de rotsen zouden losraken en langs de berghelling omlaag glijden en misschien, met een beetje geluk, hun bedreiger verpletteren. Jeb kwam grommend aanlopen, met zijn nekharen overeind. Davis keek bezorgd in de richting van de bomen.

'Je hebt een geweer,' zei Diamond, 'dus ga je ouwe bergkat maar vangen. Als je daar tenminste niet te bang voor bent.'

Davis' blik brandde in de ogen van de jongen, maar toen klonk het gebrul opnieuw. Het trof hen even hard als de vorige maal en Davis begon op een sukkeldrafje naar de bomen te lopen.

'Vooruit!' riep Diamond, en ze holden zo snel ze konden tussen de bomen door en over nog meer open velden. Uilen krasten tegen hen, dingen die ze niet konden zien renden langs hoge eikenstammen op en neer of fladderden voor hen uit, maar geen enkele kwam voldoende dichtbij om hen even bang te maken als ze al waren geweest voor George Davis en zijn buks. Lou rende nog sneller dan Diamond, maar toen Oz struikelde en viel keerde ze zich om en hielp ze hem overeind.

Eindelijk hielden ze stil. Ze hurkten in het gras, zwaar hijgend en luisterend of er een gekke man of een bergleeuw achter hen aan kwam.

'Wie is die afschuwelijke man?' vroeg Lou.

Voor hij antwoord gaf keek Diamond om. 'George Davis. Hij woont op de boerderij naast die van miss Louisa. Het is een harde man. Een slechte man! Hij is als baby op zijn hoofd gevallen, of misschien heeft hij een trap van een muilezel gehad, dat zou ik niet weten. Hij heeft een stokerij waar hij jenever uit maïs maakt, hier in een van de dalen, daarom wil hij niet dat er mensen rondlopen. Ik wou dat iemand hem eens een keer neerschoot.'

Ze gingen verder en kwamen weldra bij een andere, kleine, open plek. Diamond stak zijn hand op ten teken dat ze moesten blijven staan en daarna wees hij trots recht vooruit, alsof hij zojuist de ark van Noach had ontdekt op een simpele bergtop in Virginia.

'Daar is hij.'

De put bestond uit met mos begroeide stenen die weliswaar hier en daar afbrokkelden, maar hij was toch ongelooflijk spookachtig. Voorzichtig liepen ze eropaf; Jeb bewaakte de achterhoede, intussen jagend op kleine prooien tussen het hoge gras.

De drie kinderen keken over de rand van de put. Die was zwart en leek bodemloos; het leek of ze naar de andere kant van de wereld keken. Allerlei dingen konden naar hen terugstaren.

'Waarom zeg je dat het hier spookt?' vroeg Oz ademloos.

Diamond ging languit in het gras naast de put liggen. Broer en zus volgden zijn voorbeeld.

'Ongeveer duizend jaar geleden,' begon hij, met een sombere, huiveringwekkende stem waardoor Oz' ogen tegelijkertijd wijdopen gingen, knipperden en vochtig werden, 'woonden hier een man en een vrouw. Ze waren verliefd, dat is zeker. En daarom wilden ze natuurlijk trouwen. Maar hun families haatten elkaar en ze verboden het. Er was geen sprake van. Daarom maakten ze een plan om weg te lopen. Maar er ging iets mis en de man dacht dat de vrouw dood was. Hij was zo kapot van verdriet dat hij naar deze put liep en erin sprong. De put is heel diep, dat hebben jullie zelf gezien. Hij verdronk zichzelf. Het meisje ontdekte wat er gebeurd was en toen is zij er ook in gesprongen. Ze zijn nooit gevonden, omdat het leek of ze op de zon terecht waren gekomen. Er was niets meer van hen over.'

Lou was totaal niet onder de indruk van het verhaal. 'Dat lijkt veel op Romeo en Julia.'

Diamond keek verbaasd. 'Is dat familie van je?'

'Je hebt het verzonnen,' zei ze.

Overal om hen heen begonnen vreemde geluiden op te stijgen, miljoenen stemmetjes die probeerden allemaal tegelijk te kwebbelen, alsof mieren plotseling konden praten.

'Wat is dat?' zei Oz, en hij klemde zich aan Lou vast.

'Je moet niet aan mijn woorden twijfelen, Lou,' zei Diamond met een bleek gezicht. 'Je maakt de geesten kwaad.'

'Ja, Lou,' zei Oz, om zich heen kijkend of er duivels uit de hel op hen af kwamen. 'Je moet de geesten niet kwaad maken.'

Eindelijk hielden de geluiden op en Diamond, nu weer vol zelfvertrouwen, keek Lou triomfantelijk aan. 'Nou, iedere stommeling kan zien dat deze put betoverd is. Zie je een huis in de buurt? Nee, en ik zal je zeggen waarom niet. Deze put is rechtstreeks uit de aarde gegroeid, daarom. En het is niet zomaar een betoverde put. Het is een wensput.'

Oz zei: 'Een wensput? Hoe kan dat?'

'Die twee mensen zijn elkaar kwijtgeraakt, maar ze houden nog steeds van elkaar. Nou, mensen gaan dood, maar liefde niet. Daarom is de put betoverd. Als iemand een wens wil doen, dan gaat hij hiernaartoe. Hij spreekt de wens uit en dan wordt die vervuld. Altijd. Hoe dan ook.'

Oz pakte hem bij zijn arm. 'Elke wens? Weet je het zeker?'

'Ja. Maar er komt nog iets bij.'

Lou zei: 'Dat dacht ik wel. Wat dan?'

'Omdat die mensen hun leven hebben gegeven opdat dit een wensput werd, moet iemand die een wens uitspreekt ook iets opgeven.'

'Wat moeten ze dan geven?' De vraag kwam van Oz, die zo opgewonden was dat hij boven het zachte gras leek te zweven als een ballon aan een touwtje.

Diamond hief zijn armen naar de donkere hemel. 'Het mooiste, belangrijkste wat ze hebben op de hele wereld.'

Het verbaasde Lou dat hij geen buiging maakte. Ze wist wat er ging komen, nog voor Oz aan haar mouw trok.

'Lou, misschien kunnen we...'

'Nee!' zei ze fel. 'Oz, je moet begrijpen dat slingerende kettingen en wensputten niet helpen. Niets helpt.'

'Maar, Lou...'

Het meisje stond op en rukte zich los van haar broertje. 'Doe niet zo stom, Oz. Het draait er alleen maar op uit dat je weer verschrikkelijk gaat huilen.'

Lou holde weg. Na even te hebben geaarzeld volgde Oz haar.

Diamond bleef beteuterd achter. Hij keek om zich heen en floot. Jeb kwam aangerend. 'We gaan naar huis, Jeb,' zei hij zacht.

Het stel verdween een andere kant op dan Lou en Oz, terwijl de bergen zich gereedmaakten om te gaan slapen.

•12•

Buiten was nog geen spoortje licht te bekennen toen Lou voetstappen hoorde op de krakende trap. Haar kamerdeur ging open en ze ging rechtop zitten. Het schijnsel van een olielamp viel naar binnen, gevolgd door Louisa die al geheel gekleed was. Met haar loshangende, zilveren haar en het zachte licht dat haar omgaf, vond de slaperige Lou dat ze leek op een hemelse boodschapper. Het was zo koud in de kamer dat Lou meende haar eigen adem te kunnen zien.

'Ik vond dat ik jou en Oz maar moest laten uitslapen,' zei Louisa zacht terwijl ze naast Lou ging zitten.

Lou smoorde een geeuw en keek door het raam naar de duisternis. 'Hoe laat is het?'

'Bijna vijf uur.'

'Vijf uur!' Lou liet zich achterover op het kussen vallen en trok de dekens over haar hoofd.

Glimlachend zei Louisa: 'Eugene is de koeien aan het melken. Het zou goed zijn als jij dat ook leerde.'

'Kan ik dat niet later doen?' vroeg Lou vanonder de deken.

'Koeien wachten niet op ons mensen,' zei Louisa. 'Ze blijven loeien tot hun uier leeg is.' Ze voegde eraan toe: 'Oz heeft zich al aangekleed.'

Lou schoot overeind. 'Mam kon hem nooit voor acht uur uit bed krijgen en dat was al een hele strijd.'

'Hij zit nu maïsbrood met stroop en verse melk te eten. Het zou fijn zijn als jij ook kwam.'

Lou wierp de dekens van zich af en stapte op de koude vloer. De huivering trok op tot in haar hersenen. Nu wist ze zeker dat ze de wolkjes van haar adem kon zien. 'Over vijf minuten ben ik klaar,' zei ze dapper.

Louisa merkte dat het meisje last had van de kou. 'Het heeft vannacht gevroren,' zei ze. 'Hier boven blijft het langer koud. Het dringt als een mes door tot in je botten. Maar het duurt niet lang voordat het warm wordt en later, wanneer de winter komt, kunnen jij en Oz beneden slapen in de voorkamer, dicht bij het vuur. Als er genoeg kolen op liggen houdt het jullie de hele nacht warm. We zullen ervoor zorgen dat jullie het hier heel goed hebben.' Ze zweeg even en keek de kamer rond. 'We kunnen jullie niet geven wat je in de grote stad had, maar we doen ons best.' Daarna stond ze op en liep naar de deur. 'Ik heb al heet water in de waskom gedaan, dus je kunt je wassen.'

'Louisa?'

Ze draaide zich om, het licht uit de slingerende lamp wierp een steeds groter wordende schaduw op de muur. 'Ja, lieverd?'

'Dit was mijn vaders kamer, nietwaar?'

Langzaam keek Louisa om zich heen, voor ze naar het meisje terugliep om antwoord te geven op haar vraag. 'Vanaf dat hij vier jaar was tot hij wegging. Sindsdien heeft niemand deze kamer gebruikt.'

Lou wees naar de beplakte muren. 'Heeft mijn vader dat gedaan?'

Louisa knikte. 'Hij wilde wel 15 kilometer lopen om een krant of een boek te pakken te krijgen. Hij las ze allemaal tientallen keren en daarna plakte hij de kranten tegen de muur en bleef lezen. Ik heb nog nooit van mijn leven zo'n nieuwsgierige jongen gezien.' Ze keek Lou aan. 'Jij lijkt vast op hem.'

'Ik wil u bedanken omdat Oz en ik bij u mogen wonen.'

Louisa keek naar de deur. 'Het is hier ook goed voor je moeder. Als we allemaal meehelpen komt het wel weer goed met haar.'

Lou keek de andere kant op en begon aan haar nachthemd te frunniken. 'Ik kom zo beneden,' zei ze kortaf.

Louisa accepteerde de veranderde stemming van het meisje zonder commentaar. Zachtjes deed ze de deur achter zich dicht.

Beneden was Oz juist bezig met het laatste restje van zijn ontbijt toen Lou verscheen, evenals hij gekleed in een verschoten tuinbroek, een lang overhemd en veterschoenen, de kleding die Louisa voor hen had klaargelegd. Het enige licht in de keuken was afkomstig van een lantaarn die aan een haak in de hoek hing en het kolenvuur. Lou keek naar de staande klok op de geschaafde, eiken plank die als schoorsteenmantel dienstdeed. Het was inderdaad even over vijf. Wie had kunnen denken dat koeien zo vroeg wakker werden?

'Hallo, Lou,' zei Oz. 'Je moet deze melk eens proeven. Die is heerlijk.'

Louisa keek glimlachend naar Lou. 'Die kleren passen je heel goed. Precies wat ik hoopte. Als de schoenen te groot zijn stoppen we er wel een paar lappen in.'

'Ze zitten goed,' zei Lou, hoewel ze eigenlijk te klein waren en aan haar voeten knelden.

Louisa haalde een emmer en een glas. Ze zette het glas op tafel, legde er een doekje overheen en schonk daarna de melk uit de emmer erin. Er bleef wat schuim op het doekje achter. 'Wil je stroop op je maïsbrood?' vroeg ze. 'Dat is goed voor je. Het legt een bodempje in je maag.'

'Het is erg lekker,' verklaarde Oz. Hij nam het laatste hapje en spoelde het weg met de rest van zijn melk.

Lou keek naar haar glas. 'Waar is dat doekje voor?'

'Dat zeeft dingen uit de melk die je niet binnen moet krijgen,' antwoordde Louisa.

'Bedoelt u dat de melk niet gepasteuriseerd is?' Lou vroeg het zo ontzet dat Oz met open mond naar zijn lege glas staarde met een gezicht alsof hij ter plekke dood zou neervallen.

'Wat zijn pasteurs?' vroeg hij angstig. 'Kan ik die krijgen?'

'De melk is goed,' zei Louisa rustig. 'Ik heb die mijn hele leven zo gedronken. Je vader ook.'

Bij die woorden leunde Oz opgelucht achterover en hij begon weer normaal adem te halen. Lou rook aan haar melk, proefde er voorzichtig een paar maal van en nam daarna een flinke slok.

'Ik zei toch dat het lekker was,' zei Oz. 'Als je melk pasteuriseert smaakt die vast heel vies.'

Lou zei: 'Pasteurisatie is genoemd naar Louis Pasteur, de geleerde die een proces heeft ontdekt waardoor de bacteriën worden gedood en de melk veilig gedronken kan worden.'

'Hij was vast een heel knappe man,' zei Louisa, terwijl ze een bord maïsbrood met stroop voor Lou neerzette. 'Maar we koken het doekje telkens uit en we hebben nergens last van.' De manier waarop ze het zei maakte dat Lou niet verder op het onderwerp inging.

Lou nam een hap maïsbrood met stroop. Haar ogen werden groot toen ze het proefde. 'Waar koopt u dit?' vroeg ze Louisa.

'Waar koop ik wat?'

'Dit brood. Het is erg lekker.'

'Dat zei ik toch,' zei Oz zelfvoldaan.

Louisa zei: 'Ik koop het niet, liefje. Ik bak het zelf.'

'Hoe dan?'

'Ik zal het je laten zien, weet je nog? Dat is beter dan het te vertellen. En de allerbeste manier is om het zelf te doen. Nu moet je opschieten, dan kun je aan de slag met een koe. Ze heet Bran. De oude Bran heeft een probleem en jullie kunnen Eugene helpen om het op te lossen.'

Met dat vooruitzicht at Lou snel haar ontbijt op en daarna liep ze met Oz naar de deur.

'Wacht even, kinderen,' zei Louisa. 'De borden gaan in deze teil, en jullie zullen deze nodig hebben.' Ze pakte een andere lantaarn en stak die aan. Een sterke petroleumlucht vulde de keuken.

'Is er echt geen elektriciteit hier in huis?' vroeg Lou.

'Ik ken een paar mensen in Tremont die het hebben. Soms werkt het niet en dan weten ze niet wat ze moeten beginnen. Alsof ze vergeten zijn hoe een olielamp werkt. Voor mij gaat er niets boven een goede lantaarn.'

Oz en Lou zetten hun borden in de gootsteen.

'Als jullie klaar zijn in de schuur, zal ik jullie de put laten zien. Waar ons water vandaan komt. We putten het twee keer per dag. Dat wordt een van jullie taken.'

Lou keek verbaasd. 'Er is toch een pomp?'

'Die is alleen om af te wassen en zo. We hebben veel meer water nodig. Voor de dieren, om te wassen, voor de slijpmachine, om een bad te nemen. Er staat geen druk op de pomp. Het kost je een hele dag om een flinke emmer te vullen.' Ze lachte. 'Soms lijkt het wel of we het grootste deel van onze adem verspillen met hout en water halen. De eerste tien jaar van mijn leven dacht ik dat ik "Haal" heette.'

Lou pakte de lantaarn en wilde de deur uit lopen, maar ze bleef staan. 'Eh, waar is de koeienstal?'

'Ik zal het je laten zien.'

Het was venijnig koud en Lou was dankbaar voor het dikke overhemd, maar toch stak ze haar blote handen onder haar oksels. Met Louisa, die de lantaarn droeg, voorop liepen ze langs de kippenren en de kralen naar de stal, een groot, puntig bouwsel met een brede, dubbele deur. De beide deurhelften stonden open en binnen brand-de één enkele lamp. Uit de stal hoorde Lou het gesnuif en geloei van dieren komen en het rusteloze geschuifel van hoeven over zand. Uit de kippenren klonk het gefladder van rusteloze vleugels. De hemel was op sommige plaatsen veel donkerder dan elders. Lou begreep dat die diepzwarte plekken de Appalachen waren.

Ze had nog nooit zo'n nacht gezien. Geen straatverlichting, geen licht dat uit gebouwen scheen, geen auto's, geen enkele lichtbron die werd gevoed door batterijen of door elektriciteit. Het enige licht kwam van de paar sterren boven hun hoofd, van de olielamp die Louisa droeg en de lamp die Eugene in de stal had aangestoken. De duisternis joeg Lou echter geen angst aan. Ergens voelde ze zich heel veilig terwijl ze de lange gestalte van haar overgrootmoeder volgde. Oz bleef vlak achter haar en Lou begreep dat hij zich niet echt op zijn gemak voelde. Ze wist heel goed dat haar broertje, wan-neer hij tijd zou krijgen om erover na te denken, overal griezelige dingen zou zien.

In de stal rook het naar hooi, vochtige aarde, grote dieren en hun warme mest. De vloer bestond uit aangestampt zand, bedekt met een laag stro. Aan de wanden hingen teugels, sommige gebarsten en versleten, andere goed geolied en soepel. Enkele en dubbele leidsels lagen op elkaar gestapeld. De hooizolder kon worden bereikt door een houten ladder waarvan de tweede sport kapot was. De zolder nam het grootste deel van de bovenste verdieping in beslag; er lag zowel los hooi op als hooi in balen. In het midden stonden palen van populierenhout, waarvan Lou begreep dat ze het dak steunden. Aan beide zijkanten en de achterkant waren uitbouwtjes waar de merrie, de ezels, de varkens en de schapen elk hun eigen onderkomen had-den; Lou zag wolkjes koude lucht uit de warme neusgaten van de dieren komen.

In een van de boxen zat Eugene op een krukje met drie poten, dat nauwelijks zichtbaar was onder zijn forse gestalte, naast een wit met zwart gevlekte koe. Haar staart zwiepte heen en weer terwijl ze haar kop in de voederkrib stak.

Louisa liet de kinderen bij Eugene achter en ging terug naar het huis. Oz kroop dicht tegen Lou aan toen de koe in de box ernaast tegen het tussenschot bonsde en begon te loeien. Eugene keek op.

'Ouwe Bran heeft melkkoorts,' zei hij. 'We moeten haar helpen.' Hij wees naar een verroeste fietspomp die in een hoek van de stal stond. 'Geef me die pomp eens aan, miss Lou.'

Lou deed wat hij vroeg en Eugene hield de slang tegen een van Brans spenen.

'Nu pompen.'

Oz pompte terwijl Eugene de slang tegen elk van de vier spenen duwde en over de uier van de koe wreef, die opzwol als een bal.

'Goed zo, meisje, je moet je melk niet vasthouden. We zullen je wel helpen,' zei Eugene sussend tegen Bran. 'Oké, zo gaat het heel goed,' zei hij daarna tegen Oz, die was gestopt met pompen en afwachtend een stap achteruit had gedaan. Eugene legde de pomp weg en beduidde Lou dat ze zijn plaats op het krukje moest innemen. Hij bracht haar handen naar Brans spenen en deed haar voor hoe ze die moest vasthouden en hoe ze erin moest knijpen om de melkstroom op gang te brengen.

'We hebben haar opgepompt, nu moeten we haar van haar melk af helpen. Trek maar hard, miss Lou, Bran geeft er niets om. Ze moet haar melk kwijt, daarom heeft ze pijn.'

Lou trok, eerst aarzelend maar daarna kreeg ze het ritme te pakken. Haar handen bewogen rustig en ze hoorden alle drie de lucht uit de uier ontsnappen. In de koude lucht vormden zich warme wolkjes.

Oz kwam dichterbij staan. 'Mag ik het ook eens proberen?'

Lou stond op en Eugene zette Oz op de kruk, waarna hij hem liet zien hoe het moest. Even later trok Oz even goed als Lou en eindelijk kwamen er druppels melk uit de spenen.

'Je doet het goed, mr. Oz. Heb je in de grote stad al eens een koe gemolken?'

Ze lachten allemaal om zijn grapje.

Drie uur later lachten Lou en Oz niet meer. Ze hadden de andere twee koeien gemolken, waarvan er een drachtig was, had Louisa hen verteld, waar ze per koe een halfuur voor nodig hadden gehad. Daarna hadden ze vier zware emmers water naar het huis gebracht en vervolgens nog eens vier van de put naar de stal gesjouwd, als drinkwater voor de dieren. Dat werd gevolgd door twee ladingen hout en drie ladingen kolen om de houtbakken en de kolenkitten in het huis te vullen. Nu gaven ze de varkens te eten en hun lijst met taken leek alleen maar langer te worden.

Oz worstelde met zijn emmer en Eugene hielp om de inhoud over de afscheiding te kiepen. Lou leegde haar emmer en daarna ging ze een paar stappen achteruit.

'Niet te geloven dat we varkens moeten voeren,' zei ze.

'Ze eten wel erg veel,' voegde Oz eraan toe, die bleef kijken toen de dieren aanvielen op wat vloeibaar afval leek te zijn.

'Ze zijn walgelijk,' zei Lou, haar handen aan haar tuinbroek afvegend.

'Ze geven ons eten wanneer we het nodig hebben.'

Ze draaiden zich allebei om en zagen Louisa, die was binnengekomen met een volle emmer zaad voor de kippen; ondanks de kou was haar voorhoofd al nat van het zweet. Louisa raapte Lou's lege spoelingemmer op en gaf die aan haar terug. 'Als het gaat sneeuwen komen we de berg niet af. We moeten voorraden aanleggen. En het zijn zwijnen, Lou, geen varkens.' Lou en Louisa bleven elkaar zes hartenkloppen lang zwijgend aanstaren, tot ze het geluid hoorden van een auto die kwam aanrijden. Ze keken naar het huis.

Het was een Oldsmobile-tweezitter met een 47-pk-motor en een dickeyseat. De zwarte lak was op verscheidene plaatsen afgebladderd en verroest, de bumpers waren gedeukt, de banden bijna kaal en de linnen kap was op deze koude morgen opengeschoven. Het was een fraai stuk oud roest.

De bestuurder zette de auto stil en stapte uit. Hij was lang, met een lenig lichaam dat duidde op een zekere broosheid maar waar toch een uitzonderlijke kracht van afstraalde. Toen hij zijn hoed afnam bleek zijn haar donker en steil te zijn. Een goedgevormde neus en kaak, vriendelijke, lichtblauwe ogen en een mond met een groot aantal lachrimpeltjes bij de hoeken gaven hem een gezicht dat iemand wel een glimlach moest ontlokken, zelfs op een vermoeiende dag. Hij leek dichter bij de veertig dan bij de dertig. Zijn tweedelige kostuum was grijs, met een zwart vest eronder. Een horloge ter grootte van een zilveren dollar hing aan een zware, dwars over zijn buik lopende ketting. Zijn broek was slobberig bij de knieën en zijn schoenen waren in lange tijd niet gepoetst. Hij begon naar hen toe te lopen, bleef dan staan, ging terug naar de auto en haalde er een dikke, versleten aktetas uit.

Verstrooid, dacht Lou bij zichzelf, toen ze hem wat beter bekeek. Na types als Hell No en Diamond te hebben ontmoet vroeg ze zich af wat deze vreemdeling nu weer voor hen in petto had.

77

'Wie is dat?' vroeg Oz.

Louisa zei met luide stem: 'Lou, Oz, dit is Cotton Longfellow, de beste advocaat die er bestaat.'

Lachend gaf de man Louisa een hand. 'Nou, omdat ik tevens een van de zeer weinige advocaten in deze buurt ben, is dat op zijn best een twijfelachtig compliment, Louisa.'

Zijn stem, waarin een mengelmoes van een zuidelijk accent en het ritme van New England doorklonk, was uniek, dacht Lou. Ze kon hem niet plaatsen en meestal was ze daar heel goed in. Cotton Long-fellow! Het was in elk geval een heel aparte naam.

Cotton zette zijn tas neer en gaf hun plechtig een hand, met een vriendelijke twinkeling in zijn ogen. 'Het is me een grote eer met jullie kennis te maken. Ik heb het gevoel dat ik jullie al ken, door alles wat Louisa me heeft verteld. Ik heb altijd gehoopt dat ik jullie op een keer zou ontmoeten. Het spijt me oprecht dat het onder deze omstandigheden moet zijn.' De laatste woorden kwamen er zo sym-pathiek uit dat Lou erdoor getroffen werd.

'Cotton en ik hebben iets te bespreken. Als jullie klaar zijn met het voeren van de zwijnen gaan jullie Eugene helpen de andere dieren naar buiten te brengen en hooi voor ze naar beneden te halen. Daar-na kunnen jullie doorgaan met eieren rapen.'

Terwijl Cotton en Louisa naar het huis liepen, pakte Oz zijn emmer en ging opgewekt meer spoeling halen. Lou bleef Cotton en Louisa nakijken, haar gedachten waren kennelijk niet bij de zwijnen. Ze vroeg zich af wat dit voor man was, met de vreemde naam Cotton Longfellow en een eigenaardig accent. Hij scheen veel over hen te weten. Ten slotte richtte ze haar aandacht op een zwijn van 200 kilo dat hen de komende winter voor de hongerdood zou moeten behoeden, en ze draafde achter haar broer aan. De hoge bergen leken haar in te sluiten.

•13•

Cotton en Louisa gingen via de achterdeur het huis binnen. Toen ze door de gang naar de voorkamer liepen, bleef Cotton staan om door de halfgeopende deur de kamer in te kijken waar Amanda in bed lag. 'Wat hebben de dokters gezegd?'

'Men... taal trau... ma.' Langzaam sprak Louisa de vreemde woorden uit. 'Zo noemde de zuster het.'

Ze gingen naar de keuken, waar ze plaatsnamen op stoelen met dikke poten, gemaakt van met de hand geschaafd eiken, die door het gebruik zo glad waren geworden dat het hout als glas aanvoelde. Cotton trok een stapeltje papieren uit zijn aktetas en haalde een bril met stalen montuur uit zijn jaszak. Nadat hij die had opgezet bestudeerde hij de papieren een poosje, om vervolgens achterover te leunen, gereed om ze te bespreken. Louisa schonk hem een kop cichoreikoffie in. Hij nam een slok en zei lachend: 'Als dit je niet op de been houdt, ben je halfdood.'

Louisa nam zelf ook een kop en zei: 'En, wat ben je te weten gekomen van die lui?'

'Je kleinzoon had geen testament, Louisa. Niet dat het er veel toe doet, want hij had ook geen geld.'

Louisa keek verbluft. 'En al die prachtige boeken dan?'

Cotton knikte bedachtzaam. 'Hoe goed ze ook waren, zijn boeken werden helemaal niet goed verkocht. Hij moest andere opdrachten aannemen om de eindjes aan elkaar te kunnen knopen. Bovendien had Oz bij zijn geboorte gezondheidsproblemen. Dat heeft een hoop geld gekost. En New York is niet bepaald goedkoop.'

Louisa keek naar het tafelblad. 'Dat is nog niet alles,' zei ze. Vragend keek hij haar aan. 'Jack heeft me al die jaren geld gestuurd, en zo is het. Ik heb hem een keer geschreven om te zeggen dat hij het niet moest doen. Dat hij voor zijn gezin moest zorgen. Maar hij zei dat hij rijk was. Dat heeft hij me zelf geschreven! Hij wilde dat ik het aannam, zei hij, na alles wat ik voor hem had gedaan. Maar eigenlijk heb ik helemaal niets gedaan.'

'Nou, het lijkt erop dat Jack van plan was om voor een filmstudio in Californië te gaan schrijven toen het ongeluk gebeurde.'

'Californië?' Louisa sprak het woord uit alsof het iets kwaadaardigs was. Daarna leunde ze met een zucht achterover. 'Die jongen heeft me dus een rad voor ogen gedraaid. En me geld gegeven terwijl hij het niet had. En verdomme, ik heb het aangenomen.' Even bleef ze voor zich uit staren voor ze verderging. 'Ik heb een probleem, Cotton. De laatste drie jaren van droogte hebben bijna geen oogst opgeleverd. Ik heb nog maar vijf zwijnen en daarvan zal ik er één binnenkort moeten slachten. Dan heb ik nog drie zeugen en een beer over. Bij de laatste worp waren er alleen maar kleintjes. Drie koeien, die redelijk melk geven. Ik heb er een laten dekken, maar ze heeft nog niet gekalfd en ik begin me nu echt zorgen te maken. Bran is ziek. Van de schapen heb ik meer last dan gemak en de ouwe merrie kan niet meer werken en eet me de oren van mijn hoofd. Maar al die jaren heeft ze zich halfdood gewerkt voor me.' Ze haalde diep adem. 'En McKenzie, van de winkel, geeft ons mensen die op de berg wonen geen krediet meer.'

'Het zijn zware tijden, Louisa, dat valt niet te ontkennen.'

'Ik weet dat ik niet mag klagen; deze berg heeft me door de jaren heen alles gegeven wat ik nodig had.'

Cotton leunde naar voren. 'Wat je nog wel hebt, Louisa, is land. Dat is een waardevol bezit.'

'Kan het niet verkopen, Cotton. Wanneer de tijd daar is, gaat het naar Lou en Oz. Hun vader hield net zoveel van deze plek als ik. En Eugene ook. Hij hoort bij de familie. Hij werkt hard. Hij krijgt een deel van dit land, dan kan hij zelf een bedrijfje beginnen en een gezin stichten. Dat is niet meer dan redelijk.'

Cotton zei: 'Dat geloof ik ook.'

'Toen die mensen schreven of ik de kinderen in huis wilde nemen, had ik toen nee moeten zeggen? Amanda heeft geen familie meer, ik ben de enige die ze nog hebben. Niet dat het veel voorstelt, ik breng niet veel meer terecht van het boerenwerk.' Zenuwachtig wrong ze haar handen en ze tuurde bezorgd uit het raam. 'Al die jaren heb ik

80

aan hen gedacht, me afgevraagd hoe het met hen ging. Amanda's brieven gelezen, de foto's bekeken die ze stuurde. Ze was zo trots op wat Jack allemaal deed. En die prachtige kinderen.' Ze slaakte een diepe zucht, de rimpels in haar hoge voorhoofd leken op voren in een akker.

Cotton zei: 'Je redt het wel, Louisa. Als je me nodig hebt, als ik moet komen helpen met planten, of met de kinderen, dan laat je het maar weten. Ik zou er heel trots op zijn om je te mogen helpen.'

'Kom nou, Cotton, je bent een drukbezet advocaat.'

'De mensen hier hebben mijn diensten niet vaak nodig. Misschien is dat niet eens zo verkeerd. Als ze een probleem hebben gaan ze naar rechter Atkins in het gerechtsgebouw, om het uit te praten. Advocaten maken de zaken alleen maar ingewikkeld.' Hij glimlachte en gaf haar een klopje op haar hand. 'Het komt wel goed, Louisa. Dat je de kinderen hierheen hebt gehaald is een goede zaak. Voor iedereen.'

Louisa glimlachte, maar toen fronste ze langzaam haar voorhoofd. 'Cotton, Diamond zei dat er een paar mannen in de buurt van de kolenmijnen zijn geweest. Dat vind ik niet zo prettig.'

'Bodemonderzoekers, experts op het gebied van mineralen, heb ik gehoord.'

'Graven ze de bergen nog niet snel genoeg af? Ik word er beroerd van, telkens wanneer ik weer een nieuwe schacht zie. Ik zal mijn grond nooit aan die mijnen verkopen. Alles wat mooi is halen ze weg.'

'Ik heb gehoord dat die lui op zoek zijn naar olie, niet naar kolen.'

'Olie?' zei ze ongelovig. 'Het is hier geen Texas.'

'Ik zeg alleen maar wat ik heb gehoord.'

'Ik kan me niet druk maken om die onzin.' Ze stond op. 'Je hebt gelijk, Cotton, het komt allemaal wel goed. God zal ons dit jaar regen sturen. Zo niet, dan vind ik er wel wat op.'

Nadat Cotton was opgestaan om te vertrekken, keek hij de gang in. 'Louisa, vind je het goed dat ik even bij miss Amanda binnenloop om haar goedendag te zeggen?'

Louisa dacht erover na. 'Een andere stem zou misschien goed voor haar zijn. En je gaat altijd zo goed met mensen om, Cotton. Hoe komt het toch dat je nooit getrouwd bent?'

'Ik ben nog steeds op zoek naar de juiste vrouw die het met een man als ik kan uithouden.'

In Amanda's kamer zette Cotton zijn aktetas neer en daarna liep hij rustig naar het bed. 'Miss Cardinal, ik ben Cotton Longfellow. Ik vind het heel prettig kennis met u te maken. Ik heb het gevoel dat ik u al ken, want Louisa heeft me voorgelezen uit de brieven die u haar hebt gestuurd.' Zoals te verwachten was vertrok Amanda geen spier en Cotton keek naar Louisa.

'Ik heb tegen haar gepraat. Oz ook. Maar ze zegt nooit iets terug. Ze beweegt zelfs geen vinger.'

'En Lou?' vroeg Cotton.

Louisa schudde haar hoofd. 'Dat kind ontploft nog eens, ze is een echte binnenvetter.'

'Misschien zou het een goed idee zijn om Travis Barnes uit Dickens eens naar Amanda te laten kijken.'

'Dokters kosten geld, Cotton.'

'Travis is me nog iets schuldig. Hij komt wel.'

Zachtjes zei Louisa: 'Dank je.'

Hij keek de kamer rond en zag een bijbel op de toilettafel. 'Mag ik nog eens terugkomen?' vroeg hij. Louisa keek hem vragend aan. 'Ik dacht dat ik... nou, dat ik haar misschien iets zou kunnen voorlezen. Mentale stimulatie. Ik heb erover gehoord. Ik zeg niet dat het succes zal hebben, maar als ik íéts kan, is het lezen.'

Voor Louisa kon antwoorden keek Cotton naar Amanda. 'Het zal me een genoegen zijn om u voor te lezen.'

•14•

Bij het aanbreken van de dag stonden Louisa, Eugene, Lou en Oz op een van de akkers. Hit, de muilezel, was ingespannen voor een ploeg met een kantelblad.

Lou en Oz hadden hun melk en maïsbrood met reuzel gegeten als ontbijt. Het eten was goed en voedzaam, maar het was alweer lang geleden dat ze bij het licht van de olielamp hadden gegeten. Oz had kippeneieren geraapt en Lou had de beide gezonde koeien gemolken onder het toeziend oog van Louisa. Eugene had hout gekloofd, waarna Lou en Oz de blokken naar binnen hadden gesjouwd voor het fornuis. Vervolgens hadden ze emmers water gehaald voor de dieren. Het vee was uit de stal gehaald en ze hadden hooi uitgespreid. Nu ging het echte werk blijkbaar pas beginnen.

'We moeten dit hele veld omploegen,' zei Louisa.

Lou snoof de lucht op. 'Wat stinkt er zo afschuwelijk?'

Louisa bukte zich, pakte een kluit aarde en wreef die tussen haar vingers fijn. 'Mest. In de herfst mesten we de stallen uit en gooien de mest hierop. De grond wordt er nog beter van.'

'Het stinkt,' zei Lou.

Louisa liet de aarde uit haar hand wegdwarrelen in het ochtendbriesje. Ze keek het meisje scherp aan. 'Je zult nog eens van die lucht gaan houden.'

Eugene hanteerde de ploeg terwijl Louisa met de kinderen naast hem liep.

'Dit is een kantelblad,' zei Louisa, naar het ploegijzer met zijn eigenaardige vorm wijzend. 'Je ploegt een voor, draait de ezel en de ploeg om, schopt het blad om en gaat opnieuw de voor langs. Dan worden aan weerskanten dezelfde voren getrokken. De ploeg werpt ook grote kluiten aarde op. Dus nadat we het veld omgeploegd hebben breken we de kluiten stuk. Dan gaan we eggen, daar wordt de aarde mooi glad van. Daarna ploegen we het af. Daar krijg je smalle voren van. En dan gaan we planten.'

Ze liet Eugene één voor ploegen om te laten zien hoe het moest en daarna gaf Louisa een schop tegen de ploeg. 'Jij lijkt me nogal sterk, Lou. Wil je het proberen?'

'Ja, hoor,' zei ze. 'Het lijkt gemakkelijk.'

Eugene hielp haar de riemen om haar middel vast te maken, gaf haar de zweep en deed een stap terug. Hit beschouwde haar blijkbaar als iemand die hij met gemak aankon, want hij ging er onverwacht snel vandoor. De sterke Lou belandde al snel in de vette aarde.

Louisa trok haar overeind en veegde het vuil van haar gezicht. 'Die oude ezel heeft je deze keer te pakken gehad. Ik durf te wedden dat het hem de volgende keer niet meer zal lukken.'

'Ik wil dit niet meer doen,' zei Lou. Ze verstopte haar gezicht achter haar mouw, brokjes uitspugend van iets waaraan ze liever niet wilde denken. Haar gezicht was rood en tranen liepen onder haar stijf dichtgeknepen oogleden vandaan.

Louisa knielde voor haar neer. 'Toen je vader de eerste keer probeerde te ploegen was hij ongeveer net zo oud als jij. De ezel sleurde hem zo ver mee dat hij in de sloot terechtkwam. Ik was de halve dag bezig om hem en dat verdraaide dier eruit te halen. Je vader zei hetzelfde als jij. En ik besloot hem zijn zin te geven.'

Lou hield op met over haar gezicht te wrijven. Haar ogen werden droog. 'Wat gebeurde er toen?'

'Twee dagen wilde hij niet in de buurt van de akkers komen. Of van die ezel. Toen kwam ik op een ochtend hier om aan het werk te gaan, en daar was hij.'

'Hij ploegde het hele veld om?' raadde Oz.

Louisa schudde haar hoofd. 'De ezel en je vader belandden tussen de zwijnen en ze zaten allebei zo onder de spoeling dat een beer erin gestikt zou zijn.' Oz en Lou lachten en Louisa vervolgde: 'De volgende keer konden de jongen en de ezel beter met elkaar overweg. De jongen had een lesje gekregen, de ezel had zijn pleziertje gehad en daarna vormden ze het beste ploegspan dat ik ooit heb gezien.'

Aan de andere kant van het dal klonk het geloei van een sirene, zo luid dat Lou en Oz hun handen voor hun oren hielden. De ezel snoof en rukte aan zijn tuig. Louisa fronste haar voorhoofd.

'Wat is dat?' riep Lou.

'De sirene van de kolenmijn,' zei Louisa.

'Is er een instorting?'

'Nee, stil nu even,' zei Louisa. Haar ogen zochten de hellingen af. Vijf spannende minuten verstreken voor het geloei van de sirene eindelijk ophield. Toen hoorden ze overal om hen heen het diepe, rommelende geluid. Lou dacht dat ze de bomen, zelfs de berg, zag bewegen. Ze greep Oz' hand en dacht eraan te vluchten, maar ze deed het niet omdat Louisa geen voet verzette. Toen werd het weer stil.

Louisa keek hen aan. 'De mijnwerkers laten de sirene loeien voor er een ontploffing komt. Ze gebruiken dynamiet. Soms te veel, dan ontstaan er aardverschuivingen. En raken er mensen gewond. Geen mijnwerkers. Boeren die op het land bezig zijn.' Louisa keek nog een keer nijdig in de richting vanwaar de ontploffing leek te zijn gekomen. Daarna wijdden ze zich weer aan hun boerenarbeid.

Als avondeten hadden ze dampende borden bonen, vermengd met maïsbrood, reuzel en melk, die ze wegspoelden met bronwater dat zo koud was dat het pijn deed. Het was een kille avond, de wind gierde hevig om het huis, maar de muren en het dak weerstonden de aanval. Het kolenvuur was warm en het schijnsel van de olielamp zacht aan de ogen. Oz was zo moe dat hij bijna in slaap viel boven zijn hemelsblauwe Crystal Winter-bord met havermout.

Na het eten ging Eugene naar de stal. Oz ging voor het vuur liggen, zijn kleine lichaam was duidelijk uitgeput en pijnlijk. Louisa zag Lou naar hem toe gaan; het meisje legde zijn hoofd in haar schoot en streelde zijn haar. Louisa zette een bril met metalen montuur op haar neus en begon bij het schijnsel van het vuur een hemd te verstellen. Na een poosje hield ze ermee op en kwam naast de kinderen zitten.

'Hij is alleen maar moe,' zei Lou. 'Hij is dit niet gewend.'

'Ik kan niet zeggen dat een jongen ooit gewend raakt aan hard werken.' Louisa streelde Oz ook over zijn haar. Het leek alsof de jongen een hoofd had dat mensen graag wilden aanraken. Misschien bracht het geluk.

'Je doet het goed. Heel goed. Beter dan ik toen ik zo oud was als jij. En ik kwam niet uit de grote stad. Dat maakt het moeilijker, nietwaar?'

De deur ging open en de wind blies naar binnen. Eugene keek bezorgd. 'Het kalfje komt.'

In de stal lag de koe, die Purty genoemd werd, op haar zij in een grote, aparte box, kreunend en rollend van pijn. Eugene ging op zijn knieën liggen om haar vast te houden, terwijl Louisa achter haar hurkte en met haar vingers voelde naar het glibberige kalfje dat eruit moest komen. Het werd een zware strijd, het kalf leek nog niet bereid om ter wereld te komen. Maar Eugene en Louisa lokten het naar buiten, een glibberige massa ledematen met dichtgeknepen ogen. Het was een bloederige gebeurtenis en de magen van Lou en Oz draaiden zich om toen ze Purty de nageboorte zagen opeten, maar Louisa zei tegen hen dat het de natuurlijke gang van zaken was. Purty begon het kalf te likken, ze hield niet op voor de haren alle kanten uit staken. Met hulp van Eugene kwam het kalfje overeind op wankele, dunne pootjes, terwijl Louisa Purty voorbereidde op de volgende stap, waar het kalfje uit eigen beweging aan meewerkte: het zogen. Eugene bleef bij de moeder en haar kalf en Louisa ging met de kinderen terug naar het huis.

Lou en Oz waren allebei opgewonden en doodmoe; op de staande klok zagen ze dat het bijna middernacht was.

'Ik heb nog nooit een koe geboren zien worden,' zei Oz.

'Je hebt nog nooit íéts geboren zien worden,' zei zijn zus.

Oz dacht hierover na. 'Jawel. Ik was erbij toen ik geboren werd.'

'Dat telt niet mee,' zei Lou vinnig.

'Het is toch zo,' zei Oz. 'Het was zwaar werk. Dat heeft mam me verteld.'

Louisa gooide nog een brok steenkool op het vuur en duwde het met een ijzeren pook tussen de vlammen. Daarna ging ze verder met haar verstelwerk. Haar gekromde handen met de donkere aderen bewogen langzaam, maar heel zorgvuldig.

'Jullie moeten nu naar bed,' zei ze.

Oz zei: 'Ik ga eerst naar mam. Om haar te vertellen van de koe.' Hij keek naar Lou. 'Voor de twééde keer.' Daarna liep hij de keuken uit.

'Lou, jij moet ook naar je moeder,' zei Louisa.

Lou staarde in de diepte van het kolenvuur. 'Oz is te jong om het te begrijpen, maar ik niet.'

Louisa legde haar naaiwerk opzij. 'Om wat te begrijpen?'

'De dokters in New York hebben gezegd dat de kans dat mam terugkomt elke dag kleiner wordt. Het duurt al veel te lang.'

'Je mag de hoop niet opgeven, Lou.'

Lou draaide zich om en keek haar overgrootmoeder aan. 'U begrijpt het ook niet, Louisa. Onze vader is er niet meer. Ik zag hem doodgaan. Misschien...' Ze slikte moeizaam. '... misschien was ik er voor een deel de oorzaak van dat hij stierf.' Ze wreef over haar ogen en daarna balde ze haar handen tot boze vuisten. 'Ze ligt daar niet beter te worden. Ik heb naar de dokters geluisterd. Ik heb alles gehoord wat de grote mensen over haar zeiden, al probeerden ze het voor me te verbergen. Alsof het me niet aanging! We mochten haar mee naar huis nemen omdat ze niets meer voor haar konden doen.' Ze zweeg om diep adem te halen. Daarna kalmeerde ze langzaam. 'En u kent Oz niet. Hij heeft zoveel hoop, hij doet allerlei gekke dingen. En dan...' Lou's stem stierf weg en ze keek naar de grond. 'Tot morgen.'

Bij het schaarse licht van de olielamp en het flakkerende kolenvuur kon Louisa niets anders doen dat het wegsloffende meisje nastaren. Nadat haar voetstappen waren weggestorven pakte Louisa haar verstelwerk weer op, maar de naald bewoog niet. Toen Eugene binnenkwam om naar bed te gaan zat ze nog steeds bij het bijna uitgedoofde vuur, diep in gedachten verzonken die haar even nederig maakten als de bergen die haar omringden.

Na een poosje stond Louisa op en ging naar haar slaapkamer, waar ze een stapeltje brieven uit de kast haalde. Ze liep de trap op naar Lou's kamer. Het meisje stond, klaarwakker, uit het raam te staren.

Lou draaide zich om en zag de brieven.

'Wat zijn dat?'

'Brieven die je moeder me geschreven heeft. Ik wil graag dat je ze leest.'

'Waarom?'

'Omdat woorden veel over een mens kunnen zeggen.'

'Woorden veranderen niets. Oz mag het geloven als hij wil. Hij weet gewoon niet beter.'

Louisa legde de brieven op het bed. 'Soms is het goed wanneer oudere mensen jongeren volgen. Misschien kunnen ze iets leren.'

Nadat Louisa was weggegaan, legde Lou de brieven in de oude schrijftafel van haar vader. Ze schoof de lade met een klap dicht.

•15•

Lou was extra vroeg opgestaan. Ze ging naar de kamer van haar moeder, waar ze een poosje bleef kijken naar het gelijkmatige rijzen en dalen van Amanda's borst. Daarna ging ze op het bed zitten, sloeg de dekens terug en begon haar moeders armen te masseren en te bewegen. Daarna besteedde ze geruime tijd aan de beenoefeningen, zoals de dokters in New York die hadden voorgedaan. Lou was er bijna mee gereed toen ze zag dat Louisa haar vanuit de deuropening gadesloeg.

'We moeten zorgen dat ze zich prettig voelt,' verklaarde Lou. Ze dekte haar moeder toe en verdween naar de keuken. Louisa liep haar achterna.

Toen Lou een ketel opzette om water aan de kook te brengen, zei Louisa: 'Dat kan ik wel doen, lieverd.'

'Ik maak het wel klaar.' Lou mengde wat havermoutvlokken met het hete water en deed er een klontje boter bij uit een emmer. Ze nam de kom mee naar haar moeders kamer en ze begon voorzichtig het voedsel in Amanda's mond te lepelen. Amanda at en dronk gretig, zonder dat er met een lepel of een kopje tegen haar lippen getikt hoefde te worden, hoewel ze alleen zacht voedsel naar binnen kon krijgen. Maar dat was dan ook het enige wat ze kon. Louisa bleef bij hen zitten en Lou wees naar de oude foto's aan de muur. 'Wie zijn die mensen?'

'Mijn vader en moeder. Dat ben ik, die bij hen staat, toen ik nog heel klein was. De eerste keer dat er een foto van me werd genomen. Ik vond het leuk. Maar mama was bang.' Ze wees naar een andere foto. 'Op die foto staat mijn broer, Robert. Hij is nu dood. Ze zijn allemaal dood.'

'Uw ouders en uw broer waren lang.'

'Dat zit in de familie. Vreemd hoe dat van de een op de ander over-
gaat. Je vader was, toen hij pas veertien jaar was, al 1.80 meter. Ik
ben nog steeds lang, maar ik ben wel een beetje gekrompen, vergeleken bij vroeger. Jij wordt ook lang.'

Lou waste de kom en de lepel af en daarna hielp ze Louisa het ontbijt
voor de anderen klaarmaken. Eugene was in de stal en ze hoorden
Oz in zijn kamer heen en weer lopen.

Lou zei: 'Ik moet Oz leren hoe hij mams armen en benen moet
bewegen. Hij kan ook helpen haar te voeren.'

'Dat is best.' Ze legde een hand op Lou's schouder. 'Heb je al een
van die brieven gelezen?'

Lou keek haar aan. 'Ik wilde mijn moeder en vader niet verliezen.
Maar het is toch gebeurd. Nu moet ik voor Oz zorgen. Ik moet
vooruitkijken, niet achterom.' Ernstig liet ze erop volgen: 'U
begrijpt het misschien niet, maar dat móét gewoon.'

Na de ochtendwerkzaamheden bracht Eugene Lou en Oz met de
ezelkar naar school. Daarna ging hij terug om verder te gaan met
zijn werk. In oude jutezakken waar zaad in had gezeten hadden Lou
en Oz hun veelgebruikte boeken bij zich, met een paar kostbare vel-
letjes papier tussen de bladzijden gestopt. Ze hadden beiden een dik
potlood, met de strikte opdracht van Louisa om dat alleen te slijpen
wanneer het echt nodig was, en daarbij een scherp mesje te gebruiken. De boeken waren dezelfde waaruit hun vader had geleerd. Lou
klemde ze tegen haar borst alsof het een uit de hemel gevallen
geschenk was. Ze hadden ook een gedeukt trommeltje meegekregen
met een paar dikke sneden maïsbrood, een potje appelgelei en een
flesje melk voor de lunch.

De Big Spruce-school was pas een paar jaar oud, gebouwd met *New
Deal*-dollars ter vervanging van het uit hout opgetrokken bouwsel
dat bijna tachtig jaar op dezelfde plek had gestaan. Het gebouw was
van witte planken die op sintelblokken rustten en had aan één kant
ramen. Evenals bij Louisa's boerderij lagen er geen pannen op het
dak, alleen een bedekking van lange, elkaar overlappende stroken
asfaltpapier. De school had één deur, met een klein afdak. Door het
puntdak stak een stenen schoorsteen.

Op een willekeurige dag werd de school door grofweg de helft van
de leerlingen bezocht die er hadden moeten zijn. Dat was nog een

flink aantal, vergeleken met het schoolbezoek in het verleden. Op de berg was op het land werken altijd belangrijker dan uit boeken leren. Het schoolplein was van aangestampt zand, met in het midden een walnotenboom met een gespleten stam. Er liepen een stuk of vijftig kinderen rond, in leeftijd variërend van die van Oz tot die van Lou. De meesten droegen tuinbroeken, hoewel een paar meisjes bloeme-tjesjurken aanhadden, gemaakt van Chop-zakken, waar dierenvoer in werd geleverd. De zakken waren mooi en van stevig materiaal en een meisje voelde zich altijd heel bijzonder wanneer ze een Chop-jurk droeg. Sommige kinderen liepen op blote voeten, anderen op wat schoenen waren geweest maar nu was afgesleten tot een soort sandalen. Enkelen hadden strohoeden op, anderen waren bloots-hoofds; een paar oudere jongens droegen zelfs al vuile vilthoeden, ongetwijfeld afdankertjes van hun vaders. Er waren meisjes met vlechten, anderen hadden steil haar en ook waren er meisjes met pij-penkrullen.

Alle kinderen staarden de nieuwkomers aan met wat Lou beschouw-de als onvriendelijke ogen.

Eén jongen kwam naar voren. Lou herkende hem als de knaap die op de eerste dag van hun komst hier op de berghelling aan de tractor had gehangen. Hij moest een zoon zijn van George Davis, de gekke man die hen in het bos met zijn buks had bedreigd. Lou vroeg zich af of de kinderen van de boer ook aan krankzinnigheid leden.

'Wat mankeert jullie, kunnen jullie niet alleen lopen? Moet Hell No jullie brengen?' zei de jongen.

'Hij heet Eugene,' zei Lou, de jongen strak aankijkend. Toen vroeg ze: 'Kan iemand me vertellen waar de tweede en de zesde klas zijn?'

'Ja, natuurlijk,' zei dezelfde jongen, en hij wees. 'Die zijn alle twee daar.'

Lou en Oz draaiden zich om en zagen het scheefhangende houten hokje achter het schoolgebouw.

'Dat,' voegde de jongen er met een sluwe grijns aan toe, 'is alleen voor jullie yankees.'

Alle kinderen moesten er verschrikkelijk om lachen. Nerveus ging Oz wat dichter bij Lou staan.

Lou keek even naar het hokje en vervolgens wendde ze zich weer tot de jongen.

'Hoe heet je?' vroeg ze.

'Billy Davis,' zei hij trots.

'Ben je altijd zo geestig, Billy Davis?'

Billy fronste zijn wenkbrauwen. 'Wat betekent dat? Scheld je me uit, griet?'

'Heb jij ons net ook niet uitgescholden?'

'Ik heb alleen maar de waarheid gezegd. Eens een yankee, je leven lang een yankee. Dat jullie hier zijn gekomen verandert daar niets aan.'

De rumoerige massa kinderen gaf luidkeels blijk van hun volledige instemming met dat standpunt en Lou en Oz hadden het gevoel dat ze door de vijand omsingeld werden. Ze werden gered doordat de schoolbel ging, die de kinderen naar de deur liet stormen. Lou en Oz keken elkaar aan en sjokten achter de troep aan.

'Ik geloof niet dat ze ons erg aardig vinden, Lou,' zei Oz.

'Ik geloof niet dat het me veel kan schelen,' antwoordde zijn zus.

Binnen kwamen ze onmiddellijk tot de ontdekking dat er slechts één klaslokaal was, dat alle klassen huisvestte, van de eerste tot de zevende. De leerlingen werden naar leeftijd in groepjes apart gezet. Het aantal leerkrachten was gelijk aan het aantal lokalen. De onderwijzeres heette Estelle McCoy en ze verdiende achthonderd dollar per schooljaar. Dit was de enige baan die ze ooit had gehad, nu al 39 jaar, wat verklaarde waarom haar haren veel witte strepen vertoonden tussen het vale bruin.

Drie wanden waren voorzien van grote schoolborden. In een hoek stond een potkachel waarvan de lange pijp door het dak naar buiten stak. Een andere hoek van het lokaal werd in beslag genomen door een prachtige, essenhouten boekenkast met een rondlopende bovenkant, die in deze bescheiden omgeving niet op zijn plaats leek. De kast had deuren met raampjes en Lou zag dat er heel wat boeken in stonden. Een met de hand geschreven bordje aan de muur naast de kast vermeldde: BIBLIOTHEEK.

Estelle McCoy, met appelwangetjes en een brede glimlach, haar gezette gestalte gehuld in een vrolijke bloemetjesjurk, ging voor de kinderen staan.

'Ik heb vandaag een echte verrassing voor jullie. Ik wil jullie graag twee nieuwe leerlingen voorstellen: Louisa Mae Cardinal en haar broer, Oscar. Louisa Mae en Oscar, willen jullie even opstaan?'

Oz, die gewend was om bij het geringste blijk van autoriteit te gehoorzamen, sprong onmiddellijk overeind. Hij bleef echter naar de grond staren en zijn ene voet wreef over de andere, alsof hij nodig moest plassen.

Lou bleef zitten.

'Louisa Mae,' zei Estelle McCoy nogmaals, 'sta op zodat ze je allemaal kunnen zien, meisje.'

'Ik heet Lou.'

Estelle McCoys glimlach werd iets minder opgewekt. 'Eh, ja, hun vader is een heel beroemd schrijver. Zijn naam is Jack Cardinal.'

Op dat moment maakte Billy Davis de luide opmerking: 'Hij is toch dood? Iemand zei dat die man dood is.'

Lou keek nijdig naar Billy, die meteen een gek gezicht trok.

De onderwijzeres leek nu volslagen in verwarring gebracht. 'Billy, zo is het genoeg. Eh, zoals ik al zei, hij was beroemd en ik heb hem nog lesgegeven. Ik hoop dat ik, op mijn eigen, bescheiden manier, iets heb bijgedragen aan zijn ontwikkeling tot schrijver. Men zegt immers dat de jeugdjaren de belangrijkste zijn. Trouwens, weten jullie wel dat meneer Jack Cardinal zelfs een van zijn boeken heeft gesigneerd in Washington, voor de president van onze Verenigde Staten?'

Lou keek de klas rond. Ze kon zien dat dit absoluut niets betekende voor de kinderen van de berg. Het noemen van de hoofdstad van de yankees leek haar bovendien niet zo slim. Ze werd er niet kwaad om dat ze zo weinig ontzag hadden voor de prestaties van haar vader; ze had eerder medelijden met hen om hun onwetendheid.

Estelle McCoy was niet voorbereid op de aanhoudende stilte. 'Eh, hartelijk welkom, Louisa Mae, en jij ook, Oscar. Ik weet zeker dat jullie je vader eer zullen aandoen in zijn... alma mater.'

Nu stond Lou op, terwijl Oz zich haastig op zijn stoel terug liet vallen, met gebogen hoofd en zijn ogen stijf dichtgeknepen. Het was duidelijk dat hij bang was voor wat zijn zus dan ook van plan mocht zijn. Lou deed nooit iets half, dat wist hij heel goed. Je kreeg óf twee ladingen hagel uit een geweer in je gezicht, óf je bleef nog een dag leven. Zijn zus kende nu eenmaal geen middenweg.

Ze zei echter alleen: 'Mijn naam is Lou.' Toen ging ze weer zitten.

Billy boog in haar richting en zei: 'Welkom in de bergen, miss Louisa Mae.'

De school ging om drie uur uit, maar de kinderen maakten geen haast om naar huis te gaan, omdat ze wisten dat hen daar allerlei karweitjes wachtten. Ze bleven in groepjes op het schoolplein rondhangen; de jongens ruilden zakmessen, jojo's die ze zelf uit hout hadden gesneden en van gerst gemaakte kauwgum. De meisjes wisselden plaatselijke roddels uit, en kook- en naaigeheimen, en praatten over jongens. Billy Davis deed oefeningen aan een dun stammetje dat dwars over de onderste takken van de notenboom was gelegd, onder de bewonderende blikken van een meisje met brede heupen en scheve tanden, maar ook met rozige wangen en mooie, blauwe ogen.

Toen Lou en Oz naar buiten kwamen hield Billy op met zijn capriolen en wandelde naar hen toe.

'Kijk eens aan, het is miss Louisa Mae. Ben je bij de president op bezoek geweest, miss Louisa Mae?' zei hij met luide, spottende stem.

'Blijf alsjeblieft doorlopen, Lou,' zei Oz.

Billy begon nog harder te praten. 'Heeft hij jou een van je vaders boeken laten signeren, nu die dood is?'

Lou bleef staan. Oz begreep dat verder smeken geen zin had en hij deed een paar stappen achteruit. Lou keek haar kwelgeest aan.

'Wat mankeert je, ben je nog steeds nijdig omdat wij yankees jullie bij de staart genomen hebben, boerenkinkel?'

De andere kinderen roken bloed. Snel vormden ze een kring om een eventueel gevecht aan het zicht van mevrouw McCoy te onttrekken.

Billy trok een lelijk gezicht. 'Dat zou ik maar terugnemen.'

Lou liet haar tas vallen. 'Probeer maar of je dat van me gedaan krijgt als je kunt.'

'Jeetje, ik vecht niet met meisjes.'

Dat maakte Lou kwader dan een opgeheven vuist zou hebben gedaan. Ze greep Billy bij de schouderbanden van zijn tuinbroek en smeet hem tegen de grond, waar hij stomverbaasd bleef liggen, waarschijnlijk zowel over haar kracht als over haar dapperheid. De groep kinderen schoof dichterbij.

'Ik geef je een schop onder je achterste als je dát niet terugneemt,' zei Lou. Ze bukte zich en priemde een vinger in zijn borst.

Oz begon aan haar te trekken toen de kinderen hen nog verder insloten, alsof een hand een vuist werd. 'Toe nou, Lou, ga alsjeblieft niet vechten. Alsjeblieft.'

Billy sprong op en toen beging hij een kapitale vergissing. In plaats van naar Lou uit te halen greep hij Oz beet en smakte hem hard op de grond.

'Waardeloze stinkende noorderling.'

Zijn triomfantelijke blik was van korte duur, omdat Lou's benige vuist hem vol in zijn gezicht trof. Billy kwam naast Oz op de grond terecht, het bloed spoot uit zijn neus. Lou ging schrijlings op de jongen zitten voor hij kon ademhalen en beukte met haar beide vuisten op hem los. Jankend als een geslagen hond zwaaide Billy zijn armen wild naar achteren. Een van zijn vuisten trof Lou op haar lip, maar ze bleef slaan tot Billy eindelijk ophield en zijn armen voor zijn gezicht hield.

Toen week de zee uiteen en mevrouw McCoy verscheen in de opening. Het lukte haar om Lou van Billy af te trekken, maar daarna hijgde ze van inspanning.

'Louisa Mae! Wat zou je vader hier wel van denken?' zei ze.

Lou bleef staan uithijgen, haar handen nog steeds gebald tot machtige anti-jongenswapens.

Estelle McCoy hielp Billy opstaan. De jongen bedekte zijn gezicht met zijn mouw en snikte zacht in zijn oksel. 'En nu zeg je tegen Billy dat het je spijt,' zei de onderwijzeres.

Lou reageerde hierop door opnieuw woedend naar hem uit te vallen. Billy deinsde terug als een konijn dat door een vraatzuchtige slang wordt belaagd.

Mevrouw McCoy gaf een harde ruk aan Lou's arm. 'Louisa Mae, hou daar onmiddellijk mee op en zeg dat het je spijt.'

'Hij kan naar de bliksem lopen.'

Estelle McCoy viel bijna om bij het horen van dergelijke taal uit de mond van de dochter van een beroemde man.

'Louisa Mae! Pas op je woorden!'

Lou rukte zich los en ging er razendsnel vandoor.

Billy vluchtte in tegenovergestelde richting. Estelle McCoy bleef met lege handen op het slagveld achter.

Oz, die in de consternatie was vergeten, stond kalmpjes op, raapte de jutezak van zijn zus op en klopte die af. Daarna trok hij aan de jurk van de onderwijzeres. Ze keek op hem neer.

'Neemt u me niet kwalijk, mevrouw,' zei Oz, 'maar ze heet Lou.'

95

•16•

Louisa maakte de snee in Lou's gezicht schoon met water en lysol-zeep en smeerde er daarna wat zelfgemaakte zalf op die prikte als vuur, maar Lou vertrok geen spier.

'Fijn dat je zo goed begonnen bent, Lou.'

'Ze scholden ons uit voor yankees!'

'Lieve hemel,' zei Louisa met gespeelde verontwaardiging.

'En hij heeft Oz pijn gedaan.'

Louisa's gezicht werd zachter. 'Je moet toch naar school, lieverd. Je moet leren om verder te komen.'

Lou keek lelijk. 'Waarom kunnen ze niet met ons opschieten?'

'Omdat zij hier thuishoren. Ze doen zo omdat ze nog nooit kinde-ren als jullie hebben gezien.'

Lou stond op. 'U weet niet wat het is om een buitenbeentje te zijn.'

Ze holde de deur uit. Louisa keek haar hoofdschuddend na.

Oz zat op de veranda op zijn zus te wachten.

'Ik heb je tas in je kamer gelegd,' zei hij.

Lou ging op de trap zitten, met haar kin op haar knieën.

'Met mij is alles oké, Lou.' Oz ging staan en draaide een keer rond, waarbij hij bijna van de veranda viel. 'Zie je wel, hij heeft me geen pijn gedaan.'

'Dat is maar goed ook, anders had ik hem echt te grazen genomen.'

Oz keek van dichtbij naar haar gescheurde lip. 'Doet het erg pijn?'

'Ik voel er niets van. Jeetje, misschien kunnen ze koeien melken en ak-kers omploegen, maar die jongens uit de bergen kunnen niet vechten.'

Ze keken op toen Cottons auto het erf op reed. Hij stapte uit, met een boek onder zijn arm.

'Ik hoorde van jullie avontuurtje op school, vandaag,' zei hij, naar hen toe lopend.

Lou keek verbaasd. 'Dat is snel.'

Cotton ging naast hen op de trap zitten. 'Wanneer er hier ergens flink gevochten wordt, bewegen de mensen hemel en aarde om het nieuws rond te vertellen.'

'Als gevecht stelde het niet veel voor,' zei Lou trots. 'Billy Davis dook weg en jammerde als een baby.'

Oz voegde eraan toe: 'Hij heeft Lou's lip opengehaald, maar het doet geen pijn.'

Ze zei: 'Ze scholden ons uit voor yankees, alsof het een of andere ziekte is.'

'Nou, als je je er beter door voelt, ik ben ook een yankee. Uit Boston. En ze hebben me hier geaccepteerd. Dat wil zeggen, de meeste mensen.'

Lou sperde haar ogen wijdopen toen ze het verband legde en zich afvroeg waarom ze er niet eerder aan had gedacht. 'Boston? Longfellow? Bent u...'

'Henry Wadsworth Longfellow was de overgrootvader van mijn grootvader. Ik denk dat dat de beste manier is om het uit te leggen.'

'Henry Wadsworth Longfellow. Goh!'

'Ja, gossie!' zei Oz, hoewel hij eerlijk gezegd geen flauw idee had waar ze het over hadden.

'Ja, gossie, zeg dat wel. Ik heb als kind al schrijver willen worden.'

'Waarom bent u het dan niet?' vroeg Lou.

Cotton glimlachte. 'Hoewel ik geïnspireerd, doorwrocht schrijven meer kan waarderen dan de meeste mensen, raak ik volkomen in de war wanneer ik het zelf probeer. Misschien ben ik daarom hierheen gekomen nadat ik mijn rechtenstudie had afgerond. Zo ver mogelijk bij het Boston van Longfellow vandaan. Ik ben geen bijzonder goed advocaat, maar ik red me wel. En het geeft me tijd om de boeken te lezen van diegenen die goed kunnen schrijven.' Hij kuchte en droeg daarna met een prettige stem voor: 'Dikwijls denk ik aan de mooie stad aan zee; vaak loop ik in gedachten heen en weer...'

Lou nam het gedicht over: 'De fraaie straten van die goede, oude stad. Dan komt mijn jeugd terug.'

Cotton was onder de indruk. 'Je kunt Longfellow citeren.'

'Hij was een van mijn vaders lievelingsschrijvers.'

Hij hield het boek dat hij bij zich had, omhoog. 'En dit is een van míjn lievelingsschrijvers.'

Lou wierp een vluchtige blik op het boek. 'Dat is de allereerste roman die mijn vader geschreven heeft.'

'Heb je hem gelezen?'

'Mijn vader heeft me een deel ervan voorgelezen. Een moeder verliest haar enige zoon en ze denkt dat ze helemaal alleen is. Het is heel droevig.'

'Het is ook een verhaal over genezing, Lou. Over elkaar helpen.' Hij zweeg even. 'Ik wil het je moeder voorlezen.'

'Pap heeft al zijn boeken al aan haar voorgelezen,' zei ze koeltjes.

Cotton begreep wat hij zojuist had gedaan. 'Lou, ik probeer niet om de plaats van je vader in te nemen.'

Ze stond op. 'Hij was een echte schrijver. Hij hoefde het werk van anderen niet aan te halen.'

Cotton stond eveneens op. 'Ik weet zeker dat je vader, als hij hier was, tegen je zou zeggen dat het geen schande is om de woorden van anderen te herhalen. Het is eigenlijk een soort van eerbetoon. En ik heb het grootste respect voor het talent van je vader.'

'Denkt u dat het helpt? Om haar voor te lezen?' zei Oz.

'U verdoet uw tijd maar als u daar zin in hebt.' Lou wandelde weg.

'Ik vind het best als u haar voorleest,' zei Oz.

Cotton gaf de jongen een hand. 'Dank je voor je toestemming, Oz. Ik zal mijn best doen.'

'Kom je, Oz, we moeten aan het werk!' riep Lou.

Oz holde weg en Cotton keek nog eens naar het boek alvorens naar binnen te gaan. Louisa was in de keuken.

'Ben je gekomen om Amanda voor te lezen?' vroeg ze.

'Nou, ik was het wel van plan, maar Lou heeft me heel duidelijk gemaakt dat ze niet wil dat ik uit haar vaders boeken voorlees. Misschien heeft ze gelijk.'

Louisa keek uit het raam en zag Lou en Oz in de stal verdwijnen. 'Ik zal je eens wat zeggen. Ik heb een heleboel brieven bewaard die Jack me de afgelopen jaren heeft geschreven. Er zijn er een paar bij die hij me gestuurd heeft toen hij op de universiteit zat, en die ik altijd mooi heb gevonden. Hij heeft een paar moeilijke woorden gebruikt waarvan ik niet weet wat ze betekenen, maar de brieven zijn toch mooi. Waarom lees je haar die niet voor? Weet je, Cotton, volgens mij is het niet belangrijk wát iemand haar voorleest. Ik geloof dat we er het beste aan doen door tijd met Amanda door te brengen, om haar duidelijk te maken dat we de hoop niet opgeven.'

Cotton lachte tegen haar. 'Je bent een verstandige vrouw, Louisa. Ik denk dat het een prima idee is.'

Lou bracht de emmer met kolen binnen, waaruit ze de kolenkit vulde die naast de haard stond. Daarna sloop ze naar de gang en ze luisterde. Het gemompel van een stem werd hoorbaar. Ze glipte naar buiten en staarde naar Cottons auto, maar ten slotte kreeg haar nieuwsgierigheid de overhand. Ze liep naar de zijkant van het huis, waar ze onder het raam van haar moeders kamer bleef staan. Het raam stond open, maar het was te hoog voor haar om naar binnen te kunnen kijken. Ze ging op haar tenen staan, maar dat hielp niet.

'Hallo.'

Met een ruk draaide ze zich om en ze zag Diamond. Ze greep hem bij de arm en trok hem bij het raam vandaan. 'Je moet niet zo stilletjes komen aansluipen,' zei ze.

'Sorry,' zei hij lachend.

Lou zag dat hij iets achter zijn rug hield. 'Wat heb je daar?'

'Waar?'

'Achter je rug, Diamond.'

'O, dat. Nou, zie je, ik liep net langs het weiland en, eh, daar stonden ze en ze waren zo mooi. En ik durf te zweren dat ze jouw naam riepen.'

'Wie?'

Diamond haalde een bosje gele krokussen achter zijn rug vandaan en gaf die aan Lou.

Het meisje was geroerd, maar ze wilde het natuurlijk niet laten merken. Ze bedankte Diamond en ze gaf hem zo'n harde tik op zijn wang dat hij begon te hoesten.

'Ik heb je vandaag niet op school gezien, Diamond.'

'Eh, nee.' Hij leek niet op zijn gemak. Met zijn ene, blote voet wreef hij in het zand, hij pakte zijn tuinbroek vast en keek naar van alles en nog wat, behalve naar Lou. 'Wat deed je eigenlijk bij dat raam, toen ik eraan kwam?' zei hij ten slotte.

Lou vergat de school voor het moment. Ze had een idee, maar net als Diamond wilde ze de verklaring verbergen achter iets anders. 'Wil je me ergens mee helpen?'

Even later begon Diamond heen en weer te wiebelen en Lou gaf hem een klap op zijn hoofd om hem te laten stilstaan. Dat kon ze gemakkelijk doen, omdat ze op zijn schouders zat en haar moeders kamer in keek. Amanda lag in bed. Cotton zat naast haar in de schommelstoel en hij las haar voor. Tot haar verbazing hoorde Lou dat hij niet las uit het boek dat hij had meegebracht, maar uit een brief die hij in zijn hand hield. Ze moest toegeven dat de man een prettige stem had.

Cotton had de brief die hij voorlas gekozen uit een stapeltje dat Louisa hem had gegeven. Deze brief leek hem heel toepasselijk.

Louisa, het zal je genoegen doen te horen dat de herinneringen aan de bergen nog even sterk zijn als de dag waarop ik wegging, nu drie jaar geleden. Het valt me, eerlijk gezegd, heel gemakkelijk om terug te keren naar de hoge rotsen van Virginia. Ik hoef alleen maar mijn ogen te sluiten, dan zie ik onmiddellijk heel veel trouwe vrienden voor me, als lievelingsboeken die je op een speciale plaats bewaart. Je kent het groepje berken bij de kreek? Wanneer hun takken zich tegen elkaar aan drukten stelde ik me altijd voor dat ze elkaar deelgenoot maakten van hun geheimen. Vlak voor me liep een groepje vrouwtjesherten met hun kalfjes langzaam langs de rand van de door jou omgeploegde akkers, tot bij de bomen. Dan keek ik naar de hemel en volgde ik de warrelige vlucht van de onrustige zwarte kraaien, om vervolgens mijn blik te richten op een eenzame havik die afstak tegen de kobaltblauwe lucht.
Die hemel. O, die hemel. Je hebt me zo vaak verteld dat je in de bergen het gevoel hebt dat je je hand maar hoeft uit te steken om die te pakken, om die vast te houden en te strelen als een slapende poes, zodat je de overvloedige schoonheid kunt bewonderen. Ik heb de hemel altijd vergeleken met een zachte deken waar ik mezelf in zou willen wikkelen, Louisa, om dan lange tijd op de veranda te liggen slapen, genesteld in die behaaglijke warmte. En wanneer de avond viel zou ik de herinnering aan die hemel altijd willen vasthouden als een prachtige droom, tot aan het gloeiende roze van de zonsopgang.
Ik herinner me ook dat je vertelde hoe je dikwijls uitkeek over je land. Je wist heel goed dat het je nooit echt toebehoorde, evenmin als het zonlicht je kon toebehoren of je de lucht die je inademde, kon bewaren. Soms haal ik me een groot aantal van onze familieleden voor de geest, zoals ze bij de deur van de boerderij staan en naar diezelfde grond turen. Maar er zal een moment komen waarop de hele familie Cardinal zal zijn ver-

*dwenen. Je moet daar niet bedroefd om zijn, Louisa, want het open
land in het dal, de stroom van bedrijvige rivieren en de zachte glooiing
van de met groen bedekte hellingen, waar hier en daar kleine straaltjes
gouden licht uit tevoorschijn komen, dat alles gaat door. Ze worden ook
niet slechter van de kleine veranderingen die wij, stervelingen, in hun
eeuwige bestaan aanbrengen, in de wetenschap dat God ze heeft
gemaakt om tot in eeuwigheid te blijven bestaan, zoals je me zo vaak
hebt verteld.*

*Hoewel ik nu een nieuw leven heb en het me over het algemeen wel
bevalt in de grote stad, zal ik nooit vergeten dat het doorgeven van herinneringen de sterkste schakel is in de ragdunne keten die ons mensen
met elkaar verbindt. Als je me iets geleerd hebt, dan is het wel dat het-
geen we in ons hart bewaren het belangrijkste element is van de mens-
heid.*

Cotton hoorde een geluid en hield op met lezen. Hij keek naar het
raam en zag nog juist een glimp van Lou, voor ze wegdook. Zwijgend las Cotton het laatste deel van de brief door en vervolgens
besloot hij het met luide stem voor te lezen. Hij zou evenzeer spreken tegen de dochter, van wie hij wist dat ze zich vlak onder het
raam verstopt hield, als tegen de moeder die in bed lag.

*Na al die jaren te hebben gadegeslagen hoe je je leven leidt, eerlijk,
waardig en vol mededogen, weet ik dat niets zo krachtig is als de bemoe-
digende vriendelijkheid van een mens die contact zoekt met een mede-
mens die gevangen is in wanhoop. Ik denk elke dag aan je, Louisa, en
dat blijf ik doen zolang mijn hart blijft kloppen. Heel veel liefs, Jack.*

Lou stak haar hoofd weer boven de vensterbank uit. Stukje bij beetje
draaide ze zich om tot ze haar moeder kon zien. Er was echter geen
verandering opgetreden bij de vrouw. Totaal niet. Nijdig trok Lou
zich van het venster terug. De arme Diamond helde nu gevaarlijk
over, want haar duw tegen de vensterbank bracht hem uit zijn evenwicht. Ten slotte verloor de arme jongen de strijd en hij en Lou vielen om. De val eindigde in gekerm en gekreun toen ze languit op de
grond terechtkwamen.

Cotton liep snel naar het raam en zag nog juist dat het tweetal om de
hoek van het huis wegrende. Hij richtte zich tot de vrouw in het

bed. 'U moet echt bij ons terugkomen, miss Amanda,' zei hij, en zachtjes, alsof hij bang was dat iemand anders het zou horen, liet hij erop volgen: 'om een groot aantal redenen.'

•17•

Het was donker in huis. De hemel was bedekt met zware wolken die beloofden dat het morgen flink zou gaan regenen. Wanneer voortjagende wolken en lichte briesjes over de hoge rotsen scheerden veranderde het weer echter vaak snel: sneeuw werd regen, helder zicht werd mistig en een mens werd nat of koud wanneer hij dat het minst verwachtte. De koeien, zwijnen en schapen stonden veilig op stal want ouwe Mo, de bergleeuw, was in de buurt gesignaleerd en het gerucht ging dat ze op de boerderij van Tyler een kalf hadden verloren en op die van Ramsey een varken. Iedereen op de berg die kon omgaan met een buks of een geweer was op de uitkijk naar de oude rover.

Sam en Hit stonden stilletjes in hun eigen kraal. Ouwe Mo zou nooit op het tweetal afkomen. Een koppige ezel zag kans binnen een paar minuten een ander dier dood te schoppen.

De deur van de boerderij ging open. Geluidloos trok Oz hem achter zich dicht. De jongen was geheel gekleed en klemde zijn beer stevig tegen zich aan. Een paar seconden keek hij om zich heen en daarna ging hij op weg langs de kraal, waarna hij de akker overstak en het bos in liep.

De nacht was zo zwart als een kolenkit, de wind rammelde aan de takken, uit het struikgewas klonken steelse geluiden en het hoge gras leek zich aan Oz' broekspijpen vast te klemmen. De jongen was ervan overtuigd dat een leger kobolden in vol ornaat vlakbij rondzwierf, op zoek naar hem. Toch was Oz boven zijn angst uit gestegen want hij dacht er geen moment aan om terug te keren. Nou, misschien één keer, moest hij toegeven. Of misschien twee.

Een tijd lang holde hij over de heuveltjes, kriskras de greppels ontwijkend, struikelend door de wirwar van dicht geboomte. Hij ont-

week een laatste groepje bomen, bleef staan, bukte zich diep, wachtte even en liep daarna het weiland in. Recht voor zich zag hij waarvoor hij was gekomen: de put. Hij haalde nog een keer diep adem,
greep zijn beer en liep er dapper op af. Oz was echter niet dom, dus
hij fluisterde, alleen maar voor het geval dat: 'Het is een wensput,
geen betoverde put. Het is een wensput, geen betoverde put.'
Hij bleef staan en staarde naar het monster van stenen en cement;
daarna spuwde hij in zijn ene hand en wreef over zijn hoofd. Dat
moest hem geluk brengen. Geruime tijd keek hij naar zijn geliefde
beer, om die vervolgens voorzichtig aan de voet van de put neer te
leggen. Hij ging een paar stappen achteruit.
'Dag, beer. Ik hou van je, maar ik moet je opgeven. Je begrijpt het
wel.'
Oz wist niet precies wat hij verder nog moest doen. Ten slotte sloeg
hij een kruis en vouwde hij zijn handen alsof hij bad, denkend dat
zelfs de veeleisendste geest die wensen van jongetjes kon vervullen
die dringend hulp nodig hadden, daar wel genoegen mee zou
nemen. Hij staarde naar de hemel en zei: 'Ik wens dat mijn moeder
wakker wordt en dat ze weer van me houdt.' Hij wachtte even en
voegde er daarna plechtig aan toe: 'En Lou ook.'
Hij bleef staan terwijl de wind hem geselde en vreemde geluiden uit
duizend verborgen spleten opstegen, allemaal met kwade bedoelingen, dat wist hij zeker. Toch werd Oz van dat alles niet bang; hij had
gedaan waarvoor hij gekomen was.
Hij besloot met: 'Amen, Jezus.'
Enkele ogenblikken nadat Oz zich had omgedraaid en was wegge-
hold kwam Lou tussen de bomen vandaan om haar broertje na te kijken. Ze liep naar de put, bukte zich en raapte zijn beer op.
'Oz, wat ben je toch dom.' Maar de belediging kwam niet uit haar
hart en haar stem brak. Ironisch genoeg was het de ijzersterke Lou
en niet de ontvankelijke Oz, die daar snikkend op de vochtige grond
knielde. Ten slotte veegde Lou haar gezicht af met haar mouw. Ze
stond op en keerde de put haar rug toe. Met Oz' beer stevig tegen
haar borst gedrukt begon ze weg te lopen. Iets hield haar echter
tegen, ze wist niet precies wat. Maar de gure wind leek haar terug te
blazen in de richting van het ding dat Diamond Skinner zo dwaas
een wensput had genoemd. Ze draaide zich om en keek ernaar, en in
deze nacht waarin de maan haar en de put totaal in de steek scheen te

hebben gelaten, leek de steenmassa te gloeien alsof ze in brand stond.

Lou verspilde geen tijd. Ze zette de beer terug, stak haar hand in de zak van haar tuinbroek en haalde hem eruit: de foto van haar en haar moeder, nog in de lijst. Lou zette de dierbare foto naast de geliefde beer en ging een stap achteruit. In navolging van haar broer vouwde ze haar handen en keek naar de hemel. Ze sloeg echter geen kruis, zoals Oz dat had gedaan, en evenmin sprak ze luid en duidelijk tegen de put of tegen de hemel boven haar. Haar mond bewoog maar er kwamen geen woorden uit, alsof ze nog altijd geen vertrouwen had in wat ze deed.

Toen ze was uitgesproken liep ze achter haar broertje aan, hoewel ze ervoor zorgde op een behoorlijke afstand van hem te blijven. Ze wilde niet dat Oz zou merken dat hij gevolgd was, al had ze het slechts gedaan om over hem te waken. Achter haar lagen de beer en de foto troosteloos tegen het steen, ze leken niet méér dan een tijdelijk gedenkteken voor de doden.

Zoals Louisa voorspeld had, hadden Lou en Hit eindelijk een soort overeenstemming bereikt. Louisa had trots toegekeken terwijl Lou, telkens als Hit haar ondersteboven gooide, opstond en niet banger werd door de schermutselingen met het koppige dier, maar eerder meer vastberaden. En slimmer. Nu dacht ze: ploeg dan, ezel, en ze volgde het dier in een vloeiende beweging.

Oz was er bedreven in geworden om op de grote eg te rijden die de andere ezel, Sam, over de akkers trok. Omdat Oz niet zwaar genoeg was had Eugene stenen om hem heen gestapeld. De grote kluiten aarde weken vaneen en brokkelden af onder de aanhoudende bewerking en uiteindelijk streek de eg het land zo glad als glazuur op een cake. Na weken van zwoegen, zweten en vermoeide spieren kon het viertal een lap goede grond in ogenschouw nemen die nu gereed was om ingezaaid te worden.

Dokter Travis Barnes was uit Dickens gekomen om Amanda te onderzoeken. Hij was een forse man, met een rood gezicht, grijze bakkebaarden en korte benen, die geheel in het zwart gekleed ging. Volgens Lou leek hij meer op een begrafenisondernemer die was gekomen om een dode te begraven, dan op een man die ervoor had gestudeerd om levens te redden. Hij bleek echter vriendelijk te zijn en over zoveel humor te beschikken, dat ze zich bij hem op hun gemak voelden ondanks zijn sombere taak. Cotton en de kinderen wachtten in de voorkamer terwijl Louisa Travis tijdens het onderzoek gezelschap hield. Hoofdschuddend omklemde hij zijn zwarte tas toen hij zich bij hen voegde in de voorkamer. Louisa kwam hem achterna en probeerde opgewekt te kijken. De dokter ging aan tafel zitten en speelde een beetje met de kop koffie die Louisa voor hem had ingeschonken. Hij bleef er een poosje in staren, alsof hij naar geruststellende woorden zocht tussen het bovendrijvende koffiedik en de cichoreiwortel.

'Het goede nieuws,' begon hij, 'is dat, voorzover ik kan zien, jullie moeder lichamelijk helemaal in orde is. Haar verwondingen zijn allemaal genezen. Ze is jong en sterk, ze kan eten en drinken, en zolang jullie oefeningen blijven doen met haar armen en benen zullen de spieren niet te veel verzwakken.' Hij zweeg en zette zijn kopje neer. 'Ik vrees echter dat het tevens slecht nieuws is, omdat het betekent dat het probleem hier zit.' Hij raakte zijn voorhoofd aan. 'En daar kunnen we maar weinig aan doen. Het gaat mijn verstand te boven. We kunnen slechts hopen en bidden dat ze er op een dag uit komt.'

Oz nam het voor kennisgeving aan, zijn optimisme werd er nauwelijks door geschaad. Lou beschouwde deze informatie eenvoudig als een bevestiging van wat ze al wist.

Op school ging het beter dan Lou had verwacht. Zij en Oz merkten dat de kinderen uit de bergen hen nu veel gemakkelijker accepteerden dan voordat Lou een paar klappen had uitgedeeld. Lou had niet het gevoel dat ze ooit dik bevriend zou raken met een van hen, maar de openlijke vijandigheid was in elk geval verdwenen. Billy Davis was verscheidene dagen niet op school verschenen. Tegen de tijd dat hij weer kwam opdagen waren de verwondingen die Lou hem had toegebracht grotendeels genezen, hoewel er nieuwe zichtbaar waren, waarvan Lou vermoedde dat ze waren veroorzaakt door de verschrikkelijke George Davis. Dat was voldoende om te maken dat ze zich een beetje schuldig voelde. Billy ontweek haar alsof ze een waterslang was, maar toch bleef ze op haar hoede. Ze wist het zo langzamerhand wel: juist wanneer je er niet op bedacht was, doemden er problemen op.

Ook Estelle McCoy gedroeg zich terughoudend in haar nabijheid.

Het was duidelijk dat Lou en Oz de anderen ver vooruit waren wat het onderwijs betrof. Ze lieten het echter niet merken en dat scheen Estelle McCoy te waarderen. Ze noemde Lou ook nooit meer Louisa Mae. Lou en Oz hadden een doos met hun eigen boeken aan de schoolbibliotheek gegeven en de kinderen waren de een na de ander naar hen toe gekomen om hen te bedanken. Over het geheel genomen heerste er een blijvende, zij het niet spectaculaire wapenstilstand.

Lou stond voor dag en dauw op, volbracht haar taken en ging vervolgens naar school om daar verder te werken. In de lunchpauze at ze samen met Oz haar maïsbrood en dronk ze haar melk onder de notenboom, die in zijn stam een groot aantal initialen en namen droeg van degenen die op deze school hadden gezeten. Lou had zich nooit geroepen gevoeld om haar naam erin te snijden, want dat wees op een blijvende situatie die ze nog lang niet wilde accepteren. 's Middags liepen ze terug naar de boerderij, deden daar hun werk en gingen vervolgens, niet lang na zonsondergang, doodmoe naar bed. Het was een bestendig, saai leven, dat Lou echter had leren waarderen.

Op Big Spruce was plotseling hoofdluis uitgebroken en Lou en Oz hadden hun haren moeten wassen met petroleum. 'Kom niet te dicht bij het vuur,' had Louisa gewaarschuwd.

'Dit is walgelijk,' zei Lou, aan de kleverige plukken haar voelend.

'Toen ik op school zat en luis kreeg, hebben ze zwavel, spekvet en kruit in mijn haar gesmeerd,' vertelde Louisa. 'Ik kon de lucht ervan niet uitstaan en ik was verschrikkelijk bang dat iemand een lucifer zou afstrijken en dat mijn hoofd zou ontploffen.'

'Bestond er al school toen u klein was?' vroeg Oz.

Louisa lachte. 'Er was wat ze een armenschool noemden, Oz. Een dollar per maand voor drie maanden per jaar en ik was een heel goede leerling. We zaten met honderd mensen in één lokaal, een grote blokhut met een planken vloer die op warme dagen splinterig en in de winter ijskoud was. De onderwijzer was snel met de zweep of de riem; stoute kinderen moesten een halfuur op hun tenen staan met hun neus tegen een cirkel gedrukt die de onderwijzer op het bord had getekend. Ik heb nooit op mijn tenen hoeven staan. Ik was niet altijd braaf, maar ik ben ook nooit betrapt. Er waren volwassen mannen bij die pas uit de oorlog teruggekeerd waren en armen of benen misten; ze wilden letters en cijfers leren. We moesten de woorden hardop spellen. Soms zo hard dat de paarden ervan op hol sloegen.' Haar bruine ogen glinsterden. 'Er was één onderwijzer bij die de tekening op zijn koe gebruikte om ons aardrijkskunde te leren. Tot de dag van vandaag kan ik geen kaart zien zonder aan dat verdraaide dier te denken.' Ze keek hen aan. 'Ik denk dat jullie overal van alles in je hoofd kunnen stampen. Leer wat je moet weten. Net als jullie vader deed,' voegde ze eraan toe, voornamelijk tegen Lou, die ten slotte ophield met klagen over haar petroleumhaar.

•18•

Op een zaterdagochtend kreeg Louisa medelijden met hen en ze gaf Lou en Oz een dringend nodige vrije dag om te doen waar ze zin in hadden. Het was een prachtige dag, met een licht briesje uit het westen onder een blauwe hemel en zachtjes wuivende, groene bladeren aan de bomen. Diamond en Jeb kwamen die ochtend langs, omdat Diamond had gezegd dat er een speciale plek in het bos was die hij hun wilde laten zien. Samen gingen ze op weg.

Diamonds uiterlijk was weinig veranderd: dezelfde tuinbroek, hetzelfde overhemd, geen schoenen. Elke zenuw in zijn voetzolen moest dood zijn, zodat zijn voeten op hoeven leken, dacht Lou, omdat ze hem over scherpe stenen, door bramen en zelfs door een bosje doornstruiken zag lopen zonder een spier te vertrekken en zonder dat er bloed te zien was. Hij had een vettige pet diep over zijn voorhoofd getrokken. Ze vroeg hem of die van zijn vader was, maar hij reageerde er slechts op met een gebrom.

Ze kwamen bij een stel hoge eikenbomen op een open plek, althans, een plaats waar het struikgewas min of meer was weggekapt. Lou zag dat er stukken hout tegen de stam van de boom waren gespijkerd die een ruwe ladder vormden. Diamond zette een voet op de eerste sport en begon te klimmen.

'Waar ga je naartoe?' vroeg Lou, terwijl Oz Jeb vasthield, omdat de hond aanstalten maakte zijn baasje in de boom te volgen.

'Naar God kijken,' schreeuwde Diamond terug, naar boven wijzend. Lou en Oz keken naar de hemel.

Ergens in de hoogte was een aantal geschilde dennentakken naast elkaar op een paar stevige takken van de eik gelegd als een platform. Over een stevige tak erboven was een stuk canvas gegooid, waarvan de zijkanten met touw aan het platform waren bevestigd, als een provisorische tent. Hoewel het eruitzag als een leuke plek om te spelen, leek de boomhut maar een zuchtje wind nodig te hebben om op de grond terecht te komen.

Diamond had met gemak al driekwart van de klimtocht afgelegd. 'Kom dan,' zei hij.

Lou, die liever een smartelijke dood stierf dan toe te geven dat ze iets niet aandurfde, zette een hand en een voet op twee planken. 'Blijf jij maar beneden als je wilt, Oz,' zei ze. 'We blijven vast niet lang weg.' Ze begon te klimmen.

'Ik heb hier een paar aardige spullen,' zei Diamond verlokkend. Hij had nu de top bereikt, zijn blote voeten bungelden over de rand.

Oz spuwde met veel vertoon in zijn handen, greep een van de planken beet en klom achter zijn zus aan. Ze hurkten op de houten vlonder, die ongeveer 2 bij 2 meter mat, in de schaduw van het canvasdak, en Diamond liet hun zijn spullen zien. Hij begon met een vuurstenen pijlpunt die volgens hem minstens een miljoen jaar oud was en die hem in een droom was aangewezen. Daarna haalde hij uit een vochtige, stoffen tas het skelet van een vogeltje, waarvan hij beweerde dat het niet meer was gezien sinds vlak nadat God het heelal had geschapen.

'Je bedoelt dat het uitgestorven is,' zei Lou.

'Nee, ik bedoel dat het niet meer bestaat.'

Oz bekeek vol aandacht een holle, metalen buis met een dik stuk glas in een van de uiteinden bevestigd. Hij keek erdoor en hoewel datgene wat hij zag een beetje vergroot werd, was het glas zo vuil en gekrast dat hij er hoofdpijn van begon te krijgen.

'Hiermee zie je iemand al op kilometers afstand aankomen,' verklaarde Diamond, met een weidse handbeweging naar zijn koninkrijk. 'Vriend of vijand.' Daarna liet hij hun een kogel zien die volgens hem was afgevuurd uit een U.S. Springfield-geweer van 1861.

'Hoe weet je dat?' vroeg Lou.

'Omdat mijn betovergrootvader hem heeft doorgegeven in de familie en mijn grootvader hem aan mij heeft gegeven voor hij stierf. Mijn betovergrootvader heeft voor de Unie gevochten, moet je weten.'

'Wauw,' zei Oz.

'Ja, ze hebben zijn foto aan de muur gehangen en zo. Maar hij schoot niet op mensen die er niets mee te maken hadden. Dat is niet goed.'

'Dat is heel prijzenswaardig,' zei Lou.

'Nu moet je dit eens zien,' zei Diamond. Uit een houten kistje haalde hij een brok steenkool, dat hij aan Lou gaf. 'Wat denk je dat dit is?' vroeg hij. Ze keek ernaar. Het brok was geschilferd en ruw.

'Dat is een stuk steenkool,' zei ze. Ze gaf het terug en veegde daarna haar hand af aan haar broekspijp.

'Nee, het is veel méér. Zie je, er zit een diamant in. Een diamant, net als ik.'

Oz schoof naar hem toe en pakte het brok steenkool aan. 'Wauw' was opnieuw het enige wat hij kon uitbrengen.

'Een diamant?' zei Lou. 'Hoe weet je dat?'

'Omdat de man die het me gegeven heeft, zei dat het zo is. Hij heeft me er niks voor teruggevraagd. En hij wist niet eens dat ik Diamond heet. Echt waar,' voegde hij er verontwaardigd aan toe bij het zien van Lou's ongelovige gezicht. Hij nam het stuk steenkool van Oz over. 'Elke dag breek ik er een stukje af. En op een dag geef ik er een klap tegen en dan komt hij eruit, de grootste, mooiste diamant die er op de wereld bestaat.'

Oz bekeek de steen met het ontzag dat hij meestal betoonde aan volwassenen en aan de Kerk. 'Wat ga je er dan mee doen?'

Diamond haalde zijn schouders op. 'Weet ik nog niet. Misschien niks. Misschien hou ik het gewoon hier. Misschien geef ik het aan jou. Zou je dat leuk vinden?'

'Als er echt een diamant in zit, zou je die voor een hoop geld kunnen verkopen,' merkte Lou op.

Diamond wreef over zijn neus. 'Ik heb geen geld nodig. Hier op de berg heb ik alles wat ik nodig heb.'

'Ben je wel eens van deze berg af geweest?' vroeg Lou.

Hij staarde haar aan, duidelijk beledigd. 'Wat, denk je soms dat ik een boerenpummel ben? Ik ben heel vaak naar McKenzies geweest, bij de brug. En naar Tremont.'

Lou keek uit over de bossen beneden hen. 'En Dickens? Ben je daar ooit geweest?'

'Dickens?' Diamond viel bijna uit de boom. 'Het duurt een hele dag om daarheen te lopen. Bovendien, waarom zou iemand daarheen willen gaan?'

'Omdat het er anders is dan hier. Omdat ik genoeg heb van aarde en ezels en mest en water sjouwen,' zei Lou. Ze klopte op haar zak. 'En omdat ik uit New York twintig dollar heb meegebracht die me in de zak brandt, daarom,' voegde ze eraan toe.

Dit gigantische bedrag bracht Diamond van zijn stuk, hoewel zelfs hij de mogelijkheden ervan scheen te begrijpen. 'Te ver om te lopen,' herhaalde hij, spelend met het brok steenkool alsof hij probeerde de diamant aan te moedigen om tevoorschijn te komen.

'Dan gaan we toch niet lopen,' antwoordde Lou.

Hij keek haar even aan. 'Tremont is veel dichterbij.'

'Nee, Dickens. Ik wil naar Dickens.'

Oz zei: 'Misschien kunnen we een taxi nemen.'

'Als we naar de brug bij McKenzies gaan,' opperde Lou, 'zouden we misschien met iemand kunnen meerijden naar Dickens. Hoe ver is het lopen naar de brug?'

Diamond dacht erover na. 'Nou, over de weg is het ruim vier uur. Om er te komen en om weer terug te lopen. Dat is een vermoeiende manier om je vrije dag door te brengen.'

'Is er nog een andere manier dan over de weg?'

'Wil je er echt naartoe?' zei hij.

Lou haalde diep adem. 'Ik wil het echt, Diamond.'

'Oké, dan gaan we. Ik weet een kortere weg, dan zijn we er in een mum.'

Sinds het ontstaan van de bergen had het water de zachte kalksteen geërodeerd en meer dan 300 meter diepe geulen geslepen tussen de hardere rotsen. Het drietal wandelde langs de ravijnen tot ze er eindelijk een bereikten die breed was en onmogelijk over te steken leek tot Diamond hen bij de boom bracht. Hier groeiden de gele populieren tot immense hoogten die met een passer eerder in meters moesten worden berekend dan in centimeters. Veel bomen waren dikker dan een man lang was en rezen op tot zeker 50 meter hoogte. Eén enkele populier leverde wel 5.000 meter timmerhout op. Een gezond exemplaar lag over het ravijn en vormde zo een brug.

'Als we hier oversteken zijn we er veel sneller,' zei Diamond.

Oz keek over de rand, zag niets dan rotsen en water in de diepte en deinsde terug als een geschrokken koe. Zelfs Lou keek weifelend.

Maar Diamond liep rechtstreeks naar de omgevallen boom.

'Geen probleem, hij is dik en breed. Je kunt eroverheen lopen met je ogen dicht. Kom maar.'

Hij liep naar de overkant, zonder ook maar één keer naar beneden te kijken. Jeb rende hem vlot achterna. Toen Diamond weer vaste grond onder zijn voeten had keek hij om. 'Kom nou,' zei hij nog eens.

Lou zette een voet op de populier maar ze deed geen volgende stap. Vanaf de overkant riep Diamond: 'Niet naar beneden kijken. Heel gemakkelijk.'

Lou wendde zich tot haar broertje. 'Jij blijft hier, Oz. Laat me eerst proberen of het wel veilig is.' Ze balde haar handen tot vuisten, stapte op de boom en begon aan de overtocht, met haar ogen strak op Diamond gericht. Even later stond ze naast hem aan de overkant. Ze keken allebei naar Oz. Hij maakte geen aanstalten de brug op te gaan, maar bleef naar de grond kijken.

'Ga jij maar verder, Diamond. Ik ga met hem terug.'

'Nee, dat doen we niet. Je zei toch dat je naar de stad wilde? Nou, verdorie, dan gaan we naar de stad.'

'Ik ga níét zonder Oz.'

'Hoeft niet.'

Diamond draafde terug over de boom, nadat hij Jeb bevolen had om te blijven liggen. Hij liet Oz op zijn rug klimmen en Lou keek vol bewondering toe toen Diamond hem naar de overkant droeg.

'Wat ben jij sterk, Diamond,' zei Oz, nadat hij zich met een opgeluchte zucht op de grond had laten glijden.

'Jeetje, dat was nog niks. Een beer heeft me op een keer over die brug achternagezeten en toen had ik Jeb en een zak meel op mijn rug. Het was nog avond ook. En de regen kwam zo hard naar beneden dat God ergens erg kwaad over moet zijn geweest. Ik kon geen hand voor ogen zien. Twee keer ben ik bijna gevallen.'

'Grote hemel,' zei Oz.

Lou onderdrukte haar lachen. 'Wat is er met de beer gebeurd?' vroeg ze met gespeelde opwinding.

'Die miste me en kwam in het water terecht, en daarna heeft dat beroerde beest me niet meer lastiggevallen.'

'Laten we naar de stad gaan, Diamond,' zei ze, aan zijn arm trekkend, 'voor die beer terugkomt.'

Ze staken nog een keer een soort brug over. Deze slingerde; hij was gemaakt van touw en cederhout, waar gaten in geboord waren zodat het touw erdoor getrokken kon worden en daarna vastgeknoopt. Diamond vertelde dat piraten, kolonisten en later vluchtelingen van de Confederatie de oorspronkelijke brug hadden gemaakt en dat er daarna op verschillende tijdstippen verbeteringen aan waren aangebracht. Hij zei ook dat hij wist waar ze allemaal begraven lagen, maar dat hij geheimhouding had gezworen tegenover iemand wiens naam hij niet kon noemen.

Ze daalden hellingen af die zo steil waren dat ze zich aan bomen, slingerplanten en elkaar moesten vasthouden om niet halsoverkop in de diepte te tuimelen. Zo nu en dan stopte Lou even en keek om zich heen, terwijl ze zich om steun aan een boompje vastklampte. Het was heel bijzonder om op zulke steile grond te staan en het land vanuit een heel andere hoek te bekijken. Toen het terrein vlakker werd en Oz moe begon te worden, droegen Lou en Diamond hem om beurten.

Aan de voet van de berg ontmoetten ze een volgend obstakel. De stilstaande kolentrein telde minstens honderd wagons en blokkeerde de weg in beide richtingen zo ver het oog reikte. Anders dan bij een personentrein waren de wagons van de kolentrein zo dicht aan elkaar gekoppeld dat ze er niet tussendoor konden stappen. Diamond raapte een steen op en smeet die tegen een van de wagons. Hij trof hem precies op de plek waar de naam erop geschilderd was: SOUTHERN VALLEY COAL AND GAS.

'Wat nu?' vroeg Lou. 'Moeten we eroverheen klimmen?' Ze keek naar de volgeladen wagons en de weinige handgrepen en vroeg zich af of dat zou kunnen.

'Nee hoor,' zei Diamond, 'eronderdoor.'

Hij stak zijn pet in zijn zak, liet zich op zijn buik vallen en gleed tussen de wielen onder de trein door. Lou en Oz volgden hem snel, evenals Jeb. Nadat ze alle vier aan de andere kant tevoorschijn waren gekomen, klopten ze hun kleren af.

'Vorig jaar is een jongen doormidden gereden toen hij dit probeerde,' zei Diamond. 'De trein begon te rijden toen hij eronder lag. Ik heb het niet gezien, maar ik heb gehoord dat het geen prettig gezicht was.'

'Waarom heb je ons dat niet verteld voor we onder de trein kropen?' wilde Lou verbijsterd weten.

'Nou, als ik dat had gedaan zouden jullie er vast niet onderdoor gegaan zijn, waar of niet?'

Op de grote weg kregen ze een lift van een Ramsey Candy-truck en de gezette chauffeur in uniform gaf hun een reep chocola. 'Zegt het voort,' zei hij. 'Goed spul.'

'Dat zullen we doen,' zei Diamond, en hij nam een hap van de reep. Hij kauwde langzaam en zorgvuldig, alsof hij plotseling een kenner van goede chocolade was geworden die een nieuw merk probeert. 'Als u me er nog een geeft zeg ik het twee keer zo snel voort, meneer.'

Na een lange, hobbelige rit werden ze in het centrum van Dickens afgezet. Diamonds blote tenen hadden nog maar net het asfalt geraakt toen hij snel eerst zijn ene voet optilde en daarna de andere. 'Het voelt raar,' zei hij. 'Ik vind het niet prettig.'

'Diamond, ik had durven zweren dat je over spijkers kon lopen zonder een kik te geven,' zei Lou, terwijl ze om zich heen keek. Dickens was niet meer dan een molshoop vergeleken bij wat ze gewend was, maar na hun verblijf op de berg leek het de modernste wereldstad die ze ooit had gezien. Op deze mooie zaterdagochtend liepen er veel mensen op de trottoirs en sommigen zelfs op de straat. De meesten hadden keurige kleren aan, maar de mijnwerkers waren gemakkelijk te herkennen; ze sjokten voort met hun versleten ruggen en uit hun verwoeste longen klonk luid, blaffend gehoest.

Dwars over de straat was een groot spandoek opgehangen met KOOL IS KONING in letters die even zwart waren als de delfstof. Waar het spandoek was vastgemaakt aan een balk die uit een van de gebouwen stak, stond een kantoor van de Southern Valley Coal and Gas. Er ging een rij mensen naar binnen en er kwam een rij uit; ze hadden óf contant geld ontvangen, óf er was hun vermoedelijk een goede baan beloofd.

Vlot geklede mannen met slappe vilthoeden en driedelige pakken wierpen zilveren munten naar begerige kinderen op straat. De autodealer deed goede zaken en in de winkels vol kwaliteitsartikelen liepen klanten rond die ze graag wilden kopen. Dit stadje aan de voet van de berg was kennelijk welvarend en levendig. Het was een vrolijk, energiek tafereel, dat Lou heimwee naar de grote stad bezorgde. 'Waarom zijn je ouders nooit met je hiernaartoe gegaan?' vroeg Lou onder het lopen aan Diamond.

'Er is nooit een reden geweest om hierheen te gaan, daarom.' Hij stak zijn handen in zijn zakken en staarde naar een telefoonpaal, vanwaar de draden naar een gebouw liepen. Daarna keek hij naar een man met gebogen schouders die een kostuum droeg en een jongetje met een donkere broek en een overhemd bij zich had. Ze kwamen uit een van de winkels met een grote, papieren tas bij zich. Het tweetal liep naar een van de geparkeerde auto's die aan beide kanten van de straat stonden en de man deed het portier open. De jongen gaapte Diamond aan en vroeg hem waar hij vandaan kwam.

'Hoe weet je dat ik niet van hier ben, kereltje?' zei Diamond, nijdig naar de stadsjongen kijkend.

Het kind keek naar Diamonds smerige kleren en diens vuile gezicht, naar zijn blote voeten en zijn verwarde haar. Daarna sprong hij in de auto en deed het portier op slot.

Ze liepen verder en kwamen langs het Esso-benzinestation met de twee pompen en een glimlachende man in een keurig uniform die ervoor stond, stram in de houding als een reclamebord. Daarna keken ze in de etalage van een Rexall-drogisterij. Er was een speciale actie gaande, alle uitgestalde artikelen waren te koop voor drie dollar per stuk.

'Waarom zou je? Je kunt al dat spul zelf maken. Ik ga hier niets kopen,' verklaarde Diamond, die blijkbaar merkte dat Lou in de verleiding kwam om naar binnen te gaan en de etalage leeg te kopen.

'Diamond, we zijn hier om geld uit te geven. Je moet plezier maken.'

'Ik heb plezier,' zei hij met een lelijk gezicht. 'Vertel me niet dat ik het niet naar mijn zin heb.'

Daarna kwamen ze bij café Dominion met zijn reclameborden voor Chero Cola en ijs, en Lou bleef staan.

'Laten we naar binnen gaan,' zei ze. Ze trok de deur open, waardoor een bel begon te rinkelen, en stapte naar binnen. Oz volgde haar. Diamond bleef lang genoeg buiten om aan te geven dat hij het niet eens was met deze beslissing, maar haastte zich daarna achter hen aan.

Binnen rook het naar koffie, houtvuur en versgebakken vruchtentaart. Aan het plafond hingen paraplu's te koop. Langs de ene muur stond een bank en drie verchroomde draaikrukken met groen gekleurde zittingen waren aan de vloer voor de toonbank vastgeschroefd. Glazen flessen met snoepgoed stonden op de vitrines. Er waren een bescheiden automaat met limonade en een ijsmachine, en vanachter een stel klapdeurtjes, waar gerammel van borden klonk,

118

kwam de geur van eten dat werd klaargemaakt. In een van de hoeken stond een potkachel, waarvan de pijp aan ijzerdraad was opgehangen en in de muur verdween.

Een man in een wit overhemd waarvan de mouwen tot zijn ellebogen waren opgerold, met een korte, brede stropdas en een voorschoot, kwam tussen de klapdeurtjes door en ging achter de toonbank staan. Hij had een glad gezicht en zijn in het midden gescheiden haar werd volgens Lou tegen zijn hoofd geplakt door een emmer brillantine.

Hij bekeek zijn klanten alsof ze een brigade Unietroepen waren die rechtstreeks uit het hoofdkwartier van generaal Grant kwamen om de goede bewoners van Virginia een lesje te leren. Toen ze naar voren kwamen deed hij een stap achteruit. Lou ging op een van de krukken zitten en keek naar het menu dat in vloeiend schuinschrift op een bord was geschreven. De man ging nog verder achteruit. Zijn hand schoot uit en een van zijn knokkels tikte tegen de glazen deur van een kast. De woorden GEEN KREDIET stonden in dikke, witte letters op het glas.

In antwoord op dit niet zo subtiele gebaar haalde Lou vijf biljetten van een dollar tevoorschijn en legde die netjes naast elkaar op de toonbank. De ogen van de man gingen naar de opgevouwen bankbiljetten en hij lachte een van zijn gouden voortanden bloot. Hij kwam naar voren, opeens een goede vriend geworden. Oz klom op een andere kruk, leunde op de toonbank en snoof de heerlijke geur op die uit de richting van de klapdeurtjes kwam. Diamond bleef op de achtergrond, alsof hij zo dicht mogelijk bij de deur wilde zijn voor het geval ze er haastig vandoor moesten.

'Wat kost een stuk taart?' vroeg Lou.

'Een stuiver,' zei de man, zijn blik strak gericht op de vijf bankbiljetten op de toonbank.

'En een hele taart?'

'Vijftig cent.'

'Dus voor dit geld kan ik tien taarten kopen?'

'Tien taarten?' herhaalde Diamond. 'Lieve help!'

'Dat klopt,' zei de man snel. 'We kunnen ze ook voor je maken.' Hij wierp een blik op Diamond, zijn ogen gleden van de woeste haardos van de jongen naar zijn blote voeten. 'Hoort hij bij jullie?'

'Nee, ze horen bij mij,' zei Diamond. Hij slenterde naar de toonbank, met zijn vingers achter de banden van zijn tuinbroek gehaakt. Oz keek naar een ander bordje aan de muur. 'Alleen voor witte mensen,' las hij hardop. Daarna keek hij de man verbaasd aan. 'Nou, wij zijn blond en Diamond heeft rood haar. Betekent het dat alleen mensen met wit haar taart kunnen kopen?'

De man keek Oz aan alsof die niet goed bij zijn hoofd was, stak een tandenstoker tussen zijn tanden en keek nog een keer naar Diamond. 'In mijn zaak moeten de klanten schoenen dragen. Waar kom je vandaan, jongen? Uit de bergen?'

'Nee, van de maan.' Diamond leunde naar voren en lachte overdreven. 'Wil je mijn groene tanden zien?'

Alsof hij een klein zwaard hanteerde zwaaide de man met de tandenstoker vlak voor Diamonds gezicht. 'Jij, met je grote bek, gaat nu meteen naar buiten. Schiet op. Ga terug naar die berg waar je vandaan komt en blijf daar!'

Diamond ging op zijn tenen staan, wipte een paraplu van het plafond en deed die open.

De man kwam achter de toonbank vandaan.

'Niet doen. Dat brengt ongeluk.'

'Nou, ik doe het toch. Misschien valt er dan wel een rotsblok van de berg, dat je tot moes verplettert!'

Voor de man bij hem was gooide Diamond de geopende paraplu in de lucht, waarna het ding op de limonadetap belandde. Er kwam een straal vocht uit die een van de kasten fraai bruin kleurde.

'Hé!' schreeuwde de man, maar Diamond was al gevlucht.

Lou raapte haar geld bijeen, waarna zij en Oz opstonden om weg te gaan.

'Waar gaan jullie naartoe?' zei de man.

'Ik heb net bedacht dat ik toch geen taart hoef,' zei Lou vriendelijk. Snel deed ze de deur achter haarzelf en Oz dicht.

Ze hoorden de man nog roepen: 'Boerenpummels!'

Nadat ze Diamond hadden ingehaald stonden ze alle drie krom van het lachen, terwijl de mensen die om hen heen wandelden nieuwsgierig naar hen staarden.

'Leuk dat jullie zo'n plezier hebben,' zei een stem.

Ze draaiden zich om en zagen Cotton op het trottoir staan, gekleed in vest, das en jasje, met een aktetas in zijn hand en een vrolijke glans in zijn ogen.

'Cotton,' zei Lou, 'wat doet u hier?'

Hij wees naar de overkant van de straat. 'Toevallig werk ik hier, Lou.' Ze keken naar die plek die hij aanwees. Het gerechtsgebouw doemde hoog voor hen op, fraaie stenen op lelijk beton.

'Wat doen jullie hier?' vroeg hij.

'Louisa heeft ons een dag vrij gegeven. Omdat we zo hard gewerkt hebben,' zei Lou.

Cotton knikte. 'Dat heb ik gezien.'

Lou keek naar de bedrijvig heen en weer lopende mensen. 'Ik was verbaasd toen ik deze stad voor het eerst zag. Heel rijk.'

Cotton keek om zich heen. 'Nou, schijn bedriegt. Het probleem in dit deel van de staat is dat we drijven op één industrie. Eerst waren het de houthakkers en nu werken de meeste mensen in de kolenmijnen. En de meeste zaken hier zijn afhankelijk van de mensen die het geld dat ze in de mijnen hebben verdiend, uitgeven. Als dat wegvalt is het misschien niet meer zo welvarend. Een kaartenhuis stort snel in elkaar. Wie weet, over vijf jaar bestaat deze stad misschien niet eens meer.' Hij keek naar Diamond en grinnikte. 'Maar de mensen die in de bergen wonen nog wel. Die houden altijd het hoofd boven water.' Hij keek om zich heen. 'Hoor eens, ik moet een paar dingen doen in het gerechtsgebouw. Er is vandaag natuurlijk geen zitting, maar er is altijd werk te doen. Als jullie hier over twee uur terugkomen, zal ik jullie graag op een lunch trakteren.'

Lou keek rond. 'Waar?'

'In een zaak die je denk ik wel zal bevallen, Lou. Restaurant New York. Dag en nacht geopend, voor ontbijt, lunch of avondeten, wanneer je maar wilt. Er zijn niet veel mensen in Dickens die nog wakker zijn na negen uur, maar ik denk dat het een geruststellende gedachte is dat je om middernacht eieren, gortepap en bacon kunt krijgen.'

'Over twee uur,' herhaalde Oz. 'Maar we kunnen nergens op zien hoe laat het is.'

'Het gerechtsgebouw heeft een klokkentoren, maar die klok loopt wel eens wat achter. Kijk eens, Oz, alsjeblieft.' Cotton deed zijn horloge af en gaf het aan de jongen. 'Neem dit maar. Wees er voorzichtig mee. Ik heb het van mijn vader gekregen.'

'Toen u van huis wegging om hiernaartoe te gaan?' vroeg Lou.

'Dat klopt. Hij zei dat ik veel tijd zou hebben en dat hij wilde dat ik die goed zou gebruiken.' Hij nam zijn hoed voor hen af. 'Twee uur.'

Daarna liep hij weg.

'Wat gaan we in die twee uur doen?' vroeg Diamond.

Lou keek om zich heen en haar ogen begonnen te schitteren.

'Ga mee,' zei ze, op een holletje weglopend. 'Je gaat eindelijk een film zien, meneer Diamond.'

Bijna twee uur lang waren ze in een land dat heel ver weg lag van Dickens in Virginia, de Appalachen en de beslommeringen van de werkelijkheid. Ze bevonden zich in het adembenemende land van *The Wizard of Oz*, een film die met groot succes in alle bioscopen van het land draaide. Toen ze weer buiten stonden bestookte Diamond zijn vrienden met tientallen vragen over hoe het mogelijk was wat ze zojuist hadden gezien.

'Heeft God dat gedaan?' vroeg hij meer dan eens op eerbiedige toon.

Lou wees naar het gerechtsgebouw. 'Ga mee, anders komen we te laat.'

Ze staken de straat over en gingen de brede trap naar het gebouw op. Een hulpsheriff met een grote snor hield hen tegen.

'Hé daar, waar dachten jullie naartoe te gaan?'

'Het is goed, Howard, ze komen voor mij,' zei Cotton, die juist naar buiten kwam. 'Misschien worden het allemaal op een dag nog eens advocaten. Ze komen Vrouwe Justitia bezoeken.'

'God verhoede het, Cotton, we hebben geen advocaten meer nodig,' zei Howard lachend, en hij ging naar binnen.

'Hebben jullie je vermaakt?' vroeg Cotton.

'Ik heb net een leeuw, een vogelverschrikker en een metalen man gezien op een grote muur,' zei Diamond, 'en ik snap nog steeds niet hoe het kan.'

'Willen jullie zien waar ik elke dag werk?' vroeg Cotton.

Ze verklaarden allemaal dat ze het graag wilden. Voor ze naar binnen gingen gaf Oz het horloge plechtig aan Cotton terug.

'Bedankt dat je er zo goed op hebt gepast, Oz.'

'Het is precies twee uur geleden,' zei de jongen.

'Stiptheid is een deugd,' antwoordde de advocaat.

Ze gingen het gerechtsgebouw in, terwijl Jeb buiten bleef liggen wachten. Overal in de grote hal waren deuren, waarboven koperen plaatjes waren aangebracht met: HUWELIJKSREGISTER, BELASTING, BURGERLIJKE STAND, GEVOLMACHTIGDE VAN HET GEMENEBEST, enzovoort. Cotton legde uit wat het allemaal betekende en daarna liet hij hun de rechtszaal zien. Diamond zei dat hij nog nooit zo'n grote ruimte gezien had. Ze werden voorgesteld aan Fred, de deurwaarder, die bij hun binnenkomst uit een van de vertrekken was gekomen. Rechter Atkins was thuis gaan lunchen, verklaarde hij.

Aan de muren hingen portretten van witharige mannen in zwarte gewaden. De kinderen streken met hun hand over het houtsnijwerk en gingen om de beurt in de getuigenbank en de jurybank zitten. Diamond vroeg of hij op de stoel van de rechter mocht plaatsnemen, maar dat vond Cotton geen goed idee en Fred ook niet. Toen ze even niet keken, deed Diamond het toch. Hij kwam er zo verwaand als een pauw vanaf en Lou, die het wel had gezien, porde hem in zijn ribben.

Ze verlieten het gerechtsgebouw en liepen het gebouw ernaast binnen, waar een aantal kleine kantoren in was gevestigd, waaronder dat van Cotton. Het bestond uit één grote kamer met een krakende, eikenhouten vloer en langs drie wanden boekenkasten met veelgebruikte wetboeken, dozen met akten en testamenten en een fraai exemplaar van het Wetboek van Virginia. In het midden stond een groot, notenhouten bureau met een telefoon erop en stapels paperassen. Een oud kistje diende als prullenmand en in een van de hoeken stond een scheve kapstok. Er hingen geen hoeden aan de haken en in de paraplubak stond een oude hengel. Cotton liet Diamond een nummer draaien, zodat hij met Shirley, de telefoniste, kon praten. De jongen sprong bijna uit zijn vel toen haar schorre stem in zijn oor kietelde.

Daarna nam Cotton de kinderen mee naar het appartement waar hij woonde, boven in hetzelfde gebouw. Het had een kleine keuken die vol stond met blikjes groenten, potjes stroop, brood en piccalilly, zakken aardappelen, dekens, lantaarns en nog veel meer.

'Waar komen al die spullen vandaan?' vroeg Lou.

'De mensen hebben niet altijd geld. Ze betalen hun rekeningen in natura.' Hij deed de kleine koelkast open om de kippen, stukken vlees en ham te laten zien. 'Ik kan het niet naar de bank brengen, maar het smaakt in elk geval beter dan geld.' Er was een kleine slaapkamer met een bed en een leeslampje op het nachtkastje, en verder nog een grote kamer die letterlijk bezaaid was met boeken.

Terwijl de kinderen naar de stapels boeken stonden te staren, zette

Cotton zijn bril af. 'Geen wonder dat ik blind word,' zei hij.

'Hebt u al die boeken gelezen?' vroeg Diamond vol ontzag.

'Ja, dat moet ik toegeven. Om precies te zijn heb ik er heel wat meer dan eens gelezen,' antwoordde Cotton.

'Ik heb ook een keer een boek gelezen,' zei Diamond trots.

'Hoe heette het?' vroeg Lou.

'Dat weet ik niet precies meer, maar er stonden veel plaatjes in. Nee, wacht even, ik heb twee boeken gelezen als je de bijbel meetelt.'

'Ik denk dat we die wel kunnen meerekenen, Diamond,' zei Cotton lachend. 'Kom eens hier, Lou.' Hij liet haar een boekenkast zien die vol stond met in leer gebonden werk van bekende auteurs. 'Deze kast heb ik gereserveerd voor mijn lievelingsschrijvers.'

Lou keek naar de titels en zag onmiddellijk elke roman en elke bundel korte verhalen die haar vader had geschreven. Het was een aardig, verzoenend gebaar van Cotton, maar Lou was helaas niet in een vergevensgezinde stemming. Ze zei: 'Ik heb honger. Gaan we nu eten?'

Restaurant New York had niets op het menu staan wat ook maar in de verte aan New York deed denken, maar het was toch lekker eten en Diamond kreeg zijn eerste flesje prik. Tenminste, dat zei hij. Hij vond het zo lekker dat hij er nog twee nam. Na het eten wandelden ze met hun mond vol pepermuntjes de straat af. Ze gingen het goedkope warenhuis in en Cotton liet hun zien hoe als gevolg van de steile bodem alle zes verdiepingen van de winkel deuren op de begane grond hadden, een feit dat zelfs een keer in de landelijke pers was vermeld. 'Dickens is er beroemd door geworden,' zei hij grinnikend, 'vanwege zijn unieke ligging.'

In de winkel lagen allerlei goederen, gereedschap en voedsel hoog opgestapeld. De geur van tabak en koffie was sterk en leek overal in te zijn getrokken. Paardenleidsels hingen naast rollen touw, die op hun beurt naast grote blikken snoepgoed hingen. Lou kocht voor zichzelf een paar sokken en een zakmes voor Diamond, die het eerst niet wilde aannemen, tot ze tegen hem zei dat hij in ruil ervoor iets voor haar uit hout moest snijden. Voor Oz kocht ze een speelgoedbeer, die ze hem overhandigde zonder iets te zeggen over de verblijfplaats van zijn oude lieveling.

Daarna verdween Lou een paar minuten. Toen ze terugkwam had ze iets bij zich wat ze aan Cotton gaf. Het was een vergrootglas. 'Omdat u zoveel leest,' zei ze met een glimlach, en Cotton lachte terug. 'Dank je wel, Lou. Nu zal ik, telkens als ik een boek opensla, aan je denken.' Ze kocht een sjaal voor Louisa en een strohoed voor Eugene. Oz leende wat geld van haar en ging met Cotton in de winkel rondsnuffelen. Toen ze terugkwamen droeg hij een in bruin papier gewikkeld pakje, maar hij weigerde hardnekkig te zeggen wat erin zat.

Nadat ze nog een poosje in de stad hadden rondgelopen en Cotton op dingen had gewezen die Lou en Oz beslist al eens hadden gezien maar Diamond nog nooit, kropen ze met zijn allen in Cottons Oldsmobile, die voor het gerechtsgebouw geparkeerd stond. Ze gingen op weg, met Diamond en Lou in de dickeyseat en Oz met Jeb voorin, naast Cotton. De zon begon juist onder te gaan en het briesje voelde prettig aan. Niets leek zo mooi als de zon die achter de bergen wegzakte.

Ze reden door Tremont en even later staken ze de brug bij McKenzies over en begonnen ze aan de eerste klim. Toen ze bij een spoorwegovergang kwamen, gooide Cotton het stuur om en reed de Oldsmobile op de rails.

'Vlakker dan de wegen hier,' verklaarde hij. 'Later komen we weer op de weg. Onder aan de bergen hebben ze asfalt en macadam, maar hier niet. Deze bergen zijn gemaakt door handen die pikhouwelen en scheppen hanteerden. Volgens de wet moest iedere gezonde man tussen de zestien en zestig tien dagen per jaar helpen met het aanleggen van de wegen en daar zijn eigen gereedschap en zweet voor meebrengen. De enigen voor wie een uitzondering werd gemaakt, waren onderwijzers en priesters, hoewel ik me kan voorstellen dat die arbeiders nu en dan wel een krachtig gebed konden gebruiken. Ze hebben goed werk verricht, meer dan 120 kilometer weg aangelegd in veertig jaar, maar het is nog steeds slecht voor je rug om over het resultaat van al dat zware werk te rijden.'

'En als er nu eens een trein aankomt?' vroeg Oz angstig.

'Dan zullen we eraf moeten,' zei Cotton.

Een poosje later hoorden ze de fluit. Cotton bracht de auto in veiligheid en bleef wachten. Na een paar minuten kwam een volgeladen trein langsrollen, als een reusachtige slang. Het ging langzaam, want het traject kende hier veel bochten.

'Zijn dat kolen?' vroeg Oz, kijkend naar de grote brokken die op de open wagons lagen.

Cotton schudde zijn hoofd. 'Cokes. Gemaakt van slakken en in de ovens gebakken. Dat gaat naar de staalfabrieken.' Langzaam schudde hij zijn hoofd. 'De treinen komen leeg hiernaartoe en vertrekken vol. Kolen, cokes, hout. Ze brengen niets hiernaartoe, behalve nog meer arbeiders.'

Langs een zijspoor van de hoofdlijn wees Cotton naar een mijnstadje, bestaande uit kleine, identieke huizen, met een rangeerterrein in het midden. Er was een magazijn met goederen die lagen opgestapeld van de vloer tot het plafond, vertelde Cotton, die het wist omdat hij er eens in was geweest. Een lange rij met elkaar verbonden stenen bouwsels in de vorm van een bijenkorf stond langs een hogergelegen weg. Ze hadden allemaal een metalen deur en een met roet bedekte schoorsteen. Uit alle pijpen kwam rook, die de donker wordende hemel nog zwarter maakte. 'Cokesovens,' verklaarde Cotton. Er stond één groot huis met een glanzende, nieuwe Chrysler Crown Imperial ervoor. Het huis van de mijnopzichter, vertelde Cotton. Naast dit huis lag een omheind stuk gras met een paar grazende merries en een stuk of wat pittige veulentjes die rondsprongen en galoppeerden.

'Ik moet er even uit,' zei Diamond, al bezig de banden van zijn tuinbroek omlaag te schuiven. 'Te veel priklimonade. Het duurt maar even, ik ga achter die schuur.'

Cotton stopte de auto, waarna Diamond uitstapte en wegholde. Onder het wachten praatten Cotton en de kinderen. De advocaat wees naar nog een paar interessante zaken.

'Dit is een kolenmijn van Southern Valley. Ze noemen het de Clinch Number Two-mijn. Werk in de mijnen wordt goed betaald, maar het is verschrikkelijk zwaar en omdat de winkels van de maatschappij de mijnwerkers afzetten, komt het erop neer dat ze het bedrijf meer schuldig zijn dan ze verdienen.' Cotton hield even op met praten en keek nadenkend in de richting waarin Diamond was verdwenen, met een frons op zijn voorhoofd. Daarna vervolgde hij: 'De mannen worden ook ziek en sterven aan stoflongen, of als gevolg van instortingen, ongelukken en zo meer.'

Het geluid van een sirene klonk en ze zagen een aantal mannen met zwarte gezichten, waarschijnlijk doodmoe, uit de ingang van de mijn komen. Een groep vrouwen en kinderen rende op hen af om hen te begroeten, waarna ze allemaal naar de identieke huisjes liepen. De mannen droegen etensblikjes en haalden hun sigaretten en flessen

126

drank tevoorschijn. Een andere groep mannen, die er even moe uitzag als de eerste, slofte langs hen heen om hun plaats onder de grond
in te nemen.
'Vroeger werkten ze hier in drie ploegen, maar nu zijn het er nog
maar twee,' zei Cotton. 'De kolen raken op.'
Diamond kwam terug en kroop weer achterin.
'Gaat het, Diamond?' vroeg Cotton.
'Nu wel,' zei de jongen lachend. Zijn katachtige, groene ogen straal-
den.

Louisa schrok toen ze hoorde dat ze naar de stad waren geweest.
Cotton verklaarde dat hij de kinderen niet zo lang had moeten
ophouden en dat ze hem daarom de schuld moest geven. Toen zei
Louisa echter dat ze zich herinnerde dat hun vader precies hetzelfde
had gedaan en dat het moeilijk was om geen gehoor te geven aan de
pioniersgeest, dus het was goed zo. Met tranen in haar ogen nam ze
de sjaal in ontvangst. Eugene zette meteen de hoed op en zei dat dit
het mooiste cadeau was dat hij ooit had gekregen.
Die avond verontschuldigde Oz zich na het eten. Hij ging naar de
kamer van zijn moeder. Nieuwsgierig liep Lou hem achterna, als
gewoonlijk bespioneerde ze haar broertje door de smalle kier tussen
de deur en de muur. Voorzichtig maakte Oz het pakje open dat hij in
de stad had gekocht en nam de haarborstel stevig in zijn hand.
Amanda's gezicht stond vredig, zoals altijd waren haar ogen gesloten. Voor Lou was haar moeder een prinses die als betoverd lag te
slapen; niemand wist hoe ze wakker kon worden. Oz knielde op het
bed en begon Amanda's haar te borstelen, intussen zijn moeder ver-
tellend over de heerlijke dag die ze in de stad hadden doorgebracht.
Lou bleef een poosje toekijken hoe hij met de borstel worstelde en
daarna ging ze naar binnen om hem te helpen. Ze hield lokken van
haar moeders haar omhoog en wees Oz hoe hij die stuk voor stuk
moest borstelen. Amanda's haar was een beetje gegroeid, maar het
was nog steeds kort.
Later die avond ging Lou naar haar kamer. Ze borg de sokken op die
ze had gekocht en daarna ging ze geheel gekleed en met haar schoenen aan op bed liggen, denkend aan de geweldige dag in de stad. Ze
had haar ogen nog maar net gesloten toen het de volgende morgen
tijd was om de koeien te melken.

•19•

Een paar avonden later zaten ze allemaal aan tafel, terwijl buiten de regen in stromen neerviel. Diamond was gekomen om mee te eten; hij had een gerafeld oud stuk zeildoek, met een gat erin om zijn hoofd door te steken, omgeslagen als een soort zelfgemaakte regenjas. Jeb had zich uitgeschud en was meteen bij het vuur gaan liggen alsof hij hier thuishoorde. Toen Diamond zich ontdeed van zijn regenkleding zag Lou dat hij iets om zijn hals had hangen. Het rook niet bepaald lekker.

'Wat is dát?' vroeg ze, haar neus dichtknijpend want de stank was echt verschrikkelijk.

'Duivelsdrek,' antwoordde Louisa voor de jongen. 'Een plantenwortel. Beschermt tegen ziekten. Diamond, lieverd, als jij je bij het vuur gaat warmen, kun je dat denk ik wel aan mij geven. Dank je.' Toen Diamond even niet keek nam ze de wortel mee naar de veranda en smeet het smerige ding ver weg, de duisternis in.

Uit Louisa's braadpan steeg de geur op van sputterende reuzel en karbonades, die zo dik waren dat ze niet eens omkrulden. Het vlees was afkomstig van een van de zwijnen die ze hadden moeten slachten. Meestal gebeurde dat in de winter, maar door allerlei omstandigheden hadden ze zich genoodzaakt gezien om het in het voorjaar te doen. Eugene had het dier geslacht toen de kinderen naar school waren. Omdat Oz erop aandrong had Eugene hem echter laten helpen het varken te schrapen en de ribben, het dikke vlees en het spek eruit te snijden. Toen Oz echter het dode dier aan een houten driepoot zag hangen met een stalen haak door de bloederige bek, en een ketel met kokend water in de buurt die volgens hem ongetwijfeld wachtte op de huid van een kleine jongen om er het juiste aroma aan te geven, was hij weggerend. Zijn kreten weergalmden door het dal als die van een onoplettende reus die zijn teen had gestoten. Eugene had de snelheid en de capaciteit van Oz' longen bewonderd en was daarna zelf aan de slag gegaan met het varken.

Ze aten allemaal smakelijk van het vlees, en ook van tomaten uit blik en sperziebonen die ruim zes maanden gemarineerd waren in pekel en suiker.

Louisa zorgde dat alle borden gevuld bleven, behalve het hare. Ze knabbelde aan de tomaten en de bonen en doopte maïsbrood in de reuzel, maar dat was alles. Terwijl ze nipte aan een kop cichoreikoffie keek ze de tafel rond, waar iedereen plezier had en hard lachte om iets geks dat Diamond had gezegd. Ze luisterde naar de regen op het dak. Tot dusver ging het goed, hoewel regen in deze tijd weinig betekende; als er in juli en augustus niets viel zou de oogst verdrogen, wegwaaien op een zacht briesje, en stof had nog nooit iemands buik gevuld. Het zou niet lang meer duren voor ze moesten beginnen met zaaien en planten: maïs, doperwten, tomaten, pompoenen, knolletjes, late aardappelen, kool, zoete aardappelen en snijbonen. Ierse aardappelen en uien zaten al in de grond, goed afgedekt zodat ze geen last hadden van de vorst. Het land zou hen dit jaar van alles voorzien; het werd hoog tijd.

Louisa bleef naar de regen luisteren. Dank u, Heer, maar stuurt U ons de komende zomer alstublieft nog wat meer. Niet zo veel, dat de tomaten openbarsten en wegrotten aan hun takken, en niet zo weinig dat de maïs maar een meter hoog wordt. Ik weet dat het veel gevraagd is, maar we zouden het erg op prijs stellen. In stilte zei ze amen, waarna ze haar best deed om deel te nemen aan de feestvreugde.

Er werd aan de deur geklopt en Cotton kwam binnen; zijn overjas was doorweekt, ofschoon het maar een klein stukje lopen was van zijn auto naar de veranda. De advocaat was zichzelf niet, hij lachte niet eens. Hij accepteerde een kop koffie en een stuk maïsbrood, en ging naast Diamond zitten. De jongen keek hem aan alsof hij wist wat er komen ging.

'De sheriff is bij me langs geweest, Diamond.'

Ze keken allemaal eerst naar Cotton en vervolgens naar Diamond. Oz' ogen waren zo wijd opengesperd dat de jongen leek op een uil zonder veren.

'O, ja?' zei Diamond, met zijn mond vol bonen en gestoofde uien.

'Hij zei dat er een hoop paardenmest was aangetroffen in de splinter-nieuwe Chrysler van de opzichter van de Clinch Number Two-mijn. De man ging erin zitten zonder het te zien, omdat het nog donker was. Bovendien was hij zwaar verkouden, dus hij kon het niet ruiken. Hij was, heel begrijpelijk, nogal kwaad over het voorval.'

'Tjee, hoe kan dat nou?' zei Diamond. 'Ik vraag me af hoe het paard die mest in de auto heeft gekregen. Hij is zeker vlak voor het raampje gaan staan om te poepen.' Na dat gezegd te hebben kauwde Diamond rustig door, hoewel de anderen allemaal gestopt waren met eten.

'Ik herinner me dat ik op die plek gestopt ben omdat jij er even uit moest, op de terugweg van Dickens.'

'Hebt u dat aan de sheriff verteld?' vroeg Diamond snel.

'Nee, toen hij me ernaar vroeg liet mijn geheugen me opeens in de steek.' Diamond keek opgelucht, terwijl Cotton vervolgde: 'Maar ik heb wel een vervelend uurtje doorgebracht in het gerechtshof met de opzichter en een advocaat van de kolenmijn, die er allebei sterk van overtuigd waren dat jij het had gedaan. Na mijn zorgvuldige kruisverhoor kon ik aantonen dat er geen ooggetuigen waren en dat er ook geen ander bewijsmateriaal was dat jou in verband kon bren-gen met dit... voorval. Gelukkig kunnen er geen vingerafdrukken worden genomen van paardenmest. Rechter Atkins was het met me eens, dus zo ligt de situatie nu. Maar de mensen van de mijn hebben een goed geheugen, jongen, dat weet je.'

'Niet zo goed als dat van mij,' wierp Diamond tegen.

'Waarom zou hij zoiets doen?' vroeg Lou.

Louisa keek Cotton aan en hij keek terug. Toen zei de advocaat: 'Diamond, ik sta aan jouw kant. Echt waar, dat weet je. Maar de wet niet. En de volgende keer kom je er misschien niet zo gemakkelijk vanaf. Dan zouden de mensen de zaak wel eens in eigen hand kun-nen nemen. Dus ik raad je aan om je voortaan te gedragen. Ik zeg het voor je eigen bestwil, Diamond, dat weet je.'

Na die woorden kwam Cotton overeind en zette zijn hoed weer op. Hij weigerde antwoord te geven op de verdere vragen van Lou en wees de uitnodiging om te blijven, van de hand. Nog even keek hij naar Diamond, die de rest van zijn maaltijd zonder veel enthousias-me bestudeerde.

Cotton zei: 'Diamond, nadat die lui van de mijn uit het gerechtsge-

bouw waren vertrokken, hebben rechter Atkins en ik eens flink gelachen. Ik zou zeggen dat dat een goed einde betekent van je grap-
penmakerij, jongen. Oké?'
Eindelijk durfde Diamond de advocaat aan te kijken. Lachend zei
hij: 'Oké.'

•20•

Op een ochtend was Lou vroeg opgestaan, nog vóór Louisa en Eugene, dacht ze, want ze hoorde beneden geen enkel geluid. Ze was er nu aan gewend geraakt om zich in het donker aan te kleden en haar vingers bewogen snel toen ze haar kleren aantrok en haar schoenveters vastmaakte. Ze liep naar het raam om naar buiten te kijken. Het was zo donker dat ze het vage gevoel had diep onder water te zijn. Even kromp ze ineen van schrik, omdat ze dacht dat ze iets uit de stal zag glippen. Daarna was het weg, als een bliksemstraal. Ze deed het raam open om beter te kunnen zien, maar wat het ook geweest was, nu was het weg. Ze moest het zich verbeeld hebben.

Zo zachtjes mogelijk liep ze de trap af naar Oz' kamer om hem wakker te maken, maar in plaats daarvan bleef ze bij de deur van haar moeders kamer staan. Die stond een stukje open en Lou bleef even wachten, alsof iets haar tegenhield. Ze leunde tegen de muur, schoof een stukje opzij, liet haar handen langs de deurlijst glijden, duwde zichzelf achteruit en wachtte opnieuw. Ten slotte stak ze haar hoofd om de deur.

Tot haar verbazing zag ze twee gedaanten op het bed. Oz lag naast hun moeder. Hij had een lange onderbroek aan, een stukje van zijn dunne kuiten was te zien waar de pijpen waren opgeschoven en zijn voeten staken in de dikke, wollen sokken die hij had meegenomen toen ze naar de bergen gingen. Zijn kleine achterste stak omhoog en zijn gezicht was opzij gedraaid, zodat Lou het kon zien. Een teder glimlachje speelde om zijn lippen en hij hield zijn nieuwe beer stevig omklemd.

Lou liep zachtjes de kamer in en legde haar hand op zijn rug. Hij verroerde zich niet. Lou liet haar hand omlaag glijden en raakte voorzichtig haar moeders arm aan. Wanneer ze oefeningen met

133

Amanda's armen en benen deed wachtte ze altijd of haar moeder misschien een beetje tegendruk zou geven. Maar het was altijd alleen maar dood gewicht. Amanda was nog wel zo sterk geweest tijdens het ongeluk, ze had haar kinderen beschermd zodat ze niet gewond zouden raken. Misschien, dacht Lou, had ze bij het redden van haar kinderen alle kracht opgebruikt die ze had. Lou liet het tweetal alleen en ging naar de keuken.

Nadat ze kolen in de haard had gegooid bracht ze het vuur op gang en bleef er een poosje voor zitten, opdat de warmte haar ijskoude botten kon verwarmen. Toen de ochtend aanbrak deed ze de deur open en voelde ze de koele lucht op haar gezicht. Er hingen dikke, grijze wolken, restanten van de storm die was voorbijgetrokken, hun onderkant werd rozerood omlijst. Er vlak onder lag de brede strook groen van de bossen op de berg die tot aan de hemel reikte. Het was een van de mooiste zonsopgangen die ze zich kon herinneren. In de stad had ze nooit iets dergelijks gezien.

Hoewel het nog niet eens zo lang geleden was, schenen er jaren te zijn verstreken sinds Lou op de trottoirs van New York had gelopen, de metro had genomen, met haar ouders een taxi had aangeroepen, zich de dag na Thanksgiving door de menigte winkelende mensen bij Macy's had geworsteld, of naar het stadion van de Yankees was gegaan om te proberen witte, leren ballen te vangen en hotdogs naar binnen te werken. Verscheidene maanden geleden was dat alles vervangen door steil land, aarde en bomen, en dieren die vies roken en waarmee je moest werken voor de kost. De kruidenier op de hoek had plaatsgemaakt voor hard brood en gezeefde melk; water uit de kraan voor water dat uit de pomp kwam of in emmers werd aangesjouwd; de grote, openbare bibliotheek voor een mooie kast met weinig boeken; hoge gebouwen voor nog hogere bergen. Lou begreep zelf niet waarom, maar ze wist niet of ze hier lang zou kunnen blijven. Misschien had haar vader er een goede reden voor gehad om nooit meer terug te gaan.

Ze liep naar de stal om de koeien te melken. Daarna bracht ze een volle emmer naar de keuken en de rest ging naar de bron, waar ze de emmers in het koele water plaatste. Het begon al warmer te worden. Lou had het fornuis op gang gebracht en de pan met reuzel opgezet toen haar overgrootmoeder binnenstapte. Louisa was geërgerd omdat zij en Eugene zich hadden verslapen. Toen zag ze de volle

emmers op het aanrecht en zei Lou tegen haar dat ze de koeien al had gemolken. Nadat ze de rest van het werk had gezien dat Lou al had gedaan, glimlachte Louisa waarderend. 'Voor ik het weet hou je hier de zaak draaiende zonder mij.'
'Ik betwijfel of het ooit zover zal komen,' zei het meisje zo scherp dat Louisa ophield met lachen.

Een halfuur later verscheen Cotton onaangekondigd, gekleed in een verstelde werkbroek, een oud overhemd en afgedragen schoenen. Hij had zijn stalen bril niet op en zijn slappe vilthoed was vervangen door een strohoed. Louisa zei dat het heel verstandig van hem was, omdat het ernaar uitzag dat de zon vandaag fel zou branden.
Ze begroetten de advocaat allemaal, hoewel Lou niet méér deed dan wat mompelen. Hij was haar moeder geregeld komen voorlezen, zoals hij had beloofd, en Lou vond het steeds vervelender worden. Ze stelde zijn vriendelijke optreden en zijn hoffelijke manieren echter wel op prijs. Het was een tegenstrijdige, moeilijke situatie voor het meisje.
Hoewel het die nacht koud was geweest, was de temperatuur niet dicht bij het vriespunt gekomen. Louisa had geen thermometer, maar ze zei dat haar botten even nauwkeurig waren als een in glas gevangen streepje kwik. Ze zouden vandaag beginnen met planten, kondigde ze aan. Laat planten betekende vaak dat er niets te oogsten viel.
Ze gingen naar de eerste akker die moest worden ingezaaid, een glooiende rechthoek van 800 bij 500 meter. De wind was zo attent geweest om de talmende, grijze wolken over de rotsrichels te jagen en de lucht was helder. De bergen leken deze ochtend merkwaardig vlak, als decorstukken. Zorgvuldig deelde Louisa zakken maïs uit die was overgebleven van het vorige seizoen, gepeld en daarna bewaard in een grote bak. Ze legde haar hulptroepen nauwkeurig uit hoe ze die moesten gebruiken. 'Vijfendertig kilo per 4.000 vierkante meter, zoveel hebben we nodig,' zei ze. 'Of meer, als het kan.'
Een tijd lang verliep alles vlot. Oz liep door zijn voren, nauwlettend drie korrels per bergje aarde aftellend zoals Louisa hun had gezegd. Lou werd echter slordig, soms liet ze twee korrels vallen, dan weer vier.
'Lou,' zei Louisa scherp, 'drie korrels per keer, meisje!'

Lou staarde haar aan. 'Alsof dat wat uitmaakt.'

Louisa zette haar handen in haar zij. 'Het maakt het verschil uit tussen te eten hebben of niet!'

Even bleef Lou staan. Daarna begon ze weer, in een tempo van drie korrels per keer, ongeveer 20 centimeter uit elkaar. Twee uur later was het veld, ofschoon ze alle vijf gestadig door hadden gewerkt, nog maar half ingezaaid. Louisa liet hen nog een uur schoffelen om de geplante korrels met aarde te bedekken. Ondanks de handschoenen die ze droegen hadden Oz en Lou al snel paarse bloedblaren in hun handpalmen. Cotton eveneens.

'De advocatuur is een armzalige voorbereiding op eerlijk werk,' verklaarde hij, zijn handen vol blaren tonend.

De handen van Louisa en Eugene waren zo vereelt dat ze geen handschoenen droegen en tweemaal zoveel werk verzetten als de anderen. Toch droegen hun handen nauwelijks de sporen van de grove stelen van hun gereedschap.

Toen de laatste korrels waren toegedekt ging Lou, meer verveeld dan moe, op de grond zitten. Ze sloeg met haar handschoenen tegen haar been. 'Nou, dat was leuk. Wat nu?'

Een kromme stok werd voor haar op de grond gezet. 'Voor jij en Oz naar school gaan, moeten jullie een paar verdwaalde koeien opsporen.'

Lou keek op en zag Louisa's gezicht.

Lou en Oz dwaalden door de bossen. Eugene had de koeien en het kalf naar buiten gebracht om in het open veld te grazen en nu waren ze, evenals mensen, op zoek naar betere oorden.

Lou sloeg tegen een seringenstruik met de stok die Louisa haar had gegeven om slangen weg te jagen. Ze had niet met Oz over de dreiging van slangen gesproken want ze had bedacht dat het er dan op uit zou draaien dat ze hem op haar rug moest nemen. 'Het is toch niet te geloven dat we naar een paar stomme koeien moeten zoeken,' zei ze nijdig. 'Als ze zo dom zijn om te verdwalen, kunnen ze beter verdwaald blijven.'

Ze baanden zich een weg door kornoelje- en laurierstruiken. Oz slingerde aan de laagste tak van een wildgroeiende den en begon te fluiten toen een kardinaalsvink langsvloog, hoewel de meeste mensen die op de berg woonden de vogel een rode vink zouden hebben genoemd.

'Kijk, Lou, een kardinaalsvink.'

Ze letten meer op vogels dan op koeien en zagen al snel heel wat soorten, waarvan ze de meeste niet kenden. Kolibries fladderden boven speenkruid en bosviooltjes; de kinderen joegen een groepje veldleeuweriken op uit het dichte struikgewas. Een torenvalk liet weten dat hij in de buurt was, terwijl een zwerm rumoerige Vlaamse gaaien alles en iedereen lastigviel. Wilde rododendrons droegen hun eerste roze en rode bloemen, evenals de wit met lavendelblauwe tijm. Op de steilere hellingen zagen ze ranken valkruid en monniks-kappen tussen de platen lei en andere uitstekende rotsen. De bomen zaten dicht in het blad en de hemel vormde een blauwe muts om het af te ronden. En hier liepen ze nu doelloos naar een paar koeien te zoeken, dacht Lou.

Oostelijk van hen klingelde een koebel.

Oz raakte opgewonden. 'Louisa heeft gezegd dat we op het geluid af moesten gaan van de bel die de koeien dragen.'

Lou liep achter Oz aan tussen groepjes berken, populieren en linde-bomen, de sterke ranken van de wisteria trokken aan hen als lastige handen, hun voeten struikelden over de wortels die uit de oneffen grond omhoogstaken. Ze kwamen bij een kleine, open plek, omringd door dollekervel en gombomen, en hoorden de bel opnieuw, maar ze zagen geen koeien. Een langsvliegende goudvink maakte hen aan het schrikken.

'Boe, boeoeoe,' hoorden ze, en de bel klingelde.

Verbaasd tuurden de kinderen om zich heen, tot Lou omhoogkeek en Diamond in een esdoorn zag zitten. Hij liet de bel heen en weer slingeren en maakte koeiengeluiden. Hij was blootsvoets, droeg dezelfde kleren als altijd, had een sigaret achter zijn oor en zijn haar stond recht overeind, alsof een ondeugende engel aan de rode pie-ken trok.

'Wat doe jij daar?' vroeg Lou kwaad.

Diamond slingerde op zijn gemak van tak tot tak, liet zich op de grond vallen en liet de bel nog een keer klingelen. Lou zag dat hij het zakmes dat ze hem had gegeven, met een touwtje aan een knoop van zijn tuinbroek had vastgemaakt.

'Ik speel voor koe.'

'Dat is niet grappig,' zei Lou. 'Wij moeten ze zoeken.'

'Nou, dat is toch gemakkelijk. Koeien verdwalen nooit echt, ze zwerven maar een beetje rond tot iemand ze komt halen.' Hij floot en Jeb kwam uit de struiken vandaan naar hen toe.

Diamond ging het tweetal voor door een groep notenbomen en essen; op de stam van een van de bomen waren twee eekhoorns aan het ruziën, zo te zien over de verdeling van hun buit. Ze bleven even staan om vol ontzag naar een gouden adelaar te kijken die hoog op de tak van een kaarsrechte, ruim 25 meter hoge populier was neergestreken. Toen ze bij de volgende open plek kwamen zagen ze de koeien rustig grazen te midden van een natuurlijke omheining van omgewaaide bomen.

'Ik wist meteen dat ze van miss Louisa waren. Ik dacht wel dat jullie ze achterna zouden komen.'

Met behulp van Diamond en Jeb dreven ze de koeien terug naar de boerderij. Onderweg liet Diamond zien hoe ze zich aan de staarten van de koeien konden vasthouden om zich de heuvel op te laten trekken. Ze konden wel iets terugdoen omdat ze waren weggelopen, zei hij. Nadat ze het hek van de kraal achter zich dicht hadden gedaan zei Lou: 'Diamond, vertel me nu eens waarom je paardenmest in de auto van die man hebt gegooid.'

'Dat kan ik niet vertellen want ik heb het niet gedaan.'

'Toe nou, Diamond. Je hebt het zo ongeveer toegegeven toen Cotton er was.'

'Ik heb iets in mijn oren, ik kan je niet verstaan.'

Geërgerd trok Lou kringetjes in het zand met de punt van haar voet. 'Hoor eens, we moeten naar school, Diamond. Ga je mee?'

'Ik ga niet naar school,' zei de jongen. Hij schoof de onaangestoken sigaret tussen zijn lippen en leek meteen volwassen.

'Waarom zeggen je ouders niet dat je naar school moet?'

Diamond reageerde door Jeb te fluiten en het stel holde weg.

'Hé, Diamond,' riep Lou hem achterna.

De jongen en de hond begonnen nog harder te lopen.

•21•

Lou en Oz holden over het verlaten speelplein de school in. Buiten adem haastten ze zich naar hun plaats.

'Het spijt me dat we te laat zijn,' zei Lou tegen Estelle McCoy, die al was begonnen iets op het schoolbord te schrijven. 'We waren aan het werk op het land en...' Ze keek om zich heen en zag toen pas dat de helft van de stoelen onbezet was.

'Lou, het geeft niet,' zei de onderwijzeres. 'De planttijd is begonnen. Ik ben al blij dat jullie toch nog gekomen zijn.'

Lou ging zitten. Uit een ooghoek zag ze dat Billy Davis er was. Hij zag er zo engelachtig uit dat ze bij zichzelf zei dat ze voorzichtig moest zijn. Toen ze de klep van haar lessenaar opendeed om haar boeken erin te leggen, kon ze de gil niet onderdrukken. De slang, een bruin met geel gestreepte koperkop van een meter lang, die opgerold in haar lessenaar lag, was dood. Het stuk papier dat om het dier was gewikkeld en waarop de woorden YANKEE, GA NAAR HUIS waren te lezen, maakte Lou woedend.

'Lou,' riep Estelle McCoy vanaf haar plaats bij het schoolbord, 'is er iets?'

Lou deed de klep dicht en keek naar Billy, die met opeengeknepen lippen zijn aandacht aan zijn boek wijdde. 'Nee,' zei Lou.

Het was lunchtijd en buiten was het fris, maar de zon gaf voldoende warmte en de leerlingen namen hun reuzelblikjes en andere trommeltjes mee naar het schoolplein. Bijna iedereen had wel iets om zijn of haar maag te vullen, al waren het maar stukken maïsbrood of biscuitjes, en vele handen omvatten een bekertje melk of een flesje bronwater. De kinderen gingen op de grond zitten om te eten, te drinken en te praten. De jongsten renden in kringetjes rond tot ze zo duizelig waren dat ze omvielen en door hun oudere broers en zussen overeind werden geholpen en aan het eten gezet.

Lou en Oz zaten in de brede schaduw van de notenboom. De wind speelde met Lou's lange haren. Oz hapte gretig van zijn beboterde brood en dronk van het koude bronwater dat ze hadden meegenomen. Lou kon echter niet eten. Ze leek ergens op te wachten en strekte haar armen en benen alsof ze zich voorbereidde op een hardloopwedstrijd.

Billy Davis paradeerde tussen de groepjes etende kinderen door, met veel vertoon zwaaide hij met zijn houten lunchdoos, die was gemaakt van een kleine spijkerkist met een ijzerdraadje als hengsel. Hij bleef bij een van de groepjes staan, zei iets, lachte, keek naar Lou en lachte nogmaals. Ten slotte klom hij op de laagste tak van een zilveresdoorn en maakte zijn lunchdoos open. Hij slaakte een gil, viel achterover uit de boom en kwam op zijn hoofd terecht. De slang lag boven op hem en hij rolde en schopte bij zijn pogingen het dier van zich af te krijgen. Toen drong het tot hem door dat het zijn eigen dode koperkop was, vastgebonden aan het deksel van de doos die hij nog steeds in zijn hand hield. Toen hij ophield met krijsen als een varken dat op het punt staat geslacht te worden, besefte hij dat iedereen op het schoolplein hem hartelijk uitlachte.

Iedereen, behalve Lou, die rustig met haar armen over elkaar bleef zitten en deed of ze niets van het gebeuren merkte. Uiteindelijk begon ze toch te lachen, een brede grijns die de zon leek te verduisteren. Toen Billy opstond, kwam zij ook overeind. Oz stopte het laatste stuk brood in zijn mond, slikte de rest van het water door en zocht haastig een veilige plek op achter de notenboom. Met gebalde vuisten stonden Lou en Billy tegenover elkaar in het midden van het schoolplein. De kinderen kwamen eromheen staan en het yankeemeisje en de jongen uit de bergen begonnen aan de tweede ronde.

Lou zat, met haar lip nu aan de andere kant opengespleten, achter haar lessenaar. Ze stak haar tong uit tegen Billy, die tegenover haar zat; zijn overhemd was gescheurd en hij had een fraai, paarsachtig zwart rechteroog. Estelle McCoy stond voor hen met over elkaar geslagen armen en een kwaad gezicht. Direct nadat ze een eind had gemaakt aan het gevecht, had de boze onderwijzeres de school eerder laten uitgaan en bericht gestuurd naar de familie van de vechtersbazen.

Lou was in een goed humeur, het was duidelijk dat ze Billy opnieuw had afgestraft waar iedereen bij was. De jongen zat er ongemakkelijk bij, hij schoof op zijn stoel heen en weer en wierp nerveuze blikken naar de deur. Lou begreep eindelijk waarom hij zo bang was toen de schooldeur werd opengegooid en George Davis op de drempel stond.

'Wat is hier verdomme aan de hand?' bulderde hij zo luid dat zelfs Estelle McCoy ineenkromp.

Toen de man met grote stappen op hen af liep ging de onderwijzeres een eindje achteruit. 'Billy heeft gevochten, George,' zei ze.

'Heb je me verdomme hier laten komen vanwege een vechtpartij?' beet hij haar toe. Daarna torende hij dreigend boven Billy uit. 'Ik was op het land bezig, kleine rotzak, ik heb geen tijd voor die flauwekul.' Toen George Lou zag verscheen er een gemene gloed in zijn wilde ogen en daarna gaf hij zijn zoon zo'n harde klap tegen zijn hoofd dat de jongen tegen de grond sloeg.

De vader boog zich over zijn gevallen zoon. 'Verdomme, heb je je zo laten toetakelen door een meisje?'

'George Davis!' riep Estelle McCoy. 'Blijf met je handen van je zoon af!'

Dreigend stak hij een vuist omhoog. 'Van nu af aan werkt die jongen op de boerderij. Hij gaat niet meer naar school.'

'Waarom laat je dat de jongen niet zelf beslissen?'

Het was Louisa, die de school was binnengekomen, met Oz vlak achter zich, die zich vastklemde aan een van haar broekspijpen.

'Louisa,' zei de onderwijzeres opgelucht.

Davis hield voet bij stuk. 'Hij is nog maar een jongen en hij zal verdomme doen wat ik zeg.'

Louisa zette Billy op zijn stoel en troostte hem, voor ze zich tot de vader wendde. 'Zie jij een jongen? Ik zie hier een flinke jongeman.'

Davis snoof. 'Hij is geen volwassen man.'

Louisa liep naar hem toe en begon op zachte toon tegen hem te praten, maar ze keek hem zo streng aan dat Lou bijna vergat adem te halen. 'Maar jíj wel. Dus je slaat hem nooit meer.'

Davis priemde met een vinger zonder nagel tot vlak bij haar gezicht. 'Jij hoeft me niet te vertellen hoe ik mijn jongen moet behandelen. Jij hebt maar één kind gehad. Ik heb er negen, en nog eentje onderweg.'

'Het aantal kinderen heeft er niets mee te maken of je een goede vader bent.'

'Jij laat die grote nikker, Hell No, bij je in huis wonen. God zal je ervoor straffen. Dat komt zeker door je Cherokee-bloed. Jij hoort hier niet. Je hebt hier nooit thuisgehoord, indiaanse vrouw.'

Stomverbaasd keek Lou naar Louisa. Yankee. En indiaans.

'Hij heet Eugene,' zei Louisa. 'En mijn vader was deels een Apache, geen Cherokee. En de God die ik ken straft de slechteriken. Zoals mannen die hun kinderen slaan.' Ze ging nog dichter bij hem staan. 'Als je nog één keer je hand tegen dat kind opheft, dan kun je maar beter bidden tot die zogenaamde god van je dat ik je niet in mijn vingers krijg.'

Davis lachte gemeen. 'Je maakt me bang, oud wijf.'

'Dan ben je slimmer dan ik dacht.'

Davis balde zijn vuist en leek op het punt te staan haar aan te vliegen, maar toen zag hij Eugene in de deuropening staan. De moed zonk hem in de schoenen.

Davis greep Billy vast. 'Jongen, jij gaat naar huis. Schiet op!' Billy holde naar buiten. Davis volgde hem langzaam. Hij keek Louisa aan. 'Hier is het laatste woord nog niet over gesproken. Zeker niet.' Hij liep de deur uit en smeet die hard achter zich dicht.

•22•

Het schooljaar was afgelopen en het harde werk op de boerderij was begonnen. Elke dag stond Louisa heel vroeg op, nog voor de nacht goed en wel leek te zijn gevallen, en dan maakte ze Lou ook wakker. Het meisje moest zowel haar eigen karweitjes als die van Oz doen, als straf voor haar vechtpartij met Billy, en daarna werkten ze allemaal de hele dag op het land. Ze aten een eenvoudige lunch waar ze koel bronwater bij dronken in de schaduw van een magnolia. Geen van allen zei veel, het zweet droop door hun kleren. Tijdens deze rustpauzes gooide Oz stenen zo ver weg dat de anderen lachten en in hun handen klapten. Hij werd groter, de spieren van zijn armen en schouders ontwikkelden zich steeds meer en het harde werk maakte hem tegelijkertijd mager en sterk. Hetzelfde was het geval met zijn zus, zoals het bij iedereen scheen te gaan die hier worstelde om te overleven.

De dagen waren nu zo warm dat Oz alleen zijn tuinbroek droeg en geen overhemd of schoenen. Lou liep ook blootsvoets rond in een tuinbroek, maar zij had er een oud, katoenen hemdje onder aan. Op deze hoogte was de zon sterk en ze werden met de dag blonder en bruiner.

Louisa bleef de kinderen van alles leren. Ze legde uit welke bonen draden hadden en welke niet. De snijbonen die langs stokken groeiden waren wel draderig en moesten eerst worden afgehaald, anders zouden ze erin stikken. Ook vertelde ze hun dat ze zelf het grootste deel van het zaad voor de volgende oogst konden bewaren, behalve voor haver, omdat er machines nodig waren om die te pletten, machines die de eenvoudige boeren op de berg nooit zouden bezitten. Ze wisten nu hoe ze kleren moesten wassen met behulp van het wasbord en weinig zeep, die werd gemaakt van lysol en varkensvet –

maar niet te veel –, hoe ze het vuur flink brandend moesten houden, de kleren goed uitspoelen en bij de derde spoeling blauwsel toevoegen om alles mooi wit te laten worden. 's Avonds leerden ze bij het schijnsel van het vuur om hun kleren met naald en draad te verstellen. Louisa sprak er zelfs over dat het tijd werd dat Lou en Oz leerden de ezels te beslaan en quilts te maken.

Eindelijk vond Louisa ook tijd om Lou en Oz te leren rijden op Sue, de merrie. Eugene zette de kinderen om de beurt op het paard, dat niets op haar rug droeg, nog geen deken.

'Waar is het zadel?' vroeg Lou. 'En de stijgbeugels?'

'Je zadel is je romp en een paar sterke benen zijn je stijgbeugels,' antwoordde Louisa.

Lou zat op Sue en Louisa stond naast de merrie.

'Nu moet je de teugels in je rechterhand houden, Lou, zoals ik je heb voorgedaan, nu komt het eropaan!' zei Louisa. 'Sue zal je een poosje je gang laten gaan, maar je moet haar laten voelen wie de baas is.'

Lou trok aan de teugels, drukte haar voeten in de flanken van het paard, maakte er veel lawaai bij en Sue bleef volkomen stilstaan, alsof ze diep in slaap was.

'Stom paard,' verklaarde Lou na een tijdje.

'Eugene,' riep Louisa in de richting van de akker. 'Geef me eens even een zetje, jongen.'

Eugene kwam naar hen toe hinken en hielp Louisa op het paard. Ze ging achter Lou zitten en pakte de teugels.

'Het probleem is niet dat Sue stom is, maar dat jij haar taal nog niet spreekt. Wanneer je wilt dat Sue gaat lopen, duw je zacht met je voeten tegen de onderkant van haar buik en dat hou je vast. Voor haar betekent het dat ze in beweging moet komen. Wanneer je haar van richting wilt laten veranderen, ruk je niet aan de teugels maar laat je ze zachtjes glijden. Om te stoppen geef je een licht rukje naar achteren, zo.'

Lou deed wat Louisa haar had voorgedaan en Sue begon te lopen. Het meisje liet de teugels naar links glijden en het paard ging die kant op. Daarna gaf ze een rukje aan de teugels en Sue kwam langzaam tot stilstand.

Lou begon uitbundig te lachen. 'Hé, kijk nu eens. Ik kan paardrijden.'

Cotton had zijn hoofd uit Amanda's slaapkamerraam gestoken om hen gade te slaan. Daarna keek hij omhoog naar de stralende hemel en vervolgens naar Amanda in het bed.

Een paar minuten later ging de voordeur open. Cotton droeg Amanda naar buiten en zette haar in de schommelstoel, naast een bosje klimplanten met grote, paarse bloemen.

Oz, die nu samen met zijn zus op Sue zat, keek naar het huis, zag zijn moeder en viel bijna van het paard. 'Hé, mam, kijk eens, ik ben een cowboy!' Louisa stond naast het paard en staarde naar Amanda. Ten slotte keek Lou ook die kant op, maar ze leek niet erg enthousiast toen ze haar moeder buiten zag. Cottons ogen gingen van dochter naar moeder en zelfs hij moest toegeven dat de vrouw totaal niet op haar plaats leek in de stralende zon. Haar ogen bleven gesloten, het briesje speelde niet met haar korte haar, alsof zelfs de elementen haar in de steek hadden gelaten. Hij droeg haar weer naar binnen.

Een paar dagen later, op weer zo'n prachtige zomermorgen, was Lou net klaar met melken. Ze kwam de stal uit met twee volle emmers. Plotseling bleef ze doodstil staan en keek naar de akkers in het eerste ochtendlicht. Daarna rende ze zo snel naar het huis dat de melk over haar voeten klotste. Ze zette de emmers op de veranda en vloog het huis in, langs Louisa en Eugene heen de gang door, onder het slaken van opgewonden kreten. Ze stoof haar moeders kamer in, waar Oz naast Amanda zat, bezig haar haren te borstelen.

Lou was buiten adem. 'Het is gelukt! Het is groen. Alles wat we gezaaid hebben komt op! Oz, je moet gaan kijken.' Oz holde zo snel de kamer uit dat hij vergat dat hij nog in zijn ondergoed liep. Lou bleef hijgend midden in het vertrek staan, met een brede lach op haar gezicht. Toen ze weer normaal kon ademhalen liep ze naar haar moeder en ging bij haar zitten, terwijl ze een van de krachteloze handen pakte. 'Ik dacht dat je het wel zou willen weten. We hebben er zo hard voor gewerkt.' Zwijgend bleef het meisje nog een minuut zitten. Daarna legde ze de hand neer en ze stond op. Haar enthousiasme was verdwenen.

Zoals ze dat vaker deed, was Louisa ook die avond in haar slaapkamer bezig op de Singer-trapnaaimachine die ze negen jaar geleden voor tien dollar op afbetaling had gekocht. Ze wilde niet aan de kinderen vertellen wat ze maakte en ze mochten er ook niet naar raden.

Toch wist Lou dat het iets moest zijn voor haar en Oz, en daardoor voelde ze zich nog schuldiger over de vechtpartij met Billy Davis.

De volgende avond ging Oz na het eten naar zijn moeder. Eugene was in de stal om de zeis te repareren. Nadat Lou de borden had afgewassen, ging ze naast Louisa op de veranda zitten. Een poosje zei geen van beiden iets. Lou zag een paar grote mezen uit de schuur vliegen, waarna ze op het hek gingen zitten. Ze waren mooi, met hun grijze veren en hun puntige kuif, maar het meisje schonk er weinig aandacht aan.

'Het spijt me dat ik gevochten heb,' zei ze snel. Ze slaakte opgelucht een zucht omdat ze eindelijk haar excuus had aangeboden.

Louisa keek naar de twee ezels in de kraal. 'Dat vind ik fijn,' zei ze, verder niets. De zon begon onder te gaan en de hemel was tamelijk helder, zonder noemenswaardige wolken. Een grote kraai vloog eenzaam in grote cirkels rond en liet zich telkens meevoeren op een zuchtje wind, als een traag vallend blad.

Lou raapte een handvol aarde op en keek naar de mieren die in slagorde over haar hand liepen. De kamperfoelie stond in volle bloei, de geur zweefde om hen heen, samen met die van rozen en roze klaver, en de paarse bloemen van de klimplant schermden de veranda af. Een wilde roos met vlammend rode bloemen had zich langs de meeste palen geslingerd.

'George Davis is een afschuwelijke man,' zei Lou.

Louisa leunde met haar rug tegen de rand van de veranda. 'Hij laat zijn kinderen werken als ezels en hij behandelt zijn ezels beter dan zijn kinderen.'

'Nou, Billy hoefde niet zo gemeen tegen me te doen,' zei Lou. Toen begon ze te grinniken. 'Het was zo grappig om hem uit die boom te zien vallen toen hij de dode slang zag die ik in zijn lunchdoos had gestopt.'

Louisa boog zich naar haar toe en keek haar vragend aan. 'Zat er nog iets anders in die doos?'

'Iets anders? Wat dan?'

'Eten.'

Lou keek verward. 'Nee, de doos was leeg.'

Louisa knikte langzaam, leunde opnieuw tegen het hekje en keek naar het westen, waar de zon achter de bergen wegzonk en de hemel roze en rood kleurde.

Louisa zei: 'Weet je wat ik zo gek vind? Dat kinderen denken dat ze zich moeten schamen omdat hun vader hun geen eten meegeeft. Dat ze zich zo schamen dat ze een lege doos mee naar school nemen en doen alsof ze eten, om niemand te laten merken dat ze niets te eten hebben. Vind je dat grappig?'

Lou schudde haar hoofd en sloeg haar ogen neer. 'Nee.'

'Ik weet dat ik niet met je over je vader heb gepraat. Maar ik hou heel veel van jou en Oz, en ik hou nog meer van jullie omdat ik zijn verlies wil goedmaken, al weet ik dat ik dat niet kan.' Ze legde haar hand op Lou's schouder en draaide het meisje naar zich toe. 'Maar jullie hadden een fijne vader. Een man die van jullie hield. Ik weet dat het daardoor des te moeilijker is om te accepteren dat hij er niet meer is, dat is zowel een zegen als een vloek die we allemaal in ons leven moeten meedragen. Maar het is wel zo dat Billy Davis elke dag met zijn vader moet leven. Ik zou liever in jouw schoenen staan. En ik weet dat Billy Davis dat ook zou willen. Ik bid elke dag voor al die kinderen. Dat zou jij ook moeten doen.'

•23•

De staande klok had net het middernachtelijk uur geslagen toen de steentjes tegen Lou's slaapkamerraam tikten. Het meisje lag juist te dromen, maar ze werd gestoord door het plotselinge gekletter. Ze liep naar het raam en keek naar buiten. Eerst zag ze niets. Toen kreeg ze haar bezoeker in het oog en ze deed het raam open.

'Wat kom jij hier doen, Diamond Skinner?'

'Ik kom je halen,' zei de jongen. Zijn trouwe hond stond naast hem.

'Waarom?'

Ten antwoord wees hij naar de maan. Die scheen helderder dan Lou ooit gezien had. Haar ogen waren zo scherp dat ze de donkere vlekken op het maanoppervlak kon zien.

'Ik kan ook wel alleen naar de maan kijken, je wordt bedankt,' zei ze. Diamond lachte. 'Nee, niet alleen daarom. Ga je broertje halen. Schiet op, het is leuk waar we naartoe gaan. Dat zul je wel zien.'

Lou leek er niet zeker van. 'Hoe ver is het?'

'Niet ver. Je bent toch niet bang in het donker?'

'Wacht even,' zei ze, en ze deed het raam dicht.

Vijf minuten later hadden Lou en Oz zich aangekleed en waren ze stilletjes het huis uit geslopen om naar Diamond en Jeb te gaan.

Lou geeuwde. 'Het mag wel iets goeds zijn, Diamond, anders kon jíj wel eens bang worden omdat je ons wakker hebt gemaakt.'

In een flinke pas gingen ze op weg, naar het zuiden. De hele weg bleef Diamond opgewekt babbelen, maar hij weigerde pertinent om te zeggen waar ze heen gingen. Ten slotte hield Lou op met proberen erachter te komen. Ze keek naar de blote voeten van de jongen terwijl hij met gemak over de scherpe stenen liep. Zij en Oz hadden schoenen aan.

'Diamond, doen je voeten nooit pijn en worden ze niet koud?' vroeg ze, toen ze op een heuveltje bleven staan om op adem te komen.

'Als het gaat sneeuwen, zie je misschien iets aan mijn voeten, maar alleen als er meer dan 3 meter ligt. Vooruit, we gaan verder.'

Ze gingen weer op weg en twintig minuten later hoorden Lou en Oz het geluid van snelstromend water. Even later stak Diamond zijn hand op en ze bleven staan. 'We moeten hier heel langzaam lopen,' zei hij. Ze bleven vlak achter hem, klauterend over stenen die bij elke stap glibberiger schenen te worden. Het geluid van het water leek hen aan alle kanten te omringen, alsof ze zouden worden gegrepen door een vloedgolf. Lou pakte Oz' hand, want zij begon het allemaal een beetje eng te vinden, dus ze begreep dat haar broertje doodsbang moest zijn. Ze liepen om een groepje berken heen en treurwilgen die zwaar waren van het water. Vol ontzag keken Lou en Oz naar boven.

De waterval was bijna 30 meter hoog en kwam achter een berg ruwe kalksteen vandaan, om recht omlaag te vallen in een plas schuimend water die overging in duisternis. Toen begreep Lou opeens wat Diamond had bedoeld toen hij naar de maan wees. Die scheen helder en de waterval en de plas bevonden zich precies op de goede plek, zodat het drietal werd omgeven door een zee van licht. De weerspiegeling was zo sterk dat de nacht in de dag leek te zijn overgegaan.

Ze liepen een eindje door tot een plek vanwaar ze nog steeds alles konden zien, maar waar het rumoer van de waterval minder luid was en ze met elkaar konden praten zonder boven het donderende geraas uit te moeten schreeuwen.

'Hier komt het water voor de rivier, de McCloud, vandaan,' zei Diamond. 'Maar dit is het hoogste punt.'

'Het lijkt wel of er sneeuw omhoogvalt,' zei Lou, die vol bewondering op een met mos begroeide steen was gaan zitten. Het schuimende water dat hoog opspatte en daarna werd gevangen in het sterke licht leek inderdaad op sneeuw die naar de hemel terugkeerde. Aan een kant van de plas was het water extra schitterend. Daar bleven ze bij elkaar staan.

Diamond zei plechtig: 'Op deze plek heeft God de aarde aangeraakt.'

Lou bukte zich en bekeek het water nauwkeurig. Daarna zei ze tegen Diamond: 'Fosfor.'

'Wat?' vroeg hij.

'Ik denk dat het fosforhoudend gesteente is. Dat heb ik op school geleerd.'

'Zeg het nog eens,' zei Diamond.

Ze deed wat hij vroeg en Diamond herhaalde het net zolang tot het hem vloeiend over de lippen kwam. Hij verklaarde dat het een geweldig woord was om te zeggen, maar hij hield vol dat dit de plek was die God had aangeraakt. Lou kon niet de moed opbrengen om hem tegen te spreken.

Oz bukte zich en stak zijn hand in het water, maar trok die onmiddellijk huiverend terug.

'Zo koud is het altijd,' zei Diamond, 'zelfs op de heetste dag van het jaar.' Hij keek glimlachend om zich heen. 'Maar het is prachtig.'

'Bedankt dat je ons hiernaartoe gebracht hebt,' zei Lou.

'Dit is voor al mijn vrienden,' zei hij ruimhartig. Daarna keek hij naar de hemel. 'Kennen jullie de sterren goed?'

'Een paar,' zei Lou. 'De Grote Beer, en het Grote Paard.'

'Daar heb ik nooit van gehoord.' Diamond wees naar het noorden. 'Als je je hoofd een beetje omdraait zie je daar die ene, die ik de beer noem die een poot mist. En die daarginds is de stenen draak. En daar,' hij wees met zijn vinger meer naar het zuiden, 'precies daar zit Jezus naast God. Maar God is er niet, want die is weg om goede dingen te doen. Omdat Hij God is. Maar je kunt de stoel zien.' Hij keek hen aan. 'Zo is het toch? Zie je hem?'

Oz zei dat hij ze allemaal kon zien, omdat het zo licht was als overdag, ook al was het nacht. Lou aarzelde, zich afvragend of het beter zou zijn om Diamond iets te leren over de sterrenstelsels of niet. Ten slotte lachte ze tegen hem. 'Je weet veel meer over de sterren dan wij, Diamond. Nu jij ze hebt aangewezen kan ik ze ook allemaal zien.'

Diamond grijnsde breed. 'Weet je, hier op de berg zijn we er veel dichterbij dan de mensen in de stad. Maak je geen zorgen, ik zal het je allemaal leren.'

Ze brachten er een plezierig uurtje door en daarna leek het Lou beter om terug te gaan.

Ze waren ongeveer halverwege toen Jeb begon te grommen en in langzame kringen in het hoge gras begon rond te sluipen, met zijn lippen opgetrokken zodat zijn tanden ontbloot werden.

'Wat mankeert hem, Diamond?' vroeg Lou.

151

'Hij ruikt iets. Er zwerven hier zoveel dieren rond. Let maar niet op hem.'

Opeens rende Jeb hard weg. Hij jankte zo hard dat het pijn deed aan hun oren.

'Jeb!' riep Diamond hem na. 'Kom hier, nu meteen.' De hond vertraagde zijn tempo echter niet en eindelijk zagen ze waarom. De zwarte beer liep met grote stappen langs de verste rand van het weiland.

'Verdorie, Jeb, laat die beer met rust.' Diamond holde achter de hond aan en Lou en Oz volgden hem. Hond en beer lieten de tweebenigen echter snel in een stofwolk achter. Ten slotte bleef Diamond naar adem snakkend staan. Lou en Oz lieten zich naast hem op de grond vallen, hun longen barstten bijna.

Diamond beukte met zijn vuist in zijn handpalm. 'Die beroerde hond.'

'Zal die beer hem iets doen?' vroeg Oz angstig.

'Welnee. Job zal hem waarschijnlijk een boom in jagen. Na een tijdje krijgt hij er genoeg van en dan komt hij wel naar huis.' Diamond leek echter niet erg overtuigd. 'Vooruit, we gaan verder.'

Een paar minuten stapten ze flink door, tot Diamond langzamer begon te lopen en zijn hand opstak ten teken dat ze moesten blijven staan. Hij draaide zich om, legde een vinger op zijn lippen en beduidde dat ze hem gebukt moesten volgen. Ze schuifelden nog 10 meter door en toen liet Diamond zich op zijn buik vallen. Lou en Oz volgden zijn voorbeeld. Ze kropen verder en kwamen weldra aan de rand van een kleine kuil die omringd was door bomen en struikgewas. De takken en ranken hingen over de plek heen en vormden een natuurlijk dak, maar op sommige plekken brak het maanlicht erdoorheen, zodat de kuil goed verlicht was.

'Wat is dit?' wilde Lou weten.

'Ssst,' zei Diamond. Daarna vouwde hij zijn hand om haar oor en hij fluisterde: 'Iemand heeft hier een geheime destilleerderij.'

Lou keek nog eens goed en zag toen het omvangrijke toestel met zijn dikke, metalen buik en koperen buizen, dat op houten blokken stond. Flessen die gevuld moesten worden met de uit maïs gestookte whisky stonden op planken die over stapels stenen waren gelegd. Een brandende petroleumlamp hing aan een dunne paal die in de vochtige grond was gestoken. Uit het apparaat steeg stoom op. Ze hoorden iets bewegen.

Lou kromp ineen toen George Davis naast het toestel opdoemde en een jutezak op de grond gooide. De man was zo druk bezig met zijn werk dat hij hen niet gehoord had. Lou keek naar Oz, die zo hard bibberde dat ze bang was dat George Davis de grond zou voelen trillen. Ze trok Diamond aan zijn mouw en wees de kant op vanwaar ze waren gekomen. Diamond knikte instemmend en ze begonnen achteruit te kruipen. Lou keek nog eens om naar de destilleerketel, maar Davis was verdwenen. Ze verstijfde en daarna begon ze bijna te gillen omdat ze iets hoorde aankomen. Ze vreesde het ergste.

De beer schoot het eerst langs haar heen, op weg naar de kuil. Daarna kwam Jeb. De beer maakte een scherpe bocht en de hond stootte tegen de paal waaraan de lamp hing, zodat die omviel. De lamp kwam op de grond terecht en viel in stukken. De beer knalde tegen het apparaat aan, het metalen gevaarte bezweek onder 125 kilo zwarte beer en viel om, waarbij de koperen buizen openbarstten en eraf scheurden. Diamond rende naar de kuil toe, schreeuwend tegen zijn hond.

De beer had er kennelijk genoeg van om te worden achtervolgd. Hij verhief zich op zijn achterpoten, zijn klauwen en tanden waren nu duidelijk zichtbaar. Jeb bleef staan bij het zien van de 2 meter hoge, zwarte muur die hem in tweeën kon bijten. Grommend deinsde de hond terug. Diamond was nu bij hem en greep hem bij zijn nek.

'Jeb, stomme hond!'

'Diamond!' riep Lou. Toen ze de man op haar vriend af zag komen sprong ze op.

'Wel verdomme!' Davis kwam uit de duisternis tevoorschijn, met zijn buks in zijn hand.

'Diamond, kijk uit!' schreeuwde Lou opnieuw.

De beer brulde, de hond blafte, Diamond gilde en Davis richtte vloekend zijn wapen. De buks werd twee keer afgevuurd en beer, hond en jongen gingen er als de weerlicht vandoor. Lou kromp in elkaar toen de hagel door de bladeren vloog en in de bast van de bomen drong. 'Lopen, Oz, lopen!' gilde ze.

Oz sprong op en begon te rennen, maar de jongen was zo geschrokken dat hij naar de kuil holde in plaats van ervandaan. Davis herlaadde zijn buks toen Oz vlak bij hem was. De jongen begreep te laat dat hij een fout had begaan en Davis greep hem bij zijn kraag. Lou holde eropaf. 'Diamond!' riep ze. 'Help!'

Met één hand hield Davis Oz tegen zijn been gedrukt, terwijl hij probeerde met de andere hand zijn buks te laden.

'Rotjong!' bulderde de man tegen de ineengedoken jongen.

Lou beukte met haar vuisten op hem in, maar hoewel hij klein van stuk was, was George Davis zo hard als steen.

'Laat hem los,' gilde Lou. 'Laat los!'

Davis liet Oz los, maar alleen om Lou een harde klap te geven. Ze viel op de grond terwijl het bloed uit haar mond spoot. De man had Diamond echter niet gezien. De jongen pakte de gevallen paal en sloeg daarmee Davis benen onder hem vandaan, zodat de man hard tegen de grond smakte. Om het af te ronden sloeg Diamond Davis met de paal op zijn hoofd. Lou greep Oz vast en Diamond pakte Lou. Het drietal was al meer dan 50 meter bij de kuil vandaan voor George Davis schuimbekkend van woede was opgekrabbeld. Een paar seconden later hoorden ze nog een schot, maar toen waren ze al buiten bereik van het wapen.

Ze hoorden iets achter hen aan komen en begonnen nog harder te lopen. Toen keek Diamond achterom en zei dat er niets aan de hand was; het was Jeb maar. De rest van de weg naar de boerderij legden ze rennend af, om zich ten slotte op de veranda te laten vallen. Ze waren buiten adem en al hun ledematen trilden van vermoeidheid en angst.

Nadat ze weer rechtop waren gaan zitten, overwoog Lou om er opnieuw vandoor te gaan, omdat Louisa, in haar nachthemd en met een petroleumlamp in de hand, naar hen stond te kijken. Diamond probeerde voor hen allen het woord te nemen, maar Louisa zei zo streng dat hij zijn mond moest houden, dat de altijd zo spraakzame Diamond met stomheid geslagen was.

'De waarheid, Lou,' beval de vrouw.

Lou vertelde haar alles, ook over de bijna-fatale ontmoeting met George Davis. 'Maar het was niet onze schuld,' zei ze. 'Die beer...'

Louisa snauwde: 'Ga naar de stal, Diamond. En neem die verdraaide hond mee.'

'Ja, miss Louisa,' zei Diamond. Hij sloop weg met Jeb.

Louisa wendde zich tot Lou en Oz. Lou zag dat haar overgrootmoeder beefde. 'Oz, jij gaat naar bed. Nu.'

Oz keek nog een keer naar Lou en daarna vluchtte hij naar binnen.

Lou en Louisa bleven tegenover elkaar staan. Lou was nog nooit zo zenuwachtig geweest.

'Je had vannacht dood kunnen zijn. Erger nog: jij én je broer hadden dood kunnen zijn.'

'Maar, Louisa, het was niet onze schuld. Ziet u…'

'Het is wél jullie schuld,' zei Louisa. Bij die woorden voelde Lou de tranen achter haar oogleden branden.

'Ik heb jullie niet naar de bergen laten komen om vermoord te worden door de ellendige handen van George Davis, meisje. Dat je er stilletjes vandoor bent gegaan is al erg genoeg. Maar om je broertje mee te nemen, en hij zou voor je door het vuur gaan omdat hij niet beter weet… Ik schaam me voor je!'

Lou boog haar hoofd. 'Het spijt me. Het spijt me verschrikkelijk.'

Louisa bleef kaarsrecht staan. 'Ik heb nog nooit mijn hand opgeheven tegen een kind, hoewel mijn geduld in de loop der jaren minder is geworden. Maar als je ooit nog eens zoiets doet, zul je mijn hand op je huid voelen, juffie, en dat zul je niet licht vergeten. Begrijp je me goed?' Lou knikte zonder iets te zeggen. 'Dan ga je nu naar bed,' zei Louisa. 'En we spreken er niet meer over.'

De volgende morgen kwam George Davis aanrijden op zijn kar, die getrokken werd door een stel muilezels. Louisa liep naar buiten toen ze hem zag aankomen. Ze hield haar handen op haar rug.

Davis spuwde op de grond naast een van de wielen. 'Die ellendige kinderen hebben mijn eigendommen vernield. Ik ben gekomen om schadevergoeding.'

'Je bedoelt dat je destilleerketel is vernield.'

Lou en Oz kwamen ook naar buiten. Ze keken naar de man.

'Duivels!' bulderde hij. 'Jullie kunnen van mij naar de hel lopen!'

Louisa liep de veranda af. 'Als je op die manier praat, moet je maken dat je van mijn land af komt. Nu!'

'Ik wil mijn geld! En ik wil dat ze een flink pak slaag krijgen voor wat ze hebben gedaan!'

'Haal de sheriff er maar bij en laat hem zien wat ze met je ketel hebben gedaan, dan kan híj me vertellen wat er moet gebeuren.'

Davis staarde haar zonder iets te zeggen aan, met de zweep in zijn ene hand geklemd. 'Je weet dat ik dat niet kan doen, vrouw.'

'Dan weet je de weg. Ga van mijn land af, George.'

'Als ik je boerderij nu eens in brand stak?'

Eugene kwam de deur uit met een lange stok in zijn grote hand.

155

Davis hief dreigend de zweep. 'Hell No, vuile nikker, je blijft staan voor ik je er met de zweep van langs geef, net zoals je grootvader die op zijn rug heeft gevoeld!' Davis begon van de kar af te klimmen. 'Misschien doe ik het toch wel, jongen. Misschien wel bij jullie allemaal!'

Louisa haalde het geweer achter haar rug vandaan en richtte het op George Davis. De man bleef halverwege de kar steken toen hij de lange loop van de Winchester op zich gericht zag.

'En nu van mijn land af,' zei Louisa rustig, terwijl ze de haan spande en de kolf van het wapen tegen haar schouder legde, met haar vinger aan de trekker. 'Voor ik mijn geduld verlies en jij bloed verliest.'

'Ik zal je wel betalen, George Davis,' riep Diamond, die met Jeb achter zich aan uit de stal was gekomen.

Davis trilde letterlijk van kwaadheid. 'Mijn hoofd duizelt verdomme nog van die klap die je me hebt verkocht, jongen.'

'Dan heb je nog geluk gehad, want ik had je veel harder kunnen raken als ik gewild had.'

'Ik hoef geen grote bek van jou!' bulderde Davis.

'Wil je je geld of niet?' zei Diamond.

'Wat voor geld? Je hebt helemaal geen geld.'

Diamond stak zijn hand in zijn zak en haalde er een muntstuk uit. 'Dit heb ik. Een zilveren dollar.'

'Een dollar! Je hebt mijn ketel vernield, jongen. Dacht je dat één verdomde dollar genoeg was? Stomkop!'

'Hij is van mijn betovergrootvader. Honderd jaar oud. Een man in Tremont heeft me er twintig dollar voor geboden.'

Bij het horen van die woorden klaarde Davis' gezicht op. 'Laat zien.'

'Nee. Je kunt hem aanpakken of niet. Ik zeg je de waarheid. Twintig dollar. De man heet Monroe Darcy. Hij is eigenaar van de winkel in Tremont. Je kent hem wel.'

Even zweeg Davis. Toen zei hij: 'Geef op.'

'Diamond,' riep Lou, 'niet doen.'

'Een man moet zijn schulden betalen,' zei Diamond. Hij slenterde naar de kar. Toen Davis de munt wilde pakken trok Diamond zijn hand terug. 'Hoor eens, George Davis, dit betekent dat we hebben afgerekend. Je bent niet voor niets naar miss Louisa gekomen als ik je dit geef. Dat moet je zweren.'

Het leek erop dat Davis de jongen liever een slag met de zweep had

156

gegeven, maar hij zei: 'Ik zweer het. Geef die dollar hier!'

Diamond gooide Davis de dollar toe. De man ving het muntstuk, beet erop en stak het daarna in zijn zak.

'En nu wegwezen, George,' zei Louisa.

Davis keek haar nijdig aan. 'De volgende keer mist míjn geweer niet.' Hij draaide de ezels en de kar en reed weg, een stofwolk achterlatend. Lou staarde naar Louisa, die het geweer op Davis gericht hield tot de man uit het zicht was verdwenen. 'Zou u echt op hem geschoten hebben?' vroeg ze.

Louisa ontspande de haan en liep naar binnen zonder de vraag te beantwoorden.

•24•

Twee avonden later was Lou na het eten bezig de borden op te ruimen, terwijl Oz aan de keukentafel zorgvuldig letters op een vel papier schreef. Louisa zat naast hem om te helpen. Ze zag er moe uit, vond Lou. Ze was oud en het leven hier was niet gemakkelijk, dat had Lou uit de eerste hand meegemaakt. Voor elk dingetje dat je nodig had, moest je vechten. En haar overgrootmoeder had het haar hele leven gedaan. Hoelang kon ze dat nog volhouden?

Juist toen Lou het laatste bord had afgedroogd, werd er aan de deur geklopt. Oz ging opendoen.

Bij de voordeur stond Cotton, in zijn pak met stropdas en met een grote doos in zijn armen. Naast hem stond Diamond. De jongen had een schoon, wit overhemd aan, zijn gezicht was gewassen, zijn haar glad gekamd met water en misschien wat kleverig plantensap. Lou snakte bijna naar adem, want de jongen had schoenen aan. Weliswaar kon ze zijn tenen zien, maar toch was het grootste deel van Diamonds voeten bedekt. Hij knikte verlegen naar iedereen, alsof hij, nu hij zich had gewassen en schoenen droeg, een soort circus-attractie was geworden.

Oz keek naar de doos. 'Wat zit daarin?'

De advocaat zette de doos op de tafel en begon die op zijn gemak open te maken. 'Hoewel er veel te zeggen valt voor het geschreven woord,' zei hij, 'moeten we de andere creatieve kunsten niet vergeten.' Zwierig als een goochelaar in een revue onthulde hij de grammofoon.

'Muziek!'

Cotton haalde een plaat uit een hoes en legde die voorzichtig op de grammofoon. Daarna draaide hij krachtig aan de slinger en bracht de naald op zijn plaats. Even kraste die over de wiebelige plaat, en daarna vervulde muziek die Lou herkende als werk van Beethoven, het vertrek. Cotton keek de kamer rond en schoof vervolgens een stoel tegen de muur. Hij wees naar de andere mannelijke aanwezigen. 'Heren, ga uw gang.' Oz, Diamond en Eugene gingen aan de slag en weldra was er een open ruimte midden in de kamer.

Cotton liep de gang in en opende Amanda's deur. 'Miss Amanda, we hebben vanavond een aantal populaire deuntjes; ik hoop dat u er met plezier naar zult luisteren.'

Hij kwam weer naar de kamer terug.

'Waarom hebt u de meubels verplaatst?' vroeg Lou.

Lachend trok Cotton zijn jasje uit. 'Omdat je niet alleen maar kunt luisteren, je moet één worden met de muziek.' Hij maakte een diepe buiging voor Lou. 'Mag ik deze dans van u, mevrouw?'

Lou voelde dat ze begon te blozen bij deze formele uitnodiging. 'Cotton, je bent gek, echt waar.'

Oz zei: 'Vooruit, Lou, je kunt goed dansen.' Hij voegde eraan toe: 'Mam heeft het haar geleerd.'

Ze dansten. In het begin wat stuntelig, maar weldra hadden ze het ritme gevonden en wervelden ze de kamer rond. Iedereen lachte om het stel en Lou zelf giechelde.

Opgewonden, zoals zo vaak, holde Oz naar Amanda's kamer. 'Mam, we dansen, we dansen!' Snel kwam hij terug om weer te kijken.

Louisa bewoog haar handen op de maat en tikte met haar voet op de vloer. Diamond liep naar haar toe.

'Wilt u een dansje wagen, miss Louisa?'

Ze pakte zijn handen. 'Dat is het beste wat me in jaren is gevraagd.'

Het paar voegde zich bij Cotton en Lou, waarna Eugene Oz omhoogtrok tot hij op zijn tenen stond. Ze dansten met de anderen mee.

De muziek en het gelach zweefden de gang door tot in Amanda's kamer. Sinds ze hier waren gekomen, was de winter overgegaan in de lente, en de lente in de zomer. Al die tijd was er geen verandering opgetreden in Amanda's toestand. Lou zag het als positief bewijs dat haar moeder nooit meer bij hen zou terugkeren, terwijl Oz, optimistisch als altijd, het als een goede zaak beschouwde omdat zijn moeder er niet slechter aan toe leek. Ondanks haar sombere gedachten over haar moeders toekomst, hielp het meisje Louisa elke dag om Amanda te wassen, en ook wasten ze elke week haar haren. Lou en

Oz verlegden hun moeder geregeld en deden dagelijks oefeningen met haar armen en benen. Er kwam echter geen enkele reactie van haar kant; ze lag maar te liggen, met gesloten ogen en bewegingloze ledematen. Ze was niet dood, maar wat haar moeder dan wel was kon je ook niet levend noemen, dacht Lou vaak. Er gebeurde nu echter iets vreemds toen de muziek en het gelach in haar kamer hoorbaar werden. Als het mogelijk was om te glimlachen zonder een spier van je gezicht te vertrekken, had Amanda het misschien heel even gedaan.

In de voorkamer was de muziek na een paar platen overgegaan in klanken waarbij iemand het liefst zou willen springen. De partners hadden ook gewisseld: Lou en Diamond huppelden en sprongen met jeugdige energie; Cotton zwierde Oz in de rondte en Eugene – ondanks zijn slechte been – en Louisa voerden een bescheiden jitterbug uit.
Na een poosje verliet Cotton de dansvloer. Hij liep naar Amanda's slaapkamer en ging naast haar zitten. Zachtjes begon hij tegen haar te spreken. Hij vertelde haar de dagelijkse nieuwtjes, hoe het met de kinderen ging, sprak over het volgende boek dat hij haar wilde voorlezen. Allemaal heel gewone gespreksstof, waarvan Cotton vurig hoopte dat ze die kon horen en erdoor aangemoedigd zou worden. 'Ik heb geweldig genoten van de brieven die je aan Louisa hebt geschreven. Er spreekt een enorme geestkracht uit je woorden. Ik verlang er erg naar om je persoonlijk te leren kennen, Amanda.' Heel voorzichtig pakte hij haar handen en bewoog die langzaam op de maat van de muziek.
De klanken zweefden naar buiten en het licht drong door de duisternis. Eén gestolen moment leek iedereen in het huis zich gelukkig en tevreden te voelen.

De kleine kolenmijn op Louisa's land lag ongeveer 3 kilometer van het huis. Er leidde een platgetreden paadje heen dat uitkwam op een zandweg die naar de boerderij terugkronkelde. De opening van de mijn was hoog en breed genoeg om een muilezel met een slede door te laten, wat ze elk jaar deden om kolen te halen, waarmee het huis 's winters werd verwarmd. De maan werd nu bedekt door dikke wolken, zodat de ingang met het blote oog niet te zien was.

161

In de verte knipperde een lichtje, als een vuurvlieg. Daarna nog een lichtflits, en nog een. Langzaam kwam het groepje mannen uit de duisternis tevoorschijn. Ze liepen in de richting van de mijn; het licht bleek afkomstig van olielampen. De mannen droegen veiligheidshelmen waar carbidlantaarns aan bevestigd waren. Voor ze de mijn in gingen nam iedere man zijn helm af, vulde het reservoir van de lantaarn met vochtig gemaakte carbidkorrels, draaide aan het schroefje waardoor de pit omhoogkwam en stak een lucifer aan. Een tiental lantaarns gloeide tegelijkertijd op.

Een van de mannen, groter dan alle overigen, riep de mannen bijeen. Ze vormden een gesloten groep. Zijn naam was Judd Wheeler en hij had het grootste deel van zijn leven doorgebracht met het onderzoeken van aarde en rotsen, speurend naar waardevolle zaken. In zijn ene, grote hand hield hij een lange rol papier, die hij nu openvouwde, terwijl een van de mannen het licht van zijn lantaarn erop liet schijnen. Het papier bevatte gedetailleerde tekeningen en woorden. Bovenaan stond in forse letters: SOUTHERN VALLEY KOLEN- EN GAS-ONDERZOEK.

Terwijl Wheeler zijn mannen instructies gaf over wat er die nacht gedaan moest worden, voegde een andere man, die uit het donker was komen aanlopen, zich bij hen. Hij droeg een vilthoed en oude kleren. George Davis had eveneens een olielamp bij zich. Hij scheen heel opgewonden bij het zien van al die activiteit. Geanimeerd sprak Davis een paar minuten met Wheeler en daarna liepen ze allemaal de mijn in.

•25•

De volgende ochtend werd Lou vroeg wakker. De klanken van de muziek waren haar de hele nacht bijgebleven en ze had prettig gedroomd. Ze rekte zich uit, stapte voorzichtig uit bed en liep naar het raam om naar buiten te kijken. De zon was juist opgekomen en ze wist dat ze naar de stal moest om de koeien te melken, een taak die ze snel en graag op zich had genomen. Ze was gesteld geraakt op de koelte van de stal in de vroege ochtend en ook op de geur van de koeien en het hooi. Soms klom ze naar de hooizolder, waar ze de deuren openduwde om vanuit de hoogte uit te kijken over het land en te luisteren naar de geluiden van vogels en kleine dieren die zich in de bomen, op de akker en tussen het hoge gras voortbewogen, en om het briesje op te vangen dat er altijd leek te staan.

Dit was weer zo'n ochtend met een vlammende hemel, sombere bergen, het speelse opstijgen van vogels, de bewegingen van dieren, bomen en bloemen. Lou was er echter niet op voorbereid om Diamond en Jeb te zien, die uit de stal wegglipten en langs de weg uit het zicht verdwenen.

Ze kleedde zich snel aan en ging naar beneden. Louisa had het eten al op tafel gezet, maar Oz was er nog niet.

'Het was leuk, gisteravond,' zei Lou, nadat ze aan tafel was gaan zitten.

'Je zult er nu waarschijnlijk om lachen, maar toen ik jong was kon ik heel aardig dansen,' merkte Louisa op. Ze zette brood met reuzel en een glas melk voor Lou op de tafel neer.

'Diamond heeft zeker in de stal geslapen,' zei Lou, terwijl ze een hap nam. 'Worden zijn ouders niet ongerust over hem?' Ze wierp een zijdelingse blik op Louisa en voegde eraan toe: 'Of misschien moet ik vragen of hij wel ouders heeft.'

Louisa zuchtte diep. 'Zijn moeder is bij zijn geboorte gestorven. Dat gebeurt hier vaak. Veel te vaak. Vier jaar geleden is zijn vader haar gevolgd.'

Lou legde haar brood neer. 'Hoe is zijn vader gestorven?'

'Dat gaat ons niet aan, Lou.'

'Heeft het iets te maken met wat Diamond gedaan heeft met de auto van die man?'

Louisa ging zitten en trommelde met haar vingers op de tafel.

'Toe, Louisa, zeg het me. Ik wil het graag weten. Ik ben erg op Diamond gesteld. Hij is mijn vriend.'

'Een ontploffing in een van de mijnen,' zei Louisa kortaf. 'Er was een aardverschuiving op een heuvel. Een heuvel waar Donovan Skinner aan het werk was.'

'Bij wie woont Diamond dan nu?'

'Hij is een wilde vogel. Als je hem in een kooi zet, kwijnt hij weg en gaat dood. Als hij iets nodig heeft komt hij bij mij.'

'Moesten de mensen van de mijn schadevergoeding betalen?'

Louisa schudde haar hoofd. 'Hun advocaten hebben een smerige streek uitgehaald. Cotton heeft geprobeerd te helpen, maar hij kon weinig doen. Southern Valley heeft in dit gebied veel macht.'

'Arme Diamond.'

'De jongen heeft zich er in elk geval niet zonder meer bij neergelegd,' zei Louisa. 'Op een keer vielen de wielen van een gemotoriseerd wagentje eraf toen het uit de mijn kwam. Toen wilde een kolensilo niet open en moesten ze mensen uit Roanoke laten komen. Die vonden een steen in het raderwerk. Diezelfde mijnopzichter zat een keer op de wc, buiten in een hokje, en dat viel om. De deur kon niet meer open en hij heeft er een vervelend uurtje in doorgebracht. Tot de dag van vandaag is niemand erachter gekomen wie het heeft omgegooid of hoe dat touw eromheen is gekomen.'

'Heeft Diamond er ooit problemen door gekregen?'

'Henry Atkins is de rechter. Hij is een goede man en hij wist hoe de zaak ervoor stond, dus het is nooit verder onderzocht. Maar Cotton bleef met Diamond praten en ten slotte hielden die streken op.' Ze zweeg. 'Tenminste, tot die paardenmest in de auto van de opzichter werd gevonden.'

Louisa draaide zich om maar Lou had de brede lach op het gezicht van haar overgrootmoeder al gezien.

Lou en Oz reden elke dag op Sue en ze waren nu zover gekomen dat Louisa verklaarde dat ze goede, bekwame ruiters waren. Lou vond het heerlijk om op Sue te rijden. Ze kon vanaf haar hoge zitplaats de hele wereld zien, dacht ze, en het lichaam van de merrie was zo breed dat het onmogelijk scheen om eraf te vallen.

Wanneer ze 's morgens klaar waren met hun werk gingen ze met Diamond zwemmen in Scott's Hole, een poel waar Diamond zijn vrienden mee naartoe had genomen en waarvan hij beweerde dat die bodemloos was. Naarmate de zomer langer duurde werden Lou en Oz donkerbruin; Diamond kreeg alleen nog grotere sproeten.

Eugene ging mee zo vaak hij tijd had en Lou was verbaasd te horen dat hij pas 21 was. Hij kon niet zwemmen, maar de kinderen verhielpen het snel en weldra beheerste Eugene verschillende slagen en kon hij zelfs kopjeduikelen in het koele water, ongehinderd door zijn slechte been.

Ze speelden honkbal in een grasveld dat ze hadden gemaaid met de zeis. Eugene had een bat gemaakt van een eiken plank, die hij aan één eind smal had afgeschaafd. Ze gebruikten Diamonds versleten bal en maakten een andere van een stuk rubber, dat ze omwikkelden met schapenwol en touw. De honken waren stukken steen die in een rechte lijn waren neergelegd. Volgens Diamond was dit de juiste manier, hij noemde het honkbal op zijn stads. Lou, die een fan was van de New York Yankees, zei er niets van, ze gunde de jongen zijn pleziertje. Geen van hen, zelfs Eugene niet, kon een bal raken die Oz had geworpen; de jongen gooide snel en slim.

Heel wat middagen speelden ze *The Wizard of Oz* na, wat ze vergeten waren verzonnen ze zelf, en er waren andere scènes waarvan ze in hun jeugdig enthousiasme vonden dat ze verbeterd konden worden. Diamond was verslaafd aan de Vogelverschrikker; Oz moest natuurlijk de Laffe Leeuw zijn, en bij gebrek aan beter was Lou de harteloze Blikken Man. Eenstemmig riepen ze Eugene uit tot de Grote, Machtige Wizard. Hij kwam achter een rots vandaan en bulderde de zinnen die ze hem hadden geleerd zo hard en met zo veel gespeelde boosheid, dat Oz, de Laffe Leeuw, aan Eugene, de Machtige Wizard, vroeg of het alsjeblieft een beetje minder kon. Ze voerden tal van felle gevechten met vliegende apen en smeltende heksen, en met een beetje vindingrijkheid en veel geluk op het juiste moment werd het kwade altijd overwonnen door het goede, op die prachtige berg in Virginia.

Diamond vertelde dat hij 's winters schaatste op het bevroren Scott's Hole en dat hij met een korte bijl een stuk bast van een eikenboom hakte en dat als slee gebruikte om langs de beijzelde berghelling omlaag te suizen met een snelheid die nog niet eerder door een mens was behaald. Hij zei dat hij hun graag zou tonen hoe hij het deed, maar dat ze geheimhouding moesten zweren, anders zouden de verkeerde mensen erachter komen en met die waardevolle kennis de wereld overnemen.

Lou liet nooit merken dat ze het wist van Diamonds ouders. Na uren te hebben gespeeld namen ze afscheid, Lou en Oz reden dan naar huis op Sue, of om de beurt met Eugene, als die bij hen was. Diamond bleef altijd achter om nog wat te gaan zwemmen of met de bal te gooien. Hij zei dikwijls dat hij kon doen waar hij zin in had.

Op weg naar huis, na een van hun uitstapjes, besloot Lou om een andere weg te nemen. Er hing een dunne mist boven de bergen toen zij en Oz de boerderij van achteren naderden. Op een heuveltje, ongeveer een kilometer van het huis, liet Lou het paard stilhouden. Oz zat nerveus achter haar.

'Vooruit, Lou, we moeten terug. We hebben nog werk te doen.'

Het meisje steeg echter af, zodat Oz de teugels moest grijpen, waarbij hij haast van het paard viel. Boos riep hij haar iets na, maar ze leek het niet te horen.

Lou liep naar de kleine, door mensenhanden gemaakte open plek in de diepe schaduw van een altijdgroene boom en knielde neer. De grafkruisen waren eenvoudige stukken hout, door verwering grijs geworden. Er was kennelijk veel tijd overheen gegaan. Lou las de namen van de doden en de tussen haakjes geplaatste data van hun bestaan, die diep in het hout waren gekerfd en waarschijnlijk nog even leesbaar waren als op de dag dat ze waren uitgesneden.

De eerste naam was Joshua Cardinal. Uit zijn geboorte- en sterfjaar maakte Lou op dat hij Louisa's man geweest moest zijn, hun overgrootvader. Hij was overleden op zijn tweeënvijftigste – geen lang leven, dacht Lou. Op het tweede kruis stond een naam die Lou van haar vader had gehoord. Jacob Cardinal was zijn vader geweest, dus de grootvader van haar en Oz. Terwijl ze de naam hardop las, kwam Oz naar haar toe. Hij knielde op het gras, nam zijn strohoed af, maar zei niets. Hun grootvader was toen hij stierf zelfs nog jonger geweest dan zijn vader. Was er hier iets mis, vroeg Lou zich af. Maar toen bedacht ze hoe oud Louisa was en haar verwondering verdween.

Het derde kruis leek het oudst. Er stond alleen een naam op, geen geboorte- of sterfdatum.

'Annie Cardinal,' zei Lou hardop. Een poosje bleef het tweetal geknield liggen, kijkend naar de houten kruisen die de rustplaats aangaven van familieleden die ze niet hadden gekend. Eindelijk stond Lou op, ze greep de borstelige manen van het paard, klom erop en daarna hees ze Oz omhoog. De hele weg terug zeiden ze geen woord.

Die avond, tijdens het eten, stond Lou meer dan eens op het punt om Louisa te vragen naar wat ze hadden gezien, maar iets weerhield haar ervan. Oz was even nieuwsgierig, maar als altijd volgde hij zijn zus' voorbeeld. Er was tijd genoeg, dacht Lou, om een antwoord te krijgen op al hun vragen. Voor ze die avond ging slapen liep Lou de achterveranda op om naar het heuveltje te kijken. Zelfs bij het licht van de maansikkel kon ze van hier het kerfhof niet zien, maar ze wist nu waar het was. Ze had nooit veel belangstelling gehad voor overledenen, zeker niet sinds de dood van haar vader. Nu wist ze dat ze binnenkort opnieuw naar die begraafplaats zou gaan, om nog een keer te kijken naar die simpele, houten kruisen die in de aarde waren gezet en waarin de namen van haar vlees en bloed waren gekerfd.

•26•

Een week later verscheen Cotton met Diamond en deelde Amerikaanse vlaggetjes uit aan Lou, Oz en Eugene. Hij had ook een grote jerrycan benzine bij zich, die hij in de tank van de Hudson gooide. 'We passen niet met zijn allen in de Olds,' verklaarde hij. 'Ik heb een onroerendgoedprobleem opgelost voor Leroy Meekins, de man van het Esso-benzinestation. Leroy betaalt niet graag contant, dus je zou kunnen zeggen dat ik nu rijk ben aan olieproducten.'

Met Eugene aan het stuur reed het vijftal naar Dickens om naar de optocht te gaan kijken. Louisa bleef thuis om op Amanda te passen, maar ze beloofden dat ze iets voor haar zouden meebrengen.

Ze aten hotdogs met grote klodders mosterd en ketchup, en suikerspinnen, en ze dronken zoveel priklimonade dat de kinderen geregeld naar de openbare toiletten moesten rennen. Overal waar ruimte was, stonden kraampjes met kermisattracties en Oz stortte zich op alles waar met iets gegooid moest worden om iets anders omver te werpen. Lou kocht een mooie hoed voor Louisa, die ze Oz liet dragen in een papieren zak.

De stad was versierd met rood, wit en blauw en zowel de inwoners als de mensen uit de bergen stonden rijen dik aan weerszijden van de straat toen de versierde wagens voorbijkwamen. De praalwagens werden getrokken door paarden, ezels of auto's en ze stelden de belangrijkste momenten voor uit de geschiedenis van Amerika, die voor de meeste inwoners van Virginia allemaal hadden plaatsgevonden in het Gemenebest. Op een van de wagens zat een groep kinderen die de oorspronkelijke dertien koloniën uitbeeldden. Eén jongen droeg de vlag van Virginia, die veel groter was dan de vlaggen die de andere kinderen bij zich hadden, en hij had ook het mooiste kostuum. Een regiment oorlogsveteranen met hun onderscheidingen trok voorbij, onder wie verscheidene mannen met lange baarden en magere lichamen die er trots op waren dat ze zowel onder de eerbiedwaardige Bobby Lee hadden gediend als onder de fanatiekvrome Stonewall Jackson.

Een van de wagens, gesponsord door Southern Valley, was gewijd aan de mijnbouw en werd getrokken door een goudgeschilderde Chevrolet-truck. Er was geen mijnwerker met een zwart gezicht en een zwakke rug te zien, maar midden op de wagen, op een platform dat een kolensilo moest voorstellen, stond een knappe, jonge vrouw met blond haar, een volmaakte huid en schitterend witte tanden. Ze had een sjerp om waarop MISS KOLENMIJN 1940 stond en ze zwaaide met haar hand, zo mechanisch als een opwindpoppetje. Zelfs de domste mensen uit het publiek konden waarschijnlijk het verband leggen tussen brokken zwarte steenkool en de pot vol goud die het opleverde. De mannen en jongens reageerden op de passerende schoonheid zoals te verwachten viel: met gejuich en gefluit. Naast Lou stond een oude, gebochelde vrouw die vertelde dat haar man en drie zonen allemaal in de mijnen werkten. Ze bekeek het meisje minachtend en daarna verklaarde ze dat dat jonge ding kennelijk van haar leven niet in de buurt van een kolenmijn was geweest. En dat ze nog geen brok steenkool zou herkennen, al zou ze erover struikelen.

Hooggeplaatste afgevaardigden van het stadsbestuur hielden gewichtige toespraken die enthousiast applaus aan de burgers ontlokten. De burgemeester sprak vanaf een voor dat doel opgericht podium, met glimlachende, duurgeklede mannen naast zich die volgens Cotton Southern Valley vertegenwoordigden. De burgemeester was jong en energiek; zijn haar was glad achterovergekamd, hij droeg een mooi kostuum en een fraai horloge aan een ketting. Met grenzeloos enthousiasme en een stralende glimlach hief hij zijn handen ten hemel, alsof hij op het punt stond de regenbogen die misschien zouden langskomen, uit de lucht te plukken.

'Kolen zijn een koninkrijk,' verklaarde de burgemeester in een metalig klinkende microfoon die bijna even groot was als zijn hoofd. 'Nu aan de andere kant van de Atlantische Oceaan de oorlog de kop opsteekt en de machtige Verenigde Staten van Amerika in koortsachtig tempo schepen, kanonnen en tanks bouwen, zal de vraag van de staalfabrieken naar kolen, onze goede, vaderlandse kolen uit Virginia, een hoogtepunt bereiken. Hier heerst welvaart in overvloed, en zo zal het blijven,' zei de burgemeester. 'Niet alleen onze kinderen zullen leven in de geweldige, Amerikaanse droom, maar hún kinderen eveneens. En dat alles hebben we te danken aan het goede werk van bedrijven als Southern Valley en hun niet-aflatende inspanningen om het zwarte goud omhoog te halen dat deze stad groot maakt. Ik verzeker u, mensen, dat wij het New York van het zuiden worden. Op een dag zal iemand terugkijken en zeggen: "Wie had kunnen denken dat het lot zoveel goeds in petto had voor de mensen van Dickens in Virginia?" Maar u weet dat al, omdat ik het u nu zeg. Hiep, hiep, hoera voor Southern Valley en voor Dickens in Virginia.' De uitbundige burgemeester gooide zijn strohoed hoog in de lucht. Het publiek juichte met hem mee en er werden meer hoeden in het wervelende briesje meegevoerd. Hoewel Diamond, Lou, Oz, Eugene en Cotton ook applaudisseerden en de kinderen vrolijk tegen elkaar lachten, viel het Lou op dat op Cottons gezicht niet louter optimisme te lezen stond.

Toen het donker werd keken ze naar het vuurwerk dat de hemel kleurde. Na afloop daarvan klommen ze in de Hudson en reden de stad uit. Terwijl ze het gerechtsgebouw passeerden vroeg Lou Cotton naar de toespraak van de burgemeester en zijn gematigde reactie erop.

'Nou, ik heb deze stad al eerder zien opbloeien om daarna in verval te raken,' zei de advocaat. 'En dat gebeurt meestal wanneer de politici en de zakenlui het hardst staan te juichen. Ik weet het gewoonweg niet. Misschien is het deze keer anders, maar ik kan er niets van zeggen.'

Lou bleef erover nadenken terwijl ze het rumoer van de feestelijkheden achter zich lieten. Even later waren de geluiden niet meer te horen, ze hadden plaatsgemaakt voor de wind die tussen de rotsen en de bomen door floot tijdens hun rit omhoog.

Er was niet veel regen gevallen, maar Louisa maakte zich nog niet ongerust, hoewel ze elke avond bad dat de hemel zich zou openen en een paar flinke stortbuien zou loslaten. Ze waren het maïsveld aan het wieden, het was een hete dag en de vliegen en muggen waren bijzonder lastig. Lou schoffelde de aarde, het leek haar weinig zin te hebben. 'We hebben de korrels al geplant. Kunnen ze niet vanzelf groeien?'

'Er kan heel wat verkeerd gaan op een boerderij, en bijna altijd gebeurt dat ook een paar keer,' antwoordde Louisa. 'En het werk is nooit gedaan, Lou. Zo gaat het hier nu eenmaal.'

Lou legde de schoffel over haar schouder. 'Dan kan ik alleen maar zeggen dat ik hoop dat deze maïs goed zal smaken.'

'Dit is voedermaïs,' zei Louisa. 'Voor de dieren.'

Lou liet de schoffel bijna vallen. 'Doen we dit allemaal om de dieren te voeren?'

'Ze werken hard voor ons, dus wij moeten hetzelfde voor hen doen. Zij moeten ook eten.'

'Ja, Lou,' zei Oz, terwijl hij driftig op de aarde aanviel. 'Hoe kunnen zwijnen vet worden als ze niet eten? Vertel me dat maar eens.'

Naast elkaar bewerkten ze de hellingen waarop de maïs groeide, onder de brandende zon die zo laag stond dat Lou bijna begon te geloven dat ze haar hand kon uitsteken om hem te pakken. De sabel-sprinkhanen en de krekels tsjirpten hun liedjes overal om hen heen. Lou hield op met schoffelen toen ze Cottons auto bij het huis zag stoppen. Hij stapte uit.

'Omdat Cotton mam elke dag komt voorlezen, gelooft Oz dat ze beter zal worden,' zei Lou tegen Louisa, ervoor zorgend dat haar broertje haar niet hoorde.

Louisa bewerkte de grond met de energie van een jonge vrouw en de vaardigheid van een oude. 'Je hebt gelijk, het is toch verschrikkelijk dat Cotton je moeder helpt.'

'Zo bedoelde ik het niet. Ik mag Cotton graag.'

Louisa stopte. Op haar schoffel leunend zei ze: 'Je hebt gelijk, Cotton Longfellow is een goede man; een betere bestaat er niet. Sinds hij hier is gekomen heeft hij me al door heel wat moeilijke tijden heen geholpen. Niet alleen met zijn kennis van de wet, maar ook met zijn sterke rug. Toen Eugene zijn been ernstig bezeerd had kwam Cotton hier een maand lang elke dag op het land werken, terwijl hij in Dickens veel geld had kunnen verdienen. Hij helpt je moeder omdat hij graag wil dat ze beter wordt. Hij wil dat ze jou en Oz weer in haar armen kan nemen.'

Lou zei niets. Het kostte haar moeite de schoffel te hanteren, ze hakte meer dan dat ze de grond loswoelde. Louisa nam er even de tijd voor om het haar nog een keer voor te doen en daarna had Lou snel de juiste techniek te pakken.

Een poosje bleven ze zwijgend doorwerken, tot Louisa zich oprichtte en haar rug wreef. 'Mijn lichaam zegt me dat ik het een beetje kalmer aan moet doen. Maar mijn lichaam wil de volgende winter wel eten.'

Lou keek over het land. De hemel leek vandaag met olieverf geschilderd te zijn en de bomen schenen elke open plek te vullen met verlokkend groen.

'Waarom is pap nooit teruggekomen?' vroeg ze zacht.

Louisa volgde Lou's blik. 'Er is geen wet die zegt dat iemand terug moet keren naar zijn ouderlijk huis,' zei ze.

'Maar hij beschreef het in al zijn boeken. Ik weet dat hij het hier prachtig vond.'

Louisa bleef het meisje even aanstaren, toen zei ze: 'Laten we iets kouds gaan drinken.' Ze zei Oz dat hij een poosje moest rusten en dat ze water voor hem zouden meebrengen. Onmiddellijk liet hij zijn schoffel vallen, raapte een paar stenen op en begon ermee te gooien, bij elke worp juichend en schreeuwend zoals alleen kleine jongens dat kunnen doen. De laatste tijd was hij begonnen een blikje op een paal te zetten; daar mikte hij dan net zolang op tot hij het eraf gooide. Hij was er zo bedreven in geworden dat hij nu al met één krachtige worp het blikje raakte.

Ze lieten hem achter met zijn spelletje en gingen naar het bronhuisje, dat tegen een steile helling onder het huis stond, in de schaduw van een overhangende eik, essen en een muur van reuzenrododendrons. Naast het schuurtje stond de gespleten stam van een populier, waar de punt van een grote honingraat bovenuit stak. Een zwerm bijen gonsde erboven.

Van een spijker in de wand pakten ze metalen kroezen, die ze met water vulden, daarna gingen ze buiten zitten om te drinken. Louisa tilde de groene bladeren van een bergclematis op die naast de bron groeide, zodat de prachtige, paarse bloemen die eronder schuilgingen, zichtbaar werden. 'Een van Gods geheimpjes,' verklaarde ze. Lou zat in de welkome schaduw met haar beker tussen haar knieën naar haar overgrootmoeder te kijken en te luisteren, terwijl deze andere interessante dingen aanwees. 'Daar heb je een wielewaal. Die zie je hier niet veel meer, ik weet niet waarom.' Ze wees naar een andere vogel op een esdoorntak. 'Dat is een chuck-will's-widow. Vraag me niet hoe het verdraaide beest aan zijn naam komt, want dat weet ik niet.' Ten slotte werden haar gezicht en haar stem ernstig.

'De moeder van je vader is hier nooit gelukkig geweest. Ze kwam van de Shenandoahvallei. Mijn zoon Jake ontmoette haar op de kermis. Ze trouwden, veel te snel, en zetten hier een huisje neer. Maar ik weet dat ze een echt stadsmens was. Het dal was voor haar een achtergebleven gebied. Lieve hemel, die bergen moeten er in de ogen van het arme meisje uitgezien hebben alsof hier de wereld was ontstaan. Maar ze had je vader en de volgende paar jaar kregen we de ergste droogte die ik ooit heb meegemaakt. Hoe minder regen er viel, des te harder we werkten. Mijn zoon verloor al gauw alles wat hij bezat en ze trokken bij ons in. Nog steeds geen regen. We aten al onze dieren op. We aten bijna alles op wat we hadden.' Louisa klemde haar handen in elkaar en daarna ontspande ze zich weer. 'Maar we hebben het gered. Toen kwam de regen en daarna hadden we het goed. Maar toen je vader zeven jaar was, had zijn moeder genoeg van het leven hier, en ze ging weg. Ze had nooit de moeite genomen iets van het boerenwerk te leren, ze kwam niet eens in de buurt van een koekenpan, dus Jake had ook niet veel aan haar.'

'Wilde Jake dan niet met haar mee?'

'O, dat denk ik wel, want ze was een knap ding, en een jongeman blijft een jongeman. Maar ze wilde niet dat hij meeging, als je me goed begrijpt, omdat hij afkomstig was uit de bergen en zo. En ze wilde haar eigen kind ook niet.' Louisa schudde haar hoofd bij die pijnlijke herinnering.

'Jake kwam er natuurlijk nooit overheen. Korte tijd later stierf zijn vader, dat maakte het er voor ons allemaal niet gemakkelijker op.' Louisa glimlachte. 'Je vader was het zonnetje in ons leven. Maar toch zagen we een man van wie we hielden elke dag een beetje doodgaan, en er was niets wat we konden doen. Twee dagen na de tiende verjaardag van je vader stierf Jake. Ze zeiden dat het een hartaanval was. Ik zeg dat hij stierf aan een gebroken hart. Toen waren alleen je vader en ik nog over. We hadden het goed samen, Lou, we hielden heel veel van elkaar. Maar je vader heeft ook veel verdriet gehad.' Ze zweeg om een slok van het koude water te nemen. 'Toch vraag ik me nog steeds af waarom hij niet één keer is teruggekomen.'

'Doe ik u aan hem denken?' vroeg Lou zacht.

Louisa lachte. 'Hetzelfde vuur, dezelfde koppigheid. Maar ook een groot hart. Zoals je met je broertje omgaat. Je vader maakte me altijd twee keer per dag aan het lachen. Wanneer ik opstond en vlak voor ik naar bed ging. Hij zei dat hij wilde dat ik mijn dag begon en eindigde met een lach.'

'Ik wilde dat mam ons u had laten schrijven. Ze zei dat ze het een keer zou doen, maar het is er nooit van gekomen.'

'Ik wist niet wat me overkwam toen ik haar eerste brief kreeg. Ik heb haar een paar keer teruggeschreven, maar mijn ogen zijn niet meer zo best. En papier en postzegels zijn schaars.'

Lou leek niet op haar gemak. 'Mam heeft pap gevraagd om naar Virginia te verhuizen.'

Louisa keek verbaasd. 'Wat zei je vader?'

Lou kon haar niet de waarheid vertellen. 'Dat weet ik niet.'

'O,' was Louisa's enige reactie.

Lou merkte dat ze boos op haar vader begon te worden. Ze kon zich niet herinneren dat het ooit eerder was gebeurd.

'Ik kan niet geloven dat hij u helemaal alleen hier achterliet.'

'Ik wilde dat hij wegging. De bergen zijn geen plaats voor iemand als hij. Die jongen moest meer van de wereld zien. En je vader is me al die jaren blijven schrijven. Hij stuurde me geld, hoewel hij zelf niet veel had. Hij is goed voor me geweest. Daarom mag je nooit slecht over hem denken.'

'Had u er geen verdriet van dat hij niet terugkwam?'

Louisa sloeg haar arm om het meisje heen. 'Hij ís teruggekomen. Nu heb ik de drie mensen van wie hij op de hele wereld het meest hield.'

Het was een zware tocht geweest over een smal pad, dat op veel plekken zo overwoekerd was dat Lou moest afstappen en de merrie met zich moest meevoeren. Het was wel een mooie rit, want de vogels zongen dat het een lust was en bloeiende munt stak tussen stapels leisteen uit. Ze was langs geheime, beschutte plekjes gekomen met overhangende wilgen, omgeven door rotsen. In veel van die holten ontsprong borrelend bronwater. Er waren verwaarloosde akkers van langverdwenen boerderijen, brem kroop omhoog langs de stenen skeletten van schoorstenen zonder huizen.

Eindelijk kwam Lou, de aanwijzingen die Louisa haar had gegeven volgend, bij het huisje op de open plek. Ze bekeek het bouwsel. Het leek waarschijnlijk dat over een paar jaar dit huisje ook zou worden opgeslokt door de begroeiing die er aan alle kanten tegen duwde. Bomen hingen over het dak, dat bijna evenveel gaten vertoonde als planken. Op verscheidene plekken ontbrak vensterglas; een jong boompje groeide door een opening in de veranda en wilde sumak klemde zich vast aan de versplinterde leuning. De voordeur hing aan één enkele spijker en was vastgebonden, zodat hij altijd bleef openstaan. Boven de deur was een hoefijzer vastgespijkerd, om geluk te brengen, nam Lou aan, en het huis zag ernaar uit dat het wel wat geluk kon gebruiken. Het land eromheen was eveneens geheel overwoekerd. Toch was het erf keurig aangeveegd, er lag geen afval en naast het huis groeide een bed pioenen, met een seringenboom erachter, en een grote sneeuwbalstruik bloeide uitbundig naast een kleine put met een zwengel. Tegen een latwerk aan de zijkant van het huis klom een rozenstruik. Lou had wel eens gehoord dat rozen het beste groeiden wanneer ze verwaarloosd werden. Als het waar was, was dit de meest verwaarloosde rozenstruik die Lou ooit gezien had, want de takken bogen door onder het gewicht van de dieprode bloemen. Jeb kwam om de hoek en blafte tegen ruiter en paard. Toen Diamond het huis uit kwam, bleef hij doodstil om zich heen staan kijken, blijkbaar op zoek naar een plek om zich snel te verstoppen, maar die kon hij zo gauw niet vinden.

'Wat doe jíj hier?' vroeg hij eindelijk.

Lou liet zich van het paard glijden en ging op haar knieën liggen om Jeb aan te halen. 'Ik kwam op bezoek. Waar zijn je ouders?'

'Pa werkt. Ma is naar McKenzies.'

'Doe ze de groeten maar van me.'

Diamond stak zijn handen diep in zijn zakken en wreef met één blote teen over de andere. 'Hoor eens, ik moet van alles doen.'

'Wat bijvoorbeeld?' vroeg Lou, die was opgestaan.

'Vissen. Ik moet gaan vissen.'

'Nou, dan ga ik toch met je mee?'

Hij keek haar met scheefgehouden hoofd aan. 'Kan jij vissen?'

'Er zijn een hoop visstekjes in Brooklyn.'

Ze stonden op een geïmproviseerde steiger, gemaakt van een paar ruwe, eiken planken die niet aan elkaar gespijkerd waren maar tussen de rotsen waren geklemd die uit de oever van de rivier staken. Diamond sloeg een kronkelende, roze worm aan de haak en Lou keek vol afgrijzen toe. Dat ze jongensachtig was, was tot daaraan toe, maar een worm bleef een worm. Hij gaf haar de extra hengel.

'Gooi dáár je lijn maar uit.'

Aarzelend pakte Lou de hengel aan.

'Heb je hulp nodig?'

'Ik kan het wel.'

'Kijk, dit is een zuidelijke hengel, en ik denk dat jij misschien gewend bent aan die nieuwerwetse noordelijke hengels.'

'Je hebt gelijk. Het enige wat ik ooit gebruik is een noordelijke hengel.'

Het sierde Diamond dat hij geen spier vertrok. Hij nam de hengel van haar over, liet zien hoe ze die moest vasthouden en gooide daarna ver in.

Lou lette goed op zijn techniek, ze gooide een paar maal om het te proberen en daarna legde ze behoorlijk ver in.

'Nou, dat was bijna net zo goed als ik kan gooien,' zei Diamond met al zijn zuidelijke bescheidenheid.

'Geef me een paar minuten, dan doe ik het beter dan jij,' zei ze slim.

'Je moet er wel vis mee vangen,' zei Diamond bij wijze van grapje.

Een halfuur later had Diamond zijn derde baars aan de haak geslagen en haalde die met rustige bewegingen naar de kant. Lou keek naar hem met gepast ontzag voor zijn vaardigheid, maar ze wilde zich niet laten kennen en verdubbelde de pogingen haar vismakker te overtroeven.

Eindelijk, zonder waarschuwing, kwam haar lijn strak te staan en werd ze naar het water toe getrokken. Alsof ze een zweep hanteerde rukte ze de hengel naar achteren en een dikke baars kwam half boven water.

'Lieve hemel,' zei Diamond toen hij de vis omhoog zag komen en in het water terugvallen. 'Dat is de grootste baars die ik ooit gezien heb.' Hij stak zijn hand uit naar de hengel.

Lou riep: 'Ik heb hem, Diamond!' De jongen ging een stap achteruit en bleef kijken terwijl meisje en vis het met vrijwel gelijke kracht uitvochten. Eerst scheen Lou te winnen, de lijn trok strak en werd daarna weer slap, terwijl Diamond raadgevingen en aanmoedigingen schreeuwde. Lou gleed en glibberde over de wankele steiger en opnieuw zou ze bijna te water geraakt zijn als Diamond haar niet bij haar tuinbroek had gegrepen om haar achteruit te trekken.

Ten slotte werd Lou moe. Hijgend bracht ze uit: 'Ik kan wel wat hulp gebruiken, Diamond.'

Nu ze gezamenlijk aan de hengel en de lijn trokken werd de vis al snel naar de kant gehaald. Diamond bukte zich, sleurde de vis uit het water en gooide hem op de planken, waar de baars heftig bleef spartelen. Hij was dik en vet, het zou een lekker hapje zijn, zei Diamond. Lou ging op haar hurken zitten en keek trots naar haar vangst, al was ze er dan bij geholpen. Net toen ze de vis van dichtbij wilde bekijken, kronkelde hij nog een keer en sprong daarna in de lucht, waarbij de haak uit zijn bek losschoot. Lou gaf een gil en sprong achteruit, botste tegen Diamond op en ze tuimelden allebei in het water. Sputterend kwamen ze boven en zagen dat de vis zich over de rand van de steiger werkte, waarna hij in het water viel en in een oogwenk was verdwenen. Even keken Diamond en Lou elkaar wanhopig aan, daarna begonnen ze een gigantisch watergevecht. Hun gelach was vermoedelijk tot op de volgende berg te horen.

Lou zat voor het vuur, dat Diamond flink had opgestookt zodat ze zich konden drogen. Hij had een oude deken gepakt, die volgens Lou naar Jeb, schimmel of allebei rook, maar ze bedankte Diamond toen hij hem om haar schouders sloeg. Het interieur van Diamonds huis verraste haar, want het was opgeruimd en schoon, hoewel de weinige meubels kennelijk zelfgemaakt waren. Aan de muur hing een oude foto van Diamond en een man van wie Lou aannam dat het zijn vader was. Lou zag nergens foto's van zijn moeder. Terwijl het vuur harder ging branden was Jeb naast haar komen liggen, waar hij in zijn vacht naar vlooien begon te zoeken.

Handig maakte Diamond de door hem gevangen baarzen schoon, waarna hij er van kop tot staart een stokje doorheen stak om ze boven het vuur te roosteren. Hij schilde een appel en wreef het sap in de vis. Hij wees Lou hoe ze moest voelen waar de ruggengraat zat en hoe ze het stevige, witte vlees van de kleine graatjes kon peuteren. Ze aten met hun vingers; het smaakte erg lekker. 'Je vader was een knappe man,' zei Lou, naar de foto wijzend.

'Ja, dat was hij.' Met ingehouden adem keek hij naar Lou.

'Louisa heeft het me verteld,' zei ze.

Diamond stond op en porde met een kromme stok in het vuur. 'Het was niet aardig van haar om dat achter mijn rug te doen.'

'Waarom heb je het me niet uit jezelf verteld?'

'Waarom zou ik?'

'Omdat we vrienden zijn.'

Diamond leek niet meer zo geërgerd en hij ging weer zitten.

'Mis je je moeder?' vroeg Lou.

'Nee, hoe kan dat nou? Ik heb haar nooit gekend.' Met zijn ene hand streek hij over de afbrokkelende stenen, de klei en het paardenhaar van de haard, en zijn gezicht werd somber. 'Zie je, ze is gestorven toen ik geboren werd.'

'Dat geeft toch niet, Diamond. Je kunt haar toch wel missen, ook al heb je haar niet gekend.'

Diamond knikte; afwezig krabde hij met zijn duim over zijn vuile wang. 'Ik denk er wel aan hoe mijn ma eruit moet hebben gezien. Ik heb geen foto's van haar. Mijn pa heeft het me natuurlijk wel verteld, maar dat is niet hetzelfde.' Hij zweeg, schoof een houtblok opzij met de stok en zei daarna: 'Ik denk er het meest aan hoe haar stem zou zijn. En hoe ze rook. Hoe het licht op haar ogen en haar haren zou vallen. Maar ik mis mijn pa ook, want hij was een goede man. Hij heeft me alles geleerd wat ik moet weten: jagen, vissen.' Hij keek haar aan. 'Jij mist je pa zeker ook?'

Lou keek bedrukt. Even sloot ze haar ogen, daarna knikte ze. 'Ik mis hem.'

'Gelukkig heb je je moeder nog.'

'Nee, dat is niet zo. Ik heb geen moeder, Diamond.'

'Het ziet er nu misschien niet best uit, maar het komt wel goed. We raken mensen niet kwijt, behalve als we ze vergeten. Ik weet niet veel, maar dát weet ik wel.'

Lou wilde tegen hem zeggen dat hij het niet begreep. Zijn moeder was er niet meer, daar was geen twijfel aan. Met haar eigen moeder bevond ze zich in een soort drijfzand. En zíj moest er zijn, voor Oz.

Ze bleven naar de geluiden uit het bos zitten luisteren, waar bomen, insecten, dieren en vogels deden wat ze moesten doen.

'Waarom ga je niet naar school?' vroeg Lou.

'Ik ben veertien en ik red me best.'

'Je zei dat je de bijbel had gelezen.'

'Nou, ze hebben me er stukken uit voorgelezen.'

'Kun je wel je naam schrijven?'

'Waarom? Iedereen hier weet wie ik ben.' Hij stond op, pakte zijn zakmes en kerfde een X in een kaal stuk van de muur. 'Zo heeft mijn vader het zijn hele leven gedaan, en wat goed genoeg was voor hem, is ook goed genoeg voor mij.'

Lou sloeg de deken weer om zich heen en keek naar de dansende vlammen, maar een ijzige kilte trok door haar hele lichaam.

•27•

Op een bijzonder warme avond werd er luid op de deur gebonsd, juist toen Lou van plan was om naar bed te gaan. Toen Louisa opendeed kwam Billy Davis bijna naar binnen vallen.

Louisa pakte de trillende jongen vast. 'Wat is er, Billy?'

'Mams baby komt.'

'Ik wist dat het haar tijd was. Is de vroedvrouw er al?'

De ogen van de jongen stonden wild, zijn armen en benen schokten alsof hij een zonnesteek had opgelopen. 'Die komt niet. Pa wil het niet.'

'Goede god, waarom niet?'

'Hij zegt dat ze een dollar rekenen. En dat wil hij niet betalen.'

'Dat is gelogen. Geen enkele vroedvrouw hier vraagt ook maar een dubbeltje.'

'Pa heeft nee gezegd. Maar ma zegt dat de baby niet goed ligt. Ik ben met de ezel gekomen om u te halen.'

'Eugene, span Hit en Sam voor de kar. Vlug een beetje,' zei Louisa.

Voor Eugene naar buiten ging, pakte hij het geweer van het rek en stak het Louisa toe. 'U kunt dit beter meenemen als u naar die man moet.'

Louisa schudde echter haar hoofd en keek naar de zenuwachtige Billy. Ten slotte lachte ze naar de jongen. 'Ik word beschermd, Eugene. Dat voel ik. Mij overkomt niets.'

Eugene bleef het geweer vasthouden. 'Laat mij dan met u meegaan. Die man is gek.'

'Nee, jij blijft bij de kinderen. Schiet op nu, maak de kar klaar.' Eugene aarzelde nog even, maar daarna deed hij wat hem was opgedragen.

Louisa zocht een paar dingen bij elkaar en deed die in een emmer.

Ze stak een stapeltje doekjes in haar zak, pakte een aantal schone lakens en liep naar de deur.

'Louisa, ik ga mee,' zei Lou.

'Nee, daar moet jij niet bij zijn.'

'Ik ga mee, Louisa. Als het niet in de kar is, dan op Sue, maar ik ga mee. Ik wil u helpen.' Ze keek naar Billy. 'En hen.'

Even dacht Louisa hierover na, toen zei ze: 'Misschien kan ik nog wel een extra paar handen gebruiken. Billy, is je vader erbij?'

'De merrie krijgt een veulen. Pa zegt dat hij niet uit de stal komt tot het geboren is.'

Nadat Louisa de jongen nog even had aangestaard, liep ze hoofdschuddend naar de deur.

Ze reden met de kar achter Billy aan. Hij reed op een oude muilezel met een witte snuit, die een stuk van zijn rechteroor miste. De jongen had een slingerende olielamp in zijn ene hand om hen bij te lichten. Het was zo donker, zei Louisa, dat je geen hand voor ogen kon zien.

'Je moet de ezels niet met de zweep raken, Lou. Sally Davis is er niet mee geholpen als we in de greppel belanden.'

'Is dat Billy's moeder?'

Louisa knikte terwijl de kar voorthobbelde. Aan weerszijden lag het dichte bos, het enige licht kwam van de zwaaiende lantaarn. Lou dacht dat die op een betrouwbaar baken leek, maar het kon ook een verraderlijke sirene zijn die hen schipbreuk wilde laten lijden.

'Zijn eerste vrouw is in het kraambed gestorven. De kinderen die hij bij de arme vrouw had gekregen zijn zo snel mogelijk bij hem weggegaan, voor hij hen zo hard kon laten werken, of slaan, of uithongeren, dat ze ook dood waren.'

'Waarom is Sally dan met hem getrouwd, als hij zo gemeen is?'

'Omdat hij eigen land bezit, en vee, en omdat hij een weduwnaar was met een sterke rug. Hier is dat zowat alles waar het opaan komt. En er was niemand anders voor Sally. Ze was pas vijftien.'

'Vijftien! Dat is maar drie jaar ouder dan ik.'

'Mensen trouwen hier jong. Ze krijgen snel kinderen, omdat ze een gezin willen stichten, om te helpen het land te bewerken. Zo gaat dat. Ik stond op mijn veertiende voor de dominee.'

'Ze had uit de bergen kunnen weggaan.'

182

'Ze wist niet beter. Dan is het griezelig om weg te gaan.'

'Hebt u er wel eens over gedacht om uit de bergen weg te trekken?'

De karrenwielen bleven ronddraaien terwijl Louisa erover nadacht. 'Het had gekund, als ik het gewild had. Maar diep in mijn hart geloof ik niet dat ik ergens anders gelukkiger zou zijn geworden. Ik ben een keer naar het dal geweest. Een vreemd gevoel, zoals de wind over dat vlakke land blaast. Ik vond het niet prettig. Die berg en ik kunnen meestal goed met elkaar opschieten.' Ze zweeg, haar ogen volgden het rijzen en dalen van het licht voor hen.

Lou zei: 'Ik heb de graven achter het huis gezien.'

Louisa verstijfde een beetje. 'O, ja?'

'Wie was Annie?'

Louisa sloeg haar ogen neer. 'Annie was mijn dochter.'

'Ik dacht dat u alleen Jacob had?'

'Nee, er was ook nog mijn kleine Annie.'

'Is ze jong gestorven?'

'Ze heeft maar een minuut geleefd.' Lou voelde de ontreddering van haar overgrootmoeder. 'Het spijt me. Ik was alleen nieuwsgierig naar mijn familie.'

Louisa leunde tegen de harde rugleuning van de bank en staarde naar de zwarte hemel alsof ze die voor het eerst zag.

'Ik heb het altijd moeilijk gehad wanneer ik een baby verwachtte. Ik wilde graag een groot gezin, maar ik verloor de kinderen steeds, lang voordat ze geboren moesten worden. Lange tijd dacht ik dat het bij Jake zou blijven. Maar toen, op een koele voorjaarsavond, werd Annie geboren, met een dichte bos zwart haar. Het ging zo snel dat er geen tijd was om de vroedvrouw te halen. Het was een verschrikkelijk zware bevalling. Maar o, Lou, ze was zo lief. Zo warm. Haar vingertjes klemden zich om de mijne, de toppen raakten elkaar niet eens.' Ze hield op met spreken. Het geklepper van de dravende ezels en het kraken van de wielen waren de enige geluiden. Ten slotte vervolgde Louisa met zachte stem, terwijl ze naar de onafzienbare hemel keek: 'Haar kleine borst ging op en neer, op en neer, en toen vergat hij gewoon om weer omhoog te komen. Verbazend hoe snel ze koud werd, maar ze was ook zo klein.' Een paar maal haalde Louisa snel adem, alsof ze nog steeds probeerde voor haar kind te ademen. 'Het was net een hapje ijs op je tong, op een warme dag. Het voelt zo goed, en dan is het weg, zo snel dat je niet eens zeker weet of het er wel geweest is.'

Lou legde haar hand op die van Louisa. 'Wat vind ik dat erg.'

'Het is lang geleden, maar het lijkt niet zo.' Louisa streek met een hand over haar ogen. 'Haar vader maakte een kistje voor haar, eigenlijk maar een doosje. En ik ben de hele nacht opgebleven om het mooiste jurkje voor haar te naaien dat ik van mijn leven had gemaakt. De volgende morgen trok ik het haar aan. Ik had alles willen geven als ze me met die oogjes van haar één keer had aangekeken. Het is gewoon niet goed dat een moeder de ogen van haar baby niet één keer mag zien. Toen legde haar vader haar in dat kistje. We brachten haar naar de heuvel, waar we haar begroeven en voor haar hebben gebeden. Daarna hebben we een altijdgroene boom geplant, aan de zuidkant, zodat ze het hele jaar door schaduw zou hebben.' Louisa sloot haar ogen.

'Bent u er nog wel eens naartoe gegaan?'

Louisa knikte. 'Elke dag. Maar sinds ik mijn andere kind heb begraven ben ik er niet meer geweest. De wandeling werd te lang.'

Ze nam de teugels van Lou over en ondanks haar eerdere waarschuwing spoorde ze de ezels aan met de zweep. 'We moesten maar eens opschieten. Vannacht moeten we een kind op de wereld helpen.'

Omdat het zo donker was kon Lou weinig zien van het land van Davis of van de gebouwen. Ze hoopte dat George Davis in de stal zou blijven tot de baby was geboren en ze weer naar huis konden gaan.

Het huis was verbazend klein. Het vertrek waar ze binnenkwamen was kennelijk de keuken, want er stond een fornuis, maar er waren ook bedden en matrassen naast elkaar neergezet. In drie van deze bedden lagen kinderen. Twee ervan, zo te zien een tweeling van een jaar of vijf, lagen naakt te slapen. De derde, een jongen van ongeveer Oz' leeftijd, had een vuil mannenhemd met zweetplekken aan. Met grote, verschrikte ogen keek hij naar Lou en Louisa. Lou herkende hem als de andere jongen die op de tractor had gezeten toen die van de berg af kwam. In een appelkratje bij het fornuis lag een baby van hoogstens een jaar onder een smoezelig dekentje. Louisa liep naar de gootsteen, pompte water op en gebruikte het stuk lysolzeep dat ze had meegebracht om haar handen en onderarmen grondig te reinigen. Daarna ging Billy hen voor door een smalle gang, waar hij een deur opendeed.

Sally Davis lag, zachtjes kreunend, met opgetrokken knieën in bed. Een mager meisje van een jaar of tien, gekleed in iets wat op een zaadzak leek en met ongelijk kortgeknipt, donkerbruin haar, stond op blote voeten naast het bed. Lou had haar ook eerder gezien, op de tractor. Ze keek nu even bang als ze destijds had gedaan.

Louisa knikte naar haar. 'Jesse, ga jij eens wat water voor me koken. Twee pannen, liefje. Billy, haal alle lakens die je kunt vinden, jongen. En ze moeten echt schoon zijn.'

Louisa legde de lakens die ze zelf had meegenomen op een wankele eikenhouten lattenstoel, ging naast Sally zitten en nam haar hand. 'Sally, ik ben het, Louisa. Het komt allemaal goed, lieverd.'

Lou keek naar Sally. De ogen van de vrouw waren roodomrand, haar weinige tanden en haar tandvlees vertoonden donkere vlekken. Ze kon nog geen dertig zijn, maar de vrouw leek twee keer zo oud met haar grijze haar, geplooide huid en blauwe aderen die in ondervoed vlees klopten. Haar gezicht was zo rimpelig als een winteraardappel.

Louisa sloeg de dekens terug en zag het doorweekte laken eronder. 'Hoelang is het geleden dat de vliezen zijn gebroken?'

Hijgend zei Sally: 'Nadat Billy je is gaan halen.'

'Hoeveel tijd is er tussen de weeën?' vroeg Louisa.

'Het lijkt meer op één heel lange,' bracht de vrouw kreunend uit.

Louisa tastte de gezwollen buik af. 'Voelt het alsof de baby eruit wil?'

Sally klemde zich aan Louisa's hand vast. 'God, ik hoop het, voor ik doodga.'

Billy kwam binnen met een paar lakens, gooide die op de stoel, wierp één blik op zijn moeder en vluchtte weg.

'Lou, help me eens om Sally om te draaien, dan kunnen we schone lakens op het bed leggen.' Ze draaiden de arme vrouw zo voorzichtig mogelijk. 'Ga nu Jesse helpen met het water. En neem deze mee.' Ze gaf Lou een aantal over elkaar gevouwen doekjes, met een stuk dun garen. 'Wikkel het garen om het midden van de doekjes en verwarm ze in de oven tot de buitenkant bruin verschroeid is.'

Lou ging naar de keuken om Jesse te helpen. Ze had het meisje nooit op school gezien, evenmin als de zevenjarige jongen die met angstige ogen naar hen keek. Om Jesses linkeroog liep een breed litteken en Lou durfde er niet eens naar te raden hoe het meisje eraan was gekomen.

Het fornuis was al heet en de ketel water kwam binnen een paar minuten aan de kook. Lou bleef de buitenkant van de doekjes, die ze in de oven had gelegd, controleren. Korte tijd later waren ze bruin genoeg. Met lappen om hun handen droegen ze de ketels en de stapel doekjes naar de slaapkamer en zetten alles naast het bed.

Louisa waste Sally met zeep en warm water op de plek waar de baby tevoorschijn moest komen en daarna legde ze het laken over haar heen.

Fluisterend zei ze tegen Lou: 'De baby rust nog even uit, dat kan Sally ook doen. Ik weet nog niet precies hoe het kind ligt, maar het is geen stuitligging.' Lou keek haar vragend aan. 'Wanneer de baby dwars in de buik ligt. Ik zal je roepen wanneer ik je nodig heb.'

'Hoeveel baby's hebt u op de wereld geholpen?'

'Tweeëndertig, in 57 jaar,' zei ze. 'Ik herinner me hen nog allemaal.'

'Zijn ze allemaal blijven leven?'

'Nee,' antwoordde Louisa zacht. Daarna zei ze nogmaals dat Lou weg kon gaan en dat ze haar zou roepen.

Jesse was in de keuken tegen de muur gaan staan, met haar handen voor zich gevouwen, een pluk van haar afgehakte haar hing over het litteken en bedekte deels haar oog.

Lou keek naar de jongen in het bed.

'Hoe heet je?' vroeg ze. Hij zei niets. Toen Lou naar hem toe ging begon hij te gillen en trok de deken over zijn hoofd. Hij trilde over zijn hele lichaam. Lou trok zich terug uit dit waanzinnige huis.

Buiten keek ze zoekend om zich heen tot ze Billy bij de stal zag, waar hij door de openstaande deuren naar binnen keek. Zachtjes stak ze het erf over en keek over zijn schouder mee. George Davis bevond zich niet meer dan 3 meter bij hen vandaan. De merrie lag op de met stro bedekte grond. Eén voorpoot en een schouder van het veulen, gehuld in een op een cocon lijkend wit vlies, stak eruit. Davis trok vloekend aan het glibberige pootje. De vloer van de stal bestond niet uit aarde, maar uit planken. Bij het licht van een aantal olielampen zag Lou rijen glanzend gereedschap netjes aan de muren hangen.

Omdat ze het gevloek van Davis en het lijden van de merrie niet kon aanzien, ging Lou op de veranda zitten. Billy kwam haar achterna en liet zich naast haar neervallen. 'Jullie boerderij lijkt behoorlijk groot,' zei ze.

'Pa heeft mannen aangenomen om hem te helpen bij het werk. Maar wanneer ik een man ben, heeft hij hen niet meer nodig. Dan kan ik het doen.'

Beide kinderen hoorden George Davis in de stal schreeuwen. Geschrokken sprongen ze overeind. Billy leek zich te schamen, hij groef met zijn grote teen in het zand.

'Het spijt me dat ik die slang in je etensdoos heb gestopt.'

Verrast keek hij haar aan. 'Ik had het eerst bij jou gedaan.'

'Daarom is het nog niet goed.'

'Als iemand zoiets bij pa deed, zou hij hem vermoorden.'

Lou zag de doodsangst in de ogen van de jongen en kreeg diep medelijden met hem.

'Jij bent niet zoals je vader. En zo hoef je ook niet te worden.'

Billy keek haar zenuwachtig aan. 'Ik heb hem niet gezegd dat ik miss Louisa ging halen. Ik weet niet wat hij zal zeggen wanneer hij jullie ziet.'

'We zijn hier alleen maar om je moeder te helpen. Daar kan hij toch geen probleem van maken.'

'Dacht je dat?'

Ze keken op, recht in het gezicht van George Davis, die voor hen was komen staan. Zijn overhemd was bedekt met paardenbloed en slijm, dat ook van zijn beide armen droop. Stof wervelde om zijn benen als zichtbaar geworden hitte, het leek alsof de berg een woestijn was geworden.

Billy ging voor Lou staan. 'Pa, hoe is het met het veulen?'

'Dood.' Hij zei het op zo'n manier dat Lou over haar hele lichaam begon te trillen. Daarna wees hij naar haar. 'Wat moet dat, verdomme?'

'Ik heb ze gehaald om te helpen met de baby. Miss Louisa is binnen bij ma.'

George keek naar de deur en vervolgens weer naar Billy. De blik in zijn ogen was zo angstaanjagend dat Lou ervan overtuigd was dat de man haar ter plekke zou vermoorden.

'Die vrouw in míjn huis, jongen?'

'Het is zover.' Ze keken allemaal naar de deuropening, waar Louisa nu in was verschenen. 'De baby komt,' zei ze.

Davis duwde zijn zoon opzij en Lou sprong uit de weg toen hij met grote passen naar de deur liep.

'Wel verdomme, je hebt hier niets te maken, vrouw. Maak dat je

187

wegkomt voor ik je met de kolf van mijn buks op je hoofd sla, en dat ellendige meisje ook.'

Louisa ging geen stap achteruit. 'Je kunt helpen met de baby, of niet. Dat is aan jou. Kom, Lou, en jij ook, Billy. Ik heb jullie allebei nodig.' Het was duidelijk dat George niet van plan was hun hun gang te laten gaan. Louisa was erg sterk voor haar leeftijd, en groter dan Davis, maar toch zou het een ongelijke strijd zijn.

Op dat moment hoorden ze het gejank dat uit het bos kwam. Het was hetzelfde geluid dat Lou die eerste avond bij de put had gehoord, maar afschrikwekkender, alsof wat het dan ook was dat het geluid had gemaakt, heel dichtbij was en op hen af kwam. Zelfs Louisa tuurde angstig in de duisternis.

George Davis deed een stap terug, zijn ene hand tot een vuist gebald alsof hij hoopte dat er een geweer in zou verschijnen. Louisa greep de kinderen en trok hen mee naar binnen. Davis maakte geen aanstalten hen tegen te houden, maar hij riep: 'Je zorgt er verdomme maar voor dat het deze keer een jongen is. Als het een meisje is, laat je het maar doodgaan. Hoor je me? Ik heb verdomme geen meiden meer nodig!'

Terwijl Sally zo hard mogelijk perste, begon Louisa's hart sneller te kloppen toen ze eerst de billetjes van de baby zag, gevolgd door een voetje. Ze wist dat ze niet veel tijd had om de baby te halen voor de navelstreng werd platgedrukt tussen het hoofdje van het kind en Sally's heupbeen. Ze bleef kijken en zag dat bij de volgende perswee het andere voetje naar buiten kwam.

'Lou,' zei ze, 'kom hier, vlug nu, kind.' Louisa nam de voetjes van de baby in haar rechterhand en tilde het lijfje op, zodat de weeën niet zouden worden gehinderd door het gewicht van de baby, en ook om ervoor te zorgen dat het hoofdje beter lag. Ze wist dat ze het geluk hadden dat Sally, na zoveel bevallingen, wijd genoeg was. 'Pers, Sally, hard persen, liefje,' riep ze.

Louisa pakte Lou's handen en leidde ze naar een plek op Sally's onderbuik. 'Het hoofdje moet er snel uit,' zei ze tegen Lou, 'je moet daar duwen, zo hard je kunt. Je hoeft niet bang te zijn dat je de baby bezeert, de buikwand is hard.'

Lou drukte met haar volle gewicht terwijl Sally perste en schreeuwde en Louisa het lichaampje van de baby optilde.

Louisa riep af wat er gebeurde alsof ze op een rivierboot stond en de diepte van het water peilde. Nu komt de nek, zei ze, daarna kon ze haartjes zien en vervolgens kwam het hele hoofdje tevoorschijn. Eindelijk hield ze de baby vast en zei tegen Sally dat ze kon uitrusten, dat het voorbij was.

Louisa zond een dankgebed op toen ze zag dat het een jongen was. Hij was echter verschrikkelijk klein en zijn kleur was niet goed. Ze liet Lou en Billy pannen water koken terwijl ze de navelstreng op twee plaatsen met het garen afbond en daarna tussen die plekken doorknipte met een steriel gemaakte schaar. Ze wikkelde de navelstreng in een van de schone, droge doekjes die Lou in de oven had gesteriliseerd en bond een ander doekje tegen de linkerzij van de baby. Daarna maakte ze het kleintje schoon met zoete olie, en waste hem met zeep en warm water. Ten slotte wikkelde ze hem in een dekentje en gaf hem aan zijn moeder.

Louisa legde een hand op Sally's buik om te voelen of de baarmoeder hard en klein was. Dat moest ze weten. Als die groot was, en zacht, kon het op inwendige bloedingen wijzen, zei ze zachtjes tegen Lou. De buik was echter hard. 'Alles is prima,' vertelde ze een opgeluchte Lou.

Daarna nam Louisa de baby en legde die op het bed. Uit haar emmer haalde ze een klein, glazen flesje. Ze liet Lou de oogjes van de baby openhouden en deed twee druppels in elk oog, terwijl de pasgeborene wriemelde en huilde.

'Nu kan de baby niet blind worden,' zei ze tegen Lou. 'Travis Barnes heeft me dit gegeven. Dit moet gedaan worden, zo staat het in de wet.'

Met de pannen warm water en een paar dekens knutselde Louisa een primitieve couveuse in elkaar en legde de baby erin. Hij haalde zo oppervlakkig adem dat ze een ganzenveer onder zijn mondje bleef houden om te zien of die door een zuchtje werd bewogen.

Een halfuur later kwam de nageboorte met de laatste weeën mee. Lou en Louisa ruimden die op, verschoonden de lakens nog een keer en wasten daarna de moeder voor de laatste maal met een van de gesteriliseerde doekjes.

Het laatste wat Louisa uit haar emmer haalde was een potlood en een stuk papier. Ze gaf die aan Lou en zei dat die de datum en de tijd moest opschrijven. Louisa haalde een oud horloge uit haar broekzak en gaf Lou het tijdstip van de geboorte.

'Sally, hoe ga je de baby noemen?' vroeg ze.

Sally keek naar Lou. 'Ze noemt je Lou, is dat je naam, meisje?' vroeg ze met zwakke stem.

'Ja. Nou, zo ongeveer,' zei Lou.

'Dan heet hij Lou. Naar jou, kind. Ik ben je zo dankbaar.'

Lou keek haar verbaasd aan. 'Wat zal uw man daarvan zeggen?'

'Het kan hem niet schelen of het kind een naam heeft of niet. Alleen of het een jongen is en of hij kan werken. En ik heb hem hier niet gezien. De naam is Lou. Schrijf het maar op, meisje.'

Glimlachend keek Louisa toe terwijl Lou de naam opschreef: Lou Davis.

'Dat geven we aan Cotton,' zei Louisa. 'Hij geeft het af in het gerechtsgebouw, dan weet iedereen dat we er weer een prachtig kind bij hebben op deze berg.'

Sally viel in slaap en Louisa bleef de hele nacht bij moeder en kind zitten. Ze maakte Sally wakker om de baby te voeden toen Lou Davis begon te huilen en smakkende geluidjes begon te maken. George Davis kwam niet één keer kijken. Ze hoorden hem nog een poosje voor het huis heen en weer stampen, daarna viel de deur met een klap dicht.

Een paar maal ging Louisa de kamer uit om naar de andere kinderen te kijken. Ze gaf Billy, Jesse en de andere jongen wiens naam ze niet kende, een potje stroop en wat brood dat ze had meegebracht. Het deed haar verdriet toen ze zag hoe snel de kinderen deze eenvoudige maaltijd verorberden. Ze gaf Billy ook een potje aardbeiengelei en wat maïsbrood, dat hij moest bewaren voor de andere kinderen, wanneer die wakker werden.

Laat in de ochtend gingen ze weg. De moeder maakte het goed en de baby had nu een veel betere kleur. Hij dronk gulzig en zijn longen leken sterk.

Sally en Billy bedankten hen en zelfs Jesse bromde iets. Maar Lou merkte dat het fornuis uit was en dat er geen etensgeuren hingen.

George Davis en zijn arbeiders waren op het land aan het werk. Voor Billy naar hen toe ging nam Louisa de jongen echter apart en sprak met hem over dingen die Lou niet kon horen.

Toen ze met de kar wegreden, kwamen ze langs kralen die vol stonden met genoeg vee om een kudde genoemd te worden. Er waren zwijnen en schapen, een erf vol kippen, vier mooie paarden en twee keer zoveel muilezels. De akkers strekten zich uit zo ver ze konden kijken, al het land was afgezet met gevaarlijk prikkeldraad. Lou zag dat George en zijn mannen bezig waren met mechanische landbouwwerktuigen. Stofwolken stegen op achter de snelle machines. 'Ze hebben meer land en vee dan wij,' zei Lou. 'Waarom hebben ze dan niets te eten?'

'Omdat hun vader het zo wil. En de vader van George Davis was net zo. Op de penning. Die wilde ook niets uitgeven.'

Ratelend reden ze langs een gebouw, waar Louisa naar het stevige hangslot aan de deur wees. 'De man laat het vlees in deze rokerij liever wegrotten dan dat hij het aan zijn kinderen geeft. George Davis verkoopt zijn hele oogst aan de mensen van het houthakkerskamp, en aan de mijnwerkers, en hij brengt het naar Tremont en naar Dickens.' Ze wees naar een grote schuur met een hele rij deuren op de begane grond. Deze stonden open en ze konden duidelijk zien dat binnen grote, groene bladeren aan haken hingen. 'Dat is pruimtabak. De grond wordt er arm van. Wat hij zelf niet opkauwt, verkoopt hij. Hij heeft die distilleerketel, maar hij heeft nog nooit een druppel whisky gedronken. Hij verkoopt het smerige spul aan andere mannen, die hun tijd en geld aan hun gezinnen zouden moeten besteden. De man loopt rond met een dikke rol dollarbiljetten, hij heeft deze mooie boerderij en al die moderne machines, maar hij laat zijn gezin verhongeren.' Ze trok hard aan de teugels. 'Toch heb ik ergens medelijden met hem, want hij is de zieligste man die ik ooit ben tegengekomen. Op een dag zal God George Davis precies laten merken wat Hij van dit alles vindt. Maar die dag is nog niet gekomen.'

•28•

Eugene mende de kar die werd getrokken door de ezels. Oz, Lou en Diamond zaten achterin op zakken met zaad en andere artikelen die ze bij McKenzies Mercantile hadden gekocht van het eierengeld en een paar van de dollars die Lou overhad van haar uitstapje naar Dickens.

Hun weg voerde hen langs een vrij brede zijrivier van de McCloud. Tot haar verbazing zag Lou een aantal auto's en huifkarren bij de vlakke, met gras begroeide oever staan. Er stonden mensen aan de kant van de rivier; enkelen bevonden zich zelfs in het bruine water, waarvan het oppervlak golfde als gevolg van de regen die eerder was gevallen, en de sterke wind. Een man met opgerolde mouwen was juist op dat moment bezig een jonge vrouw in het water onder te dompelen.

'Dompelen!' riep Diamond. 'Laten we gaan kijken.'

Eugene liet de ezels stilhouden en de drie kinderen sprongen van de kar. Lou keek achterom naar Eugene, die geen aanstalten maakte hen te volgen.

'Ga je niet mee?'

'Ga jij maar, miss Lou. Ik laat mijn botten hier een beetje rusten.'

Lou fronste haar wenkbrauwen, maar daarna volgde ze de anderen. Diamond had zich een weg gebaand door de groep toeschouwers en stond nu nieuwsgierig ergens naar te kijken. Toen Oz en Lou naast hem stonden en zagen wat het was, gingen ze beiden haastig achteruit.

Een oudere vrouw in een soort toga die gemaakt leek te zijn van aan elkaar gespelde, zelfgemaakte lakens en met een lang stuk touw om haar middel was vastgebonden, bewoog zich in kleine, afgemeten cirkels. Ze mompelde onverstaanbare bezweringen, haar stem klonk

eentonig als die van iemand die dronken was, krankzinnig, of fana-
tiek religieus. Naast haar stond een man in een T-shirt en een lange
broek, een sigaret bungelde als een herfstblad uit zijn mondhoek.
De man hield in elke hand een slang, de reptielen waren stijf en
bewogen zich niet, als stukken gebogen metaal.

'Zijn die giftig?' fluisterde Lou tegen Diamond.

'Natuurlijk! Zonder gifslangen werkt het niet.'

Angstig bleef Oz strak naar de bewegingloze slangen kijken, hij leek
zich erop voor te bereiden om naar de bomen terug te rennen wanneer de dieren zich zouden bewegen. Lou merkte het en toen de
slangen begonnen te kronkelen, pakte ze Oz bij de hand en trok
hem weg. Diamond volgde met tegenzin, tot ze met hun drieën
apart stonden.

'Wat doen ze met die slangen, Diamond?' vroeg Lou.

'Ze maken de boze geesten bang, dat hoort bij het onderdompelen.'
Hij keek hen aan. 'Zijn jullie ondergedompeld?'

'Gedoopt, Diamond,' antwoordde Lou. 'We zijn gedoopt in een
katholieke kerk. De priester doet niet méér dan water over je hoofd
sprenkelen.' Ze keek naar de rivier, waar de vrouw boven water
kwam en mondenvol water uitspuwde. 'Hij probeert niet om je te
verdrinken.'

'Katholiek? Daar heb ik nog nooit van gehoord. Is dat nieuw?'

Lou moest er bijna om lachen. 'Nee, dat niet. Onze moeder is katholiek. Pap gaf nooit veel om de Kerk. Ze hebben ook eigen scholen.
Oz en ik gingen in New York naar zo'n school. Die zijn goed geor-
ganiseerd en je leert van alles over de sacramenten, de geloofsbelijde-
nis, de rozenkrans, het onzevader. Je leert ook wat de doodzonden
zijn. En de pekelzonden. Dan heb je nog de eerste biecht en de eerste communie. Daarna word je bevestigd.'

'Ja,' zei Oz, 'en wanneer je doodgaat krijg je... hoe heet het ook
alweer, Lou?'

'Het sacrament van het heilig oliesel.'

'Dan ga je niet naar de hel,' deelde Oz Diamond mee.

Diamond trok aan drie of vier van zijn rode pieken. Hij keek oprecht
verbijsterd. 'Goh. Wie had er kunnen denken dat je zo hard moet
werken om in God te geloven? Daarom zijn er hier waarschijnlijk
geen katholieken. Veel te ingewikkeld.'

Diamond knikte naar de groep bij de rivier. 'Die lui zijn primitieve baptisten. Ze geloven een paar rare dingen. Zoals dat je je haar niet mag afknippen, en dat vrouwen hun gezicht niet mogen verven. En ze hebben een paar vreemde ideeën over naar de hel gaan en zo. Als mensen de regels overtreden zijn ze daar niet blij mee. Ze leven en sterven volgens de Heilige Schrift. Misschien niet zo precies als jullie, katholieken, maar ze hebben het niet gemakkelijk.' Diamond geeuwde en rekte zijn armen uit. 'Zie je, daarom ga ik niet naar de kerk. Ik denk dat er overal waar ik ben een kerk is. Wanneer ik tegen God wil praten, nou, dan zeg ik "Hallo, God" en dan kletsen we een beetje.'

Lou kon niets anders doen dan hem aanstaren, met stomheid geslagen door deze stroom godsdienstige wijsheid uit de mond van Diamond Skinner, professor in de theologie.

Plotseling keek Diamond verbaasd op. 'Hé, kijk daar eens.'

Ze zagen Eugene naar de waterkant lopen en met iemand praten, die op zijn beurt iets riep naar de priester in de rivier, die juist een nieuw slachtoffer boven water haalde.

De priester kwam aan land, sprak een paar minuten met Eugene en nam hem vervolgens mee het water in. Hij dompelde Eugene onder zodat er niets meer van de jongeman te zien was en sprak vervolgens een gebed uit. De man hield Eugene zo lang onder water dat Lou en Oz ongerust begonnen te worden. Maar toen Eugene bovenkwam, glimlachte hij. Hij bedankte de man en hinkte terug naar de kar. Diamond rende naar de priester toe, die zoekend om zich heen keek naar volgende liefhebbers voor een goddelijk bad.

Lou en Oz slopen dichterbij toen Diamond met de heilige man het water in liep en eveneens volledig werd ondergedompeld. Ten slotte kwam hij weer boven, praatte nog even met de priester, stak iets in zijn zak en voegde zich daarna, drijfnat en lachend, weer bij hen. Ze liepen terug naar de kar.

'Was je nog niet gedoopt?' vroeg Lou.

'Jeetje,' zei Diamond, het water uit zijn haren schuddend, dat nog even piekerig was als altijd, 'dit is mijn negende dompeling.'

'Je mag het maar één keer doen, Diamond!'

'Nou, het kan geen kwaad om het te blijven doen. Ik ben van plan om door te gaan tot de honderdste keer. Dan kom ik vast en zeker in de hemel.'

'Zo werkt het niet,' riep Lou uit.

'Wel waar,' zei hij fel. 'Het staat in de bijbel. Telkens als je onder-gedompeld wordt betekent het dat God een engel stuurt om over je te waken. Ik denk dat ik er nu al een heel stel heb.'

'Dat staat níet in de bijbel,' hield Lou vol.

'Misschien moet je dan je bijbel nog maar eens lezen.'

'In welk deel van de bijbel staat het dan? Vertel me dat maar eens.'

'Het eerste deel.' Diamond floot Jeb, holde verder naar de kar en klom erop.

'Hé, Eugene,' zei hij, 'als ze de volgende keer weer gaan onderdom-pelen, zal ik het je vertellen. Dan gaan we samen zwemmen.'

'Was jij nooit gedoopt, Eugene?' vroeg Lou.

Hij schudde zijn hoofd. 'Maar nu ik dit zag vond ik gewoon dat ik het moest doen. Het werd tijd, geloof ik.'

'Wat vreemd dat Louisa je nooit heeft laten dopen.'

'Miss Louisa gelooft in God met heel haar hart. Maar ze is niet zo voor de Kerk. Ze zegt dat de manier waarop sommige mensen hun Kerk leiden genoeg is om God uit je hart weg te nemen.'

De kar reed weg en Diamond haalde een glazen potje met een meta-len schroefdeksel uit zijn zak. 'Kijk, Oz, dit heb ik van de priester gekregen. Heilig doopwater.' Hij gaf het flesje aan Oz, die het nieuwsgierig bekeek. 'Misschien kun je er af en toe iets van over je moeder sprenkelen. Dat helpt vast.'

Lou stond op het punt te protesteren, toen ze de schok van haar leven kreeg. Oz gaf het flesje aan Diamond terug.

'Nee, dank je,' zei hij zacht, en hij draaide zich om.

'Weet je het zeker?' vroeg Diamond. Oz zei dat hij het heel zeker wist. Diamond hield het flesje schuin en goot het gezegende water eruit. Lou en Oz keken elkaar aan en de bedroefde uitdrukking op zijn gezicht verbaasde zijn zus opnieuw. Lou keek naar de hemel, omdat ze geloofde dat als Oz de hoop had opgegeven, het einde van de wereld niet ver weg kon zijn. Daarna keerde ze de anderen haar rug toe en deed alsof ze de bergketen bewonderde.

Het was laat in de middag. Cotton was net opgehouden met Aman-da voor te lezen en het was duidelijk te zien dat hij leed onder een toenemend gevoel van frustratie.

Lou stond op een omgekeerde emmer voor het raam te kijken.

Cotton keek naar de vrouw. 'Amanda, ik weet dat je me kunt horen.

Je hebt twee kinderen die je hard nodig hebben. Je móét dat bed uit. Al was het alleen maar voor hen.' Hij zweeg en scheen zorgvuldig naar woorden te zoeken. 'Alsjeblieft, Amanda. Ik zou alles willen geven wat ik bezit als je nu zou opstaan.' Er verstreken een paar spannende minuten en Lou hield haar adem in, maar haar moeder verroerde zich niet. Ten slotte liet Cotton wanhopig zijn hoofd hangen.

Toen Cotton later het huis uit kwam en naar zijn auto liep om te vertrekken, kwam Lou snel naar hem toe lopen met een mand vol eten bij zich.

'U hebt vast wel honger gekregen van dat voorlezen.'

'O, dank je wel, Lou.'

Hij zette de mand op de stoel naast zich. 'Louisa heeft me verteld dat je schrijver bent. Waar wil je over schrijven?'

Lou bleef op de treeplank staan. 'Pap schreef over dit land, maar ik kan nog niets bedenken.'

Cotton keek naar de bergen. 'Je vader was eigenlijk een van de redenen waarom ik hierheen ben gegaan. Toen ik rechten studeerde aan de universiteit van Virginia las ik zijn allereerste roman. Ik werd getroffen, zowel door de kracht als de schoonheid ervan. Toen las ik in een krant een artikel over hem. Hij vertelde dat de bergen hem zo hadden geïnspireerd. Ik dacht dat als ik hiernaartoe zou gaan, hetzelfde met mij zou gebeuren. Ik heb hier overal rondgezworven met blocnote en potlood, wachtend op mooie zinnen die in mijn hoofd zouden opkomen en die ik op papier kon zetten.' Hij lachte een beetje treurig. 'Maar zo werkt het niet.'

Lou zei zacht: 'Voor mij misschien ook niet.'

'Nou, mensen schijnen het grootste deel van hun leven door te brengen met iets na te jagen. Misschien maakt dat ons menselijk.' Cotton wees naar de weg. 'Zie je die oude schuur daarginds?' Lou keek naar een hutje van planken die met modder bijeen werden gehouden, dat bijna op instorten stond. 'Louisa vertelde me over een verhaal dat je vader schreef toen hij nog maar een jongen was. Het ging over een gezin dat een winter overleefde, in dat huisje. Zonder hout, zonder eten.'

'Hoe hebben ze dat klaargespeeld?'

'Ze geloofden ergens in.'

'Zoals wensputten?' zei ze minachtend.

197

'Nee, ze geloofden in elkaar. Daardoor brachten ze een wonder tot stand. Er zijn mensen die zeggen dat de werkelijkheid vreemder is dan fictie. Ik denk dat het betekent dat wat iemand kan bedenken, echt bestaat, ergens. Is dat geen geweldige mogelijkheid?'

'Ik weet niet of mijn verbeeldingskracht zo goed is, Cotton. Ik weet niet eens of ik wel goed kan schrijven. De woorden die ik op papier zet schijnen weinig leven in zich te hebben.'

'Blijf doorgaan, misschien sta je nog eens verbaasd over jezelf. En wees ervan overtuigd, Lou, dat wonderen écht gebeuren. Dat jij en Oz hierheen zijn gekomen en Louisa hebben leren kennen is er een van.'

Later die avond zat Lou op haar bed naar haar moeders brieven te kijken. Toen Oz binnenkwam stopte het meisje ze snel onder haar kussen.

'Mag ik bij jou slapen?' vroeg Oz. 'Het is een beetje eng in mijn kamer. Ik weet bijna zeker dat ik een trol in de hoek zag zitten.'

Lou zei: 'Kom maar bij me.' Oz klom naast haar op het bed.

Opeens keek hij bezorgd. 'Wanneer je getrouwd bent, bij wie kan ik dan in bed kruipen als ik bang ben, Lou?'

'Op een dag zul je groter zijn dan ik, en dan kom ik naar jou toe wanneer ík bang ben.'

'Hoe weet je dat?'

'Omdat het de afspraak is die God maakt tussen grote zussen en hun broertjes.'

'Word ik groter dan jij? Echt?'

'Kijk maar eens naar die voeten van je. Als je zo doorgaat word je groter dan Eugene.'

Oz nestelde zich tevreden naast haar. Toen zag hij de brieven onder het kussen. 'Wat zijn dat?'

'Alleen maar een paar oude brieven die mam geschreven heeft,' zei Lou snel.

'Wat schreef ze?'

'Ik weet het niet, ik heb ze niet gelezen.'

'Wil je ze me voorlezen?'

'Oz, het is al laat en ik ben moe.'

'Toe nou, Lou. Alsjeblieft.'

Hij keek zo zielig dat Lou er een brief uit haalde en daarna de pit hoog draaide van de olielamp die op het tafeltje naast haar bed stond.

'Goed dan, eentje.'

Oz ging ervoor zitten en Lou begon te lezen.

Lieve Louisa, ik hoop dat alles goed gaat met je. Bij ons wel. Oz is over de kroep heen en slaapt nu de hele nacht door.

Oz vloog overeind. 'Dat ben ik! Mam heeft over mij geschreven!' Hij zweeg en keek verward. 'Wat is kroep?'

'Dat wil je niet weten. Moet ik verder lezen of niet?' Oz ging weer liggen en zijn zus begon verder te lezen.

Lou heeft twee keer een eerste prijs gewonnen, bij de spelwedstrijd en bij het hardlopen op 1 mei. Aan die laatste wedstrijd deden ook jongens mee! Ze is heel bijzonder, Louisa. Jack heeft me een foto van je laten zien en de gelijkenis is opvallend. Ze groeien allebei snel op. Zo snel dat ik er bang van word. Lou lijkt heel veel op haar vader. Ze heeft een scherpe geest, ik ben bang dat ze me een beetje saai vindt. Daar lig ik 's nachts wakker van. Ik hou zoveel van haar, ik probeer zoveel met haar te doen. En toch, ach, je weet het wel, een vader en zijn dochter... Volgende keer meer. Dan stuur ik ook foto's.

Veel liefs, Amanda.

P.S. Ik droom ervan om met de kinderen naar de bergen te komen, dan kunnen we je eindelijk ontmoeten. Ik hoop dat die droom op een dag uitkomt.

Oz zei: 'Dat was een mooie brief. Welterusten, Lou.'

Terwijl Oz in slaap viel, pakte Lou langzaam een volgende brief.

•29•

Op een prachtige dag, vroeg in de herfst, liepen Lou en Oz achter Diamond en Jeb aan door het bos. Het gespikkelde zonlicht viel op hun gezicht, een koel briesje voerde de vervagende zomerse geur van kamperfoelie en wilde rozen mee.

'Waar gaan we heen?' vroeg Lou.

Diamond zei alleen maar geheimzinnig: 'Dat zul je wel zien.'

Boven aan een helling bleven ze staan. Twintig meter voor hen uit liep Eugene op het pad, met een lege kolenemmer en een lantaarn. In zijn zak had hij een staaf dynamiet.

Diamond zei: 'Eugene is op weg naar de kolenmijn. Om die emmer te vullen. Voor de winter komt rijdt hij er een keer naartoe met de ezels om een grote lading kolen te halen.'

'Nou, dat is bijna net zo opwindend als kijken naar iemand die slaapt,' was Lou van mening.

'Ha! Wacht maar tot dat dynamiet ontploft!' wierp Diamond tegen.

'Dynamiet!' zei Oz.

Diamond knikte. 'De kolen zitten diep in die rotsen. Met een houweel kun je er niet bij komen. Je moet het tot ontploffing brengen.'

'Is dat gevaarlijk?' vroeg Lou.

'Nee. Hij weet wat hij doet. Ik heb het zelf ook gedaan.'

Terwijl ze op afstand bleven kijken, haalde Eugene de staaf uit zijn zak en bevestigde er een lange lont aan. Daarna stak hij zijn lantaarn aan en ging de mijn in. Diamond ging tegen een boom geleund zitten, haalde een appel tevoorschijn en begon die te schillen. Hij gooide een stukje naar Jeb, die tussen de struiken rondscharrelde. Diamond zag de bezorgde uitdrukking op de gezichten van Lou en Oz.

'Die lont brandt langzaam. Je kunt naar de maan lopen en terug voor het afgaat.'

Een poosje later kwam Eugene de mijn uit en ging op een steen bij de ingang zitten.

'Moet hij daar niet vandaan?'

'Nee. Zoveel dynamiet gebruik je niet voor een emmervol. Wanneer het is ontploft en het stof is gezakt, neem ik jullie mee naar binnen.'

'Wat valt er te zien in een oude mijn?' vroeg Lou.

Opeens leunde Diamond naar voren. 'Ik zal je eens wat vertellen. Laat op een avond heb ik hier een paar kerels zien rondneuzen. Weet je nog dat miss Louisa tegen me zei dat ik mijn ogen open moest houden? Nou, dat heb ik gedaan. Ze hadden lantaarns bij zich en ze brachten kisten de mijn in. We gaan naar binnen om te kijken wat ze van plan zijn.'

'En als ze nu eens in de mijn zijn?'

'Nee. Ik ben er pasgeleden langsgelopen, heb rondgekeken en een steen naar binnen gegooid. En er zijn verse voetafdrukken in het zand, maar die lopen bij de mijn vandaan. Bovendien zou Eugene ze gezien hebben.' Opeens kreeg hij een idee. 'Hé, misschien stoken ze whisky en gebruiken ze de mijn om de ketel en de maïs in op te slaan.'

'Het lijkt me waarschijnlijker dat het zwervers zijn die 's nachts de mijn in gaan om droog te blijven,' zei Lou.

'Ik heb nog nooit gehoord dat hier zwervers zijn.'

'Waarom heb je het dan niet aan Louisa verteld?' zei Lou uitdagend.

'Ze heeft al genoeg zorgen. Eerst kijken wat er aan de hand is. Dat moet een man doen.'

Jeb had een eekhoorn opgejaagd en zat die om een boom achterna, terwijl ze allemaal bleven kijken, en wachtten op de ontploffing.

Lou zei: 'Waarom kom je niet bij ons wonen?'

Diamond staarde haar aan, blijkbaar van zijn stuk gebracht door die vraag. Hij riep zijn hond. 'Hou op, Jeb. Die eekhoorn heeft je niets gedaan.'

Lou ging door: 'Ik bedoel, we zouden je hulp goed kunnen gebruiken. Nog een sterke man erbij. En Jeb, natuurlijk.'

'Nee. Ik ben iemand die vrijheid nodig heeft.'

'Hé, Diamond,' zei Oz, 'jij zou mijn grote broer kunnen zijn. Dan hoeft Lou niet zelf met iedereen te vechten.'

Lou en Diamond lachten tegen elkaar.

'Misschien moet je er eens over nadenken,' zei Lou.

'Misschien doe ik dat wel.' Hij keek naar de mijn. 'Het duurt nu niet lang meer.'

Ze bleven zitten wachten. Toen schoot de eekhoorn het bos uit en flitste de ingang van de mijn in. Jeb dook hem achterna.

Diamond sprong overeind. 'Jeb! Jeb! Kom terug!' De jongen rende het bos uit. Eugene wilde hem tegenhouden, maar Diamond ontweek hem en holde de mijn in.

Lou gilde: 'Diamond! Niet doen!'

Ze vloog naar de ingang van de mijn. Voor ze die bereikt had hield Eugene haar vast. 'Wacht hier. Ik haal hem wel, miss Lou.'

Snel hinkte Eugene de mijn in, roepend: 'Diamond! Diamond!'

Angstig keken Lou en Oz elkaar aan. Minuten verstreken. Zenuwachtig liep Lou rondjes vlak bij de ingang. 'Alsjeblieft, alsjeblieft, schiet op.' Ze liep naar de ingang, waar ze iemand hoorde aankomen. 'Diamond! Eugene!'

Het was echter Jeb die de mijn uit kwam rennen, achter de eekhoorn aan. Lou greep de hond en op dat moment smakte de schokgolf van de explosie haar tegen de grond. Stof en zand stroomden uit de opening en Lou hoestte en kokhalsde in die maalstroom. Oz snelde haar te hulp terwijl Jeb blafte en heen en weer sprong.

Lou kwam weer bij haar positieven. Toen ze voldoende lucht kreeg, strompelde ze naar de ingang. 'Eugene! Diamond!'

Eindelijk hoorde ze voetstappen naderen. Ze kwamen steeds dichterbij en het klonk alsof iemand wankelde. In stilte zond Lou een gebed op. Het leek een eeuwigheid te duren, maar toen verscheen Eugene, verdwaasd, met stof overdekt, bloedend. Hij keek naar hen, tranen liepen over zijn gezicht.

'Verdomme, miss Lou.'

Lou ging een stap achteruit, en nog een, en nog een. Toen draaide ze zich om en holde zo snel ze kon het pad af. Haar jammerkreten weerkaatsten tegen de berg.

Een paar mannen droegen Diamonds toegedekte lichaam naar een wagen. Ze hadden een poos moeten wachten om de rook weg te laten trekken en om zich ervan te overtuigen dat de mijn niet boven hen zou instorten. Cotton bleef kijken naar de mannen die Diamond wegbrachten. Daarna liep hij naar Eugene, die op een grote steen zat en een natte doek tegen zijn bebloede hoofd hield.

'Eugene, weet je zeker dat ik niets anders voor je kan doen?'

Eugene keek naar de mijn alsof hij verwachtte Diamond tevoorschijn te zien komen met zijn piekhaar en zijn malle lachje. 'Het enige wat ik wil, meneer Cotton, is dat dit een nachtmerrie is waaruit ik wakker kan worden.'

Cotton klopte hem op zijn forse schouder en keek vervolgens naar Lou, die op een zandheuveltje zat, met haar rug naar de mijn. Hij liep naar haar toe en ging naast haar zitten.

Lou's ogen waren gezwollen van het huilen, haar wangen gevlekt door tranen. Ze zat ineengedoken als een zielig hoopje, het leek of ze overal afschuwelijke pijn had.

'Ik vind het heel erg, Lou. Diamond was een goede jongen.'

'Hij was een mán. Een goede mán.'

'Ik denk dat je gelijk hebt. Hij was een man.'

Lou keek naar Jeb, die treurig bij de ingang van de mijn zat. 'Diamond hoefde niet achter Jeb aan te gaan, die mijn in.'

'Die hond was alles wat Diamond had. Wanneer je van iemand houdt kun je niet blijven afwachten en niets doen.'

Lou raapte een handvol dennennaalden op en liet er een paar tussen haar vingers door glijden. Minuten gingen voorbij voor ze weer iets zei. 'Waarom gebeuren zulke dingen, Cotton?'

Hij zuchtte diep. 'Ik denk dat het misschien Gods manier is om ons duidelijk te maken dat we van mensen moeten houden zolang ze bij ons zijn, omdat we hen morgen kunnen verliezen. Het is een tamelijk vaag antwoord, maar ik ben bang dat het het enige is wat ik ervan kan zeggen.'

Een tijd lang bleven ze zwijgend naast elkaar zitten.

'Ik wil mijn moeder voorlezen,' zei Lou.

Cotton zei: 'Dat is het beste idee dat ik ooit gehoord heb.'

'Waarom is het een goed idee?' vroeg ze. 'Dat móét ik echt weten.'

'Nou, als iemand die ze kent, iemand... van wie ze houdt, haar zou voorlezen, zou dat heel veel verschil uitmaken.'

'Geloof je echt dat ze het weet?'

'Op de dag dat ik je moeder naar buiten droeg, hield ik een levend wezen in mijn armen dat vocht om terug te komen. Ik voelde het. Op een dag komt ze terug. Dat geloof ik met heel mijn hart, Lou.'

Ze schudde haar hoofd. 'Het is zo moeilijk, Cotton. Om van iets te houden waarvan je weet dat je het misschien nooit zult krijgen.'

Cotton knikte langzaam. 'Je bent heel verstandig voor je leeftijd. En wat je zegt klinkt volkomen redelijk. Maar ik geloof dat redelijkheid, wanneer het aankomt op dingen die het hart betreffen, het laatste is waar je naar wilt luisteren.'

Lou liet de rest van de dennennaalden vallen en veegde haar handen af. 'Jij bent ook een goede man, Cotton.'

Hij sloeg zijn arm om haar heen. Samen bleven ze zo zitten, geen van beiden wilde omkijken naar de geblakerde, gehavende ingang van de kolenmijn, die hun vriend voorgoed van hen had afgenomen.

•30•

De regen viel overvloedig en gestadig, en onweersbuien zorgden voor nog meer regen, zodat de hele oogst gezond en in overvloed kon worden binnengehaald. Eén felle hagelbui beschadigde een deel van de maïs, maar niet ernstig. Tijdens een langdurige regenval werd een geul in een heuvel uitgeslepen, als een schep roomijs, maar mens noch dier noch oogst werd erdoor getroffen.

De oogsttijd was in volle gang en Louisa, Eugene, Lou en Oz werkten hard en lang. Dat was goed, omdat het hun bijna geen tijd liet om eraan te denken dat Diamond niet meer bij hen was. Van tijd tot tijd hoorden ze de sirene van de mijn, een poosje later gevolgd door het doffe gerommel van de explosie. Dan begon Louisa telkens een liedje te zingen waaraan ze moesten meedoen, om hun gedachten af te leiden van het feit dat Diamond bij zoiets verschrikkelijks was omgekomen.

Louisa sprak niet veel over de dood van Diamond. Lou merkte wel op dat haar overgrootmoeder veel vaker bij het schijnsel van het vuur in haar bijbel zat te lezen, en dat haar ogen volschoten met tranen wanneer zijn naam werd genoemd, of wanneer ze naar Jeb keek. Het was voor iedereen moeilijk, maar toch was doorgaan het enige wat ze konden doen, en er was veel te doen.

Ze haalden de kievitsbonen binnen, deden die in Chop-zakken, waar ze op stompten om de doppen eraf te halen, en ze aten ze elke avond, met reuzel en brood. Ze plukten de snijbonen die om de maïsstengels waren opgeschoten, voorzichtig, zoals Louisa het hun had geleerd, om niet in aanraking te komen met de groene steekwormen die onder de bladeren leefden. Ze maaiden het maïsveld met de zeis en bundelden de stengels tot schoven, die ze op het veld zetten en die later zouden worden gebruikt als veevoer. Ze pletten de maïs en brachten die met de slede naar de schuur, die tot aan de nok toe vol raakte.

De aardappels waren groot en zwaar en vormden met gewelde boter een maaltijd op zich. De tomaten waren ook rijp, vol en bloedrood; ze aten die in hun geheel of in stukken gesneden. Ook werden tomaten ingemaakt, er werden potten mee gevuld uit een ijzeren pan die op het fornuis stond, samen met bonen, paprika en vele andere groenten. De potten werden in de provisiekast en onder de trap opgestapeld. Ze vulden emmertjes met wilde aardbeien, kruisbessen en massa's appels, maakten jam en bakten taarten, en de rest werd ingemaakt. Ze vermaalden de rietsuikerstengels om er stroop van te maken, en gebruikten maïsmeel om er brood van te bakken.

Het kwam Lou voor dat niets werd weggegooid; het was een doelmatige gang van zaken en ze had er bewondering voor, ook al moesten zij en Oz zich halfdood werken van zonsopgang tot lang na zonsondergang. Overal waar ze aan de slag gingen met gereedschap of met hun handen, leek voedsel op hen af te komen. Hierdoor dacht Lou aan Billy Davis en zijn gezinsleden die niets te eten hadden. Ze dacht er zo vaak aan, dat ze er met Louisa over sprak.

'Blijf morgenavond maar op, Lou, dan zul je zien dat jij en ik hetzelfde denken.'

Die avond laat stonden ze allemaal te wachten bij de maïsschuur, toen ze een wagen over de weg hoorden aankomen. Eugene hield een lantaarn omhoog. Het licht viel op Billy Davis, die de ezels tot staan bracht en zenuwachtig naar Lou en Oz keek.

Louisa liep naar de wagen. 'Billy, ik geloof dat we hulp nodig hebben. Ik wil zeker weten dat je een behoorlijke vracht kunt meenemen. Het land is dit jaar goed voor ons geweest.'

Even leek Billy verlegen, maar toen zei Lou: 'Schiet op, Billy, ik heb jouw spierkracht nodig om deze emmer op te tillen.'

Aldus aangemoedigd sprong Billy van de wagen af om te helpen. Ze waren allemaal een uur lang bezig om zakken maïsmeel, emmers en potten bonen en tomaten, knollen, komkommers, aardappelen, appels, groene kool, peren, zoete aardappelen, uien en zelfs een paar zijden gezouten varkensvlees op die wagen te laden.

Terwijl Lou aan het werk was zag ze dat Louisa Billy meenam naar een hoek van de schuur, waar ze bij het licht van een lantaarn zijn gezicht bekeek. Daarna liet ze hem zijn overhemd omhoogschuiven, ze onderzocht hem ook daar en ten slotte kwam ze, blijkbaar tevredengesteld, terug.

Toen Billy de wagen keerde om weg te gaan, zwoegden de ezels onder het nieuwe gewicht. De jongen lachte breed, knalde met de zweep en verdween in de nacht.

'Ze kunnen al dat eten niet voor George Davis verstoppen,' zei Lou. 'Ik heb dit nu al heel wat jaren gedaan. De man heeft er nooit moeilijk over gedaan waar al die overdaad vandaan kwam.'

Lou keek boos. 'Het is niet eerlijk. Hij verkoopt zijn oogst en verdient geld, en wíj geven zijn gezin te eten.'

'Wat eerlijk is, is wanneer een moeder en haar kinderen goed te eten hebben,' antwoordde Louisa.

'Waar keek u naar, onder zijn hemd?' vroeg Lou.

'George is slim. Meestal slaat hij op plekken die door kleren worden bedekt.'

'Waarom hebt u Billy niet gewoon gevraagd of zijn vader hem had geslagen?'

'Het is net als met een lege lunchdoos, kinderen liegen wanneer ze zich schamen.'

Nu ze zoveel overhadden besloot Louisa dat ze met zijn vieren met een volgeladen wagen met voedsel naar het houthakkerskamp zouden gaan. Op de dag van de tocht kwam Cotton om voor Amanda te zorgen. De houthakkers verwachtten hen, want er hadden zich heel wat mensen verzameld toen ze kwamen aanrijden. Het kamp was groot, met een eigen school, een winkel en een postkantoor. Omdat het geregeld verplaatst moest worden wanneer de bossen waren leeggekapt, stond het hele stadje op rails, ook de arbeidershuizen, de school en de winkel. Ze stonden verspreid over een aantal sporen en vormden zo een buurtschap. Wanneer er verhuisd moest worden, werden de wagens aan locomotieven gekoppeld en korte tijd later was de hele stad verdwenen.

De gezinnen uit het houthakkerskamp betaalden óf met geld, óf met ruilartikelen, zoals koffie, suiker, toiletpapier, postzegels, potloden en papier, wat afgedankte kleren en schoenen, en oude kranten. Lou was er op Sue naartoe gereden. Om de beurt lieten zij en Oz de kinderen een gratis ritje maken, maar de ouders konden een bijdrage leveren in de vorm van pepermuntstokken en andere lekkernijen, als ze dat wilden. Velen deden het.

Later keken ze, vanaf de top van een scherpe rotsrichel, in de diepte waar een zijrivier van de McCloud stroomde. Stroomafwaarts was een dam van stenen en hout aangelegd, die de waterstand kunstmatig hoog hield en waardoor rotsen en andere obstakels die houttransport via de rivier bemoeilijkten, onder water kwamen te liggen. Op die plek was het water van oever tot oever gevuld met boomstammen, voornamelijk populieren. Onder op de stronken was het brandmerk van de houthakkers aangebracht. Vanaf deze grote hoogte leken het potloden, maar toen zagen Lou en Oz dat de kleine vlekjes op de stammen in werkelijkheid volwassen mannen waren. Ze lieten de stammen naar de dam drijven, waar een belangrijke wig zou worden weggeschopt en daarna zou het donderende water de bomen stroomafwaarts meevoeren. Daar werden ze aan elkaar gebonden en de bomen uit Virginia dreven vervolgens helemaal tot aan de verkoopplaatsen in Kentucky.

Lou overzag het land vanaf deze hoge uitkijkpost. Er leek iets te ontbreken. Het duurde even voor het tot haar doordrong dat er geen bomen meer waren. Zo ver het oog reikte zag ze niets dan stompen. Toen ze naar het kamp teruggingen zag ze ook dat sommige sporen leeg waren.

'We hebben zowat al het hout dat we hiervandaan konden halen, weggekapt,' verklaarde een van de houthakkers trots. 'We gaan nu snel verhuizen.' Het leek hem totaal niet te hinderen. Lou nam aan dat hij eraan gewend moest zijn. Binnenhalen en verder trekken, het enige spoor van hun aanwezigheid werd gevormd door de boomstroken die werden achtergelaten.

Op de terugtocht bonden ze Sue aan de kar vast en Lou en Oz gingen met Louisa achterin zitten, met Eugene. Het was een leuke dag geweest voor iedereen, maar Oz was het meest tevreden van allemaal, want hij had een officiële honkbal 'gewonnen' van een jongen uit het kamp, door verder te gooien dan een van hen. Hij zei dat het zijn dierbaarste bezit was, op het pootje van het kerkhofkonijn na dat Diamond Skinner hem had gegeven.

•31•

Om haar moeder voor te lezen koos Lou geen boeken, maar kranten: de *Grit* en een paar nummers van de *Saturday Evening Post* die ze van de houthakkers hadden gekregen. Lou ging ermee tegen de muur van haar moeders kamer staan, met de krant of het tijdschrift voor zich, en dan las ze voor over de economie, wereldrampen, Hitlers verpletterende oorlog in heel Europa, politiek, kunst, films en het laatste nieuws over boeken en auteurs, wat haar liet beseffen hoelang het geleden was dat ze een boek had gelezen. Binnenkort zou de school weer beginnen; toch was ze een paar dagen geleden op Sue naar Big Spruce gereden, waar ze voor zichzelf en Oz boeken uit de 'uitleenbibliotheek' had gehaald, natuurlijk met toestemming van Estelle McCoy.

Louisa had Eugene als kind leren lezen, dus Lou had voor hem ook een boek meegenomen. Hij was bang dat hij geen tijd zou hebben om het te lezen, maar hij deed het toch, 's avonds laat bij lamplicht; met zijn natgemaakte duim sloeg hij langzaam de bladzijden om terwijl hij zich op de woorden concentreerde. Andere keren hielp Lou hem met zijn woorden terwijl ze de akkers bewerkten ter voorbereiding op de komende winter, of wanneer ze de koeien molken bij het licht van de petroleumlamp. Lou nam met hem de pagina's door van de *Grits* en de *Posts*, en Eugene vond het bijzonder leuk om te zeggen: 'Roooosevelt, president Roooosevelt,' een naam die veelvuldig voorkwam op de bladzijden van de *Grit*. Telkens als hij Roooosevelt zei, keken de koeien hem bevreemd aan, alsof ze dachten dat hij echt tegen hen loeide. Lou's mond viel bijna open toen Eugene haar vroeg waarom iemand zijn kind President zou noemen.

'Heb je er wel eens over nagedacht om ergens anders te gaan wonen?' vroeg Lou hem op een ochtend onder het melken.

Eugene zei: 'De berg is het enige wat ik ooit gezien heb, maar ik weet dat er heel wat meer is op deze wereld.'

'Ik zou je een keer mee kunnen nemen naar de stad. Gebouwen die zo hoog zijn dat je niet naar boven kunt lopen. Je moet met een lift.'

Hij keek haar verbaasd aan. 'Een wagentje dat je naar boven en naar beneden brengt,' legde ze uit.

'Een wagen? Zoiets als de Hudson?'

'Nee, meer een kamertje waar je in staat.'

Het leek Eugene interessant, maar hij zei dat hij waarschijnlijk liever op de boerderij bleef. 'Ik wil een eigen plek hebben, een gezin stichten, mijn kinderen goed opvoeden.'

'Je zou een goede vader zijn,' zei ze.

Hij grinnikte. 'Nou, jij zou een goede moeder zijn. Zoals je met je broertje omspringt.'

Lou keek hem aan en zei: 'Mijn mam was een geweldige moeder.' Ze probeerde zich te herinneren of ze dat eigenlijk wel eens tegen haar moeder had gezegd. Lou wist dat ze haar liefde grotendeels op haar vader had gericht. Het was een heel verontrustende gedachte, omdat er nu niets meer aan te doen viel.

Een week na haar tocht naar de schoolbibliotheek ging Lou, nadat ze Amanda had voorgelezen, naar de stal omdat ze een poosje alleen wilde zijn. Ze klom naar de hooizolder, waar ze tussen de openstaande deuren ging zitten, vanwaar ze over het dal naar de bergen kon kijken. Nadat ze een tijd lang had gepiekerd over de uitzichtloze toekomst van haar moeder, gingen Lou's gedachten ten slotte naar het verlies van Diamond. Ze had geprobeerd het uit haar hoofd te zetten, maar ze begreep dat ze het nooit zou kunnen.

Diamonds begrafenis was opmerkelijk geweest. Er waren mensen gekomen van kleine boerderijen en uit gehuchtjes waarvan Lou niet wist dat ze bestonden. Al die mensen waren naar Louisa's huis gekomen, te paard, met ossen, ezels, te voet of per tractor. Er was zelfs een heel oude Packard bij waarvan alle deuren ontbraken. De gasten hadden schalen met voedsel bij zich, en kannen cider. Er waren geen officiële priesters aanwezig, maar verscheidene mensen kwamen naar voren om in verlegen bewoordingen troost te bieden aan de vrienden van de overledene. De cederhouten kist stond in de voorkamer; het deksel was stevig dichtgespijkerd want niemand voelde er iets voor om te zien wat het dynamiet met Diamond Skinner had gedaan.

Lou was er niet van overtuigd dat de oudere mensen echte vrienden van Diamond waren, ze nam aan dat het vrienden van zijn vader waren geweest. Ze had Buford Rose, een oudere man met een dikke bos wit haar en nog maar een paar tanden, iets horen mompelen over de treurige ironie dat vader en zoon beiden waren omgekomen in die verdomde mijn.

Ze hadden Diamond te ruste gelegd naast de graven van zijn ouders, waarvan de heuvels allang waren afgeplat. Verscheidene mensen lazen voor uit de bijbel en er werd heel wat afgehuild. Oz stond er midden tussen en kondigde dapper aan dat zijn vaak gedoopte vriend nu zeker in de hemel moest zijn. Louisa legde een bosje gedroogde, wilde bloemen in het graf, waarna ze een paar stappen achteruit deed en iets wilde zeggen, maar ze kon niet spreken.

Cotton hield een mooie grafrede voor zijn jonge vriend en haalde een paar voorbeelden aan van een verhalenverteller die hij zeer had bewonderd: Jimmy 'Diamond' Skinner. 'Op zijn eigen wijze,' zei Cotton, 'kon hij zich meten met de beste verhalenvertellers van deze tijd.'

Lou sprak zacht een paar woorden, die ze rechtstreeks richtte tot haar vriend in de kist onder de pas omgespitte aarde, die zoet rook maar haar misselijk maakte. Hij lag echter niet tussen die cederhouten planken, wist Lou. Hij was naar een plaats gegaan die hoger was dan de hoogste bergen. Hij was bij zijn vader en hij zag zijn moeder voor het eerst. Hij moest wel gelukkig zijn. Lou stak haar hand op en wuifde voor de laatste maal iemand goedendag die zoveel voor haar was gaan betekenen, en dus nu voorgoed was heengegaan.

Een paar dagen na de begrafenis waren Lou en Oz naar Diamonds boomhut gegaan om zijn bezittingen op te halen. Lou zei dat Diamond natuurlijk gewild zou hebben dat Oz het vogelskelet, de kogel uit de Burgeroorlog, de vuurstenen pijlpunt en de primitieve telescoop zou krijgen.

'Maar wat heb jij dan?' vroeg Oz, terwijl hij zijn geërfde schatten bekeek.

Lou nam het houten kistje en haalde er het brok steenkool uit, dat volgens zeggen een diamant moest bevatten. Ze zou op zich nemen om er zorgvuldig stukjes af te schaven, zolang het nodig was, tot het glin-

213

sterende middelpunt eindelijk zichtbaar zou worden, en dan zou ze het bij Diamond begraven. Toen ze het stukje hout op de vlonder achter in de boomhut zag liggen, voelde ze wat het was, nog voor ze het opraapte: een stukje onafgemaakt houtsnijwerk. Gesneden uit notenhout, in de vorm van een hart, met aan één kant de letter L erin gekerfd en een bijna voltooide D aan de andere kant. Diamond Skinner hád die letters gekend. Lou stak het stukje hout en het brok steenkool in haar zak, klom uit de boom en rende de hele weg naar huis.

Vanzelfsprekend hadden ze de trouwe Jeb geadopteerd. Hij leek zich bij hen thuis te voelen, al was hij soms treurig wanneer hij naar zijn vroegere baasje scheen te verlangen. Toch leek hij plezier te hebben in de wandelingen die Lou en Oz maakten om Diamonds graf te bezoeken. Op de geheimzinnige manier die honden eigen is, begon hij te blaffen en hoog op te springen wanneer ze er dichtbij kwamen. Lou en Oz strooiden gevallen bladeren over het heuveltje uit, waarna ze gingen zitten om met elkaar en tegen Diamond te praten over de grappige dingen die hun vriend had gezegd of gedaan, en dat waren er heel wat. Ten slotte veegden ze hun ogen af en gingen ze terug naar huis. Diep in hun hart wisten ze dat zijn geest vrij rondzwierf op zijn geliefde berg, nog steeds met zijn haar in pieken overeind, een brede glimlach, en op blote voeten. Diamond Skinner had niets bezeten en toch was hij het gelukkigste schepsel geweest dat Lou ooit ontmoet had. Hij en God zouden ongetwijfeld uitstekend met elkaar kunnen opschieten.

Ze bereidden zich voor op de winter door gereedschap te slijpen met de slijpsteen en rattenstaartvijlen, de stallen uit te mesten en de mest over de omgeploegde akkers te verspreiden. Louisa had het wat dat betreft bij het verkeerde eind gehad, want Lou kon niet wennen aan de lucht van de mest. Ze zetten het vee op stal, gaven de dieren daar te eten en te drinken, molken de koeien en deden andere karweitjes die ze nu even natuurlijk vonden als ademhalen. Ze brachten kannen melk, boter en potten zuur, ingelegd in azijn en pekel, ingemaakte zuurkool en bonen naar de deels ondergronds gelegen opslagruimte, die dikke, houten wanden had waarvan de spleten met modder waren dichtgemaakt. Op de plekken waar de modder eraf was gevallen propten ze er papier tussen. En ze repareerden verder alles op de boerderij wat nodig was.

De school was weer begonnen en, zoals zijn vader al had gezegd, Billy Davis kwam niet meer terug. Er werd niets gezegd van zijn afwezigheid, alsof de jongen nooit had bestaan. Lou merkte echter dat ze toch af en toe aan hem dacht; ze hoopte dat hij het goed maakte.

Op een avond, nadat ze klaar waren met hun werk, stuurde Louisa Lou en Oz naar het riviertje dat langs de zuidgrens van het land stroomde, om bollen te halen van de platanen die er overvloedig groeiden. De bollen hadden scherpe stekels, maar Louisa vertelde dat ze gebruikt zouden worden als kerstversiering. Het zou nog een hele tijd duren voor het Kerstmis was, maar Lou en Oz deden wat hun was opgedragen.

Toen ze terugkwamen zagen ze tot hun verbazing Cottons auto voor het huis staan. Binnen was het donker en behoedzaam deden ze de deur open, niet wetend wat ze zouden aantreffen. Het licht gloeide op toen Louisa en Eugene de zwarte doeken van de lantaarns afhaalden en, samen met Cotton, vrolijk 'Gefeliciteerd' riepen. Het was hun verjaardag, die van allebei, want Lou en Oz waren op dezelfde dag geboren, vijf jaar na elkaar, dat had Amanda in een van haar brieven aan Louisa geschreven. Lou was nu officieel een tiener en Oz had de rijpe leeftijd van acht jaar bereikt.

Op tafel stond een aardbeientaart, met bekers warme cider. Er stonden twee kaarsjes op de taart, die Oz en Lou samen uitbliezen. Louisa haalde de cadeautjes tevoorschijn waar ze zo lang aan had gewerkt achter haar Singer-naaimachine: een Chop-jurk voor Lou met een kleurig motief van rode en groene bloemen, en een keurig jasje, een broek en een wit overhemd voor Oz, gemaakt van kleren die Cotton haar had gegeven.

Eugene had twee fluitjes voor de jarigen gesneden, die verschillende toonhoogten hadden, zodat ze elkaar konden horen wanneer ze niet bij elkaar waren in het bos of op de akkers. De bergen zouden de echo naar de zon sturen en terug, zei Louisa. Ze bliezen meteen op hun fluitjes, hun lippen kriebelden en ze begonnen te giechelen.

Cotton gaf Lou een bundel gedichten van Walt Whitman. 'Mijn voorvader is een meester in de dichtkunst, als ik het zo bescheiden mag uitdrukken,' zei hij. Daarna haalde hij iets uit een doos en Oz hield zijn adem in. De honkbalhandschoenen waren schoonheden, goed ingevet, gedragen tot ze een perfecte pasvorm hadden, ze roken naar goed leer, zweet en zomers gras en ongetwijfeld koesterden ze tijdloze kinderdromen. 'Ze waren van mij, toen ik jong was,' zei Cotton. 'Tot mijn spijt moet ik toegeven dat ik, hoewel ik niet zo'n goede advocaat ben, toch veel beter ben als advocaat dan destijds als honkbalspeler. Twee handschoenen, een voor jou en een voor Lou. En ook voor mij, als jullie mijn beperkte sportieve vaardigheden af en toe voor lief willen nemen.'

Oz zei dat hij er trots op zou zijn en hij drukte de handschoenen stevig tegen zijn borst. Daarna aten ze naar hartelust van de taart en dronken ze cider. Later trok Oz zijn pak aan, dat heel goed paste; naast Cotton leek hij bijna een kleine advocaat. Louisa was zo verstandig geweest om extra brede naden te maken, zodat de jongen erin kon groeien; hij leek dagelijks groter te worden. Aldus gekleed nam Oz zijn handschoenen en zijn fluitje, om alles aan zijn moeder te laten zien. Een poosje later hoorde Lou vreemde geluiden uit Amanda's slaapkamer komen. Toen ze ging kijken, zag ze Oz op een kruk staan met een laken om zijn schouders, een honkbalhandschoen als een kroon op zijn hoofd, en zwaaiend met een lange stok. 'De grote, dappere Oz, die nu geen laffe leeuw meer is, doodde alle draken en redde alle moeders en ze leefden nog lang en gelukkig in Virginia.' Hij nam zijn kroon van ingevet leer af en maakte een paar zwierige buigingen. 'Dank u, mijn trouwe onderdanen, ik heb het graag voor u gedaan.'

Daarna ging Oz naast zijn moeder zitten. Hij pakte een boek van het nachtkastje en sloeg het open op de plek die werd aangegeven door een stukje papier. 'Oké, mam,' zei Oz, 'nu komt het griezelige deel, maar ik vertel je nu alvast dat de heks de kinderen niet opeet.' Hij schoof dicht naar haar toe, sloeg een van haar armen om zijn middel en begon met grote ogen het griezelige deel voor te lezen.

Lou ging naar de keuken terug, waar ze aan tafel ging zitten in haar Chop-jurk, die haar als gegoten zat, en ze begon de ontroerende regels van Whitman te lezen bij het licht van de betrouwbare petroleumlamp. Het werd zo laat dat Cotton bleef slapen, in een stoel voor het kolenvuur. Weer was er een mooie dag op de berg voorbij.

216

•32•

Zonder dat Louisa of Eugene het wist nam Lou een lantaarn en lucifers mee om met Oz op Sue naar de mijn te rijden. Lou sprong van het paard, maar Oz bleef zitten en keek naar de ingang van de grot alsof die het voorportaal van de hel was. 'Ik ga daar niet in,' verklaarde hij.

'Dan blijf je hier maar wachten,' zei zijn zus.

'Waarom wil je naar binnen gaan? Na wat er met Diamond gebeurd is? De berg kan wel boven je hoofd instorten en ik durf te wedden dat het behoorlijk pijn doet.'

'Ik wil weten wat de mannen die Diamond gezien heeft, van plan waren.'

Lou stak de lantaarn aan en ging naar binnen. Oz bleef voor de ingang wachten, nerveus heen en weer lopend, maar ten slotte holde hij naar binnen, waar hij zijn zus al snel had ingehaald.

'Ik dacht dat je niet meeging,' zei Lou.

'Ik dacht dat je misschien bang zou worden,' antwoordde Oz, maar niettemin hield hij haar stevig bij haar blouse vast.

Ze liepen verder, huiverend vanwege de kilte en hun gespannen zenuwen. Lou keek om zich heen en zag wat kennelijk nieuwe schraagbalken waren, langs de wanden en tegen de zoldering van de schacht. Op de wanden waren ook diverse merktekens aangebracht met iets wat op witte verf leek. Een luid, sissend geluid drong tot hen door.

'Een slang?' vroeg Oz.

'Als dat een slang is, is hij zo groot als het Empire State Building. Ga mee.' Haastig liepen ze door; het gesis werd bij elke stap sterker. Ze sloegen een hoek om en toen klonk het geluid nog harder, alsof ergens stoom ontsnapte. Nog een hoek om, naar voren, de laatste bocht van de gang, en toen bleven ze staan. De mannen droegen veiligheidshelmen en hadden lampen met batterijen bij zich. Hun gezichten gingen schuil achter maskers. In de vloer van de mijngang zat een gat, met een dikke, metalen buis erin. Een machine die op een pomp leek was met slangen aan de buis bevestigd en maakte het sissende geluid dat ze hadden gehoord. De gemaskerde mannen stonden om het gat heen en zagen de kinderen niet. Lou en Oz gingen langzaam achteruit, daarna draaiden ze zich om en renden weg. Recht op Judd Wheeler af, maar ze konden hem ontwijken en bleven doorhollen.

Een minuut later kwamen Lou en Oz de mijn uit gestormd. Lou hield stil bij Sue en klauterde op het paard, maar Oz, die blijkbaar zijn leven niet toevertrouwde aan een dier dat zo langzaam was als een paard, vloog zijn zus en de merrie als een raket voorbij. Lou porde Sue in de ribben met haar voeten en draafde achter haar broertje aan. Ze kon hem echter niet inhalen, want Oz bleek opeens sneller te zijn dan een auto.

Cotton, Louisa, Lou en Oz hielden krijgsraad aan de keukentafel.

'Jullie zijn gek om naar die mijn te gaan,' zei Louisa kwaad.

'Anders zouden we die mannen niet gezien hebben,' wierp Lou tegen.

Louisa worstelde hier even mee en zei toen: 'Gaan jullie nu maar. Cotton en ik moeten praten.'

Nadat Lou en Oz waren weggegaan, keek ze Cotton aan.

'Wat denk je ervan?' vroeg ze.

'Zoals Lou het beschreef geloof ik dat ze naar aardgas zochten, in plaats van naar olie. En ze hebben het gevonden.'

'Wat doen we eraan?'

'Ze zijn zonder jouw toestemming op je terrein, en ze weten dat wij het weten. Ik denk dat ze wel naar jou toe komen.'

'Ik verkoop mijn land niet, Cotton.'

Cotton schudde zijn hoofd. 'Nee. Wat je wel kunt doen, is de concessie om te boren verkopen. En het land houden. Gas is niet hetzelfde als een kolenmijn. Ze hoeven de rots niet op te blazen.'

Koppig schudde ze haar hoofd. 'We hebben een goede oogst gehad. Ik heb van niemand hulp nodig.'

Cotton keek naar de tafel. Langzaam zei hij: 'Louisa, ik hoop dat je ons allemaal overleeft. Maar het is nu eenmaal zo dat als die kinderen de boerderij erven wanneer ze nog minderjarig zijn, ze het erg moeilijk zullen krijgen.' Hij zweeg even, om er dan zacht aan toe te voegen: 'En misschien heeft Amanda speciale verzorging nodig.'

Louisa knikte even bij die woorden, maar ze zei niets.

Later keek ze Cotton na toen hij wegreed, terwijl Oz en Lou speels achter zijn auto aan renden tot bij de weg, en Eugene ijverig bezig was met een of ander stuk gereedschap. Dit was Louisa's hele wereld. Alles leek gladjes te verlopen; toch was het allemaal heel broos, dat wist ze. Met een vermoeid gezicht leunde Louisa tegen de deur.

De mensen van Southern Valley kwamen de volgende middag al.

Louisa deed de deur open en zag Judd Wheeler, met naast zich een kleine man met slangenogen en een sluwe glimlach, keurig gekleed in een driedelig kostuum.

'Miss Cardinal, mijn naam is Judd Wheeler. Ik werk bij Southern Valley Coal and Gas. Dit is Hugh Miller, vice-president van Southern.'

'En u bent uit op mijn aardgas?' zei ze botweg.

'Ja, mevrouw,' antwoordde Wheeler.

'Nou, dan is het goed dat mijn advocaat hier is,' zei ze, met een blik naar Cotton, die vanuit Amanda's slaapkamer naar de keuken was gekomen.

'Miss Cardinal,' zei Hugh Miller toen ze allemaal zaten, 'ik denk niet dat het zin heeft om eromheen te draaien. Ik begrijp dat u een extra verantwoordelijkheid voor uw familie hebt geërfd, en ik weet hoe moeilijk dat kan zijn. Daarom doet het me veel genoegen dat ik u... honderdduizend dollar kan bieden voor uw terrein. Ik heb de cheque en de papieren die u moet tekenen, bij me.'

Louisa had van haar leven niet meer dan vijf dollar contant geld bezeten. 'Lieve hemel,' was het enige wat ze kon uitbrengen.

'Laten we elkaar goed begrijpen,' zei Cotton, 'Louisa verkoopt alleen de onderliggende concessie.'

Glimlachend schudde Miller zijn hoofd. 'Ik vrees dat we voor dat bedrag verwachten dat we ook het terrein kopen.'

'Dat doe ik niet,' zei Louisa.

Cotton zei: 'Waarom kan ze u niet alleen de concessie verlenen? Dat is hier de gewoonte.'

'We hebben grote plannen voor haar terrein. We willen de berg afvlakken, een goed wegenstelsel aanleggen en faciliteiten bouwen voor de ontginning, de productie en het vervoer. En, verdorie, de langste pijpleiding die er buiten Texas bestaat. We zijn al een hele tijd op zoek. Dit terrein is perfect. Ik zie niet wat erop tegen kan zijn.'

Louisa keek hem nijdig aan. 'Behalve dat ik het niet aan u verkoop. U gaat dit land niet verpesten zoals u dat elders hebt gedaan.'

Miller leunde naar voren. 'Dit gebied gaat hard achteruit, miss Cardinal. De bossen zijn gekapt. De mijnen worden gesloten. Mensen raken hun baan kwijt. Wat heb je aan bergen als je ze niet gebruikt om mensen te helpen? Het is niets dan rotsen en bomen.'

'Ik heb een eigendomsakte voor dit land, maar niemand is eigenaar van de bergen. Ik waak over ze zolang ik hier ben. En ze geven me alles wat ik nodig heb.'

Miller keek om zich heen. 'Alles wat u nodig hebt? Nou, u hebt hier zelfs geen elektriciteit, of telefoon. Ik weet zeker dat u, als godvrezende vrouw, beseft dat onze schepper ons hersens heeft gegeven opdat we gebruik kunnen maken van onze omgeving. Wat is een berg, vergeleken bij mensen die een goed leven leiden? Wat u doet is volgens mij niet in overeenstemming met de Heilige Schrift.'

Louisa schonk de kleine man een spottend lachje. 'God heeft deze bergen gemaakt opdat ze in eeuwigheid zouden bestaan. Maar Hij heeft ons mensen hier neergezet, voor een heel klein poosje. Wat zegt dat u?'

Miller leek wanhopig. 'Hoort u nu eens, mijn maatschappij is van plan een grote investering te doen om dit land weer tot leven te brengen. Hoe kunt u dat in de weg staan?'

Louisa stond op. 'Zoals ik het altijd heb gedaan. Op mijn beide voeten.'

Cotton liep met Miller en Wheeler mee naar hun auto.

'Meneer Longfellow,' zei Miller, 'u zou uw cliënte moeten overhalen ons voorstel aan te nemen.'

Cotton schudde zijn hoofd. 'Wanneer Louisa Mae Cardinal zich eenmaal iets in het hoofd heeft gezet, kun je dat niet veranderen, net zomin als je kunt proberen de opkomende zon tegen te houden.'

'Nou, de zon gaat elke avond ook weer onder,' zei Miller.

Toen de mannen van Southern Valley wegreden, bleef Cotton hen nakijken.

Het kerkje stond in een weiland, een paar kilometer bij de boerderij van de Cardinals vandaan. Het was gebouwd van ruwhouten planken en had een kleine toren, één bescheiden raam van gewoon glas, en een overdaad aan charme. Er zouden een kerkdienst en een maaltijd op de grond plaatsvinden en Cotton was met Lou, Oz en Eugene erheen gereden. Ze noemden het 'op de grond', verklaarde Cotton, omdat er geen tafels en stoelen waren, maar dekens, lakens en stukken zeildoek: een grote picknick onder het mom van een kerkbezoek.

Lou had aangeboden thuis te blijven bij haar moeder, maar Louisa wilde er niet van horen. 'Ik lees in mijn bijbel, ik bid tot mijn Heer, maar ik hoef niet samen met anderen te gaan zitten zingen om mijn geloof uit te dragen.'

'Waarom moet ik er dan wel heen?' had Lou gevraagd.

'Omdat er na de dienst gegeten wordt, en dat eten is niet te versmaden, meisje,' antwoordde Louisa lachend.

Oz had zijn pak aan en Lou droeg haar Chop-jurk en een paar dikke, bruine kousen die door elastieken werden opgehouden. Eugene had de hoed op die hij van Lou had gekregen, en een schoon overhemd aan. Er waren nog een paar negers, onder wie een slanke, jonge vrouw met opvallend mooie ogen en een prachtige, egale huid. Eugene praatte geruime tijd met haar. Cotton vertelde dat er deze kant uit zo weinig negers waren dat ze geen aparte kerk hadden. 'Daar ben ik heel blij om,' zei hij. 'Meestal gaat het niet zo in het zuiden, en in de steden bestaan de vooroordelen nog steeds.'

'We hebben in Dickens een bordje met ALLEEN VOOR WITTE MENSEN gezien,' zei Lou.

'Dat zal vast wel,' zei Cotton. 'Maar in de bergen is het anders. Ik zal niet zeggen dat iedereen hier een heilige is, want dat is beslist niet zo, maar het is een hard leven en de mensen proberen allemaal het hoofd boven water te houden. Dat laat niet veel tijd over om stil te staan bij dingen waar ze niet bij stil zouden moeten staan.' Hij wees naar de eerste rij en zei: 'Met uitzondering van George Davis en een paar anderen dan.'

Geschokt zag Lou George Davis in de voorste bank zitten. Hij had een stel schone kleren aan, zijn haar was gekamd en hij had zich geschoren. Met tegenzin moest ze toegeven dat hij er keurig uitzag. Hij had echter geen van zijn gezinsleden bij zich. Met gebogen hoofd zat hij in gebed verzonken. Voor de dienst begon vroeg Lou aan Cotton wat dit moest voorstellen.

De advocaat zei: 'George Davis komt bijna altijd naar de kerkdienst, maar hij blijft nooit eten. En hij brengt zijn gezin nooit mee, zo is hij nu eenmaal. Ik zou graag hopen dat hij komt om te bidden omdat hij voelt dat er heel wat dingen zijn waarvoor hij boete moet doen. Maar ik denk dat hij zich gewoon indekt. Het is een berekenend man.'

Lou keek naar Davis, die bad alsof God in zijn hart en zijn huis woonde, terwijl zijn gezin in vodden en in angst verkeerde en zou verhongeren zonder de goedgeefsheid van Louisa Cardinal. Hoofdschuddend zei ze tegen Cotton: 'Wat er ook gebeurt, ga niet naast die man staan.'

Verbaasd keek Cotton haar aan. 'Waarom niet?'

'De bliksem kon wel eens neerdalen,' antwoordde ze.

Te lang moesten ze luisteren naar de dominee, hun achterste deed pijn van de harde banken, hun neus werd geprikkeld door de geur van lysolzeep, seringenwater en viezere luchtjes van degenen die er niet aan hadden gedacht om zich te wassen voor ze naar de kerk kwamen. Oz viel twee keer in slaap en Lou moest hem aanstoten om hem wakker te maken. Cotton droeg een speciaal gebed op aan Amanda, wat door Lou en Oz erg op prijs werd gesteld. Het leek er echter op dat ze, volgens deze vlezige baptistendominee, allemaal gedoemd waren naar de hel te gaan. Jezus had Zijn leven voor hen gegeven en ze waren een miserabel stelletje, zei hij, hijzelf inbegrepen. Ze deden weinig anders dan zondigen en luieren. Daarna kwam de heilige man pas goed op gang, hij liet ieder menselijk wezen in het gebouwtje bijna in tranen uitbarsten, of in elk geval de rillingen krijgen, door te wijzen op hun buitengewone waardeloosheid en op de schuld die in hun zondige zielen woonde. Vervolgens ging de collecteschaal rond en vroeg hij heel beleefd om koud, hard geld aan al die aardige mensen die hier vandaag bijeen waren, ondanks hun verschrikkelijke zonden en hun waardeloosheid.

Na de dienst stroomden alle kerkgangers naar buiten. 'Mijn vader is pastor in Massachusetts,' zei Cotton, toen ze de treden voor de kerk afdaalden. 'Hij is ook zo verzot op de vuur-en-zwaveltheorie van het geloof. Een van zijn helden was Cotton Mather, daar heb ik mijn nogal eigenaardige naam vandaan. Ik weet dat mijn vader heel teleur-

222

gesteld was toen ik niet in zijn voetsporen trad, de kansel op, maar zo is het leven. Ik voelde me niet geroepen om de Heer te dienen en ik wilde het ambt van geestelijke niet in diskrediet brengen, alleen om mijn vader een plezier te doen. Ik ben zeker geen deskundige, maar toch wordt een mens er moe van om zich eerst te laten vernederen en daarna geld uit de zak te laten kloppen door dat vrome gedoe.' Lachend keek Cotton naar de mensen die zich bij het uitgestalde eten verdrongen. 'Maar ik geloof dat het een redelijke prijs is die je moet betalen om iets van deze heerlijkheden te mogen proeven.'

Het eten behoorde inderdaad tot het beste wat Lou en Oz ooit gegeten hadden: gebraden kip, gerookte Virginia-ham, kool en bacon, luchtig gebak met gesmolten boter, brood, groenteschotels, diverse soorten bonen en warme vruchtentaarten, alles ongetwijfeld gemaakt volgens geheime, goedbewaarde familierecepten. De kinderen aten tot ze niet meer konden en gingen daarna onder een boom liggen rusten.

Cotton zat op de treden voor de kerk met een kippenpoot en een kom warme cider te genieten van de vreedzaamheid van een goede kerkmaaltijd toen de mannen hem benaderden. Het waren allen boeren, met sterke armen en vierkante schouders, ze liepen een beetje voorovergebogen en hun vingers waren licht gekromd, alsof ze nog steeds een schoffel of een zeis vasthielden, emmers water versjouwden of aan koeienuiers trokken.

'Hallo, Buford,' zei Cotton met een knikje naar een van de mannen die uit de groep naar voren was gekomen, met zijn vilthoed in de hand. Cotton wist dat Buford Rose lange tijd in deze streek had geploeterd met aarde en zaad; het was een goede, fatsoenlijke man. Zijn boerderij was klein, maar hij beheerde die doelmatig. Hij was niet zo oud als Louisa, maar toch had hij al jaren geleden de middelbare leeftijd vaarwel gezegd. Buford maakte geen aanstalten om iets te zeggen, zijn ogen bleven op zijn afgedragen schoenen gericht. Cotton keek naar de andere mannen, de meesten kende hij omdat hij hen had geholpen met een of ander probleem, dat meestal te maken had met eigendomsakten, testamenten of belastingen. 'Hebben jullie iets op je hart?' zei hij ter aanmoediging.

Buford zei: 'Die lui van de kolenmijn zijn bij ons allemaal langs geweest, Cotton. Om over het land te praten. Om het te verkopen, bedoel ik.'

'Ik hoor dat ze er flink wat geld voor bieden,' zei Cotton.

Buford wierp een nerveuze blik op zijn metgezellen, zijn vingers begroeven zich in de rand van zijn hoed. 'Nou, zóver zijn ze nog niet gegaan. Zie je, het gaat erom dat ze ons land niet willen kopen tenzij Louisa verkoopt. Ze zeggen dat het te maken heeft met waar het gas zit en zo. Ik heb er niet veel van begrepen, maar dat zeggen ze.'

'De oogst was dit jaar goed,' zei Cotton. 'Het land heeft iedereen veel opgeleverd. Misschien hoeven jullie niet te verkopen.'

'En volgend jaar dan?' zei een man die jonger was dan Cotton maar er minstens tien jaar ouder uitzag. Hij was een derdegeneratieboer in deze streek, wist Cotton, en daar leek hij op dit moment niet al te blij mee. 'Eén goed jaar weegt niet op tegen drie slechte.'

'Waarom wil Louisa niet verkopen, Cotton?' vroeg Buford. 'Ze is een stuk ouder dan ik, en ik ben nu al afgebeuld en mijn zoon wil dit niet meer. En ze heeft die kinderen in huis, en de zieke vrouw voor wie ze moet zorgen. Ik begrijp er niets van dat ze niet wil verkopen.'

'Dit is haar thuis, Buford. Evenals het jouwe. En wij hoeven het niet te begrijpen. Zij wil het zo. Dat moeten we respecteren.'

'Kun jij niet met haar praten?'

'Ze heeft haar besluit genomen. Het spijt me.'

Zwijgend bleven de mannen hem aankijken, het was duidelijk dat geen van hen blij was met dit antwoord. Daarna draaiden ze zich om en liepen ze weg, een zeer verontruste Cotton Longfellow achterlatend.

Oz had zijn bal en zijn handschoenen meegenomen naar het kerkmaal, en hij begon te gooien met Lou en een paar van de andere jongens. De mannen keken hun ogen uit bij het zien van zijn vaardigheid en zeiden dat ze nog nooit zo'n sterke arm als die van Oz hadden gezien. Toen kwam Lou langs een groepje kinderen die praatten over de dood van Diamond Skinner.

'Stomme ezel, om zich op die manier te laten opblazen,' zei een bolwangige jongen die Lou niet kende.

'Een mijn in lopen waar aangestoken dynamiet ligt,' zei een ander. 'Goeie hemel, wat een stommeling.'

'Hij heeft natuurlijk ook nooit op school gezeten,' zei een meisje met donker, krullend haar, dat een dure, breedgerande hoed ophad met een lint eromheen en een jurk droeg met ruches, die evenveel moest hebben gekost. Lou kende haar als Charlotte Ramsey. Haar familie had geen boerderij, maar bezat een van de kleine kolenmijnen en verdiende er goed aan. 'De arme jongen wist waarschijnlijk niet beter.'

Nadat ze even had staan luisteren ging Lou tussen de groep staan. Sinds ze in de bergen woonde was ze langer geworden en ze stak boven iedereen uit, hoewel ze allemaal bijna van dezelfde leeftijd waren.

'Hij ging die mijn in om zijn hond te redden,' zei Lou.

De jongen met de bolle wangen lachte. 'Je leven wagen voor een hónd? Dat is pas echt stom.'

Lou's vuist schoot uit en de jongen belandde op de grond, met zijn hand tegen een van zijn dikke wangen gedrukt, die nu nog een tikje dikker was geworden. Lou liep met grote stappen weg en bleef doorlopen.

Oz zag wat er gebeurd was. Hij pakte zijn bal en handschoenen en haalde haar in. Zonder iets te zeggen bleef hij naast haar lopen terwijl haar woede bekoelde, dat had hij wel vaker gedaan. De wind nam in kracht toe en er kwamen wolken opzetten toen een onweersfront boven de bergen opdoemde.

'Gaan we helemaal naar huis lopen, Lou?'

'Jij kunt met Cotton en Eugene meerijden als je wilt.'

'Weet je Lou, jij bent zo slim, je hoeft toch niet te vechten. Je kunt hen verslaan met je woorden.'

Ze keek hem van opzij aan. Tegen wil en dank moest ze lachen om zijn opmerking. 'Sinds wanneer ben jij zo volwassen geworden?'

Oz dacht er even over na. 'Sinds ik acht geworden ben.'

Ze bleven doorlopen.

Oz had zijn handschoenen aan een touwtje om zijn hals gehangen en om iets te doen te hebben gooide hij de bal in de lucht en ving die op achter zijn rug. Hij gooide nog een keer, maar deze keer ving hij hem niet en de bal viel, vergeten, op de grond.

George Davis was zo geruisloos als een mistflard uit de bosjes gekomen. Zijn nette kleren en zijn schone gezicht maakten het kwaad dat er van hem uitstraalde niet minder om, dacht Lou. Oz deinde meteen terug, maar Lou zei fel: 'Wat moet u?'

'Ik heb gehoord van die gasmensen. Gaat Louisa verkopen?'

'Dat is haar zaak.'

'Míjn zaak! Ik wed dat er onder mijn land ook gas zit.'

'Waarom verkoopt u het dan niet?'

'De weg naar mijn boerderij loopt over haar grond. Ze kunnen niet bij mij komen als zij niet verkoopt.'

'Nou, dat is dan uw probleem,' zei Lou, die probeerde haar glimlach te verbergen, want ze dacht dat God misschien eindelijk aandacht aan de man schonk.

'Zeg maar tegen Louisa dat ze, als ze weet wat goed voor haar is, beter kan verkopen. Zeg haar verdomme dat ze moet verkopen.'

'En voor u is het beter dat u nu weggaat.'

Davis hief zijn hand op. 'Brutale meid!'

Een hand, zo snel als een slang, greep Davis' arm en hield die in de lucht tegen. Daar stond Cotton, hij bleef die sterke arm vasthouden terwijl hij de man aankeek.

Davis rukte zijn arm los en balde zijn vuisten. 'Nou krijg je ervan langs, meneer de advocaat.'

Davis haalde uit. Cotton hield de vuist met zijn hand tegen en greep hem vast. Ditmaal kon Davis de greep niet verbreken, hoewel hij het uit alle macht probeerde.

Toen Cotton iets zei, gebeurde dat op rustige toon, maar wel zo dat Lou een rilling over haar rug voelde lopen. 'Ik heb aan de universiteit Amerikaanse literatuur gestudeerd. Maar ik was ook aanvoerder van het boksteam. Als je nog één keer je hand opheft tegen deze kinderen, sla ik je net zolang tot je bijna dood bent.'

Cotton liet de vuist los en Davis ging een paar stappen achteruit. Hij was duidelijk onder de indruk, zowel van het kalme optreden als van de sterke handen van zijn tegenstander.

'Cotton, hij wil dat Louisa haar grond verkoopt, dan kan hij de zijne ook verkopen. Hij dringt er heel sterk op aan,' zei Lou.

'Ze wil niet verkopen,' zei Cotton met nadruk. 'En daarmee uit.'

'Er kan veel gebeuren om te maken dat iemand toch wil verkopen.'

'Als dat een dreigement is, kunnen we ermee naar de sheriff. Tenzij je het nu meteen met mij wilt uitpraten.'

George Davis gromde iets en liep daarna met grote passen weg.

Terwijl Oz zijn honkbal opraapte, zei Lou: 'Bedankt, Cotton.'

•33•

Lou zat op de veranda, waar ze probeerde zich de kunst van het sokken stoppen meester te maken, maar het schoot niet echt op. Ze werkte veel liever op het land en verlangde ernaar de zon en de wind op haar lichaam te voelen. Er zat een bepaalde regelmaat in het boerenwerk, die haar erg aansprak. Om Louisa's woorden te gebruiken: ze begon het land snel te begrijpen en te respecteren. Het werd nu met de dag kouder en ze had een dikke, wollen trui aan die Louisa voor haar had gebreid. Ze keek op toen ze Cottons auto in de verte zag aankomen, en ze wuifde. Cotton zag haar, zwaaide terug en nadat hij was uitgestapt, kwam hij bij haar op de veranda zitten. Ze keken beiden uit over de omgeving. 'Wat is het hier toch mooi in deze tijd van het jaar,' merkte hij op. 'Er is echt niets mee te vergelijken.'
'Waarom is mijn vader nooit teruggekomen, denk je?'
Cotton nam zijn hoed af en wreef zich over zijn hoofd. 'Nou, ik heb wel meer gehoord van schrijvers die in hun jeugd ergens gewoond hadden en er de rest van hun leven over schreven, zonder ooit nog een keer terug te gaan naar de plek die hen inspireerde. Ik weet het niet, Lou, misschien waren ze bang dat ze, als ze terugkwamen en die plek met nieuwe ogen zagen, er geen verhalen meer over zouden kunnen vertellen.'
'Je bedoelt dat hun herinnering bedorven zou worden?'
'Misschien. Wat denk jíj ervan? Nooit teruggaan naar de plek waar je vandaan komt om zo een groot schrijver te worden?'
Lou hoefde er niet lang over na te denken. 'Ik denk dat het een te hoge prijs is om te betalen voor je beroemdheid.'

Elke avond voor ze naar bed ging probeerde Lou minstens een van de brieven te lezen die haar moeder aan Louisa had geschreven. Een week later, toen ze op een avond de bureaulade openschoof waarin ze de brieven bewaarde, bleef die steken. Ze stak haar hand in de la om die weer recht te trekken. Haar vingers stootten tegen iets wat tegen de onderkant van het bureaublad was bevestigd. Ze ging op haar knieën liggen en tuurde naar binnen, intussen voorzichtig verder tastend met haar hand. Een paar seconden later haalde ze de envelop tevoorschijn die er met plakband tegenaan was geplakt. Ze ging op haar bed zitten en keek naar de envelop. Er stond niets op geschreven, maar ze voelde dat er papieren in zaten. Langzaam haalde ze de inhoud eruit. De vellen waren, evenals de envelop, oud en vergeeld. Lou bleef op het bed zitten en begon het keurige handschrift op de pagina's te lezen. Lang voor ze ermee klaar was liepen de tranen over haar wangen. Haar vader was vijftien jaar geweest toen hij dit had geschreven, want de datum stond erboven vermeld. Lou ging naar Louisa, die beneden bij het vuur zat. Ze vertelde wat ze had gevonden en las de bladzijden met een zo duidelijk mogelijke stem voor:

Mijn naam is John Jacob Cardinal, maar mijn roepnaam is Jack. Mijn vader is nu vijf jaar dood en mijn moeder, enfin, ik hoop dat ze het goed maakt, waar ze ook mag zijn. Opgroeien op een berg laat zijn sporen na op iedereen die geconfronteerd wordt met zowel de overdaad ervan als de tegenspoed. Het leven hier staat er tevens om bekend dat het verhalen oplevert die vrolijk zijn, maar ook tranen kunnen oproepen. Op de volgende pagina's wil ik een verhaal weergeven dat mijn vader me kort voor zijn dood heeft verteld. Sindsdien heb ik elke dag over zijn woorden nagedacht, toch kan ik nu pas de moed opbrengen om ze op te schrijven. Ik kan me het verhaal heel goed herinneren, maar sommige woorden kunnen van mij zijn en niet van mijn vader, hoewel ik weet dat ik trouw ben gebleven aan de diepe betekenis van zijn verhaal.

De enige raad die ik kan geven aan degene die deze bladzijden onder ogen krijgt, is om ze aandachtig te lezen teneinde de bedoeling ervan te begrijpen. Ik hou bijna net zoveel van de bergen als ik van mijn vader heb gehouden. Toch weet ik dat ik op een dag zal weggaan, en ik betwijfel of ik als ik eenmaal weg ben, ooit zal terugkeren. Al met al is het belangrijk te begrijpen dat ik geloof dat ik hier de rest van mijn dagen heel gelukkig zou kunnen zijn.

Lou sloeg de bladzijde om en daarna begon ze Louisa haar vaders verhaal voor te lezen.

Het was een lange, vermoeiende dag geweest voor de man, hoewel hij boer was en geen andere dagen kende. Nu de oogst op zijn akkers was verdroogd, zijn vuur uit was, zijn kinderen honger hadden en zijn vrouw diep ongelukkig was over dat alles, ging hij een wandeling maken. Hij was nog niet ver gekomen toen hij een priester ontmoette, zittend op een hoge rots vanwaar hij uitkeek over een poel met stilstaand water. 'U bent een man van de aarde,' zei de priester met een stem die vriendelijk klonk en verstandig leek. De boer antwoordde dat hij inderdaad aan de kost moest komen door de grond te bewerken, hoewel hij noch zijn kinderen, noch zijn ergste vijand een dergelijk leven zou willen toewensen. De priester nodigde de boer uit om bij hem te komen op de hoge rots, dus hij ging naast de man zitten. Deze vroeg de boer waarom hij niet wilde dat zijn kinderen het werk na hun vader zouden voortzetten. De boer keek naar de lucht en deed alsof hij diep nadacht, want in zijn hart wist hij heel goed wat zijn mond zou zeggen. 'Het is het ellendigste leven dat er bestaat,' zei hij. 'Maar het is hier zo mooi,' antwoordde de priester. 'Denk toch eens aan de arme mensen in de grote stad, die in smerigheid moeten leven. Hoe kan een man van de open lucht en die mooie aarde zoiets zeggen?' De boer antwoordde dat hij geen geleerde was zoals de priester, maar dat hij wel had gehoord van de grote armoede in de steden, waar de mensen de hele dag in hun schamele woningen bleven omdat er geen werk voor hen was. Of de mensen die van de steun moesten leven. Ze stierven de hongerdood – langzaam, maar ze stierven. Was dat niet waar? vroeg hij. De priester knikte met zijn grote, wijze hoofd tegen de boer. 'Dat is dus de hongerdood zonder moeite,' zei de boer. 'Het ellendigste bestaan waarvan ik ooit gehoord heb,' zei de heilige man. De boer was het met hem eens en zei toen: 'Ik heb ook gehoord dat er in andere delen van het land grote boerderijen staan op land dat zo uitgestrekt is dat de vogels er niet in één dag overheen kunnen vliegen.' 'Dat is ook waar,' antwoordde de ander. De boer vervolgde: 'En dat wanneer de oogst op die boerderijen is binnengehaald, ze jarenlang van de opbrengst van één enkele oogst kunnen leven als een vorst, en de rest verkopen zodat ze altijd geld op zak hebben.' 'Dat is allemaal waar,' zei de priester. 'Nou, op deze berg hebben we niet zulke boerderijen,' zei de boer. 'Als de oogst goed is heb-

ben we te eten, maar dat is dan ook alles.' 'Wat bedoelt u daar precies mee?' vroeg de priester. 'Nou, mijn situatie is als volgt, priester: mijn kinderen, mijn vrouw en ik, we werken elk jaar onze rug kapot, van zonsopgang tot lang nadat de duisternis is gevallen. We werken hard om het land zover te krijgen dat het ons te eten geeft. Het kan er goed uitzien, dan hebben we hoop. Maar we komen dikwijls bedrogen uit. En dan verhongeren wij ook. Maar ziet u, wij verhongeren nadat we ons veel moeite hebben gegeven. Is dat dan niet veel ellendiger?' 'Het is zeker een moeilijk jaar geweest,' zei de andere man. 'Maar wist u dat maïs groeit door regen en door bidden?' 'We bidden elke dag,' zei de boer, 'en toch staat de maïs pas tot mijn knie, en het is al september.' 'Ja,' zei de priester, 'natuurlijk, hoe meer regen hoe beter. Maar als dienaar van de aarde bent u een gezegend mens.' De boer zei dat zijn huwelijk niet veel meer van die zegeningen kon verdragen, omdat zijn goede vrouw de dingen anders zag. Hij boog zijn hoofd en zei: 'Wie ben ik om zo te klagen?' 'Spreek vrijuit, mijn zoon,' zei de heilige man, 'want ik ben de oren van God.' 'Nou,' zei de boer, 'het veroorzaakt ongemak in het huwelijk, en problemen tussen man en vrouw, deze kwestie van hard werken zonder beloning.' De priester hief een vrome vinger op en zei: 'Maar hard werken is een beloning op zich.' De boer glimlachte. 'God zij geprezen, want dan ben ik mijn hele leven rijkelijk beloond.' De priester stemde ermee in en daarna zei hij: 'Dus u hebt problemen in uw huwelijk?' 'Wie ben ik om te klagen?' zei de boer. 'Ik ben de ogen van God,' antwoordde de priester. Ze keken beiden op naar de blauwe hemel, waar geen druppel uit kwam van wat de boer nodig had. 'Sommige mensen zijn niet geschikt voor een leven vol van dergelijke rijke beloningen,' zei hij. 'Nu spreekt u over uw vrouw,' merkte de priester op. 'Misschien over mezelf,' zei de boer. 'God zal u naar de waarheid leiden, mijn zoon,' zei de priester. 'Kan iemand bang zijn voor de waarheid?' wilde de boer weten. 'Een man kan overal bang voor zijn', zei de priester tegen hem. Het bleef een poosje stil, want de boer had geen woorden meer. Toen zag hij de wolken komen opzetten, de hemel opende zich en het water viel op hen neer. Hij stond op, want nu kon hij aan het werk. 'Ziet u,' zei de heilige man, 'mijn woorden zijn uitgekomen. God heeft u de weg gewezen.' 'We zullen zien,' zei de boer, 'want het is nu al laat in het seizoen.' Toen hij op weg ging naar zijn land, riep de priester hem nog iets na. 'Zoon van de aarde,' zei hij, 'als het een goede oogst wordt, gedenk dan de Kerk in uw overvloed.' De boer keek om en tikte tegen de rand van zijn hoed. 'Gods wegen zijn ondoorgrondelijk,' zei hij tegen de priester. Hij keerde zich om en liet de ogen en oren van God achter zich.

Lou vouwde het papier op en keek naar Louisa, hopend dat ze er goed aan had gedaan met haar dit verhaal voor te lezen. Lou vroeg zich af of de jonge Jack Cardinal had gemerkt dat het verhaal veel persoonlijker was geworden toen erin werd gesproken over een uiteenvallend huwelijk.

Louisa staarde in het vuur. Een paar minuten bleef ze zwijgen, toen zei ze: 'Het leven is hard hier, zeker voor een kind. En het is hard voor man en vrouw, hoewel ik daar nooit onder heb geleden. Als mijn vader en moeder ooit een kwaad woord tegen elkaar hebben gezegd, heb ik het niet gehoord. En ik en mijn man, Joshua, konden het goed met elkaar vinden tot het moment dat hij zijn laatste adem uitblies. Maar ik weet dat het voor je vader anders was. Jake en zijn vrouw hadden vaak ruzie.'

Lou haalde diep adem en zei: 'Pap wilde dat u bij ons kwam wonen. Zou u dat gedaan hebben?'

Haar overgrootmoeder keek haar aan. 'Vraag je me waarom ik hier nooit zal weggaan? Ik hou van dit land, Lou, omdat het me nooit in de steek zal laten. Als de oogst mislukt, eet ik de appels of de wilde aardbeien die altijd groeien, of de wortels die vlak onder de aarde liggen, als je weet waar je ze moet zoeken. Als de sneeuw 3 meter hoog ligt kan ik me redden. Of het regent of hagelt, of de zomerhitte laat het asfalt smelten, ik kan me redden. Ik vind water op plekken waarvan gezegd wordt dat er geen water is. Ik kan me redden. Ik en het land. Ik en deze berg. Dat betekent waarschijnlijk niets voor mensen die licht kunnen maken door op een knopje te drukken, of die kunnen praten met mensen die ze niet eens kunnen zien.' Ze zweeg om adem te halen. 'Voor mij betekent het alles.' Ze staarde opnieuw in het vuur. 'Alles wat je vader zegt is waar. De hoge rotsen zijn mooi. De hoge rotsen zijn wreed.' Ze keek Lou aan en voegde er zacht aan toe: 'En de berg is mijn thuis.'

Lou liet haar hoofd tegen Louisa's borst rusten. De vrouw streelde teder met haar hand over Lou's haar terwijl ze zich koesterden in de warmte van het vuur.

Toen zei Lou iets waarvan ze gedacht had dat ze het nooit zou zeggen: 'En nu is het ook mijn thuis.'

•34•

Sneeuwvlokken vielen uit de buik van opgezwollen wolken. Bij de stal klonk een zoevend geluid en daarna werd een sprank fel licht zichtbaar die snel groter werd.

In de boerderij lag Lou te kreunen in de greep van een nachtmerrie. Haar bed en dat van Oz waren in de voorkamer bij het kolenvuur gezet en ze lagen diep weggedoken onder bonte quilts die Louisa in de loop der jaren had gemaakt. Lou hoorde een geluid in haar rusteloze slaap, maar ze wist niet wat het was. Ze deed haar ogen open en ging rechtop zitten. Er werd aan de deur gekrabbeld. Onmiddellijk was het meisje klaarwakker. Ze deed de deur open en Jeb kwam jankend en springend binnenstormen.

'Jeb, wat is er? Is er iets gebeurd?'

Toen hoorde ze het gegil van de dieren in de stal.

Lou rende in haar nachthemd naar buiten. Jeb sprong blaffend achter haar aan en Lou zag wat hem angst had aangejaagd: de stal stond in lichterlaaie. Ze holde naar het huis terug, riep wat er gebeurd was en vloog vervolgens weer naar de stal.

Eugene verscheen in de voordeur van het huis, zag de brand en haastte zich naar buiten met Oz vlak achter hem aan.

Toen Lou de grote staldeur opengooide, sprongen rook en vlammen op haar af.

'Sue! Bran!' riep ze, terwijl de rook in haar longen drong en ze de haartjes op haar armen voelde schroeien van de hitte.

Eugene hinkte langs haar heen de stal in, maar kwam er onmiddellijk hoestend weer uit. Lou keek naar de drinkbak bij de kraal en zag een paardendeken over het hek hangen. Ze greep de deken en dompelde die in het koude water.

'Eugene, gooi dit over je heen.'

Eugene bedekte zich met de natte deken en holde daarna opnieuw de stal in.

Binnen stond alles in brand. Een balk viel en miste Eugene op een haar na. Overal was rook en vuur. Eugene was even vertrouwd met het inwendige van de stal als met alles op de boerderij, maar nu leek hij met blindheid geslagen. Eindelijk bereikte hij Sue, die in haar stal om zich heen stond te schoppen. Hij rukte de deur open en legde een touw om de hals van de doodsbange merrie.

Eugene kwam met Sue de stal uit strompelen. Hij gooide het touw naar Lou, die het paard wegbracht met hulp van Louisa en Oz, en ging weer de stal in. Lou en Oz haalden emmers water uit de bron, maar Lou wist dat het niet méér was dan proberen met je adem sneeuw te laten smelten. Eugene dreef de ezels en alle koeien op een na naar buiten. Maar ze verloren alle zwijnen. En al hun hooi en het grootste deel van het gereedschap en het tuig. De schapen bleven 's winters buiten, maar het bleef een verschrikkelijke ramp.

Louisa en Lou stonden op de veranda te kijken terwijl de stal, nu nog slechts een paar kale steunbalken, bleef branden. Eugene stond bij de kraal waar hij het vee in had gedreven. Oz was naast hem met een emmer water, bezig elk sprankje vuur dat van de stal wegkroop te doven.

Toen riep Eugene 'Hij stort in!', en hij trok Oz opzij. De stal zakte in elkaar, de vlammen schoten naar de hemel en de sneeuw viel langzaam in de vuurzee.

Ontreddderd staarde Louisa naar de ruïne, alsof ze zelf door de vlammen werd verteerd. Lou hield haar hand stevig vast, maar plotseling merkte ze dat Louisa's vingers begonnen te trillen, de sterke greep werd opeens ongekend zwak.

'Louisa?'

Zonder een woord te zeggen zakte haar overgrootmoeder op de veranda in elkaar.

'Louisa!'

De angstkreten van het meisje weergalmden door de kale, koude vallei.

Cotton, Lou en Oz stonden naast het ziekenhuisbed waar Louisa in lag. Het was een wilde tocht geweest over de berg in de oude Hudson, de versnellingsbak werd mishandeld door een paniekerige Eugene, de motor gierde, de wielen slipten en kregen dan weer grip op de zanderige sneeuw. Twee keer schoot de auto bijna over de rand. Lou en Oz hadden zich aan Louisa vastgeklampt, biddend dat ze hen niet zou verlaten. Ze hadden haar naar het kleine ziekenhuis van Dickens gebracht en daarna had Lou Cotton uit zijn bed gehaald. Eugene was teruggereden naar de boerderij om voor Amanda en de dieren te zorgen.

Travis Barnes behandelde Louisa, en de arts keek bezorgd. Het ziekenhuis was tevens zijn woning, maar het zien van een eetkamertafel en een General Electric-koelkast had Lou niet gerustgesteld.

'Hoe is het met haar, Travis?' vroeg Cotton.

Travis keek naar de kinderen en nam Cotton apart. 'Ze heeft een beroerte gehad,' zei hij zacht. 'Het ziet ernaar uit dat ze aan haar linkerzijde verlamd is.'

'Wordt ze weer beter?' Dat kwam van Lou, die alles had gehoord.

Travis haalde bedroefd zijn schouders op. 'We kunnen niet veel voor haar doen. De volgende 48 uur zijn kritiek. Als ik geloofde dat ze de rit kon doorstaan, had ik haar naar het ziekenhuis in Roanoke gestuurd. We zijn hier niet direct uitgerust voor iets dergelijks. Gaan jullie nu maar naar huis. Ik zal een boodschap sturen als er verandering in haar toestand komt.'

Lou zei: 'Ik ga niet weg.' Daarna zei Oz hetzelfde.

'Ik denk dat ze niet naar je luisteren,' merkte Cotton zachtjes op.

'Er staat een bank op de gang,' zei Travis vriendelijk.

Op die bank zaten ze tegen elkaar aan gedrukt te slapen, toen de verpleegster Cotton op zijn schouder tikte.

Zachtjes zei ze: 'Louisa is wakker.'

Cotton en de kinderen deden voorzichtig de deur open en gingen de ziekenkamer in. Louisa's ogen waren open, maar dat was dan ook alles. Travis stond over haar heen gebogen.

'Louisa?' zei Cotton. Er kwam geen antwoord, zelfs geen blijk van herkenning. Cotton keek Travis aan.

'Ze is nog heel zwak,' zei deze. 'Het verbaast me dat ze bij bewustzijn is gekomen.'

Lou kon niets anders doen dan naar haar overgrootmoeder staren, banger dan ze ooit geweest was. Ze kon het eenvoudig niet geloven. Haar vader, haar moeder. Diamond. En nu Louisa. Verlamd. Haar moeder had al zo lang geen spier meer bewogen, dat Lou niet meer wist wanneer de laatste keer was geweest. Zou dat ook het lot van Louisa worden? Een vrouw die zo van de aarde hield? Die haar berg liefhad? Die als niemand anders een goed leven had geleid? Het was bijna genoeg om Lou te laten ophouden in een God te geloven die zoiets verschrikkelijks kon doen. Iemand zonder hoop in de steek laten. Iemand met echt helemaal niets in de steek laten.

Cotton, Oz, Lou en Eugene waren op de boerderij juist aan de maaltijd begonnen.

'Ik kan niet geloven dat ze degene die de stal in brand heeft gestoken niet hebben gepakt,' zei Lou kwaad.

'Er is geen bewijs van brandstichting, Lou,' antwoordde Cotton. Hij schonk melk in en deelde brood rond.

'Ik weet wie het heeft gedaan. George Davis. Waarschijnlijk hebben die gasmensen hem ervoor betaald.'

'Dat mag je niet rondvertellen, Lou, dat is laster.'

'Ik weet dat het waar is!' zei het meisje fel.

Cotton zette zijn bril af. 'Lou, geloof me...'

Lou sprong van tafel op, haar mes en vork kletterden op haar bord, zodat iedereen overeind vloog. 'Waarom zou ik iets geloven van wat je zegt, Cotton? Je zei dat mijn moeder zou terugkomen. Nu is Louisa ook weg. Ga je tegen me liegen, zeggen dat ze beter wordt? Ben je dat van plan?'

Lou holde weg. Oz wilde haar achternagaan, maar Cotton hield hem tegen. 'Laat haar maar even begaan, Oz,' zei hij. Cotton liep naar de veranda. Hij keek naar de sterrenhemel en dacht na over alles wat er om hem heen ineengestort was.

Lou vloog op de merrie voor hem langs. Een geschrokken Cotton kon niets anders doen dan haar nastaren, toen waren paard en meisje verdwenen.

Lou joeg Sue hard over de bergpaden voort, boomtakken en struiken sloegen tegen haar aan. Ten slotte kwam ze bij Diamonds huis, waar ze zich van het paard liet glijden. Rennend en struikelend bereikte ze de deur en ze ging snel naar binnen.

Terwijl de tranen over haar gezicht stroomden, strompelde Lou de kamer rond. 'Waarom moest je bij ons weggaan, Diamond? Nu hebben Oz en ik niemand meer. Niemand! Hoor je me? Hoor je me, Diamond Skinner!'

Van de veranda kwam een schuifelend geluid. Geschrokken draaide Lou zich om. Jeb kwam door de openstaande deur binnen en sprong in haar armen. Hijgend van de lange tocht begon hij haar gezicht te likken. Ze drukte hem tegen zich aan. Toen begonnen er takken tegen het glas te rammelen, er klonk onheilspellend gekreun uit de schoorsteen en Lou hield de hond nog steviger vast. Een raam vloog open en de wind drong de kamer binnen. Toen werd alles rustig en eindelijk kalmeerde Lou ook.

Ze ging naar buiten, besteeg Sue en reed terug, niet wetend waarom ze eigenlijk hierheen was gegaan. Jeb sjokte met zijn tong uit zijn bek achter haar aan. Ze kwam bij een splitsing en sloeg links af om weer bij de boerderij te komen. Jeb begon te janken, nog vóór Lou de geluiden hoorde. Het dreigende gegrom en het onheilspellende gekraak in de struiken waren heel dichtbij. Lou spoorde het paard aan, maar voor Sue haar snelheid kon opvoeren, kwam de eerste wilde hond uit het bos tevoorschijn, recht op hun pad. Sue steigerde op haar achterbenen toen het afzichtelijke dier, meer wolf dan hond, met overeind staande nekharen zijn tanden ontblootte. Er kwam nog een hond uit het bos en daarna nog een, tot ze door zes honden werden omringd. Jeb liet ook zijn tanden zien en zijn nekharen stonden eveneens overeind, maar Lou wist dat hij tegen zo'n overmacht geen kans maakte. Sue bleef steigeren en hinniken en in kringetjes ronddraaien tot Lou zich voelde wegglijden, omdat het brede paardenlichaam zo smal als een strakgespannen koord leek te worden. Bovendien was het glad, want het paard was met schuim overdekt na de lange renpartij.

Een van de honden deed een uitval naar Lou's been en ze trok het op. Het beest kwam in aanraking met een van Sues hoeven en werd tijdelijk uitgeschakeld. Maar er waren er te veel, ze bleven grauwend in kringetjes rondlopen, zo mager dat hun ribben te zien waren. Jeb ging tot de aanval over, maar een van de brute schepsels gooide hem tegen de grond. Met een bebloede vacht trok Jeb zich terug.

Een andere hond hapte naar Sues voorbeen en ze steigerde opnieuw. Toen ze deze keer weer met vier benen op de grond stond had ze geen berijder meer, want Lou had ten slotte haar houvast verloren en was gevallen, waarbij de lucht uit haar longen werd geperst. Sue rende over het pad in de richting van de boerderij, maar Jeb bleef als een stenen muur voor zijn vrouwtje staan, ongetwijfeld bereid om voor haar te sterven. De roedel sloot hen in, voelend dat ze hun slacht-offers nu gemakkelijk konden doden. Lou dwong zich om op te staan, ondanks de pijn in haar schouder en haar rug. Er lag zelfs geen stok binnen handbereik en zij en Jeb schoven zo ver achteruit tot ze nergens meer naartoe konden. Terwijl ze zich erop voorbereidde om vechtend te sterven, kon Lou aan niets anders denken dan dat Oz nu helemaal alleen zou zijn. De tranen sprongen haar in de ogen.

Het gebrul viel als een net over hen heen en de halve wolven draai-den zich om. Zelfs de grootste, die de afmetingen had van een kalf, kromp ineen toen hij zag wat er op hen af kwam. De poema was groot en slank, zijn spieren spanden zich onder de huid. Het dier had gele ogen en de tanden die het liet zien waren tweemaal zo groot als die van de wilde honden. De klauwen waren eveneens angstaanjagend, als hooivorken die aan zijn poten waren bevestigd. De poema brulde opnieuw toen hij het pad op sprong en achter de roedel wilde honden aan ging met de snelheid van een geladen kolentrein. De honden vluchtten weg van het strijdtoneel en het katachtige dier volgde hen, brullend bij elke gracieuze sprong.

Zo hard ze konden renden Lou en Jeb naar huis. Toen ze er nog bij-na een kilometer vandaan waren, hoorden ze opnieuw gekraak in de struiken langs het pad. Jeb zette weer zijn nekharen op en Lou's hart bleef bijna stilstaan: ze zag de gele ogen van de poema opgloeien in het donker terwijl het dier evenwijdig aan hen door het bos rende. Het roofdier had meisje en hond binnen enkele seconden aan stuk-ken kunnen scheuren. Toch was het enige wat de poema deed, met hen meelopen; geen enkele maal kwam hij uit het bos tevoorschijn. Lou wist dat hij er nog steeds was, omdat ze het geluid van zijn poten tussen de bladeren en de struiken kon horen, en de glans van die lichtgevende ogen kon zien, die los in de duisternis leken te zwe-ven, omdat de zwarte huid onzichtbaar was in de pikdonkere nacht.

Lou slaakte een kreet van opluchting toen ze de boerderij voor zich zag; ze holde met Jeb naar de veranda en daarna brachten ze zich binnen in veiligheid. Er was niemand te zien, Cotton was waarschijn-lijk allang vertrokken. Hijgend keek Lou uit het raam, maar er was geen spoor van de poema te bekennen.

Het meisje liep de gang in, haar zenuwen waren nog steeds tot het uiterste gespannen. Voor haar moeders deur bleef ze staan en ze leunde ertegenaan. Deze avond was bijna haar dood geworden en het was afschuwelijk geweest, nog veel erger dan het auto-ongeluk, omdat ze niemand bij zich had gehad in deze hachelijke situatie. Lou gluurde naar binnen en zag verbaasd dat het raam openstond. Ze liep de kamer in, sloot het raam en ging naar het bed. Even keek ze verdwaasd omdat ze haar moeder niet kon vinden onder de dekens, maar natuurlijk was ze er wel. Lou's ademhaling werd rustiger, de bange rillingen verdwenen toen ze dichter bij het bed kwam. Amanda haalde oppervlakkig adem, haar ogen waren gesloten en haar vingers waren kromgetrokken, alsof ze pijn had. Lou stak haar hand uit om haar aan te raken, maar trok die weer snel terug. Haar moeders huid voelde klam en vochtig aan. Lou vluchtte de kamer uit en botste tegen Oz op, die in de gang stond.

'Oz,' zei ze, 'je zult niet geloven wat er met me gebeurd is.'

'Wat deed je in mams kamer?'

Ze ging een stap achteruit. 'Wat? Ik...'

'Als je niet wilt dat mam beter wordt dan kun je haar beter met rust laten, Lou. Laat haar met rust!'

'Maar Oz...'

'Pap hield het meest van jou, maar ík zal voor mam zorgen. Zoals zij altijd voor ons gezorgd heeft. Ik weet dat mam beter wordt, ook al denk jij van niet.'

'Je hebt het flesje wijwater dat Diamond je wilde geven niet aangepakt.'

'Misschien kunnen kettingen en wijwater mam niet helpen, maar het helpt wel dat ik geloof dat ze beter wordt. Maar jíj gelooft het niet, dus laat haar met rust.'

Nog nooit van zijn leven had Oz zo tegen haar gesproken. Hij stond haar nijdig aan te kijken, zijn magere, sterke armen bungelden langs zijn lichaam als naalden aan een draad. Haar broertje was echt kwaad op haar! Ze kon het niet geloven. 'Oz!' Hij draaide zich om en liep weg. 'Oz,' riep ze hem na, 'wees alsjeblieft niet boos op me. Alsjeblieft!' Oz draaide zich niet om. Hij ging zijn kamer in en deed de deur achter zich dicht.

Lou strompelde naar de achterkant van het huis, waar ze naar buiten liep en op de traptreden ging zitten. De mooie avond, het prachtige uitzicht op de bergen, de geluiden van allerlei in het wild levende dieren maakten totaal geen indruk op haar. Ze keek naar haar door de zon leerachtig geworden handen, waarvan de palmen zo ruw

239

waren als eikenschors. Haar nagels waren afgebrokkeld en smerig, haar haar zat in de war en was zo vaak met lysolzeep gewassen dat het dof was geworden, haar lichaam was dodelijk vermoeid voor iemand van haar leeftijd, haar opgeruimdheid had plaatsgemaakt voor wanhoop nu ze bijna iedereen van wie ze hield, had verloren. En nu hield haar dierbare Oz ook niet meer van haar.

Op dat moment loeide de gehate sirene van de mijn door het dal. Het leek of de berg krijste in afwachting van de komende pijn. Het geluid leek tot diep in Lou's ziel door te dringen. Daarna klonk het doffe gedreun van de explosie en dat was wel het laatste wat ze kon verdragen. Ze keek naar het heuveltje met de graven van de Cardinals en opeens wenste ze dat zij daar ook lag, waar niets haar meer zou kunnen deren.

Met gebogen hoofd begon ze stilletjes te huilen, de tranen vielen op haar schoot. Ze had er nog niet lang gezeten toen ze achter zich de deur krakend hoorde opengaan. Eerst dacht ze dat het Eugene was die haar kwam zoeken, maar de voetstappen waren te licht. Armen werden om haar heen geslagen en hielden haar stevig vast.

Lou voelde de lichte adem van haar broertje in haar hals. Ze bleef voorovergebogen zitten, maar ze stak een arm naar achteren en sloeg die om hem heen. Broer en zus bleven zo nog een hele poos zitten.

•35•

Ze reden met de kar naar McKenzies Mercantile, en Eugene, Lou en Oz gingen de winkel in. Rollie McKenzie stond achter een hoge toonbank van kromgetrokken esdoornhout. Hij was een klein, rond mannetje met een glimmend kale schedel en een lange, grijzig-witte baard die op zijn platte borst rustte. De man droeg een bril met heel dikke glazen, maar toch moest hij zijn ogen halfdicht knijpen om te kunnen zien. De winkel was tot de nok toe gevuld met landbouw-gereedschap en allerlei bouwmaterialen. De geur van leren tuig-werk, petroleum en brandend hout, afkomstig van de potkachel in de hoek, vulde de grote ruimte. Op de toonbank stonden glazen snoepflessen en tegen een van de muren hing een cola-automaat. Er waren een paar klanten binnen, die Eugene en de kinderen met open mond stonden aan te kijken alsof ze spookverschijningen zagen.

McKenzie knikte met toegeknepen ogen naar Eugene, met zijn vin-gers aan zijn dichte baard plukkend als een eekhoorn die een noot probeert te kraken.

'Hallo, meneer McKenzie,' zei Lou. Ze was hier nu al heel wat keren geweest en ze vond de man knorrig, maar eerlijk.

Oz had zijn honkbalhandschoenen om zijn nek hangen en speelde met zijn bal. Hij hield die altijd bij zich en Lou verdacht hem ervan dat hij ze zelfs meenam naar bed.

'Ik vond het erg toen ik het hoorde, van Louisa,' zei McKenzie.

'Het komt weer goed met haar,' zei Lou met nadruk. Oz keek haar verbaasd aan en liet bijna zijn honkbal vallen.

'Wat kan ik voor jullie doen?' vroeg McKenzie.

'We moeten een nieuwe stal bouwen,' zei Eugene. 'Daar hebben we wat spullen voor nodig.'

'Iemand heeft onze stal in brand gestoken,' zei Lou, met een nijdige blik naar de starende mensen.

'We willen geschaafde planken, palen, spijkers, hang- en sluitwerk voor de deuren en zo,' zei Eugene. 'Ik heb hier een hele lijst.' Hij haalde een stuk papier uit zijn zak en legde het op de toonbank. McKenzie keek er niet naar.

'Het moet vooruitbetaald worden,' zei hij, eindelijk zijn baard met rust latend.

Eugene keek hem verbaasd aan. 'Onze rekening is toch in orde? Die is helemaal betaald, meneer.'

Nu keek McKenzie naar het papier. 'Er staat heel wat op die lijst. Zoveel krediet kan ik jullie niet geven.'

'Dan brengen we u wat van de oogst. Om te ruilen.'

'Nee. Contant geld.'

'Waarom kunnen we geen krediet krijgen?' vroeg Lou.

'Het zijn moeilijke tijden,' antwoordde McKenzie.

Lou keek om zich heen naar de stapels gereedschap en goederen die overal lagen. 'Het lijkt anders heel goed te gaan.'

McKenzie schoof haar de lijst toe. 'Het spijt me.'

'Maar we móéten een nieuwe stal hebben,' zei Eugene. 'De winter komt snel en we kunnen de dieren niet buiten laten. Dan gaan ze dood.'

'De dieren die we nog óver hebben,' zei Lou, opnieuw naar de nog steeds starende gezichten kijkend.

Van achter uit de winkel kwam een man die even groot was als Eugene. Lou wist dat het McKenzies schoonzoon was, die ongetwijfeld hoopte op een dag deze goedlopende zaak te erven, wanneer McKenzie voor het laatst zijn ogen dichtkneep.

'Hoor eens, Hell No,' zei de man, 'je hebt toch gehoord wat er gezegd is?'

Voor Lou iets kon zeggen ging Eugene vlak voor de man staan. 'Je weet dat ik nóóit zo heb geheten. Mijn naam is Eugene Randall. En noem me nóóit meer anders.' De grote man keek stomverbaasd en ging een stap achteruit. Lou en Oz wisselden een blik en vervolgens keken ze trots naar hun vriend.

Eugene keek alle klanten in de winkel stuk voor stuk aan, volgens Lou wilde hij hun duidelijk maken dat deze opmerking ook voor hen bestemd was.

Rollie McKenzie riep: 'Het spijt me, Eugene. Het zal niet meer gebeuren.'

Eugene knikte naar McKenzie en zei daarna tegen de kinderen dat ze moesten meegaan. Ze gingen naar buiten en klommen op de kar. Lou trilde van woede. 'Het zijn die gaslui. Ze maken iedereen bang. Ze zetten de mensen tegen ons op.'

Eugene pakte de teugels. 'Het komt allemaal goed. We bedenken wel iets.'

Oz riep uit: 'Eugene, wacht even.' Hij sprong van de kar en rende terug naar de winkel.

'Meneer McKenzie? Meneer McKenzie?' riep hij. De oude man ging weer achter de toonbank staan, hij knipperde met zijn ogen en plukte aan zijn baard.

Oz gooide zijn handschoenen en zijn bal op de gebogen planken. 'Is dit genoeg om spullen voor een stal te kopen?'

McKenzie staarde naar de jongen, zijn lippen trilden een beetje en zijn knipperende ogen werden vochtig achter zijn dikke brillenglazen. 'Ga naar huis, jongen. Ga nu maar naar huis.'

Ze ruimden de hele puinhoop van de afgebrande schuur op en verzamelden alle spijkers, grendels en het bruikbare hout dat ze uit de ruïne konden redden. Cotton, Eugene en de kinderen stonden naar het schamele hoopje te kijken.

'Het is niet veel,' zei Cotton.

Eugene keek naar de bossen op de berghelling. 'Nou, we hebben een massa hout, en allemaal voor niets, behalve het zweet om het te hakken.'

Lou wees naar het verlaten huisje waarover haar vader had geschreven. 'We kunnen daar ook spullen van gebruiken,' zei ze. Daarna keek ze Cotton aan en ze lachte. Ze hadden elkaar niet meer gesproken sinds haar woede-uitbarsting en daar voelde ze zich schuldig over. 'Misschien kunnen we een wonder verrichten,' voegde ze eraan toe.

'Laten we maar aan de slag gaan,' zei Cotton.

Ze haalden het huisje neer en redden wat ze konden. De daaropvolgende dagen hakten ze bomen om met een bijl en een trekzaag die in de maïsschuur hadden gehangen en aan het vuur waren ontsnapt. Ze sleepten de gevelde bomen aan kettingen weg met behulp van de ezels. Gelukkig was Eugene een eersteklas timmerman, al had hij het zichzelf geleerd. Ze haalden de toppen uit de bomen, ontdeden die van de schors en daarna zette Eugene met gebruikmaking van een liniaal en een meetlint tekens op het hout op de plaatsen waar gleuven uitgebeiteld moesten worden. 'We hebben niet genoeg spijkers, dus we moeten het zo oplossen. Het hout moet in elkaar geschoven worden en vastgebonden, daarna maken we het dicht met modder. Wanneer we meer spijkers hebben, doen we het nog eens over.'

'Wat doen we met de hoekpalen?' vroeg Cotton. 'We hebben geen cement om ze in vast te zetten.'

'Dat hoeft niet. We graven diepe gaten, ver onder de vorstlijn, breken de rots, en stampen ze er dan stevig in. Dat houdt wel. Op de hoeken zal ik ze extra steunen. U zult zien dat het lukt.'

'Jij bent de baas,' zei Cotton met een bemoedigend lachje.

Met behulp van een pikhouweel en een spade groeven Cotton en Eugene één gat. Het was zwaar werken in de harde grond. Hun adem vormde wolkjes in de koude lucht en hoewel ze handschoenen droegen, werden hun handen rauw. Terwijl de twee mannen hiermee bezig waren, hakten Lou en Oz de richels en de gaten uit in de palen waar de pen-en-gatverbindingen moesten komen. Daarna lieten ze de ezels een van de palen naar het gat brengen, om tot de ontdekking te komen dat ze die er met geen mogelijkheid in konden zetten. Hoe hard ze het ook probeerden, uit allerlei hoeken en met alle mogelijke hefboomkracht, terwijl Eugene al zijn spieren spande en de kleine Oz eveneens, ze kregen de paal niet opgericht. 'Daar moeten we later iets op vinden,' zei Eugene ten slotte; zijn brede borst zwoegde heftig op en neer als gevolg van de mislukte poging.

Samen met Cotton legde hij de eerste wand op de grond en ze begonnen te timmeren. Halverwege hadden ze geen spijkers meer. Ze verzamelden al het metaalafval dat ze konden vinden en Eugene legde een groot vuur aan. Daarna maakte hij, met zijn smidshamer, -tang en het aambeeld voor de paardenhoeven, zoveel ruwe spijkers van het metaal als hij kon.

'Goed dat ijzer niet brandt,' merkte Cotton op, naar Eugene kijkend die op het aambeeld hamerde dat nog steeds in het midden stond op de plek waar de stal was geweest.

Al het harde werken van Eugene leverde genoeg spijkers op om nog eenderde van de eerste wand af te maken, en dat was alles.

Ze waren nu al vele koude dagen bezig geweest en het enige resultaat was één gat en één hoekpaal die ze op geen enkele manier erin konden plaatsen, en een wand zonder voldoende spijkers om die bij elkaar te houden.

Op een ochtend verzamelden ze zich in alle vroegte om de paal en het gat om erover na te denken, en ze waren het er gezamenlijk over eens dat het er niet best voorstond. De harde winter kwam steeds dichterbij en ze hadden geen stal. Sue, de koeien en zelfs de ezels moesten hele nachten buiten blijven in de vrieskou en de dieren begonnen er de nadelige gevolgen van te ondervinden. Ze konden zich niet veroorloven om nog meer dieren kwijt te raken.

Hoe erg de situatie ook was, het was eigenlijk nog maar het minste van hun problemen, want hoewel Louisa af en toe bij bewustzijn was gekomen, had ze geen woord gezegd wanneer ze wakker was, en haar ogen leken dood. Travis Barnes maakte zich erg ongerust en piekerde erover om haar toch naar Roanoke te sturen, maar hij was bang dat ze de reis niet zou overleven. Bovendien zouden ze daar toch ook niet veel voor haar kunnen doen. Ze had wel een beetje gegeten en gedronken en hoewel het niet veel was, beschouwde Lou het als iets om zich aan vast te klampen. Louisa kon net zoveel als haar moeder. Beiden leefden tenminste nog.

Lou keek naar hun kleine, gedeprimeerde groepje en tuurde daarna naar de kale bomen op de hellingen, wensend dat de winter bij toverslag zou overgaan in de warmte van de zomer en dat Louisa weer geheel gezond van haar ziekbed zou opstaan. Toen ze het geluid van wielen hoorden, keken ze allen op. De rij naderende wagens, getrokken door ezels, paarden en ossenspannen was lang. De wagens lagen vol gezaagde planken, grote stenen, dozen met spijkers, touwen, ladders, blokken en takels, grondboren en allerlei ander gereedschap, waarvan Lou vermoedde dat het deels afkomstig was van McKenzies Mercantile. Alles bij elkaar telde Lou dertig mannen, allemaal mensen uit de bergen, allemaal boeren. Ze waren sterk, rustig en gebaard, ze droegen dikke kleding en breedgerande hoeden tegen de winterzon, en ze hadden allemaal grote, stevige handen, verweerd door de natuur in de bergen en een leven lang hard werken. Er waren ook een stuk of zes vrouwen meegekomen. Ze begonnen hun spullen uit te laden. Terwijl de vrouwen stukken zeildoek en dekens neerlegden en Louisa's fornuis en haard gebruikten om de maaltijden klaar te maken, begonnen de mannen een stal te bouwen. Onder leiding van Eugene richtten ze een stelling op voor de hijswerktuigen. Ze zagen af van het gebruik van cement om de palen in de gaten vast te zetten, maar kozen voor grote, vlakke stenen als fundering voor de stal. Ze groeven ondiepe sleuven, legden de stenen erin, zorgden dat ze horizontaal kwamen te liggen en legden vervolgens dikke planken dwars over de stenen om als onderregels te dienen. Deze regels werden rondom de hele fundering stevig aan elkaar bevestigd. Andere planken liepen over het midden van de stalvloer en werden aan de onderregels vastgemaakt. Later zouden er palen worden geplaatst en geschoord om het skelet van het dak en de hooizolder te steunen. Met behulp van takel en blok trokken spannen ezels de zware hoekpalen omhoog zodat ze op de onderregels konden worden geplaatst. Aan weerskanten werden dikke steunplanken ertegenaan gespijkerd en daarna werden deze weer stevig bevestigd aan de onderregels.

Nadat de fundering gereed was werden de skeletten voor de wanden op de grond in elkaar gezet; Eugene nam de maat, bracht merktekens aan en gaf aanwijzingen bij de constructie. Er werden ladders tegen de hoekpalen gezet, waar vervolgens gaten in werden geboord. Ze gebruikten blok en takel ook om andere planken op te hijsen die als steunbalken dienden. Met de hand waren gaten in deze planken geboord, die met lange, metalen bouten aan de hoekpalen werden bevestigd.

Er klonk gejuich toen de eerste wand overeind werd gezet en daarna telkens weer nadat de overige wanden in elkaar waren gezet en rechtop geplaatst werden. Ze legden de dakbalken erop en daarna klonk onophoudelijk gehamer bij het uitbouwen van de kleinere stallen. Zagen doorkliefden de lucht, wolkjes adem vermengden zich met elkaar, zaagsel dwarrelde in de wind, mannen hielden spijkers in hun mond en hamers werden gezwaaid door ervaren handen.

Twee keer werd er gepauzeerd om te eten. De mannen lieten zich op de grond vallen en genoten van hun maaltijd. Lou en Oz brachten borden met warm eten en potten hete cichoreikoffie naar de groepjes vermoeide werkers. Cotton zat met zijn rug tegen een hek geleund van zijn koffie te nippen, hij gaf zijn pijnlijke spieren rust en keek met een brede glimlach toe hoe een stal tevoorschijn begon te komen uit niets dan het zweet en de hulp van goede buren.

Toen Lou een schaal warm, dik met boter besmeerd brood voor de mannen neerzette, zei ze: 'Ik wil jullie allemaal bedanken voor jullie hulp.'

Buford Rose pakte een stuk brood en nam een flinke, zij het tandeloze, hap. 'Nou, hier moeten we elkaar helpen, omdat niemand anders het doet. Vraag maar aan mijn vrouw als je me niet gelooft. En God weet dat Louisa haar aandeel heeft geleverd in de hulp aan de mensen die hier wonen.' Hij keek naar Cotton, die zijn koffiebeker in een saluut ophief. 'Ik weet dat ik tegen je gezegd heb dat ik me kapotgewerkt heb, Cotton, maar een hoop mensen hebben het slechter dan ik. Mijn broer heeft een zuivelboerderij, ginds in het dal. Hij kan bijna niet meer lopen van al dat zitten op een krukje, en zijn vingers staan zo krom als een uitgegroeide wortel. Er wordt gezegd dat er twee dingen zijn die een boer met een zuivelbedrijf zijn hele leven niet nodig heeft: een mooi pak en een plek om te slapen.' Hij brak nog een homp van het brood af.

Een jongeman zei: 'Verdomme, miss Louisa heeft geholpen toen ik geboren werd. Mijn ma zegt dat ik niet op de wereld zou zijn als zij er niet was geweest.' Anderen knikten en grinnikten bij die opmerking. Een van hen keek naar Eugene, die bij het groeiende bouwwerk op een kippenpoot stond te kluiven, intussen bedenkend wat er hierna gedaan moest worden.

'En hij heeft me twee lentes geleden geholpen om een nieuwe stal te bouwen. De man is goed met hamer en zaag. Zo is het en niet anders.'

Vanonder zijn woeste wenkbrauwen keek Buford Rose naar Lou's gezicht. 'Ik kan me je vader nog heel goed herinneren, meisje. Je lijkt precies op hem. Die jongen viel ons de hele tijd lastig met zijn vragen. Ik moest hem zoveel vertellen dat ik op het laatst geen woorden meer overhad.' Hij lachte zijn paar tanden bloot en Lou lachte terug.

Het werk ging door. Eén groep legde de planken op het dak en rolde daarna het asfaltpapier eroverheen. Een ander team, onder aanvoering van Eugene, maakte de dubbele deuren voor voor- en achterkant en de deuren voor de hooizolder, terwijl weer een andere groep de buitenwanden aftimmerde en de naden dichtstopte. Toen het te donker werd om te zien wat ze deden, werden petroleumlantaarns ontstoken. Het gehamer en gezaag werd bijna prettig om naar te luisteren. Bijna. Niemand klaagde echter toen de laatste plank op zijn plaats zat en de laatste spijker erin was geslagen. De duisternis was allang gevallen toen het karwei erop zat en de wagens vertrokken.

Eugene, Cotton en de kinderen leidden de dieren voorzichtig hun nieuwe onderkomen in en belegden de vloer met hooi dat ze van de akkers en uit de maïsschuur hadden gehaald. De hooizolder, kleine stallen, voorraadschuren en dergelijke moesten er nog aan worden gebouwd, en het papier op het dak zou op den duur moeten worden afgedekt met keurige houten latten, maar de dieren stonden binnen en hadden het warm. Met een brede, opgeluchte glimlach deed Eugene de staldeuren dicht.

•36•

Cotton reed met de kinderen naar de stad om Louisa te bezoeken. Hoewel de winter al een stuk gevorderd was, was er nog geen zware sneeuwval geweest, slechts een paar laagjes van enkele centimeters, ofschoon het nu nog een kwestie van tijd was voor het hard zou gaan sneeuwen en het land met een dikke laag bedekt zou zijn. Ze reden langs het mijnstadje waar Diamond de nieuwe Chrysler Crown Imperial van de opzichter versierd had met paardenmest. Het stadje was nu onbewoond, de huizen waren verlaten, de winkel was leeg, de kolensilo hing scheefgezakt, de ingang naar de mijn was dichtgespijkerd met planken en de trots van de opzichter, de bemeste Chrysler, was sinds lang vertrokken.

'Wat is er gebeurd?' vroeg Lou.

'Gesloten,' antwoordde Cotton grimmig. 'De vierde mijn in evenveel maanden. De aders raakten al uitgeput, maar toen kwamen ze tot de ontdekking dat de cokes die ze hier maken te zacht is voor de staalproductie, dus Amerika's vechtmachine ging elders op zoek naar grondstoffen. Veel mensen zijn zonder werk geraakt. En de laatste groep houthakkers is twee maanden geleden naar Kentucky vertrokken. Een dubbele slag. De boeren op de berg hebben een goed jaar gehad, maar de mensen in de stad hebben veel te lijden. Het is meestal óf het een, óf het ander. De welvaart schijnt hier nooit voor iedereen tegelijk te komen.' Cotton schudde zijn hoofd. 'En jawel, die aardige burgemeester van Dickens heeft zijn functie neergelegd, zijn aandelen tegen een abnormaal hoge prijs verkocht vóór de boel ineenstortte, en is daarna naar Pennsylvania gegaan om daar zijn geluk te beproeven. Ik heb vaker gezien dat degenen met de grootste mond de eersten zijn die ervandoor gaan wanneer ze maar even merken dat er problemen op komst zijn.'

Toen ze de berg af reden zag Lou dat er minder kolenauto's reden en dat veel silo's op de berg niet meer in bedrijf waren. Toen ze Tremont passeerden bleek de helft van de winkels dichtgetimmerd te zijn. Ook liepen er maar weinig mensen op straat en ze begreep dat het niet kwam door het koude weer.

Ze kwamen in Dickens en Lou schrok, want ook hier waren veel winkels gesloten, ook die waar Diamond destijds een paraplu had opgestoken. Dat had ten slotte toch ongeluk gebracht, maar Lou vond het niet grappig. Armoedig geklede mannen zaten op de trottoirs en de stoeptreden voor zich uit te staren. Er stonden weinig auto's schuin geparkeerd en de winkeliers stonden met hun handen die niets te doen hadden in hun zij en een nerveuze uitdrukking op hun gezicht, in de deuropening van hun lege winkels. Er waren heel weinig mannen en vrouwen op straat en hun gezichten waren angstwekkend bleek. Lou zag een bus vol passagiers langzaam de stad uit rijden. Een lege kolentrein kroop symbolisch achter de rij gebouwen langs die evenwijdig liep met de hoofdweg. Het spandoek met KOLEN ZIJN DE KONING hing niet langer machtig en trots boven de straat en Miss Kolenmijn 1940 was waarschijnlijk ook gevlucht, dacht Lou.

Onder het voortgaan viel het haar op dat verscheidene groepjes mensen naar hen wezen en daarna druk met elkaar begonnen te praten.

'Die mensen zien er niet erg gelukkig uit,' zei Oz nerveus, toen ze uit Cottons Oldsmobile stapten en aan de overkant van de straat weer zo'n groep mannen zagen staan die strak naar hen keken. Dit stel werd aangevoerd door niemand minder dan George Davis.

'Ga mee, Oz,' zei Cotton. 'We zijn hier om Louisa op te zoeken, anders niet.'

Hij liep voor de kinderen uit het ziekenhuis in, waar ze van Travis Barnes vernamen dat Louisa's toestand niet was veranderd. Haar ogen stonden wijdopen en glazig. Lou en Oz hielden allebei een van haar handen vast, maar het was duidelijk dat ze hen niet herkende. In Lou's ogen leek het of ze al was overleden, behalve dan dat ze heel licht ademhaalde. Lou keek intens naar het rijzen en dalen van die borst, uit de grond van haar hart biddend dat die zou blijven rijzen, tot Cotton tegen haar zei dat het tijd was om te gaan en ze tot haar verbazing merkte dat er een uur verstreken was.

Toen ze terugliepen naar de Oldsmobile stonden de mannen hen op te wachten. George Davis had zijn hand op het portier van Cottons auto gelegd.

Cotton liep onverschrokken naar hen toe. 'Wat kan ik voor jullie doen?' vroeg hij beleefd, intussen wel Davis' hand van de auto wegduwend.

'Je moet die dwaze vrouw daarbinnen zover krijgen dat ze haar land verkoopt, dát moet je doen!' schreeuwde Davis.

Cotton keek naar de mannen. Op Davis na waren het allemaal inwoners van de stad, geen bergbewoners. Hij wist echter dat het niet betekende dat ze minder wanhopig waren dan de mensen die om te overleven afhankelijk waren van aarde, zaad en de grilligheid van de regen. Deze mensen hadden hun hoop gevestigd op kolen. Maar kolen waren nu eenmaal geen maïs; wanneer kolen geoogst waren, groeiden ze niet opnieuw.

'Daar hebben we het al over gehad, George, en het antwoord is niet veranderd. Als je me nu wilt excuseren, ik moet deze kinderen naar huis brengen.'

'De hele stad gaat naar de bliksem,' zei een van de mannen.

'En jij denkt dat het Louisa's schuld is?' vroeg Cotton.

'Ze gaat dood. Ze heeft haar land niet meer nodig,' zei Davis.

'Ze gaat niet dood!' riep Oz uit.

'Cotton,' zei een goedgeklede man van een jaar of vijftig, die Cotton kende als de autodealer van Dickens. Hij had smalle schouders, dunne armen en zachte handen die duidelijk aantoonden dat hij nooit een zak hooi had opgehesen, een zeis had gehanteerd of een akker had omgeploegd. 'Ik raak mijn bedrijf kwijt. Ik raak alles kwijt wat ik bezit als er niets in de plaats komt van kolen. En ik ben niet de enige. Kijk maar om je heen, iedereen heeft het moeilijk.'

'Wat gebeurt er wanneer er geen aardgas meer is?' wierp Cotton tegen. 'Waar ga je dan naar op zoek om je te redden?'

'Zo ver kijk ik niet vooruit. We moeten nu zakendoen en dat betekent gas winnen,' zei Davis nijdig. 'Dan worden we allemaal rijk. Ik heb er geen problemen mee om mijn land te verkopen en mijn buren te helpen.'

'O, nee?' zei Lou. 'Ik heb je anders niet gezien toen onze stal werd gebouwd, George. Om precies te zijn ben je niet meer langsgekomen sinds Louisa je heeft weggestuurd. Tenzij je iets te maken had met de brandstichting in onze stal.'

251

Davis spuwde op de grond, veegde zijn mond af, hees zijn broek op en zou ongetwijfeld het meisje naar de keel gevlogen zijn als Cotton niet vlak naast haar had gestaan.

'Lou,' zei Cotton luid, 'zo is het genoeg.'

'Cotton,' zei de goedgeklede man, 'ik kan niet geloven dat je ons in de steek laat voor zo'n stomme boerenvrouw. Verdomme, denk je dat er nog werk voor je is als advocaat, als de stad leegloopt?'

Cotton glimlachte. 'Maak je over mij maar geen zorgen. Het zal jullie verbazen hoe weinig ik nodig heb om me te redden. En wat miss Cardinal betreft, nu moeten jullie eens goed luisteren, want het is de laatste keer dat ik het zeg. Ze wil haar land níét aan Southern Valley verkopen. Dat is haar goed recht en dat zullen jullie verdomme allemaal moeten respecteren. Als jullie werkelijk denken dat jullie het hier niet kunnen volhouden zonder dat gas, dan stel ik voor dat jullie vertrekken. Want zie je, miss Cardinal heeft dat probleem niet. Als morgen alle kolen en gas van deze aarde verdwijnen, met de elektriciteit en de telefoons, dan kan zij nog steeds goed leven.' Hij keek de dealer scherp aan. 'Vertel me nu maar eens wie er stom is.'

Cotton zei tegen de kinderen dat ze moesten instappen. Hij ging achter het stuur zitten, hoewel de mannen een beetje opdrongen en hem insloten. Een paar van hen liepen naar de achterkant van de auto om de weg te blokkeren. Cotton startte de motor van de Olds, draaide het raampje open en keek naar hem. 'De versnelling van deze wagen is een beetje vreemd. Soms komt het pedaal opeens omhoog en dan springt deze oude dame zowat een kilometer achteruit. Op die manier is een keer bijna iemand verongelukt. Goed, daar gaan we dan. Pas op!'

Hij schakelde naar de eerste versnelling, de Olds sprong achteruit en dat deden alle mannen ook. Nu de weg vrij was reed Cotton achteruit en daarna gingen ze op weg. Toen een steen tegen de dickeyseat knalde gaf Cotton gas en zei tegen Lou en Oz dat ze zich moesten bukken en zo moesten blijven zitten. Meer stenen troffen de auto voor ze veilig buiten bereik waren. Cotton hield even zijn adem in, daarna slaakte hij een zucht.

'Zouden ze Louisa iets doen?' vroeg Lou.

'Nee, ze is in goede handen. Travis is bijna aldoor in de buurt en hij is geen man die zich door een buks laat intimideren. En wanneer hij er niet is... zijn verpleegster kan bijna even goed schieten als hij.

Bovendien heb ik de sheriff gewaarschuwd dat de mensen een beetje opgewonden raken. Hij zal hen in de gaten houden. Maar die mannen zullen een hulpeloze, bedlegerige vrouw geen kwaad doen. Ze zijn kwaad, maar zo ver zullen ze niet gaan.'

'Gaan ze ons nu elke keer dat we Louisa gaan opzoeken, met stenen bekogelen?' vroeg Oz angstig.

Cotton sloeg zijn arm om de jongen heen. 'Nou, ik denk dat als ze dat doen, ze allang door hun voorraad stenen heen zijn voor wij met onze bezoekjes ophouden.'

Toen ze bij de boerderij terugkwamen kwam Eugene met een bezorgd gezicht naar buiten. Hij hield een vel papier in zijn hand.

'Iemand uit de stad is dit komen brengen, meneer Cotton. Ik weet niet wat het is. Hij zei dat ik het zo snel mogelijk aan u moest geven.'

Cotton vouwde het papier open om het te lezen. Het was een aanmaning van de belasting. Hij was vergeten dat Louisa de afgelopen drie jaar geen onroerendgoedbelasting had betaald omdat de oogst mislukt was en ze dus geen geld had. Er was haar uitstel verleend, iets wat alle andere boeren in soortgelijke omstandigheden kregen. Er werd natuurlijk van hen verwacht dat ze zouden betalen, maar ze kregen er altijd ruimschoots de tijd voor. Deze aanmaning eiste echter onmiddellijk volledige betaling. Tweehonderd dollar. En omdat ze zo'n grote achterstand had, konden ze beslag op haar land leggen en het veel sneller verkopen dan normaal. Cotton voelde de verderfelijke invloed van Southern Valley van het papier af stralen.

'Is er iets mis, Cotton?' vroeg Lou.

Glimlachend keek hij haar aan. 'Ik regel het wel, Lou. Het is alleen maar wat papierwerk, liefje.'

Cotton telde de tweehonderd dollar uit voor de klerk van het hof, waarna hem een gezegeld ontvangstbewijs werd gegeven. Hij liep langzaam naar zijn appartement terug en pakte de laatste stapel boeken in een doos. Een paar minuten later keek hij op en zag Lou bij de deur staan.

'Hoe ben jij hier gekomen?' vroeg hij.

'Ik mocht met Buford Rose meerijden in zijn oude Packard. De auto heeft geen portieren, dus het uitzicht is mooi, maar je kunt er elk moment uit vliegen en het is nogal koud.' Ze keek de lege kamer rond. 'Waar zijn al je boeken, Cotton?'

Hij grinnikte. 'Ze namen te veel ruimte in beslag.' Hij tikte op zijn voorhoofd. 'Ik heb het bovendien allemaal hier zitten.'

Lou schudde haar hoofd. 'Ik ben naar het gerechtsgebouw gegaan. Ik dacht al dat er meer met dat papier aan de hand was dan je wilde loslaten. Tweehonderd dollar voor al je boeken. Dat had je niet moeten doen.'

Cotton sloot de doos. 'Ik heb er nog een paar over. En die wil ik graag aan jou geven.'

Lou liep de kamer in. 'Waarom?'

'Omdat het de werken van je vader zijn. Ik kan niemand bedenken die er beter voor zal zorgen.'

Lou zei niets terwijl Cotton de doos dichtplakte.

'Laten we naar Louisa gaan,' zei hij.

'Cotton, ik begin bang te worden. Er zijn nog meer winkels gesloten. Zojuist is er weer een bus vol mensen vertrokken. En dan de manier waarop de mensen op straat naar me kijken. Ze zijn echt kwaad. Oz heeft op school gevochten met een jongen die zei dat we het leven van de mensen kapotmaken omdat we niet verkopen.'

'Hoe gaat het met Oz?'

Ze lachte zwakjes. 'Hij heeft zelfs gewonnen. Ik denk dat hij daar zelf nog het meest verbaasd over was. Hij heeft een blauw oog en daar is hij heel trots op.'

'Het komt wel goed, Lou. Er zal iets op gevonden worden. We komen dit wel te boven.'

Met een ernstig gezicht kwam ze dicht bij hem staan. 'Er wordt niets op gevonden. Het gaat al niet goed sinds wij hier zijn gekomen. Misschien moeten we wel verkopen en weggaan. Misschien is dat beter voor ons allemaal. Dan kunnen mam en Louisa de zorg krijgen die ze nodig hebben.' Ze wachtte even en kon hem niet aankijken toen ze eraan toevoegde: 'Ergens anders.'

'Wil je dat echt?'

Vermoeid keek Lou de andere kant op. 'Soms wil ik alleen maar naar het heuveltje achter de boerderij gaan, daar op de grond gaan liggen en nooit weer opstaan. Dat is alles.'

Cotton bleef er een paar minuten over nadenken. Toen zei hij:

'Op het grote slagveld van de wereld,
In het bivak van het leven,

Wees dan niet dom als opgejaagd vee,
Maar wees een held, om te overleven!
Vertrouw de toekomst niet, hoe mooi die schijnt!
Laat het dode verleden zijn doden begraven!
Doe iets… doe iets in het heden!
Vat moed en vertrouw op God!
De levens van beroemde mannen maken ons duidelijk
Dat we óns leven subliem kunnen maken,
En, wanneer we vertrekken, blijven…
Voetsporen in het zand van de tijd.'

'*Een Levenspsalm* van Henry Wadsworth Longfellow,' zei Lou zonder veel enthousiasme.
'Het gedicht is langer, maar ik heb deze regels altijd de belangrijkste gevonden.'
'Poëzie is mooi, Cotton, maar ik ben er niet van overtuigd dat die de werkelijkheid kan veranderen.'
'Poëzie hoeft de werkelijkheid niet te veranderen, Lou, ze moet er gewoon zíjn. De veranderingen moeten we zelf aanbrengen. En op de grond gaan liggen om nooit meer op te staan, of weglopen voor problemen, ligt niet in de aard van de Lou Cardinal die ik ken.'
'Dat is heel interessant,' zei Hugh Miller, die in de deuropening was verschenen. 'Ik ben je gaan opzoeken in je kantoor, Longfellow. Ik heb begrepen dat je naar het gerechtsgebouw was om de schuld van ánderen te betalen.' Hij grinnikte vals. 'Heel edelmoedig van je, maar ook heel ondoordacht.'
'Wat wil je, Miller?' vroeg Cotton.
Het mannetje kwam de kamer in en keek naar Lou. 'Nou, om te beginnen wil ik zeggen hoe erg ik het vind van miss Cardinal.'
Lou sloeg haar armen over elkaar zonder de man aan te kijken.
'Is dat alles?' zei Cotton kortaf.
'Ik ben ook gekomen om een nieuw bod op het terrein te doen.'
'Het is mijn eigendom niet, dus ik kan het niet verkopen.'
'Maar miss Cardinal is niet in staat om het aanbod in overweging te nemen.'
'Ze heeft al een keer nee gezegd, Miller.'
'Daarom zal ik er niet langer omheen draaien. Ik verhoog mijn bod naar vijfhonderdduizend dollar.'

Cotton en Lou keken elkaar verbaasd aan voor Cotton zei: 'Nogmaals, ik kan het niet verkopen, het is niet van mij.'

'Ik neem aan dat je wel een volmacht zult hebben om namens haar op te treden.'

'Nee. En zelfs al had ik die, dan zou ik het terrein nog niet aan jou verkopen. Is er nog iets wat ik níét voor je kan doen?'

'Nee. Je hebt me alles verteld wat ik wilde weten.' Miller overhandigde Cotton een stapel documenten. 'Hier is een dagvaarding voor je cliënte.'

Glimlachend liep Miller weg. Cotton las snel de papieren door, terwijl Lou zenuwachtig naast hem bleef staan.

'Wat is dat, Cotton?'

'Niet veel goeds, Lou.'

Opeens pakte Cotton Lou bij de arm. Ze haastten zich de trap af om naar het ziekenhuis te gaan. Cotton duwde de deur van Louisa's kamer open. Het flitslicht ging juist af toen ze binnenkwamen. De man keek hen aan en daarna nam hij nog een foto van de in bed liggende Louisa. Naast hem stond een tweede man, groot en fors gebouwd. Beiden hadden een net pak aan en ze droegen gleufhoeden.

'Eruit!' riep Cotton.

Hij deed snel een paar passen naar voren en probeerde de camera van de man af te pakken, maar de grote kerel duwde hem opzij, zodat zijn partner de deur uit kon glippen. Daarna liep de grote man achterwaarts de kamer uit, met een lachje om zijn lippen.

Cotton kon niets anders doen dan hijgend blijven staan, hulpeloos van Lou naar Louisa kijkend.

•37•

Het was een buitengewoon koude, wolkeloze dag toen Cotton de rechtszaal binnenstapte. Hij bleef staan toen hij Miller zag met een andere man. Deze was lang, gezet en keurig gekleed; zijn dunne, zilveren haar lag netjes gladgekamd over een hoofd dat zo dik was dat het bijna onnatuurlijk leek.

Cotton zei tegen Miller: 'Ik dacht al dat ik u hier vandaag zou zien.'

Miller knikte naar de andere man. 'U hebt waarschijnlijk wel gehoord van Thurston Goode, advocaat voor het Gemenebest in Richmond?'

'Ja, dat heb ik inderdaad. U hebt onlangs een zaak behandeld voor het Opperste Gerechtshof van de Verenigde Staten, nietwaar?'

'Om precies te zijn,' zei Goode met een zelfverzekerde, zware bariton, 'ik heb de zaak gewónnen, meneer Longfellow.'

'Gefeliciteerd. U bent een heel eind van huis.'

'De staat was zo vriendelijk om de heer Goode toe te staan hiernaartoe te komen om als raadsman op te treden in deze zeer belangrijke kwestie,' verklaarde Miller.

'Sinds wanneer vraagt een simpel proces om iemand geestelijk onbekwaam te verklaren om de expertise van een van de beste advocaten van de staat?'

Goode glimlachte hartelijk. 'Als ambtenaar van het Gemenebest hoef ik u niet uit te leggen waarom ik hier ben, meneer Goodfellow. Laat het voldoende zijn te zeggen dat ik hier bén.'

Cotton streek met zijn hand over zijn kin en deed alsof hij diep nadacht. 'Laten we eens kijken. Virginia is bezig zijn openbare aanklagers voor het Gemenebest te kiezen. Zou ik mogen vragen of Southern Valley een donatie aan uw campagne heeft geschonken, meneer?'

257

Goodes gezicht werd rood. 'Uw insinuatie bevalt me niet!'

'Ik bedoelde het niet als een insinuatie.'

Fred de deurwaarder kwam binnen en kondigde aan: 'Iedereen opstaan. De zitting van het gerechtshof onder leiding van de edelachtbare rechter Henry J. Atkins is geopend. Iedereen die een zaak voor het gerecht wil brengen, kan zich melden en zal worden gehoord.'

Rechter Henry Atkins, een kleine man met een korte baard, dun wordend zilvergrijs haar en heldere, grijze ogen, kwam uit de aangrenzende raadskamer de rechtszaal in en nam plaats achter de tafel. Voor hij daar was aangekomen leek hij te klein voor zijn zwarte toga. Toen hij goed en wel zat, leek hij te groot voor de rechtszaal.

Op dat moment slopen Lou en Oz binnen zonder door iemand te worden opgemerkt. Met geleende winterjassen aan en dikke sokken in te grote schoenen, waren ze nog een keer de brug die door de gevallen populier werd gevormd overgestoken, en vervolgens waren ze de berg af gelopen, waar ze een lift naar Dickens hadden gekregen. In dit koude weer was de tocht veel moeilijker geweest dan de eerste keer, maar Cotton had hun uitgelegd dat de eventuele uitslag van het proces van grote invloed zou zijn op hun leven. Ineengedoken zaten ze achter in de zaal, hun hoofden waren nauwelijks zichtbaar achter de leuningen van de stoelen die voor hen stonden.

'Volgende zaak,' zei Atkins. Het was zijn enige zaak van vandaag, maar het hof had nu eenmaal bepaalde rituelen.

Fred kondigde de zaak aan van het Gemenebest tegen Louisa Mae Cardinal.

Atkins lachte breed vanaf zijn hoge rechterlijke zitplaats. 'Meneer Goode, het is me een eer u in mijn rechtszaal te zien. Ik verzoek u het standpunt van het Gemenebest uiteen te zetten.'

Goode stond op en haakte een vinger achter zijn revers.

'Dit is zeker geen aangename taak, maar het Gemenebest acht het als zijn plicht. Southern Valley Coal and Gas heeft een bod gedaan om een terrein te kopen dat eigendom is van miss Cardinal. We geloven dat zij, als gevolg van de beroerte die ze onlangs heeft gehad, wettelijk niet in staat is om een weloverwogen beslissing te nemen omtrent dat aanbod. Haar enige bloedverwanten zijn beiden minderjarig en derhalve kunnen ze niet namens haar optreden. Ook hebben we begrepen dat de nog levende ouder van deze kinderen zelf ernstig geestelijk gehandicapt is. Tevens hebben we uit goede bron vernomen dat miss Cardinal geen volmacht heeft verleend aan anderen om haar belangen te vertegenwoordigen.'

Bij die woorden wierp Cotton een scherpe blik op Miller, die zelfverzekerd recht voor zich uit bleef kijken.

Goode vervolgde: 'Om de rechten van miss Cardinal in deze zaak volledig te beschermen, willen we haar geestelijk onbekwaam laten verklaren en een curator laten benoemen opdat haar zaken goed zullen worden behartigd, waaronder dit zeer lucratieve aanbod van Southern Valley.'

Goode ging zitten en rechter Atkins knikte. 'Dank u, meneer Goode. Cotton?'

Cotton stond op en richtte zich tot het hof. 'Edelachtbare, waar het hier om gaat is eerder een poging om miss Cardinals wensen te omzeilen dan ze te vergemakkelijken. Ze heeft het bod van Southern Valley voor de aankoop van haar grond al afgewezen.'

'Is dat waar, meneer Goode?' vroeg de rechter.

Goode leek vol zelfvertrouwen. 'Miss Cardinal heeft één keer een dergelijk bod afgewezen. Bij het huidige bod gaat het echter om een aanzienlijk hoger bedrag en derhalve moet het afzonderlijk in overweging worden genomen.'

'Miss Cardinal heeft heel duidelijk gesteld dat ze haar grond voor geen enkele prijs aan Southern Valley wil verkopen,' zei Cotton. Hij stak zijn vinger achter zijn revers, zoals Goode had gedaan, maar daarna bedacht hij zich en haalde hem weg.

'Hebt u daar getuigen van?' vroeg rechter Atkins.

'Eh... alleen ikzelf.'

Goode haakte er onmiddellijk op in. 'Nou, als de heer Longfellow zichzelf als getuige in deze zaak beschouwt, sta ik erop dat hij zich terugtrekt als raadsman van miss Cardinal.'

Atkins keek naar Cotton. 'Wilt u dat?'

'Nee. Ik kan echter Louisa's belangen behartigen tot ze genezen is.'

Goode glimlachte. 'Edelachtbare, de heer Longfellow heeft ten overstaan van het hof duidelijk laten blijken dat hij bevooroordeeld is. Hij kan nauwelijks als voldoende neutraal beschouwd worden om de belangen van miss Cardinal op éérlijke wijze te vertegenwoordigen.'

'Ik ben geneigd het op dat punt met hem eens te zijn, Cotton,' zei Atkins.

'Goed. Dan stellen we vast dat miss Cardinal niet geestelijk onbekwaam is,' wierp Cotton tegen.

'Dan hebben we een dilemma, heren,' zei de rechter. 'Het proces zal over een week worden gevoerd.'

Cotton was verbluft. 'Dat geeft ons niet voldoende tijd.'

'Eén week vind ik uitstekend,' zei Goode. 'De zaken van miss Cardinal verdienen het met de grootst mogelijke spoed en respect te worden behartigd.'

Atkins pakte zijn hamer. 'Cotton, ik ben naar het ziekenhuis gegaan om Louisa te bezoeken. Of ze bij haar volle verstand is of niet, het komt me voor dat deze kinderen in elk geval een voogd nodig hebben. Dat kunnen we het beste zo snel mogelijk regelen.'

'We kunnen voor onszelf zorgen.'

Iedereen keek naar de achterkant van de zaal, waar Lou nu was opgestaan. 'We kunnen voor onszelf zorgen,' zei ze nog een keer. 'Tot Louisa beter is.'

'Lou,' zei Cotton, 'dit is niet de juiste tijd.'

Goode lachte naar hen. 'Wel, jullie zijn buitengewoon aardige kínderen. Ik ben Thurston Goode. Hoe maken jullie het?'

Noch Lou noch Oz gaf antwoord.

'Jongedame,' zei Atkins, 'kom eens hier.'

Lou slikte het brok in haar keel weg en liep naar voren. Atkins keek vanachter de tafel uit de hoogte op haar neer, als Zeus op de stervelingen.

'Jongedame, ben je lid van de balie?'

'Nee. Dat wil zeggen... nee.'

'Weet je dat niemand, behalve leden van de balie, het woord tot het hof mag richten, behalve in zeer buitengewone omstandigheden?'

'Nou, omdat het om mij en mijn broer gaat, vind ik dat de omstandigheden buitengewoon zíjn.'

Atkins keek Cotton aan en lachte voor hij weer naar Lou keek. 'Je bent pienter, dat is te zien. En snel. Maar de wet is de wet, en kinderen van jullie leeftijd kunnen niet alleen wonen.'

'We hebben Eugene.'

'Dat is geen bloedverwant.'

'Nou, Diamond Skinner woonde ook helemaal alleen.'

Atkins keek weer naar Cotton. 'Cotton, wil je het haar uitleggen, alsjeblieft?'

'Lou, de rechter heeft gelijk, jullie zijn niet oud genoeg om alleen te wonen. Jullie hebben een volwassene nodig.'

Plotseling vulden Lou's ogen zich met tranen. 'Nou, daar lijken we er steeds minder van over te houden.' Ze draaide zich om en rende door het middenpad, waarna ze de dubbele deuren openduwde. Toen was ze weg. Oz snelde haar achterna.

Cotton keek rechter Atkins aan.

'Een week,' zei de rechter. Hij gaf een klap met zijn hamer en trok zich daarna in zijn raadskamer terug, als een tovenaar die moet uitrusten na een bijzonder moeilijke bezwering te hebben uitgesproken.

Buiten de rechtszaal wachtten Goode en Miller op Cotton. Goode boog zich dicht naar hem toe. 'Weet u, meneer Longfellow, u kunt dit voor iedereen een stuk gemakkelijker maken als u gewoon meewerkt. We weten allemaal wat een onderzoek naar iemands geestesgesteldheid kan onthullen. Waarom zouden we miss Cardinal de vernedering van een proces aandoen?'

Cotton ging zo mogelijk nog dichter bij Goode staan. 'Meneer Goode, het kan u geen bliksem schelen of Louisa's zaken worden behandeld met het respect dat ze verdienen. U bent hier als stroman voor een grote maatschappij die eropuit is de wet zo te verdraaien dat die haar land in bezit kan krijgen.'

Goode lachte alleen maar. 'Tot ziens, in de rechtszaal.'

Die avond ploeterde Cotton aan zijn met stapels papier bedekte bureau. Hij mompelde in zichzelf, schreef dingen op en kraste ze weer door, en begon daarna te ijsberen als een aanstaande vader. De deur ging krakend open en verbaasd zag Cotton Lou binnenkomen met een mandje eten en een pot koffie.

'Eugene heeft me met de auto hierheen gebracht om Louisa op te zoeken,' legde ze uit. 'Ik heb dit in restaurant New York gehaald, omdat ik dacht dat je vanavond waarschijnlijk niets had gegeten.'

Cotton sloeg zijn ogen neer. Lou maakte een plekje op zijn bureau vrij, zette het eten erop en schonk hem een kop koffie in. Toen ze klaar was, maakte ze geen aanstalten om weg te gaan.

'Ik heb het nogal druk, Lou. Dank je wel voor het eten.'

Cotton ging achter zijn bureau zitten, maar hij verschoof geen vel papier en sloeg geen enkel boek open.

'Het spijt me dat ik dat heb gezegd, in de rechtszaal.'

'Het geeft niet. Als ik in jouw plaats was, had ik waarschijnlijk hetzelfde gedaan.'

'Wat jij zei klonk heel goed.'

'Integendeel, ik heb het helemaal verkeerd aangepakt.'

'Maar het proces is nog niet begonnen.'

Hij nam zijn bril af en wreef de glazen op met zijn das. 'Het is nu eenmaal zo dat het jaren geleden is dat ik in een rechtszaak ben opgetreden, en zelfs toen was ik niet echt goed. Ik regel alleen documenten, stel akten en testamenten op, dat soort zaken. En ik heb nooit een advocaat als Goode tegenover me gehad.' Hij zette zijn bril weer op, misschien zag hij nu voor het eerst die dag alles duidelijk. 'Ik wil je niet iets beloven wat ik niet kan waarmaken.'

Deze woorden bleven tussen hen in staan als een vlammende muur.

'Ik geloof in je, Cotton. Wat er ook gebeurt, ik geloof in je. Dat wilde ik je laten weten.'

'Waarom zou je in vredesnaam vertrouwen in me hebben? Ik heb immers niets anders gedaan dan jullie teleurstellen? Ik heb alleen maar gedichten geciteerd die niets kunnen veranderen.'

'Je hebt ons altijd proberen te helpen.'

'Ik kan nooit de man zijn die je vader was, Lou. Eigenlijk ben ik nergens echt goed voor, zo lijkt het tenminste.'

Lou kwam naast hem staan. 'Wil je me één ding beloven, Cotton? Wil je beloven dat je ons nooit in de steek zult laten?'

Het duurde even, maar toen pakte Cotton het meisje onder haar kin. Haperend, maar met een stem die niets van zijn kracht had ingeboet zei hij: 'Ik zal er voor jullie zijn zolang jullie me willen hebben.'

•38•

Voor het gerechtsgebouw stonden Fords, Chevrolets en Chryslers schuin geparkeerd naast karren die werden getrokken door ezels en paarden. Een dun laagje sneeuw gaf alles een vriendelijk aanzien, maar niemand lette erop. Iedereen was haastig het gebouw in gelopen.

In de rechtszaal waren nog nooit zoveel bezoekers geweest. Alle stoelen op de begane grond waren bezet. Er stonden mensen achter in de zaal, en dan nog vijf rijen dik samengeperst op het balkon.

Er waren stadsbewoners die pakken en stropdassen droegen, vrouwen in zondagse japonnen en met grote hoeden die versierd waren met voiles, kunstbloemen of afhangende trosjes namaakvruchten. Naast hen zaten boeren, in schone tuinbroeken, hun vilthoeden in de hand en pruimtabak in hun zakken weggestopt. Hun vrouwen waren meegekomen, in tot op de enkels reikende Chop-jurken en brilletjes met een metalen montuur op hun verweerde, gerimpelde gezicht. Opgewonden keken ze de zaal rond alsof ze elk moment een koningin konden zien binnenschrijden.

Tussen de volwassenen waren hier en daar kinderen gepropt, als cement tussen bakstenen. Om beter te kunnen zien klom een jongen op de leuning van het balkon, waar hij zich aan een van de zuilen vasthield. Een man trok hem eraf en zei streng dat dit een gerechtsgebouw was en dat men zich hier waardig behoorde te gedragen en niet als een kwajongen. De jongen slenterde weg. Daarna klom de man zelf op de leuning om een beter overzicht te hebben.

Toen Cotton, Lou en Oz de stoeptreden voor het gebouw op liepen, kwam een keurig in jasje en broek geklede jongen met glimmende, zwarte schoenen aan, op hen af rennen.

'Mijn pa zegt dat jullie de hele stad benadelen vanwege één oude vrouw. Hij zei dat we de gasmensen hoe dan ook hierheen moeten

263

halen.' Het kereltje keek naar Cotton alsof de advocaat zijn moeder had beledigd en er vervolgens om had gelachen.

'O, ja?' zei Cotton. 'Nou, ik respecteer de mening van je vader, hoewel ik het er niet mee eens ben. Vertel hem maar dat ik als hij er later persoonlijk met me over wil praten, daar graag toe bereid ben.' Cotton keek om zich heen en zag iemand van wie hij overtuigd was dat het de vader van de jongen moest zijn, omdat het kind op hem leek en de man hen aanstaarde, maar daarna snel zijn blik afwendde. Cotton keek naar alle auto's en wagens en zei tegen de jongen: 'Jij en je vader kunnen beter naar binnen gaan en een plaats zoeken. Het schijnt hier vandaag nogal druk te worden.'

Bij hun binnenkomst in de zaal was Cotton nog steeds verbaasd over het grote aantal bezoekers. Er hoefde in deze periode echter niet hard gewerkt te worden op de boerderijen, dus de mensen hadden vrije tijd. En voor de inwoners van de stad was het een gratis voorstelling die vuurwerk beloofde. Het zag ernaar uit dat ze vastbesloten waren geen juridisch foefje en geen taalkundige houdgreep te missen. Voor velen was dit waarschijnlijk een van de spannendste gebeurtenissen in hun leven. Het is triest, dacht Cotton.

Hij wist echter heel goed dat er veel op het spel stond. Een stad die voor de zoveelste keer tot de ondergang gedoemd was en die misschien weer tot leven zou kunnen komen door een rijke onderneming. Alles wat hij ertegenover kon stellen was een oude, bedlegerige vrouw, die blijkbaar niet meer wist wat ze deed. Dan rekenden er twee bange kinderen op hem, en in een ander bed lag een vrouw aan wie hij zijn hart zou kunnen verliezen, als ze maar wilde ontwaken. God, hoe moest hij hieruit komen?

'Zoek een plaats,' zei Cotton tegen de kinderen, 'en hou je stil.'

Lou gaf hem een vluchtige kus op zijn wang. 'Veel succes.' Ze duimde voor hem. Een boer die ze kenden maakte plaats voor hen in een van de rijen.

Cotton liep door het middenpad, knikkend tegen diegenen onder het publiek die hij kende. Midden op de voorste rij zaten Miller en Wheeler.

Goode zat achter de tafel voor de advocaten. Hij zag er zo tevreden uit als een hongerige man tijdens een kerkpicknick terwijl hij om zich heen keek naar een menigte die leek te hunkeren om deze krachtmeting gade te slaan.

'Ben je erop voorbereid om dit door te zetten?' zei Goode.

'Even goed voorbereid als jij,' antwoordde Cotton.

Goode grinnikte. 'Met alle respect, dat betwijfel ik.'

Fred de deurwaarder verscheen en sprak zijn officiële woorden, iedereen stond op en de zitting van het hof onder leiding van de edelachtbare Henry J. Atkins was geopend.

'Laat de jury binnenkomen,' zei Atkins tegen Fred.

De juryleden kwamen achter elkaar binnen. Cotton bekeek hen stuk voor stuk en sloeg bijna achterover toen hij zag dat George Davis een van de gekozenen was.

Met donderende stem riep hij: 'Edelachtbare, George Davis was niet een van de juryleden die we hebben gekozen. Hij heeft een gevestigd belang bij de uitslag van dit proces.'

Atkins leunde naar voren. 'Hoor eens, Cotton, je weet dat het moeilijk genoeg is geweest om twaalf juryleden bij elkaar te krijgen. Leroy Jenkins viel af omdat zijn vrouw ziek is geworden, en daarna kreeg Garcie Burns een schop van zijn ezel. Ik weet dat George Davis niet bepaald de populairste man van de streek is, maar hij heeft evenveel recht om jurylid te zijn als ieder ander. Luister eens, George, kun je je eerlijk opstellen in deze kwestie?'

Davis had de kleren aan waarin hij altijd naar de kerk ging en hij zag er zeer respectabel uit. 'Ja, edelachtbare,' zei hij beleefd, en hij keek om zich heen. 'Iedereen weet dat Louisa's boerderij naast de mijne ligt. We konden goed met elkaar overweg.' Hij lachte zijn zwarte tanden bloot, maar het scheen hem moeite te kosten, alsof het iets was wat hij niet eerder had geprobeerd.

'Ik ben ervan overtuigd dat meneer Davis een goed jurylid zal zijn, edelachtbare,' zei Goode. 'Van mijn kant is er geen bezwaar.'

Cotton keek Atkins aan. De eigenaardige uitdrukking op het gezicht van de rechter zorgde ervoor dat Cotton nog eens goed nadacht over wat hier feitelijk gaande was.

Lou zat op haar stoel. Inwendig was ze razend. Het was verkeerd en ze zou het liefst willen opstaan om dat te zeggen, maar voor het eerst van haar leven was ze te geïntimideerd. Dit was tenslotte een gerechtshof.

'Hij liegt!' Het werd luidkeels uitgeschreeuwd en alle hoofden draaiden zich om om te zien waar de stem vandaan kwam.

Lou keek opzij en zag dat Oz op zijn stoel was gaan staan zodat hij boven alle aanwezigen uit stak. Zijn ogen schoten vuur en hij wees met zijn vinger naar George Davis. 'Hij liegt,' bulderde Oz opnieuw met zo'n zware stem dat Lou die niet herkende als de stem van haar broer. 'Hij haat Louisa. Het is niet goed dat hij hier is.'

Cotton was evenals alle andere aanwezigen met stomheid geslagen. Hij keek de zaal rond. Rechter Atkins staarde misnoegd naar de jongen. Goode stond op het punt om overeind te springen. En Davis keek zo woest dat Cotton blij was dat de man geen geweer bij zich had. Cotton vloog op Oz af en tilde de jongen van zijn stoel.

'De neiging tot uitbarstingen in het openbaar zit bij de Cardinals blijkbaar in de familie,' bulderde de rechter. 'Dat kunnen we niet hebben, Cotton.'

'Ik weet het, edelachtbare. Ik weet het.'

'Het is verkeerd. Die man is een leugenaar!' schreeuwde Oz.

Lou werd bang. Ze zei: 'Oz, hou op. Het is wel goed zo.'

'Nee, dat is het niet, Lou,' zei Oz. 'Die man is vreselijk. Hij laat zijn familie verhongeren; hij is door en door slecht!'

'Cotton, breng dat kind naar buiten,' riep de rechter met luide stem. 'Nu meteen.'

Cotton droeg Oz de zaal uit, met Lou in zijn kielzog.

Ze gingen op de koude stoep voor het gerechtsgebouw zitten. Oz huilde niet. Hij zat met zijn kleine vuisten op zijn slanke dijen te stompen. Lou keek naar hem en voelde de tranen over haar wangen stromen. Cotton sloeg een arm om de smalle schouders van de jongen.

'Het is niet goed, Cotton,' zei Oz. 'Het is gewoon niet goed.' Hij bleef op zijn benen slaan.

'Ik weet het, jongen. Ik weet het. Maar het komt wel in orde. Misschien is het zelfs wel een goede zaak voor ons, dat George Davis in de jury zit.'

Oz hield op met stompen. 'Hoe kan dat nu?'

'Nou, het is een van de mysteries van de wet, Oz, maar je moet me maar vertrouwen. Ik neem aan dat jullie nog steeds het proces willen bijwonen?' Ze zeiden allebei dat ze het heel graag wilden.

Cotton keek om zich heen en zag hulpsheriff Howard Walker bij de deur staan. 'Howard, het is een beetje koud voor deze kinderen om buiten te wachten. Ik moet nu weg, als ik garandeer dat ze zich niet meer laten horen, kun jij dan een manier vinden om ze weer naar binnen te krijgen. Je begrijpt me wel.'

Walker lachte en stak zijn hand tussen de riem van zijn holster. 'Gaan jullie maar met mij mee, jongelui. Dan kan Cotton zijn magische trucs gaan uithalen.'

Cotton zei: 'Dank je, Howard, maar als je ons helpt, raak je misschien je populariteit in deze stad kwijt.'

'Mijn vader en mijn broer zijn in de mijn omgekomen. Southern Valley kan van mij naar de hel lopen. Ga jij nu maar terug en laat zien wat een goede advocaat je bent.'

Nadat Cotton naar binnen was gegaan, nam Walker Lou en Oz mee via een achterdeur en bracht hen naar een plaats op het balkon die was gereserveerd voor speciale bezoekers, nadat Oz hem plechtig had beloofd dat hij zijn mond zou houden.

Lou keek naar haar broer en fluisterde hem toe: 'Oz, het was echt dapper van je. Ik was er te bang voor.' Hij lachte tegen haar. Toen besefte ze wat ze miste. 'Waar is de beer die ik je heb gegeven?'

'Jeetje, Lou, ik ben te oud voor beren en duimzuigen.'

Lou keek haar broertje nog eens aan en opeens begreep ze dat het waar was. De tranen sprongen haar in de ogen want plotseling zag ze een broer voor zich die zo groot en sterk geworden was dat hij zijn grote zus niet meer nodig had.

Beneden voerden Cotton en Goode een verhit debat met rechter Atkins.

'Hoor eens even, Cotton,' zei Atkins, 'ik heb begrip voor wat je zegt over George Davis en je bezwaar is genoteerd, maar Louisa heeft geholpen om vier van deze juryleden ter wereld te brengen en daar heeft het Gemenebest geen bezwaar tegen gemaakt.' Hij keek Goode aan. 'Meneer Goode, wilt u ons een ogenblik excuseren?'

De advocaat keek geschokt. 'Edelachtbare, een eenzijdig consult met de raadsman? Dergelijke dingen doen we niet in Richmond.'

'Nou, dan is het verdomme maar goed dat we hier niet in Richmond zijn. Gaat u maar weer zitten.' Atkins maakte een handgebaar alsof hij een vlieg verjoeg. Goode ging met tegenzin naar zijn plaats.

'Cotton,' zei Atkins, 'we weten allebei dat er in deze zaak grote belangen op het spel staan, en we weten allebei waarom: geld. Louisa ligt in het ziekenhuis en de meeste mensen geloven niet dat ze het zal halen. En we hebben het geld van Southern Valley, dat de mensen wordt voorgehouden.'

Cotton knikte. 'Dus u denkt dat de jury tegen ons zal stemmen?'

'Tja, ik weet het niet zeker, maar als je verliest…'

'Dan geeft het feit dat George Davis in de jury zit me goede gronden om in beroep te gaan,' maakte Cotton de zin af.

Atkins leek tevreden dat Cotton zo snel inspeelde op deze strategie. 'Hé, daar had ik nog niet bij nagedacht. Ik ben blij dat je erop komt. Laten we nu maar beginnen.'

Cotton liep naar zijn plaats terug terwijl Atkins een klap met zijn hamer gaf en verklaarde: 'De jury is compleet. Gaat u zitten.'

De gezamenlijke juryleden namen plaats.

Atkins bekeek hen langzaam en ten slotte bleef zijn blik op Davis rusten. 'Nog één ding voor we beginnen. Ik heb 34 jaar op deze stoel gezeten en in mijn rechtszaal heeft zich nooit een geval voorgedaan waarbij de jury op ongeoorloofde wijze werd beïnvloed. Dat zal ook nooit gebeuren, want mocht het onverhoopt toch voorkomen, dan kunnen de mensen die het veroorzaakt hebben er zeker van zijn dat een heel leven in de kolenmijn doorbrengen een verjaardagsfeestje is, vergeleken met wat ik met hen zal doen.' Hij keek Davis nog even streng aan, wierp een soortgelijke blik op Goode en Miller en zei vervolgens: 'Het Gemenebest wordt verzocht de eerste getuige op te roepen.'

'Het Gemenebest roept doctor Luther Ross op,' zei Goode.

De logge doctor Ross stond op en liep naar de getuigenbank. Hij zag er serieus uit, wat advocaten prettig vonden wanneer hij aan hún kant stond; wanneer dat niet het geval was, was hij niet meer dan een goedbetaalde leugenaar.

Fred nam hem de eed af: 'Steek uw rechterhand op, leg uw linkerhand op de bijbel. Zweert u plechtig de waarheid en niets dan de waarheid te zeggen, zo helpe u God?'

Ross verklaarde dat hij zeer zeker de waarheid en niets dan de waarheid zou spreken en wrong zich in de getuigenbank.

Fred trok zich terug en Goode kwam naar voren.

'Doctor Ross, wilt u de jury vertellen wie u bent?' Goodes woorden hadden een puur zuidelijk accent.

'Ik ben directeur van de instelling voor geestelijk gehandicapten in Roanoke. Ik heb mentale evaluatie gedoceerd aan het Medical College in Richmond en aan de universiteit van Virginia. En ik heb zelf meer dan tweeduizend gevallen als dit behandeld.'

'Ik ben ervan overtuigd dat meneer Longfellow en het hof het met me eens zullen zijn dat u deskundige bent op uw vakgebied. Sterker nog, u zou wel eens de allerbeste op uw vakgebied kunnen zijn en ik ben van mening dat deze jury het verdient om dit te horen.'

'Bezwaar, edelachtbare,' zei Cotton. 'Ik geloof niet dat er bewijs bestaat dat de heer Goode deskundig is in het beoordelen van experts.'

'Toegewezen, Cotton,' zei Atkins. 'Gaat u verder, meneer Goode.'

'Doctor Ross,' zei Goode, na een zijdelingse blik op Cotton, 'bent u in de gelegenheid geweest om Louisa Mae Cardinal te onderzoeken?'

'Ja.'

'Wat is uw deskundige mening over haar geestesgesteldheid?'

Ross sloeg met een van zijn mollige handen op de leuning van de getuigenbank. 'Ze is geestelijk onbekwaam. Eerlijk gezegd ben ik van mening dat ze in een instelling zou moeten worden opgenomen.'

Er klonk luid gemompel in het publiek en Atkins gaf ongeduldig een paar klappen met zijn hamer. 'Stilte,' zei hij.

Goode vervolgde: 'Opgenomen? Nou, nou, dat is een ernstige zaak. Dus u zegt dat ze niet in staat is haar eigen zaken te behartigen? Bijvoorbeeld om haar bezittingen te verkopen?'

'Absoluut niet. Er kan gemakkelijk misbruik van haar worden gemaakt. De arme vrouw kan niet eens haar naam schrijven. Misschien weet ze niet eens meer hoe haar naam luidt.' Hij keek de jury gebiedend aan. 'Ze moet worden opgenomen,' herhaalde hij.

Goode stelde nog een aantal handig geformuleerde vragen en op elk ervan kreeg hij het door hem gewenste antwoord: Louisa Mae Cardinal was volgens de geachte doctor Ross ongetwijfeld geestelijk niet in orde.

'Geen vragen meer,' zei Goode ten slotte.

'Meneer Longfellow?' zei Atkins. 'Ik neem aan dat u nog wel iets te vragen hebt.'

Cotton stond op. Hij nam zijn bril af en liet die tussen zijn vingers bungelen terwijl hij zich tot de getuige richtte.

'U zegt dat u meer dan tweeduizend mensen hebt onderzocht?'

'Dat klopt,' zei Ross, wiens borst opzwol.

'Hoeveel van die mensen hebt u als geestelijk onbekwaam gekwalificeerd?'

Ross' borst zakte onmiddellijk weer in; die vraag had hij kennelijk niet verwacht. 'Eh... tja, dat is moeilijk te zeggen.'

Cotton keek naar de jury en vervolgde daarna: 'Nee, dat is het niet. U hoeft het alleen maar te zéggen. Ik zal u een beetje helpen. Honderd procent? Vijftig procent?'

'Geen honderd procent.'

'Maar ook geen vijftig?'

'Nee.'

'Laten we het dan beperken. Tachtig? Negentig? Vijfennegentig?'

Ross dacht even na. 'Vijfennegentig procent lijkt me wel te kloppen.'

'Oké. Laat eens zien, ik geloof dat het neerkomt op negentienhonderd van de tweeduizend. Dat zijn heel wat gekke mensen, doctor Ross.'

Het publiek lachte en Atkins hamerde, maar ook hij moest erom glimlachen.

Ross keek hem aan. 'Ik beschouw hen zoals ik hen zie, meneer Cotton.'

'Doctor Ross, hoeveel patiënten die een beroerte hebben gehad, hebt u onderzocht om te bepalen of ze geestelijk onbekwaam zijn?'

'Eh... er wil me niet direct zo'n patiënt te binnen schieten.'

Cotton bleef voor de getuige heen en weer lopen, die zijn ogen op de advocaat gericht hield terwijl er zweetdruppels op zijn voorhoofd verschenen. 'Ik neem aan dat de meeste patiënten die u onderzoekt, geesteziek zijn. Hier gaat het om het slachtoffer van een beroerte, wier fysieke onbekwaamheid het er misschien op doet lijken dat ze geestelijk niet in orde is, hoewel ze dat heel goed wél kan zijn.'

Cotton zocht Lou op het balkon en vond haar. 'Ik bedoel, dat iemand niet kan praten of zich niet kan bewegen, hoeft nog niet te betekenen dat die persoon niet begrijpt wat er om haar heen gebeurt. Het zou heel goed kunnen dat ze alles ziet, hoort en begrijpt. Alles!'

Cotton draaide zich met een ruk om en keek zijn getuige aan. 'Wanneer haar de tijd wordt gegund zou ze wel eens geheel kunnen herstellen.'

'De vrouw die ik heb gezien zal naar alle waarschijnlijkheid niet herstellen.'

'Bent u medicus, en deskundige op het gebied van beroerten?' zei Cotton scherp.

'Dat niet. Maar...'

'Dan zou ik graag willen dat de rechter de jury verzoekt om die laatste verklaring te negeren.'

Atkins zei tegen de twaalf mannen: 'Hierbij draag ik u op geen aandacht te schenken aan de verklaring van doctor Ross dat miss Cardinal niet beter kan worden, want hij is beslist níét competent om dat te verklaren.'

Atkins en Ross keken elkaar nijdig aan bij de woordkeuze van de rechter. Cotton bedekte zijn mond met zijn hand om zijn grijns te verbergen.

Cotton vervolgde: 'Doctor Ross, kunt u ons werkelijk niet zeggen of Louisa Mae Cardinal vandaag, of morgen, of de dag daarna niet volkomen in staat zal zijn om haar eigen zaken te behartigen? Klopt dat?'

'De vrouw die ik onderzocht heb...'

'Beantwoordt u mijn vraag alstublieft, doctor.'

'Nee.'

'Wat, nee?' Cotton liet er vriendelijk op volgen: 'Ter verduidelijking voor de jury.'

Ross sloeg gefrusteerd zijn armen over elkaar. 'Nee, ik kan niet met zekerheid zeggen dat miss Cardinal vandaag, of morgen, of de volgende dag niet zal herstellen.'

Goode kwam overeind. 'Edelachtbare, ik begrijp waar de raadsman naartoe wil en ik zou een voorstel willen indienen. Op dit moment verklaart de getuige, doctor Ross, dat miss Cardinal geestelijk onbekwaam is. Als ze beter wordt, en dat hopen we allemaal, dan kan de door het hof benoemde curator van zijn functie worden ontheven en vanaf dat moment kan ze haar eigen zaken behartigen.'

Cotton merkte op: 'Tegen die tijd heeft ze geen land meer over.'

Goode zag zijn kans schoon. 'Nou, dan kan miss Cardinal zich nog altijd verheugen in het bezit van het half miljoen dollar dat Southern Valley haar voor haar terrein heeft geboden.'

Een collectieve zucht steeg op uit het publiek bij het horen van dit enorme bedrag. Eén man zou bijna over de leuning van het balkon zijn gevallen als zijn buren hem niet in veiligheid hadden gebracht. Kinderen met vuile en schone gezichten keken elkaar met grote ogen aan. Hun vaders en moeders deden precies hetzelfde. Ook de juryleden keken elkaar in opperste verbazing aan. George Davis bleef echter strak voor zich uit staren, op zijn gezicht stond geen enkele emotie te lezen.

Goode vervolgde snel: 'Ik weet zeker dat anderen dat ook kunnen wanneer de maatschappij hun soortgelijke aanbiedingen doet.'

Cotton keek om zich heen en besloot dat hij het verkeerde beroep had gekozen. Hij zag dat bergbewoners en stadsmensen hem aangaapten: de enige man die hun rechtmatige fortuin in de weg stond. Ondanks de zware last die op hem drukte, zette hij die gedachte van zich af en hij bulderde: 'Edelachtbare, mijn collega heeft zojuist de jury zo goed als omgekocht met die verklaring. Ik eis dat dit proces wordt geseponeerd. De zaak van mijn cliënte kan niet eerlijk worden behandeld wanneer deze mensen de dollars van Southern Valley zitten te tellen.'

Goode glimlachte naar de jury. 'Ik trek de verklaring terug. Sorry, meneer Longfellow. Het was niet kwaad bedoeld.'

Atkins leunde achterover in zijn stoel. 'Het proces wordt niet geseponeerd, Cotton. Waar moet je dan met deze zaak naartoe? Iedereen die binnen een straal van 100 kilometer woont zit al in deze rechtszaal, en de volgende rechtbank is een dag reizen per trein. Bovendien is de rechter daar lang niet zo aardig als ik.' Hij wendde zich tot de jury. 'Luister goed, mensen, u moet geen aandacht schenken aan meneer Goodes verklaring betreffende het bod tot aankoop van miss Cardinals terrein. Hij had het niet moeten zeggen en u moet het vergeten. En dat meen ik!'

Daarna richtte Atkins zich tot Goode. 'Ik begrijp dat u een uitstekende reputatie geniet, en ik zou daar niet graag een blaam op werpen. Maar als u nog één keer zoiets uithaalt, dan heb ik een aardige, kleine cel in dit gebouw, waar u in zult worden gestopt wegens minachting van het hof, en ik zou wel eens kunnen vergeten dat u daar zit. Ben ik duidelijk?'

Goode knikte en zei gedwee: 'Ja, edelachtbare.'

'Cotton, heb je nog vragen voor doctor Ross?'

'Nee, edelachtbare,' zei Cotton, en hij liet zich op zijn stoel vallen.

Vervolgens riep Goode Travis Barnes op als getuige, en hoewel Barnes zich dapper weerde onder Goodes handige gemanoeuvreer, was de prognose die de goede dokter voor Louisa gaf tamelijk somber. Ten slotte hield Goode de dokter een foto voor.

'Is dit uw patiënte, Louisa Mae Cardinal?'

Barnes keek naar de foto. 'Ja.'

'Ik vraag toestemming om deze foto aan de jury te laten zien.'

'Ga uw gang, maar graag een beetje snel,' zei Atkins.

Goode liet een afdruk van de foto voor Cotton op tafel vallen. Cotton keek er niet eens naar, maar scheurde de foto in twee stukken, die hij in de kwispedoor naast zijn tafel gooide, terwijl Goode het origineel aan de juryleden toonde. Te oordelen naar het meewarige tonggeklak, het gefluisterde commentaar en het hoofdschudden had de foto de bedoelde uitwerking. De enige die niet geschrokken keek was George Davis. Hij hield de foto extra lang vast en Cotton kreeg de indruk dat de man zijn uiterste best moest doen om zijn blijdschap te verbergen. Nadat hij deze schade had aangericht ging Goode weer zitten.

'Travis,' zei Cotton, die was opgestaan en naar zijn vriend was gelopen, 'heb je Louisa Cardinal ooit voor andere kwalen behandeld, behalve deze laatste?'

'Ja. Een paar keer.'

'Kun je ons daar iets over vertellen?'

'Ongeveer tien jaar geleden werd ze gebeten door een ratelslang. Ze doodde het beroerde beest zelf met een schoffel en daarna kwam ze te paard de berg af om me ernaar te laten kijken. Op dat moment was haar arm opgezwollen ter dikte van mijn been. Ze werd ernstig ziek, haar koorts was hoger dan ik ooit had meegemaakt. Gedurende een paar dagen raakte ze af en toe bewusteloos. Maar ze kwam er weer bovenop, juist op het moment dat we dachten dat ze het niet zou halen. Ze vocht als een koppige ezel.'

'En de andere keer?'

'Longontsteking. Die winter, vier jaar geleden, toen hier meer sneeuw lag dan op de zuidpool. Dat weten jullie zeker nog wel?' vroeg hij het publiek in de zaal. Iedereen knikte.

'Het was destijds onmogelijk om de berg op of af te gaan. Het duurde vier dagen voor ik bericht kreeg. Ik ben ernaartoe gegaan toen de sneeuwval voorbij was en ik heb haar behandeld, maar toen was ze op eigen houtje al over het ergste heen. Een jonger iemand zou er mét medicijnen aan onderdoor gegaan zijn. Zij was in de zeventig en had niets ingenomen, ze had alleen haar eigen wilskracht om te overleven. Ik heb nog nooit zoiets gezien.'

Cotton liep naar de jury. 'Het klinkt alsof ze een vrouw is met een onverwoestbare geestkracht. Een geestkracht die niet overwonnen kan worden.'

'Ik maak bezwaar, edelachtbare,' zei Goode. 'Is dat een vraag, of een goddelijke uitspraak van uw kant, meneer Longfellow?'

'Ik hoop beide, meneer Goode.'

'Nou, laten we het zo stellen,' zei Barnes, 'als ik iemand was die van een gokje hield, zou ik niet op het verlies van de vrouw wedden.'

Cotton keek naar de jury. 'Ik ook niet. Ik heb geen vragen meer.'

'Meneer Goode, wie is uw volgende getuige?' vroeg Atkins.

De advocaat voor het Gemenebest stond op en keek de rechtszaal rond. Hij bleef zoekend kijken tot zijn blik op het balkon viel. Hij zocht het af en ten slotte bleven zijn ogen rusten op Lou en Oz. En uiteindelijk alleen op Oz.

'Jongeman, wil je naar beneden komen om ons iets te vertellen?'

Cotton was al opgesprongen. 'Edelachtbare, ik zie geen reden…'

'Edelachtbare,' viel Goode hem in de rede, 'het gaat om de voogdij over de kinderen en ik geloof dus dat het redelijk is om met een van hen te praten. Voor zo'n kleine jongen heeft hij een goede stem, dat heeft iedereen die hier aanwezig is al luid en duidelijk gehoord.'

Er klonk gedempt gelach uit het publiek en Atkins gaf verstrooid een klap met zijn hamer, terwijl hij zes snelle hartenkloppen van Cotton lang over dit verzoek nadacht. 'Ik zal het toestaan. Maar denkt u er wel aan, meneer Goode, hij is nog maar een kleine jongen.'

'Absoluut, edelachtbare.'

Lou pakte Oz' hand. Samen daalden ze langzaam de trap af en liepen vervolgens tussen de rijen door, met alle ogen in de zaal op hen gericht. Oz plaatste zijn hand op de bijbel en legde de eed af, terwijl Lou naar haar plaats terugging. Oz ging op de stoel zitten, hij leek zo klein en hulpeloos dat Cotton diep medelijden met hem kreeg, nog voor Goode was begonnen.

'Zo, meneer Oscar Cardinal,' begon hij.

'Mijn naam is Oz, en mijn zus heet Lou. Noemt u haar niet Louisa Mae, want dan wordt ze kwaad en begint ze te vechten.'

Goode glimlachte. 'Maak je maar geen zorgen. Dan zeggen we Oz en Lou.' Hij leunde tegen het hekje voor de getuigenbank. 'Ik wil eerst zeggen dat het hof het heel erg vindt dat het zo slecht gaat met je moeder.'

'Ze wordt weer beter.'

'O, ja? Zeggen de dokters dat?'

Oz keek naar Lou, tot Goode de kin van de jongen pakte en zijn gezicht naar zich toe draaide.

'Jongeman, in de getuigenbank moet je de waarheid spreken. Je kunt niet naar je grote zus kijken om antwoorden. Je hebt gezworen dat je de waarheid zou spreken.'

'Ik zeg altijd de waarheid. Erewoord.'

'Goed zo. Dus, nogmaals, zeggen de dokters dat je moeder beter zal worden?'

'Nee. Ze zeiden dat ze het niet zeker wisten.'

'Hoe weet jij dan dat ze beter wordt?'

'Omdat... omdat ik een wens heb gedaan. Bij de wensput.'

'Wensput?' zei Goode. Hij keek naar de jury met een gezicht dat duidelijk uitdrukte wat hij van dat antwoord dacht. 'Is er een wensput hier in de buurt? Ik zou wénsen dat we er een in Richmond hadden.'

Het publiek lachte. Oz' gezicht werd rood en hij draaide onrustig op zijn stoel heen en weer. 'Er ís een wensput,' zei hij. 'Mijn vriend Diamond Skinner heeft ons erover verteld. Je doet een wens en je legt het belangrijkste wat je hebt bij de put, en dan wordt je wens vervuld.'

'Dat klinkt heel goed. Je zei dus dat je een wens had gedaan?'

'Ja, meneer.'

'En je hebt het belangrijkste afgestaan wat je bezat. Wat was dat?' Oz keek nerveus de zaal in. 'De waarheid, Oz. Denk eraan, dat heb je God beloofd, jongen.'

Oz haalde diep adem. 'Mijn beer. Ik heb mijn beer afgestaan.'

Er klonk wat gesmoord gegrinnik onder de toehoorders, tot iedereen de ene traan over het gezicht van de jongen zag glijden. Toen hield het gelach op.

'Is je wens al uitgekomen?' vroeg Goode.

Oz schudde zijn hoofd. 'Nee.'

'Is het al een poos geleden dat je gewenst hebt?'

'Ja,' antwoordde Oz zacht.

'En je moeder is nog steeds erg ziek, nietwaar?'

Oz boog zijn hoofd. 'Ja,' zei hij bijna onhoorbaar.

Goode stak zijn handen in zijn zakken. 'Nou, het is droevig, jongen, maar sommige dingen komen niet uit, ook al hebben we het gewenst. Zo gaat het niet in het leven. Nu, je weet dat je overgroot-moeder erg ziek is, nietwaar?'

'Ja, meneer.'

'Heb je voor haar ook een wens gedaan?'

Cotton stond op. 'Goode, laat hem toch met rust.'

'Goed, goed. Kijk, Oz, je weet dat jullie niet alleen kunnen wonen, nietwaar? Als je overgrootmoeder niet beter wordt, moeten jullie volgens de wet bij een volwassene in huis gaan wonen. Of anders in een weeshuis. Je wilt toch zeker niet naar een weeshuis?'

Opnieuw sprong Cotton op. 'Weeshuis? Wanneer is dat aan de orde gekomen?'

Goode zei: 'Als miss Cardinals land niet verkocht wordt en ze niet opnieuw op wonderbaarlijke wijze geneest, zoals ze dat deed van een slangenbeet en longontsteking, dan zullen de kinderen toch ergens heen moeten. Tenzij ze geld hebben waar ik niets vanaf weet, gaan ze naar een weeshuis, omdat dat de plaats is waar kinderen naartoe gaan die geen bloedverwanten hebben om voor hen te zorgen, of andere geschikte personen die bereid zijn om hen te adopteren.'

'Ze kunnen bij mij komen wonen,' zei Cotton.

Goode leek op het punt te staan in lachen uit te barsten. 'Bij u? Een vrijgezel? Een advocaat in een stad die ten onder gaat? U zou wel de laatste persoon op de wereld zijn aan wie een rechtbank deze kinde-ren zou toewijzen.' Goode wendde zich weer tot Oz. 'Zou je niet liever in je eigen huis blijven wonen bij iemand die het beste met je voorheeft? Dat wil je toch zeker wel?'

'Ik weet het niet.'

'Natuurlijk wil je dat. Weeshuizen zijn niet prettig. Sommige kinde-ren blijven er voor altijd.'

'Edelachtbare,' zei Cotton, 'Heeft dit alles enige zin, behalve de getuige schrik aan te jagen?'

'Ik was juist van plan om dat aan meneer Goode te vragen,' verklaar-de Atkins.

Het was echter Oz, die iets zei. 'Mag Lou ook mee? Ik bedoel, niet naar het weeshuis, maar ergens anders heen?'

'Ja, natuurlijk jongen, natuurlijk,' zei Goode snel. 'Zus en broer mogen nooit van elkaar worden gescheiden.' Zachtjes liet hij erop volgen: 'Maar in een weeshuis weet je dat niet zeker.' Hij wachtte even. 'Dus dat zou je wel goedvinden, Oz?'

Oz aarzelde en probeerde naar Lou te kijken, maar Goode was hem te snel af en ging hem in de weg staan. Eindelijk zei Oz: 'Ik geloof het wel.'

Cotton keek naar het balkon. Lou stond met haar handen om de leuning geklemd met een bezorgd gezicht naar haar broer te kijken.

Goode liep naar de jury en veegde met veel vertoon zijn ogen af. 'Wat een aardige jongen. Ik heb geen vragen meer.'

'Cotton?' zei Atkins.

Goode ging zitten en Cotton stond op, maar hij bleef zwijgen. Zijn vingers grepen de tafelrand terwijl hij naar het zielige hoopje mens in de getuigenbank keek; een kleine jongen van wie Cotton wist dat hij niets liever wilde dan opstaan en terugrennen naar zijn zus, omdat hij doodsbang was voor weeshuizen en dikke advocaten met moeilijke woorden en vragen die hem in verlegenheid brachten, en enorme zalen vol vreemde mensen die hem aanstaarden.

'Geen vragen,' zei Cotton heel zacht. Oz vluchtte weg, naar zijn zus.

Nadat er nog meer getuigen voor het hof waren verschenen, die allemaal verklaarden dat Louisa niet in staat was om verstandige beslissingen te nemen, en Cotton niet méér had kunnen doen dan stukjes en beetjes van hun verklaringen aanvechten, werd de zitting verdaagd. Cotton en de kinderen verlieten de rechtszaal. Buiten werden ze staande gehouden door Goode en Miller.

'U hebt goed tegenspel geboden, meneer Longfellow,' zei Goode, 'maar we weten allemaal hoe dit zal aflopen. Waarom zouden we er niet meteen een eind aan maken? Dat bespaart iedereen nog meer verlegenheid.' Terwijl hij dit zei keek hij naar Lou en Oz. Hij wilde Oz een klopje op zijn hoofd geven, maar de jongen keek hem zo fel aan dat Goode zijn hand terugtrok, alsof hij bang was dat hij die zou kwijtraken.

'Hoor eens, Longfellow,' zei Miller, die een papier uit zijn zak haalde, 'ik heb hier een cheque voor een half miljoen dollar. Het enige wat je hoeft te doen is een eind maken aan deze nonsens, dan is de cheque van jou.'

Cotton keek naar Oz en Lou en daarna zei hij: 'Ik zal je eens wat zeggen, Miller. Ik laat het aan de kinderen over. Ik doe wat zij zeggen.'

Miller ging op zijn hurken zitten en keek Lou en Oz glimlachend aan. 'Dit geld is nu voor jullie. Daarmee kunnen jullie alles kopen wat je wilt. In een groot huis wonen met een mooie auto en mensen betalen om voor jullie te zorgen. Een heel prettig leven. Wat zeggen jullie ervan?'

'We hebben al een huis,' zei Lou.

'Oké, maar hoe moet het dan met jullie moeder? Mensen in haar toestand hebben veel zorg nodig en die is niet goedkoop.' Hij zwaaide de cheque voor haar gezicht heen en weer. 'Hiermee zijn al jullie problemen opgelost, meisje.'

Goode ging eveneens op zijn hurken zitten en keek Oz aan. 'En al die nare weeshuizen blijven dan heel ver weg. Je wilt toch graag bij je zus blijven?'

'Hou uw geld maar,' zei Oz, 'want we hebben het niet nodig en we willen het niet. En Lou en ik blijven altijd bij elkaar, weeshuis of niet!' Oz pakte zijn zus bij de hand en de kinderen liepen weg.

Cotton keek naar de beide mannen, die weer waren opgestaan. Nijdig stak Miller de cheque in zijn zak. 'Uit de mond van kinderen...' zei Cotton. 'Waren we allemaal maar zo verstandig.' Daarna liep hij het gebouw uit.

Terug op de boerderij besprak Cotton de zaak met Lou en Oz. 'Ik ben bang dat Louisa, tenzij ze morgen de rechtszaal kan binnenstappen, haar land kwijtraakt.' Hij keek hen beiden aan. 'Ik wil echter dat jullie weten dat, wat er ook gebeurt, ik er altijd voor jullie allemaal zal zijn. Ik zal voor jullie zorgen. Maak je daar maar niet ongerust over. Jullie gaan nóóit naar een weeshuis. En jullie worden nooit van elkaar gescheiden. Dat zweer ik.' Lou en Oz omhelsden Cotton stevig. Daarna vertrok hij om zich voor te bereiden op de laatste zittingsdag. Misschien zou het hun laatste dag op de berg worden.

Lou maakte het avondmaal klaar voor Oz en Eugene en ging daarna haar moeder eten geven.

Later ging ze bij het vuur zitten, waar ze lange tijd over de gebeurtenissen nadacht. Hoewel het heel koud was, haalde ze Sue uit de stal en reed op de merrie naar het heuveltje achter het huis. Bij elk graf sprak ze een gebed uit; het langst bij het kleinste graf, dat van Annie. Als ze was blijven leven zou Annie Lou's oudtante zijn geweest. Lou wenste vurig dat ze had kunnen weten hoe de kleine baby eruit had gezien en ze voelde zich ellendig omdat het onmogelijk was. Er stonden die avond veel sterren aan de hemel en Lou keek naar de witte bergen, waar het ijs bijna betoverend op de takken glinsterde en het licht wel tienduizend keer werd versterkt. Het land kon Lou nu niet helpen, maar er was iets wat ze zelf kon doen. Iets waarvan ze wist dat het al lang geleden had moeten gebeuren. Maar een fout was slechts dan een fout wanneer die niet werd goedgemaakt.

Ze reed op Sue terug, zette de merrie voor de nacht op stal en ging daarna naar haar moeders kamer. Ze ging op het bed zitten en pakte Amanda's hand. Geruime tijd bewoog Lou zich niet, maar ten slotte bukte ze zich en kuste haar moeder op de wang, terwijl de tranen over haar gezicht begonnen te stromen. 'Wat er ook gebeurt, we blijven altijd bij elkaar. Dat beloof ik. Je hebt mij en Oz altijd bij je. Altijd.' Ze wreef haar tranen weg. 'Ik mis je zo.' Ze kuste haar moeder nogmaals. 'Ik hou van je, mam.' Daarna vluchtte Lou de kamer uit en zo kwam het dat ze de eenzame traan niet zag die uit haar moeders oog drupte.

Zachtjes snikkend lag Lou op haar bed toen Oz binnenkwam. Ze deed geen poging om op te houden met huilen. Oz kroop naast haar op bed en knuffelde zijn zus.

'Het komt wel goed, Lou, je zult het zien.'

Lou ging rechtop zitten. Ze veegde haar gezicht af en keek hem aan. 'Het enige wat ons kan helpen, is een wonder.'

'Ik kan de wensput nog een keer proberen,' zei hij.

Lou schudde haar hoofd. 'Wat kunnen we er achterlaten wanneer we een wens doen? We zijn alles al kwijt.'

Een paar minuten bleven ze zitten zonder iets te zeggen, tot Oz het stapeltje brieven op Lou's bureau zag. 'Heb je ze allemaal gelezen?' Lou knikte. 'Vond je ze mooi?' vroeg hij.

Lou keek alsof ze weer in tranen zou uitbarsten. 'Ze zijn prachtig, Oz. Pap was niet de enige schrijver in de familie.'

'Wil je me er nog een paar voorlezen? Alsjeblieft?'

Ten slotte gaf Lou toe. Oz nestelde zich tegen haar aan en kneep zijn ogen stijf dicht.

'Waarom doe je dat?' vroeg ze.

'Als ik mijn ogen dichthou wanneer je de brieven voorleest, is het net of mam hier tegen me zit te praten.'

Lou keek naar de brieven alsof ze van goud waren. 'Oz, je bent geweldig!'

'O, ja? Waarom? Wat heb ik gedaan?'
'Je hebt zojuist ons wonder gevonden.'

Er waren dikke wolken boven de bergen verschenen en het zag er niet naar uit dat ze weldra weer zouden verdwijnen. In de ijskoude regen holden Lou, Oz en Jeb voort. Tot op het bot verkleumd bereikten ze de open plek, de oude put lag recht voor hen. Ze liepen ernaartoe. Oz' beer en de foto lagen er nog, drijfnat en vies geworden door weer en wind. Oz keek naar de foto en daarna lachte hij tegen zijn zus. Ze bukte zich om de beer te pakken, en gaf die daarna aan Oz.

'Neem je beer maar terug,' zei ze teder. 'Ook al ben je nu een grote jongen.'

Ze stopte de foto in de tas die ze had meegenomen en daarna haalde ze de brieven eruit. 'Oké. Diamond zei dat we het belangrijkste wat we op de hele wereld hebben, moeten opgeven om de wensput te laten werken. We kunnen mam niet hier laten, maar wel het op één na belangrijkste. Haar brieven.'

Voorzichtig legde Lou het stapeltje op de rand van de put en legde er een grote steen bovenop, zodat de brieven niet konden wegwaaien.

'Nu moeten we een wens doen.'

'Dat mam terugkomt?'

Langzaam schudde Lou haar hoofd. 'Oz, we moeten wensen dat Louisa naar de rechtszaal kan komen. Cotton zei het toch, het is de enige kans voor haar om haar huis te behouden.'

Oz keek verslagen. 'En mam dan? Misschien krijgen we geen kans meer om nog een wens te doen.'

Lou sloeg haar arm om hem heen. 'Na alles wat ze voor ons gedaan heeft, moeten wij dit voor Louisa doen.'

Ten slotte knikte Oz toestemmend, maar verdrietig. 'Zeg jij het maar.'

Lou hield Oz' hand vast en ze sloot haar ogen, evenals haar broertje. 'We wensen dat Louisa Mae Cardinal uit haar bed kan opstaan om iedereen te laten zien dat het goed met haar gaat.'

Samen zeiden ze: 'Amen, Jezus.' Daarna renden ze zo snel ze konden bij de put weg, hopend en biddend dat er nog één wens was overgebleven in die stapel oude stenen en stilstaand water.

Die avond laat wandelde Cotton door de verlaten hoofdstraat van Dickens, met zijn handen diep in zijn zakken, de eenzaamste man op de hele wereld. De koude regen viel gestadig neer, maar hij merkte het niet. Hij ging op een overdekte bank zitten en keek naar het flakkeren van de gaslantaarns achter de stromende regen. Het naambord op de lantaarnpaal was groot en duidelijk: SOUTHERN VALLEY COAL AND GAS. Een lege kolenauto denderde door de straat. Er klonk een knal uit de uitlaat; de lichte ontploffing verstoorde de avondstilte.

Cotton bleef kijken tot de auto voorbij was en leunde daarna achterover. Toen zijn oog nog een keer op de flakkerende lantaarn viel, begon een glimp van een idee bij hem op te komen. Hij ging weer rechtop zitten, keek de wegrijdende auto na en keek daarna weer naar de gaslantaarn. Toen werd de glimp een vastomlijnd plan. Doorweekt van de regen stond Cotton op. Hij klapte in zijn handen en het klonk als een geweldige donderslag, want het plan was een wonder geworden.

Een paar minuten later liep Cotton Louisa's kamer binnen. Hij ging naast het bed staan en pakte de hand van de bewusteloze vrouw. 'Louisa Mae Cardinal, ik zweer dat je je land niet zult kwijtraken.'

•39•

De deur van de rechtszaal zwaaide open en Cotton kwam energiek en geconcentreerd binnenstappen. Goode, Miller en Wheeler waren er al. De bergbewoners en de totale bevolking van de stad hadden kans gezien zich, samen met dit driemanschap, in de rechtszaal te persen. Het feit dat er een half miljoen dollar op het spel stond had gevoelens bij hen wakker gemaakt die men in geen jaren had gekend. Er was zelfs een oudere man bij, die altijd had beweerd dat hij de oudste, nog in leven zijnde soldaat was van de opstandelingen uit de Burgeroorlog, en die nu de laatste ronde van deze juridische strijd wilde bijwonen. Hij kwam binnenstampen met zijn houten been, zijn rechterarm was nog slechts een stomp. Hij had een sneeuwwitte baard die tot op zijn broeksriem hing en ging gekleed in het officiële uniform van soldaat van de Confederatie. De mensen op de voorste rij maakten eerbiedig plaats voor hem.

Buiten was het koud en vochtig, hoewel de bergen genoeg leken te hebben gekregen van de regen en ten slotte de bewolking hadden gebroken en verjaagd. In de rechtszaal was de lichaamswarmte opgelopen en het was er zo vochtig dat de ramen besloegen. Toch zat iedereen stijf tegen het lichaam van zijn buurman, zijn stoelleuning of de muur gedrukt.

'Ik geloof dat het tijd wordt dat het doek valt voor deze show,' zei Goode op amicale toon tegen Cotton. Cotton zag echter een man met de voldane blik van een beroepsmoordenaar, die op het punt stond de rook van zijn revolver te blazen en vervolgens te knipogen naar het lijk dat op straat lag.

'Ik denk dat het nu pas gaat beginnen,' was Cottons scherpe reactie. Zodra de rechter was aangekondigd en de jury was binnengekomen, stond Cotton op. 'Edelachtbare, ik zou het Gemenebest een voorstel willen doen.'

'Een voorstel? Wat bedoel je daarmee, Cotton?' vroeg Atkins.

'We weten allemaal waarom we hier zijn. Het gaat er niet om of Louisa Mae Cardinal wilsbekwaam is of niet. Het gaat om gas.'

Goode vloog overeind. 'Het Gemenebest heeft een gevestigd belang om ervoor te zorgen dat de zaken van miss Cardinal...'

Cotton viel hem in de rede. 'Het enige wat miss Cardinal moet doen, is besluiten of ze haar land wil verkopen.'

Atkins leek nieuwsgierig. 'Wat is je voorstel?'

'Ik ben bereid toe te geven dat miss Cardinal geestelijk onbekwaam is.'

Glimlachend zei Goode: 'Zo, nu komen we ergens.'

'Maar in ruil daarvoor wil ik onderzoeken of Southern Valley wel de geschikte partij is om haar grond te kopen.'

Goode keek verbaasd. 'Lieve hemel, het is een van de grootste ondernemingen van deze staat.'

Cotton zei: 'Ik heb het niet over geld. Ik heb het over morele principes.'

'Edelachtbare,' zei Goode verontwaardigd.

'Komt u even naar voren,' zei Atkins.

Cotton en Goode haastten zich naar de tafel waarachter de rechter zat.

Cotton zei: 'Edelachtbare, er staat een lange alinea in de wet van Virginia waarin duidelijk wordt vastgesteld dat iemand die een fout begaat daar niet van mag profiteren.'

'Dit is onzin,' zei Goode.

Cotton ging dicht bij zijn tegenstander staan. 'Als je me dit niet wilt laten doen, Goode, dan haal ik mijn eigen expert erbij die alles zal weerleggen wat doctor Ross heeft verklaard. En als ik nu verlies ga ik in hoger beroep. Tot het Hooggerechtshof aan toe, als het moet. Ik verzeker je dat we, tegen de tijd dat je cliënt bij dat gas kan komen, allemaal dood zullen zijn.'

'Maar ik ben advocaat voor het Gemenebest. Ik heb geen volmacht om een particuliere onderneming te vertegenwoordigen.'

'Een ironischer verklaring heb ik nooit gehoord,' zei Cotton. 'Ik wijs echter elk bezwaar van de hand en ik stem ermee in me te houden aan de beslissing van deze jury, zelfs al zit er zo'n ellendeling als George Davis in.' Goode keek hulpzoekend naar Miller, dus Cotton gaf hem een zetje. 'Vooruit, Goode, ga naar je cliënt en hou op met tijd verspillen.'

Met een schaapachtige uitdrukking op zijn gezicht ging Goode naar Miller. De mannen voerden een verhitte discussie, waarbij Miller herhaaldelijk naar Cotton keek. Ten slotte knikte hij, en Goode kwam terug.

'Geen bezwaar.'

De rechter knikte. 'Ga je gang, Cotton.'

Lou was met Eugene in de Hudson naar het ziekenhuis gereden, maar Oz was thuisgebleven. Hij had gezegd dat hij niets meer met het gerechtshof of met de wet te maken wilde hebben. De vrouw van Buford Rose was naar de boerderij gekomen om voor Oz en zijn moeder te zorgen. Nu zat Lou op een stoel naar Louisa te kijken, wachtend tot haar wonder zou gaan werken. Het was koud in de steriele kamer en dat leek niet veel bij te dragen aan iemands herstel, maar Lou rekende niet op medicijnen om haar overgrootmoeder beter te laten worden. Haar hoop was gevestigd op een stapel oude stenen in een met gras begroeid weiland en een stapeltje brieven, die misschien wel de laatste woorden bevatten die haar moeder ooit zou uiten.

Lou stond op en slenterde naar het raam. Van hieruit kon ze de bioscoop zien, waar *The Wizard of Oz* nog altijd draaide. Lou was echter haar dierbare Vogelverschrikker kwijt, en de Laffe Leeuw was niet bang meer. En de Blikken Man? Had ze eindelijk haar hart gevonden? Misschien was ze het wel nooit kwijt geweest.

Ze draaide zich om en keek naar haar overgrootmoeder. Het meisje verstijfde toen Louisa haar ogen opende en haar aankeek. Er was een sterke gewaarwording van herkenning, een spoortje van een tedere glimlach, en Lou kreeg nieuwe hoop. Alsof niet alleen hun namen, maar ook hun gevoelens identiek waren, liep een traan over de wang van beide Louisa's. Lou liep naar het bed, ze sloot haar hand om die van Louisa en gaf er een kus op.

'Ik hou van je, Louisa,' zei ze. Haar hart brak bijna want ze kon zich niet herinneren dat ze die woorden ooit eerder had uitgesproken. Louisa's lippen bewogen en hoewel Lou de woorden niet kon verstaan, zag ze duidelijk aan die lippen wat de vrouw terugzei: ik hou van je, Louisa.

Daarna vielen Louisa's ogen langzaam dicht. Ze gingen niet meer open en Lou vroeg zich af of dat haar hele wonder was.

'Miss Lou, ze willen dat we naar het gerechtsgebouw komen.'

Ze zag Eugene met wijd opengesperde ogen in de deuropening staan. 'Meneer Cotton wil ons allebei als getuige oproepen.'

Langzaam liet Lou Louisa's hand los. Ze stond op en liep de kamer uit.

Een minuut later opende Louisa opnieuw haar ogen. Ze keek de kamer rond. Even leek ze geschrokken, maar daarna werd ze rustig. Ze begon zich overeind te duwen, eerst verward omdat haar linkerkant niet wilde meewerken. Ze bleef haar ogen op het venster gericht houden, terwijl ze zich tot het uiterste inspande om zich te bewegen. Ze vorderde, de ene kostbare centimeter na de andere, tot ze half overeind zat, met haar blik nog steeds op het raam gevestigd. Louisa haalde moeizaam adem, haar kracht en energie waren bijna geheel opgebruikt door deze korte worsteling. Maar ze liet haar hoofd tegen het kussen rusten en glimlachte, want door het grote raam was haar berg nu duidelijk zichtbaar. Ze vond het een prachtig gezicht, hoewel de winter de meeste kleuren had weggenomen. Maar volgend jaar zou het allemaal terugkomen. Zoals altijd. Als familie, die je nooit in de steek liet. Zo was de berg. Haar ogen bleven op de vertrouwde helling met de rotsen en bomen gericht, terwijl Louisa Mae Cardinal heel stil bleef liggen.

In de rechtszaal stond Cotton voor de tafel van de rechter, waar hij met luide stem aankondigde: 'Ik roep miss Louisa Mae Cardinal op als getuige.'

Er ging een golf van opwinding door het publiek. Toen ging de deur open en Lou en Eugene kwamen binnen. Miller en Goode keken voor de zoveelste maal zelfvoldaan, toen ze zagen dat het slechts het kind was. Terwijl Eugene ging zitten liep Lou naar de getuigenbank. Fred kwam naar haar toe. 'Hef je rechterhand op, leg je linkerhand op de bijbel. Zweer je dat je de waarheid en niets dan de waarheid zult zeggen, zo helpe je God?'

'Ik zweer het,' zei ze zacht, om zich heen kijkend naar iedereen die haar aanstaarde. Cotton lachte haar geruststellend toe. Zonder dat iemand het kon zien stak hij zijn duim op om haar succes te wensen. 'Nu, Lou, wat ik je zal moeten vragen is pijnlijk, maar het is nodig dat je op die vragen antwoordt. Oké?'

'Oké.'

'Op de dag dat Jimmy Skinner werd gedood was je bij hem, niet-waar?'

Miller en Goode wisselden bezorgde blikken. Goode stond op.

'Edelachtbare, wat heeft dat met deze zaak te maken?'

'Het Gemenebest heeft erin toegestemd me mijn theorie uiteen te laten zetten,' zei Cotton.

'Toegestaan,' zei de rechter. 'Maar neem er niet te veel tijd voor.'

Cotton wendde zich weer tot Lou. 'Je was bij de ingang van de mijn toen de ontploffing plaatsvond?'

'Ja.'

'Kun je voor ons beschrijven wat er gebeurde?'

Lou slikte en haar ogen schoten vol tranen.

'Eugene had het dynamiet geplaatst en kwam naar buiten. We zaten te wachten tot het zou exploderen. Diamond – ik bedoel, Jimmy – holde de mijn in om Jeb, zijn hond, te halen, die naar binnen was gegaan omdat hij achter een eekhoorn aan zat. Eugene ging Jimmy halen. Ik stond voor de ingang toen het dynamiet ontplofte.'

'Was het een luide explosie?'

'De luidste die ik van mijn leven had gehoord.'

'Kun je ook zeggen of je twee explosies hoorde?'

Ze keek verbaasd. 'Nee, dat niet.'

'Het is ook niet waarschijnlijk. Wat gebeurde er toen?'

'Nou, er kwam een grote golf lucht en rook naar buiten, die me tegen de grond gooide.'

'Dat moet met heel veel kracht gebeurd zijn.'

'Ja. Dat was ook zo.'

'Dank je, Lou. Geen vragen meer.'

'Meneer Goode?' zei Atkins.

'Geen vragen, edelachtbare. In tegenstelling tot de heer Longfellow ben ik niet van plan de kostbare tijd van de jury te verdoen met deze onzin.'

'Ik roep nu Eugene Randall op,' zei Cotton.

Een nerveuze Eugene nam plaats in de getuigenbank, met de hoed die Lou hem had gegeven stijf in zijn handen geklemd. Alle ogen waren op hem gericht.

'Nou, Eugene, jij bent dus naar de mijn gegaan op de dag dat Jimmy Skinner verongelukte, klopt dat?'

'Ja, meneer.'

'Je gebruikt dynamiet om er kolen uit te halen?'

'Ja, dat doen de meeste mensen. Kolen geven veel warmte. Veel beter dan hout.'

'Hoe vaak denk je dat je dynamiet hebt gebruikt in die mijn?'

Eugene dacht erover na. 'Door de jaren heen, zo'n dertig keer, of meer.'

'Dan kan ik dus aannemen dat je een expert bent.'

Eugene lachte bij die benaming. 'Ik geloof van wel.'

'Hoe ga je precies te werk wanneer je dynamiet gebruikt?'

'Nou, ik steek de staaf dynamiet in een gat in de wand, zet hem vast, rol de lont uit en steek het uiteinde ervan aan met het vlammetje van mijn lantaarn.'

'Wat doe je daarna?'

'De schacht maakt een paar bochten, dus soms wacht ik om de bocht, als ik niet veel dynamiet gebruik. Soms ga ik naar buiten. Het geluid begint de laatste tijd pijn te doen aan mijn oren. En de ontploffing jaagt heel wat kolenstof op.'

'Ja, dat neem ik aan. Om precies te zijn, op de dag in kwestie ging je naar buiten. Is dat juist?'

'Ja, meneer.'

'Daarna ging je terug naar binnen om Jimmy te halen, maar je slaagde er niet in.'

'Ja, meneer,' antwoordde Eugene met neergeslagen ogen.

'Was het de eerste keer na een hele tijd dat je in de mijn kwam?'

'Ja, meneer. Sinds het begin van het jaar. De afgelopen winter was niet zo streng.'

'Oké. Toen de explosie plaatsvond, waar was je toen?'

'Vijfentwintig meter de schacht in. Nog niet bij de eerste bocht. Ik heb last van mijn been en kan niet zo snel meer lopen.'

'Wat gebeurde er met je toen de ontploffing plaatsvond?'

'Ik werd 3 meter de lucht in geslingerd. Kwam tegen de wand terecht. Ik dacht dat ik doodging. Maar ik hield mijn lantaarn nog steeds vast. Ik weet niet hoe.'

'Lieve hemel, 3 meter? Zo'n grote man als jij? Herinner je je nog waar je de lading had aangebracht?'

'Dat vergeet ik nooit, meneer Cotton. Voorbij de tweede bocht, 100 meter diep de mijn in. Daar loopt een goede kolenader.'

Cotton deed alsof hij het niet begreep. 'Er is me iets niet helemaal duidelijk, Eugene. Je verklaarde dat je soms in de mijn bleef wanneer het dynamiet explodeerde. En die keren raakte je niet gewond. Hoe komt het dan dat je nog meer dan 70 meter van de staaf dynamiet verwijderd was, niet achter één maar achter twéé bochten, en dat je door de ontploffing toch 3 meter de lucht in werd geslingerd? Als je dichterbij was geweest, zou je waarschijnlijk gedood zijn. Hoe verklaar je dat?'

Eugene was nu totaal in de war. 'Ik kan het niet verklaren, meneer Cotton. Maar zo is het gebeurd, ik zweer het.'

'Ik geloof je. Je hebt Lou horen verklaren dat ze tegen de grond geworpen werd terwijl ze buiten de mijn was. Is dat, de keren dat jij búiten de mijn wachtte, ooit met jou gebeurd wanneer het dynamiet ontplofte?'

Eugene zat al met zijn hoofd te schudden nog voor Cotton was uitgesproken. 'Het kleine beetje dynamiet dat ik gebruik, heeft niet zoveel kracht. Ik haal maar een beetje kolen, genoeg voor een emmer. In de winter gebruik ik meer, wanneer ik er met de slee en de ezels naartoe ga, maar zelfs dan zou er niet zoveel druk naar buiten komen. We hebben het hier over 100 meter de schacht in en achter twee bochten.'

'Jij hebt Jimmy's lichaam gevonden. Was het bedekt met stukken rots en stenen? Was de mijn ingestort?'

'Nee, meneer. Maar ik wist dat hij dood was. Ziet u, hij had geen lantaarn. Als je zonder licht de mijn in gaat, kun je de weg niet meer vinden. Je raakt erdoor in de war. Hij heeft waarschijnlijk niet eens gezien dat Jeb langs hem heen naar buiten rende.'

'Kun je ons precies vertellen waar je Jimmy hebt gevonden?'

'Nog eens 40 meter verderop. Voorbij de eerste bocht, maar niet voorbij de tweede.'

Boeren en winkeliers zaten en stonden naast elkaar te kijken hoe Cotton te werk ging. Miller zat met zijn hoed te spelen, daarna boog hij zich naar Goode om hem iets in het oor te fluisteren. Goode knikte, keek naar Eugene, glimlachte en knikte nog eens.

'Laten we aannemen,' zei Cotton, 'dat Jimmy vlak bij de staaf dynamiet was toen die ontplofte. Daardoor zou zijn lichaam een flink eind kunnen zijn weggeslingerd, nietwaar?'

'Als hij er dichtbij was, ja.'

'Maar zijn lichaam lag niet voorbij de tweede bocht?'

Goode stond op. 'Dat is eenvoudig te verklaren. De explosie kan de jongen om de tweede bocht heen hebben geworpen.'

Cotton keek naar de jury. 'Ik begrijp niet hoe een door de lucht vliegend lichaam een bocht van 90 graden kan maken om daarna nog een heel stuk verder terecht te komen. Tenzij meneer Goode aanneemt dat Jimmy Skinner op eigen kracht kon vliegen.'

Een golf van gelach ging door de rechtszaal. Atkins leunde achterover op zijn krakende stoel, maar gaf geen klap met zijn hamer om het rumoer te laten ophouden. 'Ga door, Cotton. Dit begint interessant te worden.'

'Eugene, kun je je herinneren of je je niet lekker voelde toen je die dag in de mijn was?'

Eugene dacht erover na. 'Ik weet het niet precies meer. Misschien had ik een beetje hoofdpijn.'

'Goed. Nu, kan, naar jouw deskundige mening, enkel en alleen die dynamietontploffing ervoor hebben gezorgd dat Jimmy Skinners lichaam terechtkwam op de plek waar het werd aangetroffen?'

Eugene keek naar de jury; hij nam er de tijd voor om hen een voor een aan te kijken. 'Nee, meneer!'

'Dank je, Eugene. Geen vragen meer.'

Goode stond op. Hij legde zijn handen plat op de rand van de getuigenbank en boog zich naar Eugene toe.

'Jongen, jij woont bij miss Cardinal, in haar huis, nietwaar?'

Eugene schoof een eindje naar achteren, zijn blik strak op de man gericht. 'Ja, meneer.'

Goode keek de jury veelbetekenend aan. 'Een kleurling en een blanke vrouw, in hetzelfde huis?'

Cotton was al opgesprongen voor Goode zijn vraag had uitgesproken. 'Edelachtbare, dat kunt u hem niet laten zeggen.'

'Meneer Goode,' zei Atkins, 'misschien kunt u iets dergelijks uithalen in Richmond, maar het gebeurt niet in míjn rechtszaal. Als u de man iets wilt vragen omtrent deze zaak, doet u het dan, of anders gaat u zitten. En voorzover ik weet is zijn naam meneer Eugene Randall, en niet "jongen".'

'Natuurlijk, edelachtbare, natuurlijk.' Goode schraapte zijn keel, ging een paar passen achteruit en stak zijn handen in zijn zakken. 'Nu dan, menéér Eugene Randall, u hebt gezegd dat u, volgens uw deskúndige mening, zo'n 70 meter bij het dynamiet vandaan was, en dat meneer Skinner op ongeveer de helft van die afstand verwijderd was van het dynamiet. Herinnert u zich dat u dat alles hebt gezegd?'

'Nee, meneer. Ik zei dat ik 25 meter de mijn in was, dus ik was 75 meter van de springlading. En ik zei dat ik Diamond 40 meter verder gevónden heb dan waar ik was. Dat betekent dat hij op ruim 30 meter was van de plek waar ik het dynamiet had gelegd. Ik kan niet zeggen hoe ver hij is weggeblazen.'

'Juist, juist. Hebt u op school gezeten?'

'Nee.'

'Nooit?'

'Nee, meneer.'

Dus u hebt nooit leren rekenen, optellen en aftrekken. En toch verklaart u hier onder ede dat al die afstanden juist zijn.'

'Ja.'

'Hoe kan een ongeletterde kleurling als u zoiets weten? Iemand die nooit onder het toeziend oog van een onderwijzeres een en een bij elkaar heeft opgeteld? Waarom zou de jury hier u geloven wanneer u met al die getallen aankomt?'

Eugene wendde zijn ogen geen moment van Goodes zelfvoldane gezicht af. 'Ik ken de cijfers heel goed. En ik kan rekenen. Dat heeft miss Louisa me geleerd. En ik ben heel goed met hamer en spijkers. Ik heb heel wat mensen op de berg geholpen met het bouwen van hun stallen. Wanneer je timmerman bent, moet je kunnen rekenen. Als je een plank van een meter afzaagt om een gat van 1,5 meter dicht te maken, waar ben je dan mee bezig?'

Opnieuw klonk gelach in de zaal, en opnieuw reageerde Atkins er niet op.

'Mooi,' zei Goode, 'dus u kunt een plank afzagen. Maar hoe kunt u, in een stikdonkere, bochtige mijnschacht zo precies weten wat u zegt? Vooruit, meneer Eugene Randall, vertelt u ons dat eens.' Bij die woorden keek Goode naar de jury, terwijl een lachje om zijn lippen speelde.

'Omdat het daar op de wand staat,' zei Eugene.

Goode keek hem aan. 'U zegt?'

'Ik heb de wanden van die mijnschacht gemerkt met witkalk, op afstanden van 3 meter, over meer dan 120 meter. Een massa mensen doet dat. Als je dynamiet in een mijn laat ontploffen, moet je verdraaid goed weten hoe diep je erin bent, om eruit te kunnen komen. Ik heb het gedaan omdat ik last heb van mijn been. En op die manier weet ik waar de goede kolenaders lopen. U kunt nu naar de mijn gaan, meneer de advocaat, met een lantaarn, dan kunt u die tekens duidelijk zien. Dus wat ik hier gezegd heb, kunt u beschouwen als de waarheid.'

Cotton wierp een snelle blik op Goode. De advocaat van het Gemenebest keek alsof iemand hem zojuist had meegedeeld dat er in de hemel geen juristen werden toegelaten.

'Hebt u nog vragen?' vroeg Atkins aan Goode. De advocaat gaf geen antwoord, hij drentelde terug naar zijn tafel als een verdwaalde hond en liet zich op de stoel zakken.

'Meneer Randall,' zei Atkins, 'u kunt gaan. Het hof spreekt zijn dank uit voor uw deskúndige getuigenis.'

Eugene stond op en ging naar zijn plaats terug. Vanaf het balkon zag Lou dat hij nauwelijks hinkte.

Daarna riep Cotton Travis Barnes op als getuige.

'Dokter Barnes, op mijn verzoek hebt u het dossier met betrekking tot de dood van Jimmy Skinner bekeken, nietwaar? Waaronder een foto die buiten de mijn werd genomen.'

'Ja.'

'Kunt u ons zeggen wat de doodsoorzaak was?'

'Zware verwondingen aan het hoofd en het lichaam.'

'Hoe zag het lichaam eruit?'

'Het was letterlijk aan flarden gereten.'

'Hebt u vaker iemand behandeld die slachtoffer was geworden van een dynamietexplosie?'

'In een mijnstreek? Ja, dat kan ik wel zeggen.'

'U hebt de verklaring van Eugene gehoord. Kan volgens u, onder de-ze omstandigheden, de lading dynamiet de verwondingen van Jimmy Skinner hebben veroorzaakt?'

Goode verwaardigde zich niet om op te staan en bezwaar aan te tekenen. 'Dit vraagt om speculatie door de getuige,' zei hij nors.

'Edelachtbare, naar mijn mening is dokter Barnes volledig compe-tent om die vraag te beantwoorden,' zei Cotton.

Atkins zat al te knikken. 'Ga door, Travis.'

Travis keek Goode minachtend aan. 'Ik ben heel goed bekend met de dynamietladingen die de mensen hier gebruiken om een emmer kolen uit de mijn te halen. Op zo'n afstand van de lading, en om een bocht in de mijngang, is het absoluut onmogelijk dat dynamiet de verwondingen heeft veroorzaakt die ik bij die jongen heb gezien. Het is onbegrijpelijk dat niemand daar eerder aan heeft gedacht.'

Cotton zei: 'Ik denk dat men, wanneer iemand een mijn binnengaat waar dynamiet ontploft, eenvoudigweg aanneemt dat hij daardoor werd gedood. Hebt u wel eens eerder dergelijke verwondingen gezien?'

'Ja. Bij een ontploffing in een fabriek. Daarbij kwamen twaalf mensen om. Precies als Jimmy. Letterlijk aan flarden gereten.'

'Wat was de oorzaak van die explosie?'

'Een gaslek.'

Cotton draaide zich om en keek Hugh Miller recht in zijn gezicht.

'Meneer Goode, tenzij u dokter Travis nog wilt ondervragen, roep ik de heer Judd Wheeler op als getuige.'

Goode keek naar Miller, hij voelde zich verraden. 'Geen vragen.'

Een nerveuze Wheeler zat ongemakkelijk in de getuigenbank heen en weer te schuiven toen Cotton voor hem kwam staan.

'U bent geoloog bij Southern Valley?'

'Ja.'

'U gaf leiding aan het team dat onderzocht of er mogelijk aardgas te vinden was op het terrein van miss Cardinal?'

'Ja.'

'Zonder haar toestemming of medeweten?'

'Nou, ik weet niet of...'

'Had u haar toestemming verkregen, meneer Wheeler?' beet Cotton hem toe.

'Nee.'

'U hebt aardgas aangetroffen, nietwaar?'

'Dat is juist.'

'Het was iets waar uw bedrijf zeer veel belangstelling voor had, klopt dat?'

'Ja. Aardgas wordt heel waardevol als brandstof. Meestal gebruiken we daarvoor fabrieksgas, dat kolengas wordt genoemd. Het wordt verkregen door steenkool te verhitten. Dat gas voedt bijvoorbeeld de straatlantaarns in deze stad. Maar je kunt niet veel geld verdienen met kolengas. En we hebben nu naadloze, stalen buizen waardoor we gas via pijpleidingen over grote afstanden kunnen transporteren.

Dus ja, we hadden er veel belangstelling voor.'

'Aardgas is explosief, nietwaar?'

'Als er goed mee wordt omgegaan…'

'Is het explosief of niet?'

'Ja, het is explosief.'

'Wat hebt u precies gedaan in die mijn?'

'We hebben boringen verricht en proeven genomen en we stuitten op iets wat een enorme gasvoorraad bleek te zijn, in een bel die niet diep onder het oppervlak van die mijnschacht lag, ongeveer 200 meter de mijn in. Kolen, olie en gas worden dikwijls dicht bij elkaar gevonden omdat alle drie de grondstoffen het gevolg zijn van gelijksoortige, natuurlijke processen. Het gas bevindt zich altijd bovenop, omdat het lichter is. We hebben boringen verricht en we zijn op die gasbel gestuit.'

'Kwam er gas vrij in de mijngang?'

'Ja.'

'Op welke datum vond u de gasbel?'

Toen Wheeler hem de datum noemde, zei Cotton luid en duidelijk tegen de jury: 'Een week voor de dood van Jimmy Skinner! Had iemand het gas kunnen ruiken?'

'Nee. In natuurlijke vorm is het gas kleurloos en reukloos. Wanneer bedrijven het gas verwerken, voegen ze er een bepaalde geur aan toe zodat mensen wanneer er een lek ontstaat, het merken voor ze erdoor bevangen raken.'

'Of voor het kan ontploffen?'

'Dat is juist.'

'Als iemand een lading dynamiet zou aanbrengen in een mijngang waar aardgas aanwezig was, wat zou er dan gebeuren?'

'Het gas zou exploderen.' Wheeler zag eruit alsof hij zichzelf wilde opblazen.

Cotton wendde zich tot de jury. 'Ik denk dat Eugene veel geluk heeft gehad, omdat hij zo ver weg was van het gat waar het gas uit stroomde. En hij had nog meer geluk omdat hij geen lucifer aanstreek om de lont aan te steken. Maar toen het dynamiet ontplofte, was er geen houden meer aan.' Daarna vroeg hij Wheeler: 'Wat voor soort explosie? Zwaar genoeg om de dood van Jimmy Skinner te veroorzaken, zoals dokter Barnes die heeft beschreven?'

'Ja,' moest Wheeler toegeven.

Cotton legde zijn handen op de rand van de getuigenbank en boog naar Wheeler toe. 'Hebt u er nooit aan gedacht om waarschuwingsborden te plaatsen, die mensen erop attent moesten maken dat er aardgas vrijkwam?'

'Ik wist niet dat ze er met dynamiet werkten! Ik wist niet dat die oude mijn nog ergens voor werd gebruikt!'

Cotton dacht dat hij een nijdige blik van Wheeler in de richting van George Davis opving, maar hij wist het niet zeker.

'Als iemand de mijn zou binnengaan, zou hij toch door het gas bewusteloos kunnen raken? Wilde u de mensen niet waarschuwen?'

Wheeler begon snel te spreken. 'Die mijngang is erg hoog, en er is bovendien natuurlijke ventilatie door openingen in de rots, dus er zou zich niet al te veel explosief methaangas ophopen. We waren van plan het gat af te dekken, maar we wachtten op materiaal dat we daarvoor nodig hadden. We wilden niet dat iemand gewond zou raken. Dat is de waarheid.'

'De waarheid is dat u geen waarschuwingsborden kon plaatsen omdat u daar illegaal bezig was. Dat is toch zo?'

'Ik volgde alleen orders op.'

'U gaf zich veel moeite om te verbergen dat u in die mijn bezig was, nietwaar?'

'Nou, we werkten alleen 's nachts. Het materiaal dat we binnen gebruikten, namen we weer mee naar buiten.'

'Zodat niemand zou merken dat u er geweest was?'

'Ja.'

'Omdat Southern Valley hoopte miss Cardinals boerderij voor veel minder geld te kunnen kopen als ze niet wist dat ze op een oceaan vol gas zat?'

'Bezwaar!' riep Goode.

Cotton daverde door. 'Meneer Wheeler, u wist dat Jimmy Skinner is omgekomen bij die mijnontploffing. En u moet geweten hebben dat het gas daar een rol bij heeft gespeeld. Waarom bent u toen niet meteen met de waarheid voor de dag gekomen?'

Wheeler frunnikte aan zijn hoed. 'Er was me opgedragen dat niet te doen.'

'En wie heeft u dat opgedragen?'

'Meneer Hugh Miller, de vice-president van de maatschappij.'

Iedereen in de rechtszaal keek naar Miller. Cotton eveneens, terwijl

hij zijn volgende vraag stelde. 'Hebt u kinderen, meneer Wheeler?'
Wheeler keek verbaasd, maar hij antwoordde: 'Drie.'
'Die maken het allemaal goed? Zijn ze gezond?'
Wheeler sloeg zijn ogen neer alvorens hij antwoord gaf. 'Ja.'
'Dan bent u een gelukkig mens.'

Goode richtte zich met zijn slotpleidooi tot de jury.
'We hebben veel meer bewijzen aangehoord dan nodig is om u te laten beslissen dat Louisa Mae Cardinal wilsonbekwaam is. Om precies te zijn, haar eigen advocaat, de heer Longfellow, heeft dat bevestigd. Al dit gepraat over gas en explosies en dergelijke, wat heeft dat nu eigenlijk met deze zaak te maken? Als Southern Valley op de een of andere manier betrokken was bij de dood van meneer Skinner, dan kunnen zijn nabestaanden misschíén aanspraak maken op een schadevergoeding.'
'Hij heeft geen nabestaanden,' zei Cotton.
Goode reageerde er niet op. 'Dus meneer Longfellow vraagt zich af of mijn cliënt een geschikte partij is om hier land op te kopen. Het is zo, mensen, dat Southern Valley grote plannen heeft voor uw stad. Goede banen, die voor u allen de welvaart terug zullen brengen.'
Hij ging vlak voor de jury staan, als hun beste vriend. 'De vraag is: mag Southern Valley worden toegestaan het leven van u allen, ook dat van miss Cardinal, te "verrijken"? Ik denk dat het antwoord daarop voor de hand ligt.'
Goode ging zitten. Daarna sprak Cotton de jury toe. Hij liep langzaam heen en weer, zijn optreden was zelfbewust maar niet bedreigend. Met zijn handen in zijn zakken zette hij ten slotte een van zijn versleten schoenen op de onderste lat van het hekje voor de jurybank. Toen hij begon te spreken was zijn accent meer dat van het zuiden dan dat van New England, en ieder jurylid, met uitzondering van George Davis, leunde naar voren om niets te missen van wat de advocaat zei. Ze hadden gezien hoe Cotton Longfellow een van de, naar werd aangenomen, beste advocaten uit de grote stad Richmond, had afgestraft. En hij had een bedrijf vernederd dat in hun democratische land een monarchistische positie innam. Nu wilden ze ongetwijfeld weten hoe de man het zou afronden.
'Laat me u eerst de juridische kant van de zaak uitleggen. Die is helemaal niet ingewikkeld. Om precies te zijn, het is net zoiets als een

goede jachthond, de neus wijst voortdurend in één enkele richting.'
Hij haalde een hand uit zijn zak en wees daarmee, als een goede
jachthond, recht naar Hugh Miller. 'De roekeloze handelwijze van
Southern Valley heeft Jimmy Skinner het leven gekost, daar kunt u
niet aan twijfelen. Southern Valley betwist het niet eens. Ze waren
zonder toestemming op het terrein van Louisa Mae. Ze plaatsten
geen waarschuwingsborden dat de mijn gevuld was met explosief
gas. Ze lieten toe dat onschuldige mensen de mijn binnengingen,
terwijl ze wisten dat het levensgevaarlijk was. Het had ieder van u
kunnen overkomen. Daarna zijn ze niet met de waarheid voor de
dag gekomen, omdat ze wisten dat ze verkeerd hadden gehandeld.
En nu proberen ze de tragedie van Louisa Mae's beroerte te gebruiken als middel om haar land van haar af te nemen. In de wet staat
duidelijk dat men niet kan profiteren van een onrechtmatige daad.
Wel, als iets op deze wereld een onrechtvaardige daad genoemd kan
worden, dan is het datgene wat Southern Valley gedaan heeft.' Tot
dit moment had zijn stem langzaam en vastberaden geklonken. Nu
verhief hij die licht, maar hij bleef met zijn vinger naar Hugh Miller
wijzen. 'Er komt een dag dat God hen rekenschap zal laten afleggen
voor de dood van een onschuldige jongeman. Maar het is uw taak
om ervoor te zorgen dat ze vandaag gestraft worden.'
Cotton keek ieder jurylid afzonderlijk aan, tot zijn blik op George
Davis bleef rusten, en toen sprak hij rechtstreeks tot hem. 'Laten we
nu overgaan tot het niet-juridische deel van deze kwestie, want ik
denk dat u zich daar door een berg leugens heen moet worstelen.
Southern Valley is hier gekomen en heeft u zakken vol geld voorgehouden en u gezegd dat hun bedrijf de redding van de hele stad
betekent. Maar dat hebben de houthakkers u ook verteld. Ze zouden hier voorgoed blijven. Weet u het nog? Maar waarom stonden
alle houthakkerskampen dan op rails? Wat kan duidelijker maken dat
het tijdelijk was? En waar zijn ze nu? Voorzover ik weet maakt Kentucky geen deel uit van het Gemenebest van Virginia.'
Hij keek naar Miller. 'De mijnbouwondernemingen hebben hetzelfde verteld. En wat hebben zij gedaan? Ze zijn gekomen, ze hebben
alles genomen wat ze wilden hebben en ze hebben u achtergelaten
met niets anders dan uitgeholde bergen, mensen met stoflongen en
dromen die hebben plaatsgemaakt voor nachtmerries. Nu zingt
Southern Valley hetzelfde liedje, maar dan over gas. Weer een naald

in de huid van de berg. Weer iets wat eruit kan worden gezogen tot er niets overblijft!' Daarna richtte Cotton zich tot de gehele rechtszaal.

'Het gaat hier echter niet wezenlijk om Southern Valley, of om kolen, of om gas. Uiteindelijk gaat het allemaal om u. Ze kunnen heel eenvoudig de top van die berg afhalen, het gas winnen, hun mooie, naadloze, stalen pijpleiding aanleggen, en dat kan wel tien, vijftien, zelfs twintig jaar doorgaan. Maar daarna is alles weg. Want, ziet u, die pijpleiding brengt het gas naar andere plaatsen, zoals de treinen de kolen wegbrachten en de rivier de bomen. En waarom gebeurt dat, denkt u?' Hij pauzeerde even om de zaal rond te kijken. 'Ik zal u zeggen waarom. Omdat daar de echte welvaart heerst, mensen. Althans, de welvaart zoals Southern Valley die opvat. Dat weet u allemaal. Deze bergen hebben precies wat zíj nodig hebben om die welvaart in stand te houden en hun zakken te vullen. Daarom komen ze hier en nemen ze het ons af.

Dickens zal nooit New York worden, en ik wil u wel vertellen dat daar verdomme niets mis mee is. Eerlijk gezegd geloof ik dat we genoeg grote steden hebben, maar dat er steeds minder plaatsen zijn als die van ons. U zult nooit rijk worden door aan de voet van deze bergen te werken. Degenen die grote rijkdommen binnenhalen, zijn de Southern Valleys van deze wereld, die van alles uit het land halen maar er niets voor teruggeven. Willen jullie écht gered worden? Kijk dan naar jezelf. Vertrouw op elkaar. Zoals Louisa Mae het haar hele leven gedaan heeft, op die berg. Boeren leven bij de gratie van het weer en van het land. Sommige jaren levert het niets op, andere jaren gaat alles goed. Maar voor hen raken de grondstoffen van de berg nooit uitgeput, omdat ze het hart er niet uit rukken. Hun beloning daarvoor is dat ze een fatsoenlijk, eerlijk leven kunnen leiden zolang ze willen, zonder de vrees voor mensen die op niets anders uit zijn dan het verdienen van een berg goud, door bergen te plunderen, met mooie beloften te komen en daarna weer weg te gaan wanneer er niets meer te halen valt, en daarbij onschuldige levens te verwoesten.'

Hij wees naar de plek in de rechtszaal waar Lou zat. 'De vader van dat meisje heeft veel prachtige boeken over deze streek geschreven, en over dit land en de mensen die erop wonen. Jack Cardinal heeft door zijn woorden ervoor gezorgd dat deze streek eeuwig blijft voortleven. Net als de bergen. Hij had een voorbeeldige lerares, want Louisa Mae Cardinal heeft haar leven geleefd op een manier zoals wij allen dat zouden moeten doen. Velen van jullie heeft ze op tal van momenten in uw leven geholpen en ze heeft er nooit iets voor teruggevraagd.' Cotton keek naar Buford Rose en naar enkele andere boeren die hem aanstaarden. 'En jullie hebben haar geholpen wanneer het nodig was. Jullie weten dat ze nooit haar land zal verkopen, omdat die grond evenzeer deel uitmaakt van haar familie als haar achterkleinkinderen, die nu afwachten wat er met hen gaat gebeuren. Jullie kunnen Southern Valley niet de familie van die vrouw laten stelen. Alles wat de mensen op die berg hebben is elkaar en hun land. Dat is alles. Misschien lijkt het niet veel in de ogen van degenen die er niet wonen, of van mensen die niets anders willen dan de rotsen en de bomen vernietigen. Maar jullie kunnen ervan overtuigd zijn dat het álles betekent voor de mensen die de bergen als hun thuis beschouwen.'

Cotton stond in zijn volle lengte voor de jurybank en hoewel zijn stem effen en kalm bleef, leek de grote zaal niet toereikend om zijn woorden te bevatten.

'Jullie hoeven geen juridische deskundigen te zijn om in deze zaak de juiste beslissing te nemen. Het enige wat jullie moeten gebruiken is jullie hart. Laat Louisa Mae Cardinal haar land houden.'

•40•

Lou tuurde uit het raam van haar slaapkamer naar het uitgestrekte land dat tot de uitlopers van de bergen reikte, en daarna naar de bergen zelf, waar alle bomen, behalve de altijdgroene, hun bladeren hadden verloren. De kale bomen boden nog steeds een indrukwekkend beeld, hoewel Lou vond dat ze nu meer leken op grafmonumenten voor duizenden doden, wier rouwende familieleden berooid waren achtergebleven.

'Je had terug moeten gaan, pap,' zei ze tegen de bergen die hij onsterfelijk had gemaakt met zijn woorden, maar die hij de rest van zijn leven had gemeden.

Nadat de jury zich had teruggetrokken om te beraadslagen, was ze met Eugene naar de boerderij teruggekeerd. Ze wilde niet blijven tot de uitspraak. Cotton had beloofd dat hij hun de uitslag zou komen vertellen. Hij zei dat hij niet verwachtte dat het lang zou duren. Cotton zei niet of dat een goed of een slecht teken was, maar hij zag er niet hoopvol uit. Het enige wat Lou nu kon doen, was wachten. En dat viel haar zwaar, want alles wat ze hier zag kon er morgen niet meer zijn, afhankelijk van de beslissing van een groep onbekenden. Hoewel, een van hen was geen onbekende; hij was meer een aartsvijand.

Lou streek met haar vinger over haar vaders initialen in de schrijftafel. Ze had de brieven van haar moeder opgeofferd aan een wonder dat nooit was gekomen, en het deed haar veel verdriet. Ze ging naar beneden, waar ze bij Louisa's kamer bleef staan. De deur stond open en ze zag het oude bed, de kleine kast met een waskom en een kan erbovenop. De kamer was klein en de inhoud karig, evenals het leven van haar overgrootmoeder. Lou sloeg haar handen voor haar gezicht. Het was niet eerlijk. Wankelend liep ze naar de keuken om de maaltijd voor te bereiden.

Terwijl Lou een pan tevoorschijn haalde, hoorde ze een geluid achter zich en ze draaide zich om. Het was Oz. Ze veegde haar ogen af, omdat ze nog steeds sterk voor hem wilde zijn. Maar toen ze aandachtig naar zijn gezicht keek besefte ze dat ze zich over haar broer geen zorgen meer hoefde te maken. Iets had hem aangegrepen; ze wist niet wat. Maar zo had haar broer nog nooit gekeken. Zonder iets te zeggen pakte hij de hand van zijn zus en trok haar mee, de gang in.

De juryleden kwamen achter elkaar de rechtszaal binnen, twaalf mannen, afkomstig van de berg en uit de stad, en van elf van hen hoopte Cotton dat zíj althans zouden doen wat juist was. De jury had urenlang beraadslaagd, langer dan Cotton voor mogelijk had gehouden. Hij wist niet of het een goed of een slecht teken was. Zijn enige echte tegenstander, zo wist hij, was de wanhoop. Die kon zo gemakkelijk mensen beïnvloeden die hun hele leven hard hadden gewerkt, enkel en alleen om te overleven, maar ook degenen die geen toekomst zagen in een plek waar alles werd uitgehakt en weggehaald. Cotton zou het afschuwelijk vinden als de juryleden zich tegen hem zouden keren, maar hij wist dat het gemakkelijk kon gebeuren. In elk geval zou het nu snel voorbij zijn.
Atkins vroeg: 'Is de jury tot overeenstemming gekomen?'
De voorzitter stond op. Hij was een inwoner van de stad, een eenvoudige winkelier, zijn lichaam opgezwollen van te veel vlees en aardappelen en van te weinig inspanning van zijn armen en schouders. 'Ja, edelachtbare,' zei hij zacht.
Bijna niemand had de rechtszaal verlaten sinds de jury in opdracht van de rechter was heengezonden. Het voltallige publiek leunde voorover, alsof iedereen plotseling doof was geworden.
'Hoe luidt uw oordeel?'
'We wijzen de vordering toe... aan Southern Valley.' De voorzitter sloeg zijn ogen neer alsof hij zojuist het doodvonnis over een van zijn familieleden had uitgesproken.
In de rechtszaal klonken luide kreten, sommige mensen juichten, anderen niet. Het balkon leek door te buigen onder het collectieve gewicht van de beslissing van twaalf mannen. Hugh Miller en George Davis knikten naar elkaar, om hun mond plooide zich een zegevierend lachje.
Cotton leunde achterover. Het proces was op rechtmatige wijze

gevoerd; het enige wat eraan ontbrak was gerechtigheid.

Miller en Goode gaven elkaar een hand. Daarna probeerde Miller Wheeler te feliciteren, maar de lange man liep vol afschuw weg.

'Orde! Orde, anders laat ik de zaal ontruimen!' Atkins gaf verscheidene klappen met zijn hamer. Daarna werd het rustiger.

'De jury kan vertrekken, met dank voor de bewezen diensten,' zei hij niet al te vriendelijk. Een man kwam de rechtszaal in, vond Cotton en fluisterde hem iets in. Cottons wanhoop nam merkbaar toe.

Goode zei: 'Edelachtbare, nu rest ons alleen nog iemand te benoemen die de belangen van miss Cardinal vertegenwoordigt en de voogdij van de kinderen op zich neemt.'

'Edelachtbare, ik heb zojuist nieuws ontvangen dat het hof moet horen.' Langzaam ging Cotton staan, met gebogen hoofd en één hand tegen zijn zij gedrukt. 'Louisa Mae Cardinal is overleden.'

Opnieuw ontstond rumoer in de rechtszaal en ditmaal maakte Atkins geen aanstalten om het te onderdrukken. Davis' lach werd breder. Hij liep naar Cotton toe. 'Verdomme,' zei hij, 'het wordt er vandaag alleen maar beter op.'

Even wist Cotton niet wat hem overkwam, alsof iemand hem met een voorhamer had geraakt. Hij greep Davis vast met de bedoeling hem met één klap van zijn rechtervuist naar de volgende staat te jagen, maar hij hield zich in en schoof de man eenvoudig opzij, zoals iemand een grote stapel mest van de weg zou schuiven.

'Edelachtbare,' zei Goode, 'ik ben ervan overtuigd dat we het allemaal heel treurig vinden dat miss Cardinal is overleden. Ik heb hier een lijst van zeer achtenswaardige personen die deze lieve kinderen kunnen vertegenwoordigen bij de verkoop van de eigendommen die ze zojuist hebben geërfd.'

'Ik hoop dat je ervoor in de hel zult branden!' schreeuwde Cotton. Hij stoof naar de tafel van de rechter, met Goode op zijn hielen.

Cotton bonkte zo hard met zijn vuist op de machtige tafel der rechtvaardigheid dat Fred de deurwaarder nerveus een stap in zijn richting deed.

'George Davis heeft die hele jury omgepraat,' bulderde Cotton. 'Ik weet dat de dollars van Southern Valley een gat in zijn zak branden.'

'Geef het toch op, Cotton, je hebt verloren,' zei Goode.

Geen van beiden zag dat de deuren van de rechtszaal opengingen.

'Nooit, Goode. Nooit!' schreeuwde Cotton tegen hem.

'Hij heeft erin toegestemd zich neer te leggen bij de beslissing van de jury.'

'Ik vrees dat hij gelijk heeft,' zei Atkins.

Goode draaide zich triomfantelijk om teneinde Miller aan te kijken. Zijn ogen vielen bijna uit zijn hoofd door wat hij zag.

'Maar, Henry,' zei Cotton smekend, 'alsjeblieft, de kinderen... Laat mij hun voogd zijn. Ik...'

Atkins schonk geen aandacht aan Cotton. Ook hij keek nu de zaal in, met open mond.

Langzaam draaide Cotton zich om. Hij wilde zien waar Atkins naar keek en hij voelde zijn benen slap worden, alsof hij zojuist God zelf door die deur had zien binnenkomen.

Lou en Oz stonden daar, voor iedereen zichtbaar.

Tussen hen in, bijna gedragen door haar kinderen, stond Amanda Cardinal.

Lou had haar ogen niet van haar moeder af gehouden sinds het moment dat Oz haar had meegenomen, de gang door en de slaapkamer in, waar haar moeder in bed lag. Amanda's ogen stonden wijdopen, er stroomden tranen uit, en eindelijk stak ze haar bevende armen uit naar haar kinderen, met een blijde lach om haar trillende lippen.

Cotton kon evenmin zijn blik van de vrouw af wenden. Toch was er nog iets wat hij met het hof moest afhandelen.

Met gebroken, haperende stem zei hij: 'Edelachtbare, ik wil u graag Amanda Cardinal voorstellen. De rechtmatige en enige voogdes van haar kinderen.'

De zee van het nu stil geworden publiek opende zich, zodat Cotton langzaam naar de moeder en haar kinderen kon lopen. Hij strompelde, alsof zijn benen waren vergeten hoe ze zich moesten voortbewegen en zijn gezicht was gevlekt door tranen.

'Mevrouw Cardinal,' begon hij, 'mijn naam is...'

Amanda stak haar hand uit en raakte zijn schouder aan. Haar lichaam was erg zwak, maar ze hield haar hoofd hoog opgeheven en toen ze begon te spreken waren haar woorden zacht, maar duidelijk. 'Ik weet wie u bent, meneer Longfellow. Ik heb heel vaak naar u geluisterd.'

•Vandaag•

De lange vrouw wandelt langs een veld met beemdgras, dat zachtjes op de wind wiegt. De bergketen verheft zich op de achtergrond. Haar haren zijn zilverkleurig en hangen tot op haar middel. Ze heeft een pen en een schrijfblok bij zich. Dan gaat ze op de grond zitten en begint te schrijven.

Misschien heeft de wensput gewerkt. Of misschien was het zoiets eenvoudigs als een meisje dat tegen haar moeder zei dat ze van haar hield. Het belangrijkste was dat onze moeder bij ons terugkwam. Op het moment dat onze dierbare Louisa Mae ons verliet. We hadden Louisa slechts voor even, maar bijna hadden we haar helemaal niet gehad.

De vrouw staat op, loopt verder en blijft vervolgens staan bij twee granieten grafzerken met de namen Cotton Longfellow en Amanda Cardinal Longfellow erin gebeiteld. Ze gaat zitten en begint weer te schrijven.

Mijn moeder en Cotton trouwden een jaar later. Cotton heeft mij en Oz geadopteerd, en ik koesterde evenveel liefde en genegenheid voor hem als voor mijn moeder. Ze hebben meer dan veertig heerlijke jaren op deze berg gewoond en zijn een week na elkaar gestorven. Nooit zal ik Cottons buitengewone vriendelijkheid vergeten. En ik zal naar mijn graf gaan in de wetenschap dat mijn moeder en ik onze tweede kans ten volle hebben benut.
Mijn broertje werd zo groot als die enorme voeten van hem voorspelden, en zijn arm werd zo mogelijk nog groter. Op een glorieuze herfstdag was Oz Cardinal pitcher voor de New York Yankees en ze werden wereldkampioen. Hij is nu leraar in New York, waar hij de wel-

*verdiende reputatie geniet van iemand die verlegen kinderen helpt
voorspoedig op te groeien. En zijn kleinzoon heeft die onsterfelijke beer
geërfd. Er zijn dagen dat ik niets liever zou willen dan die kleine jongen weer in mijn armen houden, met mijn vingers zijn haren strelen en
hem troosten. Mijn Laffe Leeuw. Maar kleine kinderen worden groot.
Mijn broertje is een geweldige man geworden. En zijn zus is erg trots op
hem.*

*Eugene kreeg zijn eigen boerderij, en een gezin. Hij woont nog steeds
dichtbij. Tot op de dag van vandaag blijft hij een van mijn allerbeste
vrienden. En na zijn optreden in die rechtszaal, zo lang geleden, heb ik
hem nooit meer door iemand Hell No horen noemen.*

*En ik? Evenals mijn vader ben ik uit de bergen weggegaan. Maar in
tegenstelling tot Jack Cardinal ben ik teruggekomen. Ik ben getrouwd
en ik heb een gezin grootgebracht in een huis dat ik bouwde op het land
dat Louisa Mae ons had nagelaten. Nu komen mijn eigen kleinkinde-
ren elke zomer logeren. Ik vertel hun hoe het was toen ik hier opgroeide.
Over Louisa Mae, Cotton en mijn lieve vriend, Diamond Skinner. En
ook over anderen die in ons leven zijn gekomen. Dat doe ik omdat ik
geloof dat het belangrijk voor hen is dergelijke dingen over hun familie
te weten.*

*Door de jaren heen had ik zoveel boeken gelezen dat ik er zelf een begon
te schrijven. Ik vond het zo prettig, dat ik er nog veertien aan toevoegde.
Ik vertelde verhalen over geluk en verwondering. Over pijn en vrees.
Over ontbering en triomf. Over het land en zijn bewoners. Zoals mijn
vader het had gedaan. En hoewel ik nooit de prijzen won die hij heeft
gekregen, hadden mijn boeken de neiging iets beter verkocht te worden.
Zoals mijn vader schreef: iemands moed, hoop en geestkracht kunnen
zwaar op de proef worden gesteld door de toevalligheden van het leven.
Maar op deze berg in Virginia heb ik geleerd dat het, zolang men zijn
vertrouwen niet verliest, onmogelijk is om echt eenzaam te zijn.*

*Hier hoor ik thuis. Het is een troostrijke gedachte te weten dat ik hier, op
deze hoge rots, zal sterven. En ik ben in het geheel niet bang voor de
dood. Mijn enthousiasme is volkomen begrijpelijk, weet u, want het uitzicht hier is zo mooi.*

Van de auteur

Het verhaal van *In het hart* is fictief, maar de locatie, afgezien van de plaatsnamen, niet. Ik ben in die bergen geweest en ik had tevens het geluk op te groeien bij twee vrouwen die er vele jaren hun thuis hebben gehad. Mijn grootmoeder van moederszijde, Cora Rose, woonde de laatste tien jaar van haar leven bij mijn familie in Richmond, maar de ruim zestig jaar daarvóór bracht ze door op de top van een berg in het zuidwesten van Virginia. Op haar schoot leerde ik alles over dat land en het leven daar. Mijn moeder, de jongste van tien broers en zussen, woonde de eerste zeventien jaar van haar leven op die berg, en tijdens mijn jongensjaren heeft ze me veel boeiende verhalen uit haar jeugd verteld. Zowel de beproevingen als de avonturen die door de hoofdpersonen in dit boek worden beleefd, zouden haar niet onbekend in de oren klinken.

Naast de verhalen waar ik als kind naar luisterde heb ik ter voorbereiding van *In het hart* heel wat gesprekken met mijn moeder gevoerd. Het was in veel opzichten een verhelderende periode voor me. Wanneer we eenmaal volwassen zijn, nemen de meesten van ons aan dat we alles weten wat er over onze ouders en andere familieleden te weten valt. Wanneer je echter de tijd neemt om vragen te stellen en goed naar de antwoorden te luisteren, kun je tot de ontdekking komen dat er nog heel wat te leren valt over de mensen die je zo na staan. Dit boek is dus deels een mondeling overgebracht verhaal over waar en hoe mijn moeder opgroeide. Verhalen vertellen is een uitstervende kunst en dat is eigenlijk heel jammer, want die verhalen vormen een eerbetoon aan de levens en de ervaringen van degenen die vóór ons hebben geleefd. Het is van het grootste belang dat die herinneringen worden opgetekend, want anders gaat, wanneer die levens voorbij zijn, de persoonlijke kennis voorgoed verloren. Helaas leven we in een tijd waarin iedereen uitsluitend vooruit lijkt te kijken, alsof we vinden dat er in het verleden niets heeft bestaan wat onze aandacht waard is. De toekomst is altijd nieuw en opwindend en ze oefent op ons een aantrekkingskracht uit die het verleden nooit kan oproepen. Toch zou het wel eens heel goed zo kunnen zijn dat de grootste rijkdom die wij, menselijke wezens, bezitten, 'ontdekt' kan worden door eenvoudig achterom te kijken.

Hoewel ik bekend ben geworden door mijn detectiveromans heb ik me altijd aangetrokken gevoeld tot verhalen uit het verleden die zich afspelen in mijn geboortestaat Virginia, en tot verhalen over mensen die woonden op plekken die enerzijds hun ambities sterk beperkten, maar die hen toch voorzagen van een rijkdom aan kennis en ervaring die slechts weinigen hebben opgedaan. De afgelopen twintig jaar ben ik onafgebroken op jacht geweest naar onderwerpen om over te schrijven en toch zag ik over het hoofd dat er een enorme hoeveelheid binnen mijn eigen familie lag opgeslagen.

Misschien heb ik dit boek later geschreven dan ik had moeten doen, maar het resultaat is een van de rijkste ervaringen van mijn leven.

Nawoord

Ik zou tekortschieten als ik niet de vele mensen zou bedanken die me hebben geholpen bij dit project. Om te beginnen de mensen bij Warner Books, in het bijzonder mijn goede vriendin Maureen Egen, die me geweldig gesteund heeft toen ik iets anders wilde proberen, en die fantastisch werk heeft verricht bij het redigeren van het boek. Mijn dank gaat ook uit naar Aaron Priest en Lisa Vance voor hun hulp en aanmoediging. Beiden hebben mijn leven een stuk minder ingewikkeld gemaakt. Dank ook aan Molly Friedrich, die tijd vrijmaakte in haar bijzonder volle agenda om een eerste versie van het boek te lezen en die me van veel opbouwend commentaar voorzag. En aan Frances Jalet-Miller, die haar gebruikelijke, voortreffelijke redactionele vaardigheid en welgemeend enthousiasme aan het verhaal bijdroeg. En aan mijn neef Steve, die alle woorden zoals gebruikelijk heeft gelezen.

Ik bedank Michelle voor alles wat ze doet. Het is algemeen bekend dat ik zonder haar volkomen verloren zou zijn. En Spencer en Collin, die model stonden voor mijn Lou en Oz.

Ook dank ik mijn goede vriendin Karen Spiegel voor alle hulp en aanmoediging bij dit werk. Ze heeft veel bijgedragen om het te verbeteren en misschien zien we het op een dag nog eens verfilmd worden.

Alle aardige mensen van de bibliotheek van Virginia te Richmond bedank ik omdat ik hun archief mocht raadplegen, omdat ze me een rustige plek boden om te werken en te denken, en omdat ze me de weg wezen naar talloze waardevolle bronnen: herinneringen die werden opgeschreven door de mensen uit de bergen; mondelinge overleveringen die door de ijverige staf van WPA in de jaren dertig werden opgetekend; schilderachtige geschiedenissen van landelijke streken in Virginia; en het eerste boek over vroedvrouwen dat in de staat werd gepubliceerd.

Een bijzonder woord van dank gaat naar Deborah Hocutt, directeur van het Virginia Boekencentrum van de bibliotheek van Virginia, voor al haar hulp bij dit project en ook bij de vele andere activiteiten in het Gemenebest waarbij ik betrokken ben.

Lees ook van A.W. Bruna Uitgevers B.V.

David Baldacci

Het recht van de macht

Tijdens een klusje in een villawijk is inbreker Luther Whitney ongewild getuige van een afgrijselijke scène: voor zijn ogen wordt een vrouw doodgeschoten, nadat haar stomdronken minnaar heeft gepoogd haar te verkrachten. Het dodelijke schot wordt gelost door een veiligheidsagent, die verantwoordelijk is voor het leven van zijn baas.
Zijn baas is niemand minder dan de president van de Verenigde Staten... Tot zijn verbijstering moet Luther toezien hoe de presidentiële medewerkers alle sporen van de moord koelbloedig en systematisch uitwissen.

Luther weet te ontsnappen, maar helaas niet onopgemerkt.
Geschokt door deze manifestatie van corruptie en machtsmisbruik neemt hij zich voor het staatshoofd aan de schandpaal te nagelen. Hij staat voor de taak de verbijsterende waarheid boven tafel te krijgen en het recht te doen zegevieren...

ISBN 90 229 8342 0

David Baldacci

Op eigen gezag

Western Airlines vlucht 3223 van Washington naar Los Angeles vertrekt volgens schema. Aan boord bevinden zich honderdvierenzeventig passagiers en zeven bemanningsleden. Zodra het vliegtuig op hoogte is, begint het cabinepersoneel met de normale werkzaamheden. Totdat een flits ter hoogte van de rechtervleugel een einde maakt aan de dagelijkse routine: meer dan de helft van de vleugel scheurt los en de machine stort neer. Geen van de inzittenden overleeft de ramp.

Advocate Sidney Archer heeft een zware taak op zich genomen: als juridisch adviseur van Triton, het grootste technologiebedrijf van de wereld, is ze verantwoordelijk voor de fusie van deze gigant met het concern CyberCom. Op het moment dat ze in een moeizaam overleg is met Tritons directie, bereikt haar het verschrikkelijke bericht: haar echtgenoot Jason bevond zich aan boord van het neergestorte toestel.

Alsof Sidney door deze tragedie nog niet genoeg getroffen is, wordt zij in *no time* geconfronteerd met de ene zware beschuldiging na de andere: Jason, zelf ook werknemer van Triton, zou zich hebben beziggehouden met bedrijfsspionage.
En de verschrikkelijke crash zou het tragische resultaat zijn van een uit de hand gelopen sabotagepoging... Sidney heeft echter een heel speciale reden om hier het hare van te denken. Vastbesloten de naam van Jason van alle blaam te zuiveren, stelt zij haar eigen leven in de waagschaal...

ISBN 90 229 8313 7

Lees ook van A.W. Bruna Uitgevers B.V.

David Baldacci

Duister lot

LuAnn Tyler heeft het niet getroffen in dit leven. Veel plezier beleeft ze niet aan haar miserabele baantje als serveerster en al helemaal niet aan haar vriend Duane, een armzalige drugsdealer die aan de drank is en die ze geregeld met een andere vrouw in bed betrapt.
Op haar twintigste kan LuAnn alleen maar dromen van een beter bestaan, van een carrière als model of filmster, want ze ziet er beslist goed uit.

Ineens lijkt haar droom werkelijkheid te worden. Een wildvreemde man biedt haar de kans in één klap schatrijk te worden. En ze hoeft er alleen maar een staatslot voor te kopen, met elk willekeurig nummer. Hij zal ervoor zorgen dat op dit lot de hoofdprijs zal vallen en samen delen ze de winst… Lang aarzelt LuAnn, want ze gelooft deze mysterieuze 'Jackson' met zijn krankzinnige voorstel geen moment, maar uiteindelijk hapt ze toe. Wat heeft ze te verliezen?

En… LuAnn wint. Van de ene dag op de andere is zij een steenrijke vrouw en ligt de wereld aan haar voeten. Tenminste, zo lijkt het, want al snel wordt ze, verdacht van moord, gedwongen te vluchten. En al snel beseft ze dat van nu af aan altijd en overal het gevaar op de loer zal liggen…

ISBN 90 229 8373 0

David Baldacci

Vuil spel

Rufus Harms zit al vijfentwintig jaar gevangen in Fort Jackson, een zwaarbewaakte militaire gevangenis in een verlaten uithoek van Virginia. Hij is tot levenslang veroordeeld vanwege de moord op een kind. Wat hem er ooit toe dreef het kind – een blank meisje – te doden, is niemand duidelijk, hemzelf ook niet. Het enige wat hij weet, is dat hij schuldig is, en dat hij daarvoor moet boeten.

Tot het moment dat hem een brief bereikt. Een brief die hem van schuld vrijpleit, maar die belastend is voor personen die inmiddels hoge posities bekleden.

Harms slaagt erin het document naar buiten te smokkelen. Maar algauw blijkt dat degenen die erdoor in gevaar dreigen te komen er niet voor terugdeinzen geweld te gebruiken om het in handen te krijgen. En dat zij zelfs bereid zijn te doden om de waarheid onder tafel te houden...

ISBN 90 229 8424 9

Lees ook van A.W. Bruna Uitgevers B.V.

David Baldacci

Onder druk

Danny Buchanan en Faith Lockhart waren ooit Washingtons meest
invloedrijke lobbyisten; als je wilde dat er in de politiek iets gebeurde of juist
niet gebeurde, dan nam je hen in de arm.
Maar Buchanan is in de fout gegaan: om zijn doelen te verwezenlijken is hij
zich gaan bedienen van illegale omkooppraktijken...

En daar heeft een oplettende CIA-agent lucht van gekregen. Danny
Buchanan is in de handen gevallen van de zeer corrupte Robert Thornhill, die
hem dwingt confidentiële informatie over hooggeplaatste politici aan hem
door te spelen. Als de tijd rijp is, zal Thornhill hiermee zijn eigen voordeel
doen.

Hierdoor worden Faith Lockhart en Danny Buchanan uit elkaar gedreven.
Totdat Faith het recht in eigen handen neemt. Zonder te weten dat zij zichzelf
daarmee vogelvrij verklaart...

ISBN 90 229 8471 0

Lees ook van A.W. Bruna Uitgevers B.V.

Tom Clancy

De beer en de draak

Tijdens zijn nieuwe ambtstermijn ontdekt Jack Ryan dat het presidentschap er niet bepaald makkelijker op wordt: in de binnenlandse politiek wemelt het van de valkuilen; in Liberia is een revolutie gaande; de Aziatische economie raakt steeds verder in het slop; en uit Moskou komen verontrustende berichten over een mogelijke aanslag op de voorzitter van de SVR, de voormalige KGB.

Een moordaanslag op hoog niveau in het toch al onstabiele Rusland, daar zit niemand op te wachten. Maar nog verontrustender is de mogelijke identiteit van de vermoedelijke daders. Zijn het politieke tegenstanders? Is het de maffia? Zijn het ontevreden ex-KGB-leden? Of – zo vraagt Ryan zich af – hebben we hier te maken met een veel acutere bedreiging?

En hij heeft gelijk. Want nog voordat zijn beste spionnen, onder wie specialist geheime operaties John Clark, de kans hebben gehad de ware toedracht te achterhalen, treden er in China al krachten naar buiten die er angstwekkend extreme denkbeelden op nahouden. En als deze elementen erin zullen slagen hun ideeën te realiseren, dan zal de wereld voorgoed veranderen. Maar als ze falen... dan zijn de gevolgen niet te overzien.

ISBN 90 229 8514 8

Lees ook van A.W. Bruna Uitgevers B.V.

J. Patrick Law

De informant

Het nieuws dat zijn beide ouders bij een verkeersongeval om het leven zijn gekomen, komt voor de jonge advocaat Ben Poltarek als een hevige schok. Maar nog voordat deze vreselijke tijding goed en wel tot hem is doorgedrongen, dringt een wildvreemde man zijn huis binnen: het is een dodelijk gewonde Mossad-agent, die Ben een cryptische boodschap toefluistert om vervolgens in zijn armen te sterven.

Wanneer kort daarna blijkt dat het ongeluk van zijn ouders een regelrechte moordaanslag was, begint Ben te vermoeden dat beide incidenten weleens met elkaar te maken zouden kunnen hebben. En dan ontdekt hij de geheime kant van zijn vader... Sid Poltarek, de alom gerespecteerde advocaat, was als *sayan*, informant, werkzaam voor de Mossad. Meer dan dertig jaar was hij actief als tipgever en nu is zijn laatste tip hem fataal geworden.

De erfenis die Sid Poltarek zijn zoon nalaat is levensgevaarlijk, want nu is Ben in het bezit gekomen van belangrijke informatie. Informatie die velen – de FBI, de Mossad, Arabische terroristen – graag willen hebben. En waarvoor sommigen bereid zijn te doden...

ISBN 90 229 8508 3

Lees ook van A.W. Bruna Uitgevers B.V.

Chris Larsgaard

De erfenisjager

Nick Merchant is een privé-detective die gespecialiseerd is in het opsporen van erfgenamen. Wanneer iemand sterft zonder testament of directe verwanten, spoort hij de – vaak verre – begunstigden op, uiteraard tegen een aantrekkelijk percentage van de nalatenschap.

Wanneer de 87-jarige Gerald Jacobs sterft, laat hij geen wilsbeschikking na en geen directe familieleden. Maar wat deze zonderlinge grijsaard wel nalaat is een fortuin: maar liefst 22 miljoen dollar.

Door een flinke dosis geluk is Nick de eerste professionele 'erfenisjager' die op het spoor van dit potentiële goudmijntje komt. Hij en zijn partner Alex Moreno hebben het gevoel alsof ze de jackpot gewonnen hebben.

Maar al snel zijn er meer kapers op de kust: de detectives van aartsrivaal General Inquiry schuwen geen enkel middel hen het gras voor de voeten weg te maaien. En dan is er ook nog een andere organisatie actief die tot elke prijs wil voorkomen dat de duistere geheimen die nu bij Gerald Jacobs in het graf liggen weer opgegraven worden. In een race tegen de klok moeten Nick en Alex hun tegenstanders voor zien te blijven en... hun kogels zien te ontwijken. En uiteindelijk moeten zij het beladen geheim achter de inhoud van een Zwitserse bankkluis zien te achterhalen....

ISBN 90 229 8506 7

Lees ook van A.W. Bruna Uitgevers B.V.

John Farrow

IJstijd

Inspecteur Emile Cinq-Mars is een *outsider* in de politiemacht van Montreal. Hij wordt weliswaar bewonderd vanwege zijn eruditie en scherpzinnigheid, maar hij is vooral gehaat om zijn eigenzinnigheid en arrogantie. In de loop van zijn lange carrière heeft Cinq-Mars een uitgebreid netwerk van informanten opgebouwd dat hem in staat stelt gecompliceerde zaken op te lossen.

Op kerstavond treft Cinq-Mars het lijk aan van een van zijn tipgevers. Op het gruwelijk mishandelde lichaam hebben de moordenaars voor Cinq-Mars een macabere boodschap achtergelaten die zich als volgt laat lezen: we hebben je infiltrant ontmaskerd en geëlimineerd...

Gedreven door verontwaardiging en schuldgevoel opent Cinq-Mars de jacht op de daders, die hem naar het hart van de Canadese onderwereld voert. En naar een schemerwereld waarin niemand te vertrouwen is en waar de grenzen tussen goed en kwaad volledig zijn vervaagd...

IJstijd is de eerste thriller met inspecteur Emile Cinq-Mars – de eigenzinnige, spitsvondige en vooral zeer geestige intellectueel - in de hoofdrol.

ISBN 90 229 8466 4

John Grisham

De erfpachters

Het is 1952. De achtjarige Luke Chandler groeit op in Black Oak, een klein gehucht in Arkansas, waar de boerenbevolking het hoofd boven water probeert te houden met de katoenteelt. Het is een hard bestaan en de kleine Luke moet al snel meehelpen als op de velden van zijn ouders en grootouders — erfpachters, zoals de meesten — de katoen rijp is om geplukt te worden.

Oogsttijd betekent het einde van de rust in Black Oak, dan overstromen de seizoenarbeiders het gehucht. Ze komen elk jaar weer, op zoek naar werk: de mensen uit de heuvels en de Mexicanen. Ook de Chandlers hebben de hulp van deze vreemdelingen hard nodig: op hun boerderij bieden zij de familie Spruill en een aantal jonge Mexicaanse mannen een tijdelijk onderkomen in ruil voor mankracht. De komst van de vreemdelingen naar Black Oak verloopt niet zonder problemen. Elk jaar lopen de spanningen tussen de lokale bevolking en de 'buitenstaanders' op en zijn er knokpartijen, waar niemand eigenlijk nog van opkijkt.

Maar dit keer loopt de zaak goed uit de hand. En Luke Chandler is er tegen wil en dank bij betrokken. Hij is namelijk de enige getuige van een vechtpartij met dodelijke afloop…

ISBN 90 229 8538 5